KB170069

코리아이

코리아이

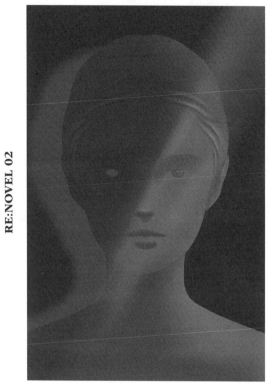

RE:NOVEL 02

김진규 장편소설

해피북스
투유

차례

나비

혜리는 낮은 빌라와 주택이 다닥다닥 붙어있는 미로 같은 길에 우뚝 섰다. 발 앞에 반지하 방의 녹이 낀 문이 보였지만 혜리는 들어갈 수 없었다. 작열하는 햇볕은 살을 태울 듯이 뜨거웠고 까끌거리는 더운 공기가 입안부터 폐까지 가득 차 기도를 익혀버릴 것만 같았고, 긴 머리에 덮인 목 위로 땀이 줄줄 흘렀다. 당장이라도 집으로 뛰어들어 선풍기를 켜야 죽지 않을 수 있을 것 같았다. 하지만 혜리는 움직일 수가 없었다.

혜리의 원룸 문 앞에는 덩치 큰 낯선 남자가 땀을 뻘뻘 흘리며 서있었다. 그는 연신 도어록에 틀린 비밀번호를 입력하고 있었다. 몇 번이나 시도했는지 도어록에서는 요란한 경고음이 울렸다. 이 좁은 골목에는 그 남자와 혜리밖에 없었다. 혜리는 일단 자리를 피하려고 뒷걸음질 쳤지만 폐지가 가득 쌓인 리어카에 부딪쳤다. 폐지 위에 묶이지 않은 채 놓여있던 플라스틱 기름통이 시멘트 바닥 위로 떨어지며 요란한 소리를 냈다. 덩치 큰 남자가 몸을 돌렸다. 혜리를 발견한 그는 성큼성큼 다가왔고, 혜리는 눈만 동그랗게 뜬 채 꼼짝도 하지 못했다.

"코리아이 센터에서 왔어요."

남자는 명함을 건넸다. 혜리는 긴장이 풀어짐과 동시에 다른 의미로 긴장하게 되었다. 인공자궁에서 태어난 혜리 같은 코리아이에게 코리아이 센터*란 그들을 죽일 수도 살릴 수도 있는 명줄을 쥔 곳이었다. 혜리가 공손히 인사하자 센터의 남자는 일단 이것부터 풀어보라며 도어록을 두드렸다.

혜리는 어깨로 도어록을 간신히 감추며 비밀번호를 풀었다. 낯선 남자는 빨래 건조대가 절반을 차지하고 있는 좁은 방으로 들어왔다. 혜리가 황급히 건조대에 널린 속옷을 걷어 숨기는 동안, 남자는 별로 볼 것도 없는 원룸을 이리저리 둘러보고 있었다. 바닥에 석탑처럼 쌓인 책과 그릇을 뒤적이고, 옷장이 없어 캐리어에 꾸역꾸역 담긴 옷들을 뒤져보았다.

혜리가 아무렇게나 벗어놓은 남자의 구두를 정리하는 동안, 남자는 다리를 접느라 낑낑대며 좁은 방에 공간을 내고 기어코 앉았다. 남자는 넥타이를 끄르며 헥헥 댔다. 대접할 거라고는

* 성인 코리아이의 고용과 해고, 근무평가, 사회출발보조대출금 제공 등 코리아이의 경제·노동활동 전반을 관리하는 시설. 고용노동부 직속 기관으로, 정부조직법상 청에 준한다.

반만 남은 페트병 생수가 고작이었다. 수돗물을 내올까 생각했지만, 상수도 배관에서 며칠 전에 쥐가 나왔다는 이야기가 떠올랐기에 고개를 저었다. 페트병 입구에 묻은 립스틱 자국을 대충 문질러 지우고는 이 빠진 컵에 남은 물을 따랐다.

"혜리 씨는 일을 남들의 반도 안 되게 잡는 것 같아. 빚은 어떻게 다 갚으려고? 한량처럼 게으르게 있으면 빚 평생 못 갚아."

남자의 말에 혜리는 구체적으로 대답할 생각은 없었다. 그저, 그런가요? 하고 되물을 뿐이었다. 혜리의 핸드폰에는 코리아이 센터 앱에서 온 구인 알림이 수십 개는 쌓여있었다. 남자는 그것에 대해서는 더 묻지 않았다.

"너 정우 알지?"

낯선 남자는 한동안 잊고 있던 이름을 꺼냈다. 저 커다란 입에서 정우의 이름이 나올 줄은 몰랐다.

"정우가 자기 여자친구를 죽였어."

정우의 여자친구가 죽었다는 것은 언론에도 나온 이야기였다. 코리아이 인권변호사가 사망했다고. 그 사람이 정우의 여자친구라는 것은 다른 코리아이를 통해 들었다. 하지만 기사에서 그 사람은 자살한 것이라고 얘기됐었다. 기사에 늘 달리는 지저분한 댓글들이나 사회문제 취급되는 코리아이한테 살해된 것이라 추측할 뿐이었다.

남자는 여자친구를 살해한 그런 인간은 전 애인도 해칠 수 있다고, 그러니 당신도 위험하다고 했다. 정우와 헤어진 뒤로 연락 한 번 오간 적이 없었다. 혜리는 이제 와서 정우가 무슨 원한이 있어 찾아오겠냐고 했다. 남자는 정우는 미친놈이고, 미친놈의 생각을 일반인의 상식으로 이해하고 예측해서는 안 된다고 경고했다. 자신은 미친 사람의 생각을 이해하기라도 하는 것처럼 말이다.

"물론 언론에는 제대로 안 나왔지. 경찰이 자살로 처리했고, 피해자의 부모도 조용히 잡기를 바라거든. 그래서 센터가 직접 움직이는 거고. 코리아이를 관리하는 것은 우리니까. 수사권이든 나발이든 우리가 만들었는데 우리가 끝까지 책임져야지."

남자는 대뜸 눈 옆에 부착된 좁쌀만 한 AR기기를 두드렸다. AR기기는 좌식 책상 위로 사진을 쏘아 보여줬다.

허물을 벗고 날아오르는 나비를 보았다. 우린 이제 코리아이가 아니다. 우리는 나비다.

책상 위에 펼쳐진 사진 속에는 그런 글귀가 적혀있었다. 남자는 눈을 움직여 사진을 축소해 글이 어디에 쓰인 것인지 보여줬다. 초록색 방수 페인트로 덮인 공장 내부의 작은 사무공간이었다. 그곳의 모니터 위에 빨간 매직으로 휘갈겨져 있었다.

"뭐가 보여?"

남자가 자연스레 반말로 물었다. 물론 남자의 나이가 혜리보다 예닐곱은 많아 보였지만, 엄연히 둘은 초면이었다. 그렇다고 반말에 대해 항의하진 않았다.

"시 같은데요."

"암호나 그런 건 아니고?"

남자의 눈동자는 짧게 좌우로 움직이며 혜리 눈동자의 흔들림을 살피고 있었다. 혜리는 숙였던 허리를 펴고 고개를 저었다. 남자는 주먹으로 바닥을 가볍게 툭툭 치며 혜리를 집중시켰다. 목소리를 깔고 잘 생각해 보라는 듯 엄히 말했다.

"이건 중요한 문제야. 사적 갈등 이런 게 아니야. 정우는 뭐랄까. 세상에 화가 나있어. 치정으로 인한 살인 이런 게 아니야. 정우는 분노를 표출하는 거야. 그 피해는 한두 사람이 아닐 수도 있어. 그러니까 잘 보라고. 숨겨진 뜻이나 예고된 범죄가 있는지 말이야."

"그렇다 해도 제가 어떻게 알아요. 몇 년간 본 적도 없는데."

남자는 한숨을 쉬고는 물을 벌컥벌컥 들이켰다. 집은 더웠다. 마치 벽 따위는 없는 것처럼 밖의 무더위가 그대로 집 안에 들어차 있었다. 남자는 에어컨 좀 틀면 안 되냐고 물었다. 하지만 이 집에는 에어컨이 없었다. 남자는 혜리가 건네는 휴지로 얇은 머리카락 아래로 흐르는 땀을 찍어 눌렀다.

"내가 왜 찾아왔을 것 같아?"

정우가 이곳에 숨어들었나 확인하러 온 것일까. 그래서 주인도 없는 집의 도어락을 만지작대고, 들어오자마자 이곳저곳을 들추어 본 것이 아닐까. 혜리는 긴 머리를 들어서 잡고 휴지로 목뒤의 땀을 닦아냈다.

"정우 여기 안 왔어요."

"우리도 알아. 그랬으면 너도 여기 없겠지."

남자는 우리라고 했다. 우리가 지칭하는 것은 코리아이 센터일까. 정우가 이곳에 오지 않았다는 것을 어떻게 알고 있는 것일까. 혜리는 이 집에 카메라가 설치되어 있나 의심스러운 곳을 둘러봤다.

"우린 널 보호해야 해. 정우 위치 파악될 때까지 우리가 집 가까운 곳에 있을 거야."

여럿이 교대로 잠복근무라도 하는 모양이었다. 남자는 손목을 흔들어 시계를 봤다. 혜리는 그 동작이 효율적이지 않다고 느꼈다. 그의 눈 옆에는 더 나은 대안이 있었다. AR기기는 손을 쓸 것도 없이 우측 하단으로 눈을 깔기만 해도 시간을 알려주었다. 하지만 남자는 굳이 시간을 확인하려 구시대의 유물을 절그럭거리는 수고를 아끼지 않았다. 혜리는 남자의 부유한 번거로움이 부러웠다.

"아무튼, 정우가 살인자라는 이야기는 퍼뜨리지 않는 게 좋아. 우리도 곤란해지니까. 코리아이가 코리아이 아닌 사람을 죽였다고 하면 난리 날 거야. 특히나 지금 같은 사회 분위기에서는 더 그렇지. 그래도 잊지 마. 정우는 살인자야. 살아남으려면 그놈이 어떤 얼굴로 다가오든 헷갈려선 안 돼."

정우랑 접촉하게 되면 바로 알려달라며 자신이 건넸던 코리아이 센터 명함을 가리켰다. 명함에 적힌 세 글자의 이름이 눈에 들어왔다. 이름 말고 앞에 붙은 한 글자. 부모 중 한 사람의 성이다. 그 한 글자로 계급이 나뉘었다. 혜리 같은 코리아이는 성을 갖지 못했다.

혜리는 현관 앞까지 남자를 배웅했다. 남자는 구둣주걱을 대고 발을 신발에 밀어 넣었다. 그동안 혜리만 썼던 구둣주걱이었다. 앞으로 남자는 몇 번이나 더 뒤꿈치에 구둣주걱을 쑤셔댈까. 한두 번은 아닐 것이다. 정우의 행방을 쉽게 알아낼 것 같지 않았다. CCTV 가득한 세상에서 사람 하나 찾지 못해 혜리한 테까지 왔다. 그렇다고 정우가 이 집에 올 이유는 더더욱 없다. 3년 동안 단 한 번도 연락하지 않았는데 갑자기 무슨 바람이 들어 찾아오겠는가.

"무슨 소식 있으면 밤늦게라도 연락하고."

남자는 구둣주걱을 원래 걸려있던 곳이 아닌 허리 높이의 신발장 위에 대충 얹어놓으며 집을 나섰다. 혜리가 대답하지 않자 남자는 뒤돌아서며 무슨 문제가 있냐고 물었다. 가만히 신발장 위를 보던 혜리는 긴 머리를 넘기며 고개를 들었다.

"근데 왜 반말이세요?"

당황한 남자가 표정을 굳히기 전에 혜리는 문을 닫았다. 그러고는 구둣주걱을 분질러 신발들 사이에 던졌다.

코리아이

낳아라. 우리가 기르겠다.

그런 구호가 적힌 현수막이 여의도에 걸렸던 때가 있었다. 낙태는 살인이라는 피켓을 몸에 건 이들이 거리 위 찬 바람을 견디며 조용히 싸워왔다.

현수막을 건 이들을 비난하는 목소리도 있었다. 실수도 축복이라며 떠들어대지만, 실수가 절망이 된 이야기는 왜 꺼내지 않는 것이지. 대물림되는 끝없는 가난과 급격한 가난 속으로 추락하는 것을 왜 이해 못 하는지. 오직 성령으로 아이들이 자랄 수 있을까. 돈과 부모의 사랑 없이 자랄 수 있느냔 말이다. 공허한 구호다. 현실을 보지 못하는 것 아닌가. 낙태를 금지한다고 죽을 아이가 살아갈 수 있을까. 다 같이 죽을 수 없어 미리 끊어내는 것을. 낙태가 완벽하게 금지된 세상이 온다 한들 달라질까. 태어나자마자 유기되는 아이들이 늘어날 뿐이다. 그에 대한 대책이라도 있는가.

이들을 변호해 보자. 이들은 현실보다는 현실 너머에 존재하는 신의 뜻을 대변하고자 했다. 놀랍게도 신은 언젠가 선택받은 자를 제외한 인간을 몰살하겠다고 선포한 파괴적인 존재다. 신의 파괴적인 면을 본받은 어떤 인간들은 종교의 이름을 빌려 전쟁도 벌였고, 사람도 꽤 많이 불태웠으며, 아직도 억지력을 갖기 위해 한반도를 날릴 만큼의 핵무장이 필요하다고 주장하기도 했다. 그런 사람도 있지만, 어찌 되었든 많은 현대 종교인들은 생을 존엄하게 여기고 지키려 했다. 모든 것이 신의 뜻이라는 것에는 배치되긴 하지만, 낙태는 신이 원하는 바가 아니라는 것을 알리며 생명을 구하려고 했다. 선한 뜻으로 선한 것을 행하려는 이들에게 누가 돌을 던질 수 있겠는가.

수렁에서 벗어나지 못한 가족의 동반자살이나 탯줄을 주방 가위로 잘라내야만 하는 사람의 뜻까지 이해해 준다면 고맙겠지만, 이 성령이 충만한 사람들은 일단 태아와 배아의 죽음에 주목하기로 했다. 이들은 새로 태어나는 작은 생명을 사랑하고, 귀여운 것들의 탄생을 신성하게 여겼다. 그 귀여운 것들이 생성되는 과정에 대해서는 부끄럽고 죄스럽게 여기는 수줍음도 가지고 있지만, 이들은 그 결실이자 신의 증거인 곧 태어날 새 생명을 사랑했다. 생명을 향한 이들의 사랑은 일단 낳으라는 말을 울분에 차서 내뱉게 했다. 안타깝게도 그 말을 할 당시에는 낳으라는 말을 들어줄 사람도, 기르겠다는 말을 지킬 사람도 없었다.

허울뿐인 말이 공연히 울렸다가 사라지고도 한참이 지났다. 낙태죄 폐지 반대를 외치던 이들은 낙태죄 부활을 외치고 다녀야 했다. 그저 피켓의 문구만 바뀌었을 뿐, 그들은 다시 여의도와 세종시 앞에서 추운 바람을 맞았다.

사람은 별로 바뀐 게 없었지만, 세상은 새로운 기술을 빠르게 토해냈다. 그중 논란을 일으킬 만한 기술이 세상에 나왔다. '인공자궁'. 수정란을 배양할 수 있는 기계였다. 이 기계의 이름에는 꽤 다양한 변천사가 있었다. 인공자궁은 사람의 몸에 심을 수 있다고 오해하게끔 한다는 주장에 체외자궁으로 수정되었다. 자궁이라는 말은 여성이 특정 신체 기관을 가진 것만으로 임신을 해야 한다는 의무감을 부여한다고 느껴진다는 주장에 '체외태아배양기구'라고 고쳐졌다. 배양기구라는 말이 또 문제가 되었다. 태아의 자궁 내 성장에 기계적인 명칭을 붙이는 것은 인간존엄성을 격하시킨다는 주장이 제기됐다. 그로 인해 '체외인공태아성장촉진보조기구'라고 명명되었다. 모든 논란을 피해갈 명칭이 탄생했지만 사람들은 처음 나왔던 이름대로 인공자궁이라고 불렀다. 결국 상용화 단계에서는 제일 대중적인 이름으로 돌아왔다.

이름이 몇 번이나 바뀌는 긴 시간 동안 기계는 상용화가 늦춰졌다. 인공자궁의 개발 의도는 임신을 유지하기 힘든 산모를 위한 의료적 기구였다. 이후 동성결혼 가정의 지지를 받아 의료 목적 외 일반적인 상용화 논의가 진행되었다. 이후에는 경력 단절과 출산의 고통을 걱정한 여러 부부의 지지를 받았고, 결국 회사는 의료기구가 아닌 대중적인 상품으로 기계를 판매하기로 방향을 바꾸었다.

반대자와 예비구매자가 서로의 귀에 고함을 질러대는 투쟁적인 시기가 길게 있었다. 논란 속에서도 기계는 세상에 나오려 부리로 알을 쪼고 있었다. 어느 날 '낳아라. 우리가 기르겠다'라는 현수막을 건 이들 중 일부가 합의점을 찾았다. 그 기계를 반대할 것이 아니라 기계에 우리가 팽개쳐 둔 신성한 깃발을 다시 꽂아 세우자.

거대한 그림자가 움직였다. 그들은 일부를 포기하고 커다란 것을 얻어냈다. 선거를 앞두고 대대적인 로비가 진행되고 거리와 인터넷에서는 인공자궁 도입을 위한 포교가 진행되었다. 정치인과 예비정치인 그리고 정당과 정당의 연구소가 호소에 응했다. 매해 낙태로 죽어가는 10만의 태아를 살려야 한다. 약으로 죽는 수정란까지 포함하여 30만의 생명을 살려야 한다. 곧 세상에 나올 인공자궁으로!

다음에 있던 대선과 총선 때 '낳아라. 국가가 기르겠다'라는 구호가 다시 현수막에 담겼다. 작은 야당들이 걸었고, 큰 야당도 걸었으며, 여당도 걸었다. 곧 닥칠 노동인구 절감의 시대를 대비하여 미래에 투입할 노동 인력을 키워내겠다. 20년 뒤엔 값싼 노동자가 수급될 것이다. 싼 노동력을 찾아 해외로 떠났던 공장과 기업이여 돌아오라. 지금 인건비는 외국으로 빠져나가고 있다. 대한의 국민이여, 국내의 돈이 외국으로 빠져나가게 둘 수 있는가. 해외로 새는 돈이 아닌 내수시장에 동력을 불어넣을 신생 국민을 인공자궁으로 배양하겠다. 이것이 침체된 경제에 활력을 만드는 일이다. 단단한 내수가 수출 중심 경제의 버팀목이 될 것이다. 착취되던 여성의 몸에서 고통스러운 임신의 의무를 분리하라. 이것이 여성 몸의 해방이며 임신 노동의 해방이다. 여성은 비로소 생산자로서의 몸이 아닌 온전한 주체적 몸을 지니게 되리라. 38도선 아래의 병사 수가 북쪽 나라보다 현저히 부족해질 위기가 왔다. 미사일 아래로 달려가 적진을 점령할 병사가 필요하다. 나라 지킬 인구를 투입하자. 그것이 애국을 위한 길이다.

수많은 구호의 격류 끝에 코리아이가 태어났다. 사랑, 기대, 실수가 아닌 요구와 필요로 빚어진 아이들. 국가를 부모로 둔 아이의 탄생이었다.

교육기관

정우는 혜리보다 한 살 어렸다. 합동수업 외에는 마주칠 일이
없었음에도 혜리는 정우를 알고 있었다. 벽 안에서 정우를 모르
는 코리아이는 없었다. 정우의 몸에는 상처가 많았다. 물론 코
리아이 중에 상처 없는 사람은 없었다. 아무리 주의해도 노동교
육 시간에 찔리고 베이고 집히는 것을 피하긴 어려웠다. 그런
코리아이 중에서도 정우는 유독 상처가 많았다. 상처에 대한 소
문이 돌았다. 노동교육 때 얻은 상처가 아니다, 정우가 매번 벽
을 뛰어넘으려다 생긴 상처다 등. 현실성 없는 소문이었다.

누구도 교육기관*의 벽을 넘을 수 없었다. 벽은 키 큰 교사의
네 배는 될 정도로 높았다. 빈틈없이 교육기관 전체를 두르고
있었다. 수업동과 기숙사와 운동장, 비닐하우스와 교육용 실습

공장까지 두르고 있었으니 벽의 길이도 상당했다. 길면 틈이라도 있을법한데, 모든 면이 철저히 막혀있었다. 두께 폭은 1미터에 가까워 쉽게 허물 수도 없었다. 땅굴도 파지 못하게 지하부터 돌을 쌓고 시멘트를 부어 만들어졌다.

그 벽 때문에 바깥세상은 보이지 않았다. 교사들은 세상을 막아준 벽에게 감사해야 한다고 했다. 지독한 사회에 물들 것 없이 배움에만 전념할 수 있게 해주는 벽이라고. 그래서 초등부때는 벽을 위한 감사 편지를 적어내기도 했다.

정우에 대한 소문은 시간이 지날수록 변해갔다. 벽을 넘는 시도를 한다는 소문은 어느새 종종 벽을 넘는다는 소문으로 변했다. 소문은 돌았지만, 누구도 본 사람은 없었다. 이것도 현실성 없었다. 기껏 벽을 넘었으면 도망을 갔지, 왜 벽 안으로 돌아오겠는가. 순진하고 복종적인 코리아이 상상력의 한계였다.

하지만, 아이들이 그렇게 믿을법한 것이 정우는 바깥세상에 대해 아는 것이 많았다. 가끔은 대학진학반 아이들도 모를만한 외부세계의 이야기를 떠들기도 했다. 물론 그러고 난 다음에는 실수라도 한 것처럼 입술을 깨물고 황급히 사라지고는, 이야기했던 것에 대해 다시 물으면 모르는 척했다.

* 인공자궁에서 태어난 코리아이를 성년이 될 때까지 기르는 시설로 보육 및 교육 전반을 담당한다. 교육부 산하 '코리아이 교육청'의 관리를 받으며, 일반 교육청은 코리아이 교육에 관여하지 않는다. 코리아이 교육기관이 생긴 지 12년 후에 성인 코리아이 관리의 필요성이 제기되어 '코리아이 센터'가 신설되었다. 코리아이 센터와 코리아이 교육청을 통합하여 국무총리 직속 코리아이처를 신설하자는 정부조직개편안이 논의되었으나 센터와 교육기관 양측 모두 반발하며 무산되었다.

아이들이 정말 벽을 넘었냐고 물어도 정우는 싱긋 웃을 뿐, 대답이 없었다. 당사자의 침묵에 소문은 더 진실처럼 여겨졌고, 살이 붙었다. 아이들은 그를 영웅처럼 여겼다. 실제로 그가 한 것은 아무것도 없었다. 오직 소문이 훈장일 뿐이었다. 이 소문이란 것은 아이들 깊은 내면에 있는 탈출의 욕망을 정우에게 씌운 것일 테다. 스스로 벽을 넘어볼 시도를 하는 아이는 아무도 없었다. 그럴만한 용기를 가진 사람은 있을 수가 없었다.

코리아이는 양처럼 순하고 복종적이었다. 교육기관의 목표는 아이들을 누구에게든 순종할 수 있게 기르는 것이었다. 자라나 성인이 되었을 때 누구 밑에서라도 일할 수 있도록 하는 것이 교육기관의 존재의의였다. 치열한 바깥에서 살아남기 위해서는 무조건 복종해야 한다. 교사들은 그렇게 가르쳤다.

복종을 미덕으로 가르치는 교육기관에서 그 미덕을 제대로 배우지 못하는 인간은 정우밖에 없었다. 교육기관 유일의 반항아이자 교육기관 교사들의 최대 난제였다. 다른 아이들은 다 복종하는데 왜 이 아이만 그러지 못하는가. 이유는 중요치 않았다. 무슨 수를 써서라도 이 아이를 복종케 하라. 그것이 교육기관의 교사들이 극복할 마지막 시련이자 교육시스템 완성의 최종 관문이었다.

하지만 정우는 좀처럼 항복하지 않았다. 말대꾸하고, 비웃고, 조롱하고, 지시를 거부하고, 무시했다. 어떤 핍박 속에서도 목을 꼿꼿이 세우고 어른들을 노려보았다. 아이들은 그런 모습을 누구에게서도 본 적이 없었다. 아이들 가슴에 무색의 불이 일

렸였다. 정우는 매력적인 악당이었다. 악당에 대한 소문은 더욱 다채롭게 씌워졌다. 그가 교사를 굴복시킨 적이 있다느니, 교육용 태블릿을 뜯고 납땜해 인터넷을 연결했다느니, 교육기관 밖에 있는 사람들과 직접 만난다느니. 전부 거짓말일 테지만 그런 거짓말들이 정우의 악명을 높였다.

몇몇 아이들은 악명을 좇았다. 스스로 특별해질 방법을 몰라 정우 주위로 꼬여 드는 아이들이었다. 그 애들은 정우와 말만 섞어도 자랑하고, 옆에 있다는 것만으로 벅차올라 하며, 주변의 시선이 정우에게 돌아갈 때마다 그 뒤에 서있는 자신도 그 시선을 나눠 받는 것만 같아 희열을 느꼈다.

기관은 정우의 습성이 전염병처럼 번지는 것은 용납하지 않았다. 정우의 추종자를 모두 잡아 일일 20시간 노역을 열흘간 시켰다. 정우 주변의 그림자가 줄어들자 비로소 기강이 잡혔다며 교사들은 뿌듯해했다.

혜리도 기뻤다. 드디어 질서가 제대로 잡힌다고 생각했다. 혜리는 정우가 싫었다. 정우는 쉽게 살아서 가짜 영웅이 됐다. 정우처럼 되는 법은 쉽다. 그냥 똑바로 살기를 포기하면 그만이다. 거북했다.

혜리는 뒤도 없이 막살고 싶지도 않았고, 어정쩡하게 있다가 평범한 성인 코리아이가 되고 싶지도 않았다. 혜리는 최고가 되고 싶었다. 그래서 어렵게 대학진학반에 들어갔다. 대학진학반은 코리아이 정규교과 성적 상위 3퍼센트에 해당하는 애들만 들어갈 수 있었다. 대학진학반에 들어가면 정규교과의 대부분을 차지하는 노동교육 시간을 줄이고 따로 수험교육 시간을 부여받는 권리를 누릴 수 있었다. 대학진학반은 들어가는 것보다 퇴출당하지 않는 것이 더 어려웠다. 수험교육은 물론 교육기관의 정규교육에서도 우수한 성적을 유지하고 있어야만 자격을 유지할 수 있었다. 한 번 자격을 박탈당하면 다시 진학반에 들어갈 기회는 없었다.

어려운 길이었다. 남들보다 더 오래 깨어있어야만 했다. 미장수업에 낙제될까 봐 쉬는 시간마다 건축실습실로 뛰어가 섬세하지 않은 손으로 몇 주를 연습했다. 사무회계 과목에서 뒤처지자 늦은 밤까지 이불 속에서 교육용 태블릿을 밝혀, 무한히 문제를 주는 자동기출변형 문제은행 프로그램에서 문제를 받아 풀었다.

이 노력을 아무도 알아주진 않았다. 오직 성적표에 담긴 숫자만이 혜리의 노력을 인정하고 이해했다. 최고를 목표로 잡은 순간부터 고독할 수밖에 없는 싸움이었다. 포기하고 싶을 때도 있었지만, 벽 바깥 사회로 나가면 노력의 대가를 보상받을 것이라 믿었다. 멋진 어른이 되고 싶었다. 가끔 벽 안으로 들어오는 사람들, 기사가 모는 차를 타고 수업 현장을 둘러보러 오는 그런 어른들 말이다.

끝까지 고독한 싸움일 것 같았다. 싸운다고 하여 누구처럼 추종자 하나 있지도 않았다. 청춘은 벽 안에서 혼자 전전긍긍하는 시절로만 기억될 예정이었다. 그렇게만 생각했는데, 혜리가 홀로 싸우고 있음을 알아준 사람이 불현듯 나타났다.

대학진학반의 불온한 영어문제집을 전량 소각하고 있을 때였다. 엠마 골드만의 반국가적 연설이 지문에 담겼다는 이유로 보안교사는 코리아이 도덕관의 올바른 정립을 위해 소각을 지시했다. 혜리는 아직 다 풀지도 못한 문제들이 연기로 변해가는 것이 미어지게 안타까웠다. 새로운 문제집이 검열을 뚫고 오려면 또 한 달은 걸릴 것이 뻔했다. 책이 오그라들며 잿빛으로 변했다. 지문과 답이 드럼통 안에서 모두 녹아내렸다.

　"내가 썼던 자습서 가질래? 대학진학반에서 네가 제일 열심히 한다고 들었어. 그런 애한테 주고 싶었어."

　선배인 상우였다. 정우만큼이나 상우도 유명했다. 악명 높은 쪽이 정우였다면, 상우는 그 반대였다. 상우는 천재였다. 그냥 머리가 좋다는 뜻이 아니라 선천적인 천재였다. 공부는 물론 노동과 운동까지 우수했다. 선하게 생긴 얼굴과 어울리게 성격도 선했다. 언제나 자기 일을 끝내고 제일 느린 아이의 몫까지 도와줬으며, 합동교육에서는 먼저 후배들을 찾아와 스스로 터득한 것을 알려주었다. 노동현장에서의 시범은 언제나 그의 몫이었고, 체육교사는 상우 동작만 따라 하면 된다고 가르쳤다. 그래서는 안 되지만 교사들은 가끔 상우에게 현장 지도를 맡기고 갈 때도 있었다. 코리아이에게 어른의 역할을 부여하는 것은 코리아이끼리는 평등하다는 선언을 위반하는 것이었음에도 말이다.

　그런 상우가 혜리에게 자습서를 줬다. 천재의 필기가 담겨 있는 보물. 계승의식을 치르듯 혜리는 자습서를 두 손으로 엄숙히 받아 들었다. 상우는 지금은 힘들어도 좋은 날이 올 거라 말했다. 상우는 일찍부터 좋은 날을 맞았다. 그 또한 좋은 날이 오기까지 외로운 싸움을 겪었을 테지. 그는 언제나 빛이 났다. 최고가 되면 누릴 수 있는 영광이었다. 혜리는 상우처럼 되고 싶었다.

교육기관에는 물리적 폭력이 없었다. 그런 개념 자체가 없었다. 체벌과 주먹다짐과 욕설 같은 것은 그 존재를 알 수도 없었다. 인터넷조차 연결되지 않은 고립된 공간이기에 가능한 일이었다. 유치부 장난감에도 칼이나 총 모형은 없었으며, 유아용 영상에도 밀치거나 발을 거는 장면조차 없었다. 어른들도 욕설과 물리적 폭력을 사용하지 않았다. 벽 안의 세상에서 철저하게 폭력을 도려냈다.

코리아이 정규교육 중에서도 폭력은 검열되었다. 역사 교과서에서도 시간의 흐름에 따라 지도는 넓어졌다가 줄어들고 나라의 이름은 몇 번이고 바뀌었지만, 어떤 변화로 그리되는 것인지는 정확히 가르치지 않았다. 전쟁, 정복, 찬탈, 혁명, 숙청, 지배, 해방, 분단 따위의 이야기는 교과서에 없었다. 얼버무린 설명으로 교묘하게 넘어갈 뿐이었다.

다만, 대학진학반은 외부와 마찬가지로 폭력의 존재를 배워야만 했다. 입시교육에서마저 폭력을 지워낼 수는 없었다. 폭력은 인류 전반에 걸쳐 이어져 오던 원시의 습성이었다. 동검부터 원자폭탄까지 배워야 했고, 반란과 반정과 강점기의 투쟁을 배워야 했다.

입시교육을 받으며 노출된 폭력을 정화하기 위해, 대학진학반은 의무적으로 가치관교육을 받았다. 매주 평균 두 시간씩 시간을 빼앗겼다. 공부할 시간도 부족한 진학반 아이들에게는 곤혹스러운 일이었다. 가치관교육 시간에 대학진학반 코리아이들은 폭력은 공부로써만 배우겠다는 약속과 절대 사용하지 않겠다는 맹세와 연설까지 해야 했다. 서약을 지키겠노라 수백 번 다짐해도 가치관교육은 끊임없이 진행됐다. 교사들도 이 반복되는 수업을 지루해했지만, 그들은 규칙에 감겨있는 사람들이었다. 가치관교육을 멈출 수 있는 사람은 없었다.

대학진학반 영어선생들이 문제집을 또다시 소각한 지 이틀 뒤 가치관교육이 잡혔다. 대학진학반 전 학년이 큰 교실로 모였다. 전 학년이라고 해봤자 통틀어 몇십 명이 전부였다.

"상우 선배."

혜리는 상우를 발견하고는 괜히 불러봤다. 상우가 돌아보자 혜리는 잔뜩 상기된 얼굴로 손을 흔들었다. 상우도 웃으며 손을 흔들어 보였다. 상기된 얼굴의 혜리는 상우에게서 눈을 떼지 못했다.

"상우 형."

듣기 싫은 목소리였다. 상처투성이 정우가 뒷문으로 어슬렁거리며 들어와 상우에게 손을 흔들었다. 두 사람은 이름 끝자리가 같았다. 그저 우연일 뿐임에도 정우는 그걸 계기로 상우에게 접근해 친한 척을 해댔다. 상우는 정우에게도 혜리에게 짓던 미소를 보내며 인사했다. 혜리는 그 꼴이 마음에 들지 않았다.

정우는 종종 가치관교육에 불려 왔다. 문제아 정우는 교화를 위해 대학진학반이 듣는 가치관교육을 같이 듣곤 했다. 물론 이 반복적인 가치관교육을 듣는다고 정우가 교정되진 않았다.

교사가 들어와 차렷 자세로 일어선 아이들에게 앉으라 손짓했다.

"가치관교육 강화하라고 해서, 이번 달은 일주일에 세 번씩 교육 듣는다."

아이들은 숨소리조차 내지 않았지만, 눈에 힘이 빠지는 것은 어쩔 수 없었다. 복종하는 인간만 가르치는 교사는 미세한 눈빛의 변화마저 알아챌 수 있었다. 교사는 위로의 말을 전했다.

"불만 갖지 마. 우리도 원해서 이러는 거 아니야. 저놈의 교육청 선생들 때문에 어쩔 수 없어. 너희가 고생이 많다. 다 잘려야 하는데."

교육기관에서는 선생과 교사를 분리해서 불렀다. 코리아이 교육기관에 속한 이들은 교사였고, 대학진학반을 가르치는 교육청 소속 공무원은 선생이라 불렀다. 두 부류 다 그렇게 달리 불리길 원했다. 두 집단은 사이가 좋지 않았다. 임용고시도 치지 않는 교사는 애들 가르칠 자격 없다는 소리를 들었고, 사실상 좌천지인 코리아이 교육기관으로 발령받는 선생들은 낙오자나 사회 부적응자 취급됐다.

"입시반 선생들이 뻔히 규정에 위반되는 지문을 가져온 거야. 아무 생각 없는 거지. 아니면 의도적이거나. 전교조가 많아서 그래."

지문에 폭력적인 내용은 별로 없었다. 이번 문제집이 불에 탄 이유는 지문으로 들어간 노암 촘스키와 한나 아렌트의 글 때문이었다. 딱히 폭력적인 지문은 아니었다.

불이 꺼지고 영상이 켜졌다. 공공기관 제작물 특유의 과도한 활달함이 오히려 어색했다. 과한 궁금증을 가진 질문자 역할의 아나운서와 느리게 대답하는 역할의 전문가, 어색하게 감탄하는 역할의 젊은 일반인이 수다를 떨었다.

"코리아이가 외국인 노동자를 대체하면서 내수시장이 다시 활성화되고 있다고요?"

"그렇습니다. 연속으로 터진 전 지구적 금융위기 이후 저희가 세계에서 세 번째로 빨리 회복한 게 다 코리아이 덕이라고 할 수 있죠."

"와, 대단한데요."

웅장한 현악기 선율과 함께 인공자궁의 모습이 나왔다. 알처럼 동그랗지만, 좌식변기처럼 굵은 뿌리가 있었다. 설계자는 알의 형상을 먼저 디자인했을까 아니면 변기의 형상을 먼저 떠올렸을까. 그건 모를 일이었다. 버린 것을 받아 잉태하는 기계 위에 굵은 금색 제목이 덧씌워졌다.

우린 자랑스러운 코리아이입니다.

교육기관 설립 이후 배출된 코리아이의 우수한 작업능력에 대한 현장 관리자 인터뷰가 나왔다. 생산 및 수출량 확대를 보여주는 그래프가 등장했다. 인건비를 감당 못해 아시아를 넘어 아프리카까지 넘어갔던 공장이 국내로 돌아오고 있다는 기사가 자료화면으로 쓰였다. 비자 발급을 받지 못한 외국인 노동자들이 퇴출당하는 장면이 나왔다.

코리아이는 사회출발보조대출금이 있어 직장을 구할 때까지 여유가 있다고 했다. 사회출발보조대출금을 갚기 전까지는 해외에 나가는 것은 금지되지만, 코리아이를 찾는 무수한 산업체가 존재하는 한국에 남아있는 것이 코리아이에게도 도움이 된다는 성인 코리아이의 인터뷰도 나왔다.

"상우 열외. 밖에 보안교사 따라서 옆 반으로 가."

어둠 속에서 교사가 말했다. 영상에 집중하고 있는 아이들 사이에서 혜리는 슬며시 몸을 일으켜 창문 너머를 봤다. 상우는 복도에 기다리고 있던 보안교사를 따라가고 있었다. 엉거주춤 서있던 혜리는 핸드폰 게임을 하고 있는 교사에게 화장실에 가고 싶다고 했다. 교사는 어른 돼서 밖에 나가면 그런 편의 안 봐준다고 으름장을 놓으면서도 혜리를 보내줬다. 화장실을 안 보내주면 끝까지 참다가 바지에 싸는 코리아이도 간혹 있기 때문이었다. 복도로 나온 혜리는 옆 반 창문 아래서 몸을 숙였다.

"너 어차피 저런 거 듣고 있을 시간 없잖아. 가치관교육 다 빼줄게. 졸업할 때까지 싹 다. 나한테서 특수보안교육 이수했다고 하면 되니까."

보안교사가 말하는 동안 상우는 대답이 없었다.

"그러니까 명확한 물증만 찾아와. 일주일 줄 거야. 찾는 동안

교육시간은 빼준다. 지금처럼 나와서 자습하면 돼."

말하는 도중에 보안교사 조끼에 달린 무전기에서 소리가 들렸다. 복도에 학생 하나 엿듣고 있다고. 혜리는 천장에 달린 CCTV를 봤다. 문을 열고 나온 보안교사가 혜리의 팔을 잡아 올렸다.

"너 뭐야? 어른 말을 엿들어? 코리아이 중에 이런 애는 또 처음 보네."

혜리는 잘못했다고 빌었다. 교사는 씩씩대며 물었다.

"너도 반항하려고? 정우 추종자야? 정우 따라다니던 애들한테 내가 뭘 시켰는지 알지?"

"그런 거 아니에요. 제가 제일 싫어하는 애가 정우예요."

한 번 더 쏘아붙이려던 교사는 잠시 입을 다물었다. 벌벌 떠는 혜리 앞에 상우가 나타났다. 상우는 혜리가 착하고 우수한 학생이라고 변호했다. 교사는 엿들을 생각을 했다는 것에 대해 혼냈고, 혜리의 진심 어린 사죄를 열 번이나 들었다. 그러고는 정우를 싫어하는 점을 좋게 봐주겠다며 잠깐 따라 들어오라고 했다.

"대학진학반 아니면 모를 이야기들을 정우가 알고 있어."

보안교사는 전교조 선생들이 몰래 정우에게 바깥 이야기를 알려주는 것 같다고 했다. 그런 게 아니면 대학진학반 교재를 몰래 훔쳐서 보거나, 기숙사 같은 방을 쓰는 대학진학반 친구가 보안서약을 어기고 자기가 공부한 내용을 누설했을 수도 있다고 했다. 그게 무엇이든 불온한 정보를 어디서 얻는지 알아내

고, 가능하면 증거도 찾으라고 했다. 그중 전교조 선생이 원인
일 가능성을 유독 강조했다.

"일급 보안물품이야. 녹음기인데, 증거될 이야기는 다 녹음
해. 옆에 스위치가 있어."

보안교사는 둥글고 납작한 리튬전지처럼 생긴 물건들을 탁
자 위에 늘어놓았다. 그 조그만 것을 하나씩 혜리와 상우에게
건넸다. 교사는 충전하는 방법, 들키지 않고 녹음하는 방법, 티
나게 행동하지 않는 법 등 여러 가지를 알려줬다.

"일주일 안에 증거 가져와. 아무것도 없으면 그냥 가치관교
육 다시 듣는 거야."

교사는 둘이서 작전 회의를 하거나 편하게 자습하라고 했다.
교사가 나가자 상우는 녹음기를 주머니에 집어넣었다. 작전 회
의 같은 것은 없었다. 상우는 태연하게 태블릿을 꺼내 코리아이
정규교과 언어 과목인 건설업계 속어를 외웠다. 야리끼리, 오도
리바 따위의 일본식 업계용어를 상우는 눈으로 외웠다. 녹음기
를 살펴보던 혜리도 태블릿에 시험 범위인 사투리 문장을 띄웠
다. 어느 지역에서든 일할 수 있도록 코리아이는 사투리를 필수
적으로 배웠다. 외우려고 했지만 눈에 들어오지 않았다. 답답함
에 침묵을 깨고 혜리가 물었다.

"작전 회의는 안 해요?"

공부도 공부지만 이런 중차대한 임무를 받고서 아무런 이야
기도 안 하는 것을 이해할 수 없었다. 정우가 어떤 불온한 이야
기를 했을지 궁금했고, 작전을 어디서부터 시작할지, 어떻게 접

근할지도 머리를 맞대야 하는 것 아닌가 싶었다. 이렇게 각자 어설프게 대충 준비하다가는 실패할 것이다. 평생 가치관교육을 빼고 자습할 수 있는 기회를 놓치고 말 것이다. 혜리는 이 기회를 놓칠 수 없었다.

"같이 계획을 세워요. 아니면 누가 누구를 맡을지라도 나누던가요. 선배가 전교조 선생님 맡고 제가 정우 친구들 맡을게요."

"뭘 그렇게까지 해. 무슨 일 있으면 녹음하면 되지."

"일주일 내에 찾아야 하잖아요. 그래야 자습시간도 계속 얻을 수 있고요."

"글쎄…… 하다 보면 되지 않을까?"

상우는 무사태평이었다. 혜리는 답답함에 뒤로 쓰러질 것만 같았다. 증거만 찾으면 시간 잡아먹는 가치관교육을 졸업할 때까지 안 들어도 됐다. 왜 노력하지 않는지 이해할 수가 없었다. 혜리는 소중한 자습시간을 포기할 수 없었다. 혼자서라도 최선을 다하겠다고 마음먹었다.

혜리는 정우의 주변 사람에게 먼저 접근했다. 정우와 같은 기숙사 방을 쓰는 아이들 중에 대학진학반인 애가 있었다.

"성태야 안녕?"

"아, 누나."

성태가 배시시 웃었다. 혜리는 급히 성태의 팔을 잡아당겼다. 프레스기가 조금 전까지 성태의 손이 있었던 곳을 짓눌렀다. 팔을 잡아당기지 않았으면 손이 짓이겨졌을 뻔했다. 혜리는 조심하라며 전원을 끄고 빗자루를 대신 잡았다. 기계 안쪽을 긁어

빳빳한 플라스틱 모로 쇠 찌꺼기를 긁어냈다. 혜리는 기계 앞에 올려둔 성태의 태블릿이 켜져있는 것을 봤다. 대학진학반 영어 과목 지문이었다. 성태는 노동수업 틈틈이 진학반 공부까지 하는 중이었다.

"공부할 시간 부족하지?"

혜리가 빗자루를 돌려주었다. 성태는 일분일초가 아깝다며, 잠잘 시간을 줄여도 부족하다고 했다.

"기숙사에서 공부 못 하게 방해하는 애는 없어?"

"없어요. 다 좋은 애들이에요."

"정우 있잖아."

"정우도 착해요."

"나쁘다는 게 아니라. 정우가 이상한 생각을 많이 하잖아. 괜히 쓸데없는 이야기 하면서 너 시간 뺏는 거 아니야?"

"아니에요."

"정우가 너 괴롭히거나 그러면 말해. 내가 다 이를 거니까."

성태는 그런 일은 없다고 말했다. 혜리는 반드시 말하라며 빗자루를 흔들다가 일부러 놓쳤다. 성태가 빗자루를 줍기 위해 몸을 숙였다. 성태가 몸을 숙인 동안 혜리는 태블릿 커버 안에 녹음기를 끼워 넣었다. 성태가 몸을 일으키자 혜리는 황급히 성태의 태블릿에서 손을 떼고는 아무 말이나 꺼냈다.

"근데 정우는 어떤 애야? 소문은 많이 들었는데 진짜 어떤 애인지 궁금하네."

"글쎄요." 고개 숙인 성태가 물었다. "근데 왜 정우 이야기만 물어보세요?"

"아니, 내 친구가 정우 좋아한다는데……. 괜찮은 애인지 궁금해서."

"누나가 좋아하는 건 아니고요?"

"난 아니지. 완전 이상한 애 같은데."

성태는 웃으면서 입을 달싹이다가 이내 고개를 저었다. 왜 말 안 하냐고 묻자 성태는 자기도 정우랑 이야기를 잘 안 한다고 했다. 거짓말이었다. 쉬는 시간이 되자마자 성태는 정우 옆에 딱 붙어 신나게 떠들며 다음 수업 장소로 이동했다.

녹음기를 숨기는 것은 제법 쉬웠으나 도무지 회수할 수가 없었다. 성태가 경계심을 보이진 않았다. 혜리만 보면 자기가 먼저 뛰어올 정도였다. 하지만 성태는 혜리의 접근을 계속 의식하고 있었다. 조금만 가까이 가도 알아채고 싱긋 웃었고, 혜리가 근처에 있으면 한눈을 팔지도 않았다. 별다른 이유도 없이 혜리를 빤히 쳐다보고 있기도 했다. 녹음기를 숨긴 성태의 태블릿을 건드리지도 못했다. 그렇게 사흘이 흘렀다.

그러다 전 학년 합동봉제수업에서 혜리는 성태 옆자리에 앉았다. 성태의 재봉틀 바로 옆에 태블릿이 있었다. 성태는 재봉틀 밑으로 부직포를 밀어 넣었고, 한 학년 높은 혜리는 천을 재봉했다. 시간이 지나면 성태가 재봉에 완전히 몰입할 줄 알았지만, 살짝 돌아봐도 성태는 알아차렸다. 성태는 웃으며 자기가 얼마나 잘했는지 보여주었다. 그럴 때마다 혜리는 웃으며 성태의 작품에 감탄해 주는 수밖에 없었다.

성태 옆에 앉은 정우는 발판 밟는 것을 멈추고 성태 너머의 혜리를 빤히 쳐다보고 있다. CCTV 같은 그 시선 때문에 혜리는 태블릿으로 손을 뻗지도 못했다. 정우가 성태한테 그리 작지 않은 소리로 물었다.

"저 누나가 너 좋아하는 것 맞지?"

놀란 성태가 발판을 세게 밟았는지, 재봉틀 바늘이 아래위로 우다다 움직였다. 겹겹이 쌓여 단단해진 실뭉치에 바늘이 박혀 부러졌다.

"아냐. 조용히 해."

성태가 혜리 눈치를 보며 말했다. 혜리는 신경 쓰지 않았다. 혜리의 머릿속에는 기회가 왔다는 생각밖에 없었다.

"내가 바늘 갈아줄게. 아까 보니까 너 실 잘 못 넣더라."

혜리는 성태의 재봉틀 앞에 앉았다. 어정쩡하게 일어선 성태를 정우가 툭툭 치며 웃었다. 성태는 몸을 돌리고 조용히 하라며 손가락을 입에 댔다. 정우는 멈출 생각이 없었다. 신이 나서 웃더니 이내 뒤집어지려고 했다. 성태는 정우의 모습이 안 보이게 애써 몸으로 막았다. 그사이 혜리는 바늘도 갈고, 실도 다 둘러 꽂았으며, 태블릿에 끼워둔 녹음기까지 회수했다.

점심시간 애들이 식당으로 몰려가는 동안 혜리는 운동장 계단에 앉았다. 녹음기를 태블릿 위에 얹고 보안교사가 깔아둔 프로그램을 실행하자 녹음파일이 보였다. 혜리는 이어폰을 꽂고 음성이 녹음된 부분을 찾았다. 시답지 않은 내용이 대부분이었다. 수업시간에 녹음된 내용은 다 건너뛰고, 기숙사에 있는 시간 위주로 들었고, 그것마저도 16배속으로 돌렸다. 점심 시간을 끝내는 종이 울렸다. 일단 수업을 받으러 가려고 일어 날 때, 귀에 거슬리는 단어가 들렸다. 혜리는 배속을 줄이고 다시 들었다.

정우 : 공부하냐?

성태 : 아니, 전에 말했던 거.

정우 : 편지? 기자한테 보낸다던 거는 다 썼잖아.

성태 : 응. 인권위에도 대신 보내달라고 한 통 더 쓰고 있어.

정우 : 반송되는 편지 봉투는 구했어?

성태 : 응, 여기. 신문사랑 기자 이름. 반송 도장까지 찍혔어.

정우 : 완벽하네. 이제 어떻게 보내게?

성태 : 보안실 안에 우체물 분류함 있잖아. 보안교사 순찰 도는 시간 까지 기다렸다가 문 밑으로 밀어 넣으면 분류함 아래서 떨어진 것처 럼 보일 거야.

정우 : 순찰 도는 시간은 매 정각부터 15분인 거 알지?

성태 : 알고 있어.

정우 : 문제없겠지?

성태 : 괜찮아. 카메라 사각은 네가 알려줬잖아.

정우 : 내일 한다고?

성태 : 응, 내일.

정우 : 같이 가자. 내가 망이라도 봐줄게.

성태 : 아니야, 내 일이야. 나 혼자 할게.

혜리는 몇 번을 다시 들어보았다. 정우가 아니라 성태가 무언가를 꾸미고 있었다. 그것도 뻔히 교사들이 경고하던 곳에 투서하려 했다. 진학반이 아닌 코리아이는 인권위 같은 단어를 알 수 없고 알아서도 안 된다. 진학반에서도 입시교육 때문에 어쩔 수 없이 듣게 돼도 특별히 주의를 받았다.

그 단체가 개인의 인권을 보호하는 것은 장점이지만, 분란을 만들어 사회발전을 더디게 만든다고 했다. 제대로 된 교육이 뭔지도 모르면서 교육기관의 방식이 잘못됐다며 덮어놓고 비방한다고 했다. 지금은 정부가 막고 있지만, 인권위가 교육기관을 들쑤시면 좋은 꼴이 나진 않을 것이다. 인권위 입맛에 맞게 교육을 하면 모든 코리아이는 사회에서 낙오자가 될 것이며, 영원한 실업 상태에 놓일 것이라고 했다.

성태는 어떤 거리낌도 없이 보안서약을 위배했다. 조금의 죄의식도 조심성도 없는 말투. 한두 번이 아니었을 수 있다. 정우한테 바깥에 대해 알려준 것은 전교조 교사가 아니라 성태였던 것이다. 혜리는 녹음된 파일의 날짜를 확인했다. 하루 전 녹음 파일이었다. 성태가 편지를 보낼 날짜는 오늘이었다.

혜리는 상우를 찾아갔다. 이 공을 혼자 독식할 생각은 없었다. 상우에게도 자습시간을 주고 함께 자습하고 싶었다. 혜리는 상우에게 찾은 것이 있다면 함께 나누자고 했다. 상우는 찾지 않았다고 했다. 상우는 처음부터 이 일에 열의가 없었다. 밀고자는 되기 싫다는 걸까. 고고하게 산다고 자습시간이 생기진 않았다. 혜리가 다시 물었다.

"그러지 말고 알려주세요. 가치관교육 빼고 같이 자습하면 좋잖아요."

"혜리야, 증거 찾지 마. 공부할 시간은 충분하잖아."

어떻게 시간이 충분하다고 말할 수 있을까. 노동교육과 진학교육을 병행하는 코리아이에게 시간은 절대 충분하지 않았다. 혜리는 다시 깨달았다. 상우는 모의고사 전체에서 문제 한 개도 틀릴까 말까 하는 천재였다. 혜리는 그런 머리는 없었다. 혜리의 머리는 정직했다. 오직 시간을 들여야 성적이 나왔다. 자습 시간이 필요한 것은 혜리뿐인 모양이었다. 혜리는 주머니 속 녹음기를 움켜쥐었다.

선의 따윈 베풀지 말고 혼자 증거물을 제출할까 생각이 들었지만, 그러고 싶지는 않았다. 상우와 같이 자습하면 좋은 점이 많았다. 어려운 문제를 물어볼 수도 있고, 천재의 공부법을 엿보는 기회가 될 것이다. 설령 그럴 기회가 없을지라도, 그냥 함께 있다면 좋을 것 같았다. 코리아이끼리 둘만 있을 수 있는 시간은 없었으니까.

혜리는 상우에게 녹음기를 보여주었다. 내가 녹음했다고, 하지만 보안교사에게는 같이 계획한 거라고 말하겠다고. 혜리는 녹음파일을 들려줬다. 가만히 듣던 상우는 태블릿에 다운된 녹음파일을 지웠다. 혜리가 어리둥절 가만히 보고 있는 동안 상우는 녹음기를 주먹에 쥐었다.

"이런 거 하지 마."

상우는 몸을 벌떡 일으키고는 녹음기를 들고 복도로 나갔다.

혜리는 상우가 무엇을 하려는지 몰랐다. 혹시 상우가 공을 가로채려는 걸까 싶어 다급하게 말했다.

"같이 말해요. 같이 자습할 수 있어요. 둘이 했다고 하면 되잖아요."

혜리가 말하는 동안 상우는 창문을 열어 창밖으로 녹음기를 던졌다. 5층 높이에서 날아간 녹음기는 화단 어딘가로 떨어졌다. 혜리는 떨어진 곳을 보지 못했다. 혜리는 깜짝 놀라 물었다.

"지금 뭐하는 거예요? 창문 밖으로 물건을 던지는 건 교칙 위반이에요!"

코리아이는 그런 것이 신경 쓰였다. 혜리는 다른 말은 못 한 채 급하게 계단을 뛰어 내려가 화단을 뒤졌다. 손은 흙물이 들었고 작은 돌과 가지에 베여 쓰라렸다. 쉬는 시간 세 번을 전부 쓰고서도 찾지 못했다. 누가 이미 가져가 버렸을까. 화단 청소를 맡은 초등부가 녹음기를 버린 것일까. 혹시나 상우가 다시 가져갔을까. 혼자 공적을 가져가려는 것일까. 그럴 이유가 있나. 설마 자습할 때 혜리가 옆에 있는 것이 귀찮았던 것일까. 그럴지도 모른다는 생각이 들자 눈물이 쏟아졌다. 실연당한 게 무슨 기분인지도 모르면서, 마치 실연당한 것처럼 화단 앞에 털썩 주저앉아 흙 묻은 손으로 눈을 비볐다.

혜리는 교무실로 향했다. 녹음기를 잃어버린 것도 고백해야 했으니 말이다. 혜리는 보안교사에게 오늘 성태가 일을 벌일 것이라 고발했다. 상우가 먼저 말하진 않은 듯했다. 보안교사는 눈을 크게 떴다가 이내 무시무시한 표정을 지었다.

"애들이라 적당히 하려고 했는데 안 되겠네. 인권위? 교육기
관이 우습지 아주!"

머리가 끓고 있기에 보안교사는 혜리에게 칭찬하는 것도 잊
었다. 칭찬은커녕 혜리에게까지 으르렁대며, 잃어버린 녹음기
를 찾아내라고 다그쳤다. 보안물품 분실은 결코 가벼운 잘못이
아니라며 못 찾으면 두고 보라고 했다.

이틀이 지난 뒤 혜리가 다시 교무실로 찾아갔다. 창문을 투과
한 따뜻한 햇살이 교무실에 내리쬐고 있었다. 수업시간이었기
에 교무실에 교사들은 거의 없었다. 혜리는 두리번거리다 보안
교사를 발견했다. 정수기에서 스테인리스 컵으로 물을 따라 벌
컥벌컥 마신 보안교사는 땀에 젖어 달라붙은 셔츠의 옷깃을 잡
아 털고는, 액자에 담긴 태극기 아래를 천천히 맴돌며 팔을 걷
었다. 보안교사도 혜리를 발견하고는 무슨 일이냐는 듯 혜리를
향해 턱짓을 했다.

"가치관교육 때 자습하겠다고 말씀드렸는데 교사님이 들은
것 없다고 하셔서요."

"아, 그래? 내가 전달 안 했나? 기다려봐, 전화해 줄게."

보안교사는 전화를 들어 혜리가 보안우수자로 선정되었다
고, 성태랑 정우 잡은 게 혜리라고 말했다. 교사는 이제 가서 자
습하면 된다고 했다.

전화를 끊은 보안교사는 교무실 안쪽에 있는 방으로 들어갔
다. 그가 들어가자 방 안에서 성태가 비명을 질렀다. 겁에 질린

아우성. 교육기관에서 폭력은 없었다. 분명, 물리적인 폭력은
없었다.

"정우가 시켰잖아. 말을 하라고."

"아니에요. 다 제 생각이었어요." 성태가 울면서 말했다.

"왜 이렇게 버티냐. 카메라 위치 알려주고 시간까지 지시했
다며. 명령한 거잖아, 너한테."

안에서 교사의 고성과 쾅쾅대는 소리가 났다. 보안교사는 목
판 위에 성태의 손을 올렸다. 그러고는 손가락 사이에 못을 꽂
고 망치질했다. 조금만 빗겨나가도 성태의 손가락은 부러지고
말 것이다. 노동자의 숙명을 지고 살아가야 하는 코리아이에게
손이 없어지는 것은 죽음을 의미했다.

혜리는 끔찍한 소리가 듣기 괴로워 서둘러 교무실 밖으로 빠
져나가려 했다. 그때 문 앞에서 정우와 마주쳤다. 그는 수갑을
찬 채로 보안교사 두 명에게 붙들려 교무실 안으로 들어갔다.
혜리는 몸을 움츠리고 뒷걸음질 쳤지만, 정우는 혜리에게 어떤
눈빛도 보내지 않았다. 밀고자의 정체를 모르는 모양이었다.

"넌 여기서 저 소리 잘 들어. 너 때문에 친구가 저렇게 되는
거야. 자백하든지 친구 버리든지 알아서 해."

교사가 정우를 벽에 밀었다. 밀쳐진 아이는 묵묵히 고개를 숙
이고 등으로 친구의 절규를 들었다.

다음날 혜리는 텅 빈 교실에 홀로 있는 정우를 발견했다. 교
실에는 책상 하나 없고, 의자도 가운데 덩그러니 하나만 놓여
있었다. 정우는 그 의자에 앉아 손목에 채워진 수갑을 문지르

고 있었다. 교실 안에서는 아무 소리도 나지 않았다. 복도의 웅성거리는 소리만 한 시간마다 10분씩 들어올 뿐이었다. 정우는 적당히 자유로운 그 소리가 부럽지 않다는 듯 억지로 침묵 속에 고개를 처박고 있었다.

어느 날 합동체육시간에 아이들이 모래주머니를 나르며 노동체육을 할 때 정우 혼자 텅 빈 체육관에 앉아있었다. 아이들이 신나게 떠들며 삽을 가지러 들어왔다가 정우를 발견하고는 숨을 삼킨 채 재빨리 삽만 챙겨 떠났다.

성태의 모습은 어디에도 보이지 않았다. 쓰레기 소각장에 갇혀있을 거라는 소문도 돌았고, 머리에 비닐만 쓰고 정화조에 갇혀있을 거라는 소문도 돌았다. 어떤 아이들은 목공소 안 톱날 옆이나 다 무너져가는 건물 안에 갇혀있을 것이라고 이야기했다. 그러한 이미지들은 벽 속에 갇힌 코리아이들이 떠올리는 죽음의 상징이었다. 그들은 진짜 죽음을 본 적도 들은 적도 없었다. 그러니까 아이들은 성태가 거의 죽었으리라고 생각하고 있는 것이나 마찬가지였다.

하지만 혜리는 그들의 말을 부정했다. 이번 주에는 쓰레기 소각장으로 가는 차도 없었고, 정화조에는 환풍기를 설치했고, 목공소 톱날 위에는 안전커버가 씌워져 있었고, 다 무너져 가는 건물은 지지대를 보강했을 거라고. 혜리는 그렇게 생각해야만 했다. 그러지 않고서는 근육의 뒤틀림과 내장이 뽑혀 나올 것만 같은 구토감을 견딜 수 없을 것 같았다.

"자백하란 말이야!"

보안교사는 복도에서 소리쳤다. 복도에는 다른 교육실로 이동하는 수많은 아이들이 있었다. 아이들은 모두 얼어붙은 채 꿈지럭거렸다. 복도 한가운데서 보안교사가 정우의 수갑 찬 손목을 붙잡은 채 서 있었다. 아이들은 감히 지나가지 못했다.

"너는 교육을 받을 자격이 없어. 너 같은 쓰레기를 사회에 내보내면 세상은 아주 힘들어질 거야. 너는 모든 사람한테 피해를 줄 거야. 알아?"

교사는 대답하라며 수갑 찬 손목을 앞뒤로 흔들어댔다. 정우는 발을 분주히 움직여 버텨봤지만, 결국 균형을 잃고 뒤로 넘어졌다. 다시 일어나려 했지만, 교사는 팔을 잡아당겨 옆으로 넘어뜨렸다.

"우리가 그동안 너를 얼마나 존중해 줬냐. 이젠 안 되겠다. 네 맘대로 할 거면 우리 보살핌 받지 마. 우리가 주는 옷도 입지 말고, 밥도 먹지 말고, 화장실도 쓰지 마. 너한테는 다 과분해. 벗어. 옷 벗어 얼른!"

교사는 정우의 상의를 잡고 토끼 가죽을 벗기듯 등에서부터 잡아당겼다. 정우의 새하얀 등이 드러났다. 셔츠는 정우의 머리와 팔을 덮었다. 두 손목을 붙든 수갑 때문에 옷은 벗겨지지 않았다. 고치처럼 셔츠 속에 있을 정우의 얼굴이 무슨 표정일지 상상도 할 수 없었다.

정우는 다시 옷을 내리려 팔을 당겼다. 교사는 셔츠 끝을 움켜쥔 채 이리저리 흔들었다. 차가운 복도에 옆구리가 쓸렸다. 떨고 있는 반라의 몸 위로 올라탄 교사는 정우의 바지춤마저 잡아당겨 벗겨버렸다. 뜯어진 단추는 이리저리 구르고, 거친 손길의 흔적으로 허벅지와 등에 손톱자국이 남았다.

"네가 물들인 성태가 지금 무슨 고초를 겪을지 생각해. 네가 발뺌할수록 걔만 고통받는 거야. 어쩌면 다시는 볼 수 없을지도 몰라. 잘 생각해."

텅 빈 교실에 정우가 홀로 앉아있었다. 속옷도 입지 못하고 그저 수갑 찬 손으로 간신히 성기를 가리고 있었다. 벽을 응시하던 그는 이내 얼굴을 찌그러뜨리고 눈물을 흘렸다. 그러고는 아무렇지 않은 척 손바닥으로 얼굴을 문댔다. 하지만 얼굴은 여전히 축축했고, 연달아 들이마시는 분절된 호흡에 몸은 들썩였다.

혜리는 정우가 있는 교실에서 눈을 돌렸다. 다른 아이들은 가치관교육을 듣고 있을 시간, 혜리는 복도를 지나 혜리만을 위해 준비된 아무도 없는 교실 한가운데로 갔다. 태블릿으로 자습할 내용을 켜고 전자펜을 쥐었다. 아무것도 눈에 들어오지 않았다. 전자펜을 놓았다. 주먹 쥔 손을 무릎에 올려놓고 정자세로 고쳐 앉아 정신을 차려보려 했다. 생각이 정리되지 않았다. 불안함에 온몸이 차갑고 살 속이 가려웠다. 태블릿 위로 눈물이 떨어졌다.

혜리는 복도로 나왔다. 걸음을 옮겨 정우가 있는 교실 문을 열었다. 고개를 숙이고 있던 나신의 코리아이는 열린 문을 무기력하게 돌아봤다. 성큼성큼 걸어온 혜리는 뺨에 흐른 눈물 자국을 닦으며 말했다.

"자백해."

"뭐라는 거야."

정우가 중얼거리듯 말했다. 정우는 고개를 돌려 햇빛 속을 부유하는 먼지만 바라봤다. 혜리는 몸으로 빛을 막았다. 그늘진 정우를 노려보며 소리를 질렀다.

"자백하라고. 네가 자백을 안 하니까 적당히 끝날 일이 커지고 있잖아. 성태가 지금 왜 사라졌는데. 너 때문이잖아, 너!"

"내가 뭘 했다는 거야."

정우는 젖은 눈썹을 찍어 누르며 고개를 흔들었다. 정우의 목소리는 점점 작아졌다.

"내가 진짜 뭘 했는데. 내가 뭘. 왜 다 나한테 그러는 거야."

"네가 성태 꼬드긴 거잖아. 착하고 열심히 사는 애 네가 물들였잖아. 자백하라고 빨리!"

점점 커지는 혜리의 목소리가 정우의 목소리를 덮었다. 혜리의 목소리는 복도까지 퍼졌다.

"혜리, 그만해."

열린 문으로 상우가 들어와 팔을 잡아끌었다. 손아귀에는 감정이 실려있었다. 복도 끝으로 끌려 나온 혜리에게 상우는 뭘 자백하라고 다그친 거냐고 물었다. 혜리는 정우가 성태를 물들인 것을 숨기고 있다고 했다.

"네가 녹음한 내용에는 그런 이야기 없었잖아."

"뻔하잖아요. 열심히 살려고 대학진학반까지 된 애가 무슨 나쁜 마음을 먹고 저래요. 뭘 해도 정우가 물들였을 거잖아요. 그래서 결국 없어졌잖아요. 성태가 없어졌다고요. 쟤 때문에……."

"정우 때문이 아니야." 상우가 말했다. "너도 알잖아."

혜리는 눈물을 쏟고 말았다. 산을 뿌린 것처럼 가슴이 시렸고 속에서 끓어오른 울음이 목구멍을 타고 터져 나왔다. 유치부 아이들처럼 소리 내어 울었다. 한번 시작된 울음은 멈추지 않았다.

"다 저 때문이에요."

혜리는 숨을 헐떡이며 고백했다. 그간 응어리져 있던 묵직한 불편함이 날카로운 칼처럼 몸 구석구석을 후볐다. 죄인은 자신이었다. 혜리는 숨을 들이마시고 간신히 첫소리를 뱉었다.

"도와주세요."

상우가 젖은 뺨에 붙은 머리카락을 떼어줬다. 그의 손이 머리와 뺨을 스쳤다. 묘한 긴장감에 눈물이 멎었다.

상우는 고발한 사실은 끝까지 비밀로 하라고 했다. 특히나 정우에게는 힌트도 줘선 안 된다고 했다. 둘은 정우 홀로 있는 교실로 들어갔다. 정우는 고개를 돌린 채 수갑 찬 손목을 문지르고 있다. 옆에서 보니 울대가 여러 번 오르내리고 있다. 혜리는 아까 다그쳤던 일에 대해 사과했다. 정우는 고개를 저으며 오히려 혜리를 달랬다.

"괜찮아요. 나도 이해해요. 성태가 어디서 무슨 일을 당하고 있을지 생각하면 미칠 것 같아요. 나도 그런데 누나한테는 더 그렇겠죠. 성태는 누나한테 더 특별한 애잖아요."

정우는 아직 혜리가 성태를 좋아한다고 오해하는 듯했다. 그러는 편이 여러 핑계를 건너뛸 수 있어 오히려 다행이었다. 혜리는 곁눈으로 상우를 슬쩍 보았다. 상우도 그 오해를 믿어버리진 않을까 작은 걱정이 들었다. 상우는 늘 그렇듯 표정의 변화가 없었다. 상우가 정우에게 말했다.

"성태랑 너 둘 다 풀려날 수 있도록 우리가 도울 거야."

정우가 대답하기도 전에 문이 벌컥 열렸다. 보안교사가 CCTV를 보고 달려온 것이다.

"너희 뭐 해? 얘는 혼자 있는 게 벌이야. 교권 침해하는 거야?"

"설득하고 있었습니다."

상우는 거짓말했다. 상우의 자연스럽고 뻔뻔한 모습이 혜리에게는 적잖이 충격이었다.

"그걸 무슨 수업시간에 하고 있어. 야, 혜리야! 너는 여자잖아. 발가벗은 남자애 앞에 서있으면 되겠냐고. 뭐가 되려고 그러고 있는 거야? 나와, 얼른."

혜리는 망신스러운 일을 들킨 듯 퍼뜩 놀라 서둘러 밖으로 나갔다. 교사 말을 듣고서야 정우가 나체라는 것을 깨달았다.

"상우는 설득 계속해 봐. 시간 너무 많이 쓰지는 말고."

보안교사는 상우와 정우를 남겨두고 문을 닫았다. 혜리는 자습실로 돌아가면서 성과 도덕에 관한 훈계를 잔뜩 들어야 했다.

정우는 다음날까지 반성문에 자신의 잘못을 소상히 적어내겠다고 했다. 대가로 옷과 잠자리를 얻었다. 협상은 상우가 중재했다.

새벽 청소가 끝나고 아침 구보를 위해 코리아이 모두가 운동장으로 모였다. 군중 속에서 상우가 혜리에게 다가와 손을 잡았다. 혜리의 손에 녹음기가 쥐어졌다. 상우가 던지고 나서 찾지 못했던 녹음기다. 보안규정 위반 징계를 피할 수 없으리라 생각하고 있었다. 다행히 상우가 가지고 있었다.

"네 녹음기야. 이제 반납해."

상우는 안에 녹음한 것도 교사에게 보고하라고 했다. 그래야 정우가 시키지 않았다는 것이 증거로 남는다고 했다. 하지만 이 녹음은 성태가 스스로 규칙을 위반하는 것을 증명했다.

"그러다가 성태가 못 돌아오면 어떡해요."

"걱정하지 마. 내가 다 돌아올 수 있게 말을 맞춰놨어. 안에 있는 내용 꼭 들어보라고 해."

혜리는 상우를 믿었다. 아침 구보가 끝나고 학년별로 밥을 먹으러 갈 때 인파를 거슬러 보안교사를 찾았다. 그는 막 출근한 대학진학반 입시 선생님과 건물 앞에서 이야기하고 있었다. 그는 바지 주머니에 손을 꽂은 채 다리를 앞뒤로 움직이며 시시덕거렸다. 여자 선생님도 웃고 있지만 어색하고 난처해 보였다.

혜리가 다가오자 선생님은 혜리랑 이야기하시라며 자리를 떴다. 보안교사는 원피스 입은 선생님의 잘록한 허리에서 눈을 떼지 않았다. 그는 주머니에 꽂은 손을 꿈지럭대며 말했다.

"저런 인간이 전교조라니까. 혜리야, 조심해야 한다. 저런 어른들도 어떻게 정신교육이 필요한데 말이야. 내가 어째야 할까. 아주 그냥, 확 그냥 말이야. 어쩔까, 혜리야."

혜리는 관심 없었다. 교사에게 녹음기를 건넸다. 훈계를 각오했지만, 기분이 좋은지 별말 없었다.

"오케이. 보안물품 회수. 이제 가."

"안에 증거도 있어요. 녹음한 거요."

"그래서 뭐. 들으라고? 중요한 것도 아닌데, 뭐."

중요한 게 아니라는 말이 무슨 말인가 싶어 보안교사를 빤히 봤다. 원피스 입은 선생님이 사라지자 보안교사는 의미를 곱씹으며 자신을 보는 혜리에게 귀찮다는 듯 말했다.

"내가 전교조랑 엮어오랬지, 무슨 성태 같은 애를 엮어 와. 아무튼 됐어. 이제 가. 정우도 뭐 반성문을 써서 온다고 하니까 일단은 잘 끝났지. 그놈의 성질머리 계도했으면 됐어. 이거 또 듣고 녹취 풀고 보고서 써야겠네. 어른 일이라는 게 이렇게 귀찮은 거다, 혜리야."

하지만 1교시가 끝나자 교육기관은 다시 소란스러워졌다. 다들 교실 창문에 달라붙었다. 혜리도 웅성대는 아이들 사이로 머리를 들이밀었다. 운동장 한가운데 상우가 있었다. 모든 옷을 벗어 가지런히 개어 앞에 두고 흙바닥 위에 무릎을 꿇고 있다. 느슨하게 원을 만든 케이블 타이 안에 손목을 넣고, 끝을 이로 물고 잡아당겨 스스로 포박했다.

다들 무슨 일인지 어리둥절할 때, 혜리의 룸메이트가 다가왔다. 심부름 때문에 교무실에 들렀는데 어른들이 난리가 났다고 했다. 정우가 반성문을 냈는데 성태와 정우한테 나쁜 일을 시킨 사람이 상우라는 내용이었다고 했다. 거기다 녹음을 입수했는데 상우가 성태와 정우에게 지시하는 내용이 있었다고 했다.

"그럴 리가…… 없는데."

어리둥절하게 서있던 혜리는 정신을 차리고 교무실로 향했다. 교무실에서는 녹음파일을 크게 틀어 몇 번이나 돌려 듣고 있었다.

정우 : 상우 형이 기자한테 보내라던 거는 다 썼잖아.

성태 : 응. 인권위에도 대신 보내달라고 한 통 더 쓰고 있어.

정우 : 반송되는 편지 봉투는 구했어?

성태 : 응, 여기. 신문사랑 기자 이름. 반송 도장까지 찍혔어.

정우 : 완벽하네. 이제 어떻게 보내게?

성태 : 보안실 안에 우체물 분류함 있잖아. 보안교사 순찰 도는 시간까지 기다렸다가 문 밑으로 밀어 넣으면 분류함 아래서 떨어진 것처럼 보일 거야.

정우 : 상우 형이 내일 하라고 했지?

성태 : 응, 내일.

정우 : 같이 가자. 상우 형이랑 내가 망이라도 봐줄게.

성태 : 아니야, 내 일이야. 나 혼자 할게.

녹음 내용이 달라졌다. 상우가 지시한 것처럼 교묘하게 말이 바뀌었다. 교사들만큼이나 혜리도 당혹스러운 표정을 감출 수 없었다. 왜 내용이 바뀐 거지? 어떻게? 아니, 내가 들은 것이 잘못된 것인가. 내 기억이 왜곡된 것인가?

교사들도 혼란스러운지 큰 소리로 떠들어댔다. 상우에게 징계를 내려야 한다고 소리쳤다. 당장 내일이 올림피아드고, 당장 모레가 인공지능 개발 영재상 수상식이며, 다음 달이 카이스트 수시라고 했다. 전교조 잡으려던 일이 뭐 이리 틀어졌냐며 보안교사한테 윽박지르는 사람도 있다.

상우를 제 자식처럼 싸고도는 어른들이 다수였다. 코리아이 중 상우는 언제나 예외였다. 교육기관은 천재도 길러낼 수 있다는 것을 자랑스러워했다. 상우는 대량으로 찍어내는 코리아이와는 다르게 교육기관의 교육능력을 보여줄 특별한 이벤트성 상품인 셈이다. 복종심, 충성심 그런 것은 널리고 널린 다른 코리아이로 보여주면 족했다. 상우에게는 수많은 특혜와 예외가 주어졌다. 어른들 대다수가 상우를 징계할 필요는 없다고 했다.

"녹음은 대체 누가 한 겁니까?"

교사들 사이에서 그런 질문이 나왔다. 혜리는 도망쳐 나왔다. 닫힌 교무실 문 안에서 혜리의 이름이 수차례 언급됐다. 어른들이 외쳤다. 생기부 속 관계 관찰 부분을 보면 혜리가 상우에게 호감을 갖고 있다는 분석이 있다고. 그래서 상우의 이름을 빼고, 정우와 성태만 고발한 것이라고. 영악하게도 녹음기를 제출 안 했지만, 일이 커지니까 결국 겁을 먹고 녹음기를 반납한 거라고. 추측만으로 정황이 만들어졌다.

혜리는 운동장으로 가 상우 옆에 섰다. 혜리의 그림자가 상우의 몸에 닿았다. 맑은 하늘은 슬슬 가을 내음을 품고 있었다. 약간 시린 바람 냄새. 잠자리가 방향을 바꾸어가며 변덕스럽게 비행했다. 햇살에 눈살을 찌푸리며 상우가 고개를 들었다. 상우는 천천히 미소를 그렸다.

"미안."

상우가 사과했다. 녹음을 새로 덧씌운 것은 상우와 정우가 어제 한 일이었다.

황량한 운동장에 흙먼지 섞인 바람이 불었다. 수업종이 울리자 창문에 가득 찼던 수많은 얼굴이 일제히 사라졌다. 혜리는 상우 옆에 무릎을 꿇었다. 바람 소리가 거셌다. 꿇은 무릎 앞에 상우가 개어둔 옷이 날아갔다. 흙 위를 이리저리 뒹굴며 바람을 따라 운동장 저편으로 달아났다. 아무도 줍지 않았다.

둘은 아무 말도 나누지 않았다. 두어 시간 뒤에 아이들이 점심을 먹으러 이동했다. 교사에게 무슨 말을 들었는지는 모르겠지만 아이들은 두 사람에게 눈길조차 주지 않으려 애썼다. 도망치듯 걷는 아이들의 모습을 물끄러미 보며 그들은 유난히 긴 시간을 흘려보냈다. 물도 밥도 없이 점심시간은 끝났고, 농업수업인지 아이들은 부설 농장으로 이동했다. 마주 보는 건물마저도 조용한 시간. 심부름 때문에 복도를 뛰는 아이 한둘만 보일 뿐 교육기관은 고요했다.

몇 시간 뒤 체육복을 입은 아이들이 삼삼오오 운동장으로 나왔다. 운동장에 오자마자 아이들은 늘 그러했듯 줄을 맞추어 섰다. 서야 할 장소에 무릎 꿇고 있는 두 남녀 때문에 어린 코리아이들은 어쩔 줄 몰라 두 사람 주변을 서성였다. 상우는 일어나 뒤로 물러났고, 혜리도 그를 따라 자리를 내어줬다. 체육교사의 지시로 아이들이 라인기를 밀며 트랙을 그렸다. 더 뒤로 물러나야 했다. 축축한 응달에 무릎을 댔다. 모래 냄새 섞인 시린 바람보다 젖은 흙냄새가 나왔다.

멀리서 정우가 걸어왔다. 하루 만에 다시 나체로 돌아왔다.

손목에도 다시 수갑이 채워져 있었다. 호각 소리와 함께 모래주머니를 들고 트랙을 주파하는 아이들이 지나갔다. 정우는 트랙 위에 섰다. 혜리와 상우를 보고 있었다. 체육교사가 호각을 불었다. 출발선에 선 코리아이들은 소리를 듣고도 뛸 수 없었다. 아이들은 땅에 손을 대고 무릎을 꿇은 채 진로를 막고 선 정우를 보고 있었다.

정우는 고개를 돌렸다. 삼중 보안의 거대한 벽의 대문이 열리고 앰뷸런스가 들어와 건물 앞에 섰다. 지하에서 끌려 올라온 성태가 교사의 부축을 받았다. 앰뷸런스에 오르려 팔을 뻗지만 주저앉으며 쓰러졌다. 탈진한 듯 차체에 머리를 기대고 가는 숨만 쉬었다. 결국, 성태는 들것에 실려 앰뷸런스에 올랐다. 앰뷸런스는 사이렌을 울리며 벽 밖으로 떠났다.

정우는 힘겹게 웃었다. 상우도 미소를 지으며 몸을 일으켰다. 그러고는 고개를 숙이고 엉엉 우는 혜리를 다독였다. 혜리는 상우의 부축을 받으며 일어났다. 정우에게 미안하다 말하려 다가서려 했지만, 걸음을 멈추었다. 정우는 웃음기를 거두고 열린 문을 노려보고 있었다. 마치 문으로 뛰쳐나가기라도 할 사람처럼.

정규직

새파란 새벽에 혜리는 락스물에 빤 흰 와이셔츠와 이틀 전에 산 남색 정장 치마를 입고 집을 나섰다. 문을 열자 하수구에서 올라오는 역한 냄새가 코를 찔렀다. 바닥에는 이곳 주민이 주울 것을 기대하는 대부업체 명함이 뿌려져 있었고, 그 옆에는 이곳 주민을 잡으러 왔다가 헛걸음한 이들을 위한 돈 대신 받아주겠다는 일수 업체 명함이 나뒹굴고 있었다. 빨간색과 하얀색 깃발이 걸린 무당집과, 경찰특별순찰구역 스티커가 문에 붙은 출소자의 집이 혜리의 이웃집이었다. 혜리는 이웃을 마주칠까 조심하며 반지하 방에서 이어진 계단을 올랐다. 평소에 이웃들은 혜리가 지나갈 때면 혜리를 빤히 쳐다보고는 했다. 다행히 오늘은 이웃이 보이질 않았지만, 혜리를 불편하게 할만한 새로운 것이 있었다.

시커먼 차가 계단을 떡하니 막아서고 있었다. 혜리는 차와 벽 틈새로 몸을 간신히 빼내야만 했다. 시커먼 곰팡이 낀 시멘트벽 아래 보수되지 않은 갈라진 아스팔트 틈새로 오줌을 먹고 자란 민들레가 피어있었다. 차가 지나가면 벽에 등을 붙여야 할 정도로 좁은 골목이었음에도 시커먼 차는 계속 혜리를 천천히 따라왔다. 차가 피해야 할 장애물이 많았다. LPG 가스통과 문 앞 가득 쌓아둔 폐지, 안장 없는 녹슨 자전거 따위가 길을 더욱 좁혔다. 좁은 골목에서 방향을 틀기 위해 후진과 전진을 끝없이 반복하는 차를 보고는 혜리는 결국 참지 못하고 몸을 돌렸다.

"그냥 내려서 따라오시죠. 미행도 아니고 이게 뭐예요."

그 말에 센터의 남자가 멋쩍게 운전석 옆자리에서 내렸다. 센터의 남자는 운전하고 있는 부하직원에게 차를 돌리라고 손짓하고는 혜리에게 손을 흔들며 다가왔다. 그의 옷깃에는 때가 꼈으며, 차에서 밤을 새웠는지 씻지 않은 사람 특유의 퀴퀴한 냄새가 났다.

"미행이 아니고 보호예요, 보호. 그나저나 아직도 이런 골목이 있네요. 우주에 관광도 다녀올 수 있는 세상인데, 무슨 LPG 가스를 아직도 쓰냐고."

남자는 반말과 존댓말을 섞어 말했다. 혜리가 첫 만남 때 왜 반말을 하냐고 타박한 탓이다. 남자는 코리아이에게 자연스럽게 나오는 반말에 미련이라도 남은 것인지 혜리가 다시 화내지 못할 정도로만 적당히 존대를 섞었다. 혜리가 대꾸하지 않자 남자는 헛기침을 두어 번 하고는 괜히 말을 붙였다.

"잘 잤어요? 날이 찌는데 에어컨도 없이 어떻게 잤대요."

"그냥 덥게 잤어요."

잠자리가 덥고 춥고는 코리아이에게 그다지 중요한 문제는 아니었다. 에어컨과 난방기 없이도 잘 수 있는 훈련을 교육기관에서 18년간 매일 했다. 코리아이는 나름대로 노하우를 익혔다. 찬물을 몸에 끼얹고 말리지 않고 자거나, 얼린 수건을 두르고 잤다.

"아니, 근데 일하러 가는데 이렇게 차려입고 가요? 배달 구내식당 용기 세척하러 가는 거 아닌가?"

센터의 남자는 혜리가 어떤 일을 잡았는지 알고 있었다. 코리아이는 코리아이 센터 앱으로 일을 잡았다. 센터에서는 누가 무슨 일을 하게 되었는지 언제든 조회할 수 있었다.

"중요한 일이 있어서요."

"무슨 중요한 일? 내가 모르는 뭔가가 있어요?"

"그게 왜 궁금하신데요. 상관없으시잖아요."

"상관이 있죠. 오후에는 아무 일도 안 잡혀있는데 그렇게 옷을 차려입어? 뭘 하러 가는지 누구를 만나는지 알아야 내가 보호를 하든 뭘 하든 하죠. 혹시나 정우를 만나러 가는 걸 수도 있고."

"그런 거 아니에요."

혜리는 마침내 골목을 벗어나 대로 앞에 섰다. 때마침 버스가 도착했고, 혜리는 버스에 올랐다. 탑승객 대부분이 코리아이인 새벽 버스에는 의자가 없었다. 최대한 많은 인원을 태우기 위해 모두 바닥에 아무렇게나 앉았다. 혜리는 앉은 사람들 사이에 서서 주렁주렁 매달린 교수대 밧줄 같은 손잡이를 잡고 흔들림을 버텼다. 일반적인 회사 출근 시간대의 버스는 진동 제어 기능 덕에 사고가 나지 않는 한 흔들리지도 않았지만, 이 구식 새벽 버스는 폭풍우 속을 항해하는 배처럼 거세게 흔들렸다. 버스가 가난한 동네를 떠났다.

센터의 남자는 손을 휘저어 앉아있는 코리아이 둘을 쫓아내고 다리를 접고 앉았다. 그는 바닥을 두드리며 혜리에게도 앉으라고 했다. 혜리는 고개를 돌렸다. 몇 정거장 가지 않아 혜리는 내렸다. 저 버스는 회사에 한 무리를 내려주고, 부유한 동네로 넘어가 나머지 사람들을 내려줄 것이다. 버스에서 내린 이들은 건물을 짓고, 수리하고, 청소하여 일반 회사원들이 일할 수 있게 해줄 것이며, 더 멀리 내린 이들은 아기와 반려동물을 돌보고 빨래를 하고 설거지를 하며 코리아이가 아닌 이들의 삶을 윤택하게 만들 것이다.

혜리가 잠시 일하는 곳은 도심 외곽에 있었다. 철재를 절단하는 작은 업체가 즐비한 골목을 지나 한참을 더 들어갔다. 혜리는 트럭 여러 대가 앞에 주차된 거대한 창고 같은 건물로 들어갔다. 혜리는 위생복으로 갈아입고 위생모를 쓴 다음 호스를 잡았다. 오늘 새벽에 여러 회사로부터 반납된 식판이 플라스틱 박스에 담겨 산처럼 쌓여있었다. 혜리는 호스로 물을 뿌려 잔반을 털어내고 자동세척기로 이어지는 컨베이어 벨트에 담았다. 된장국 건더기가 얼굴에 튀고, 고추장 양념에 라텍스 장갑이 새빨

같게 물드는 것은 버틸만하였다. 하지만 작디작은 멸치들이 바닥에 널브러지는 것을 보는 것은 너무도 끔찍했다. 대부분의 비코리아이는 그런 것을 보고 아무런 감정도 느끼지 못한다고 하였다. 하지만 폭력성이 제거된 코리아이는 수많은 생명이 몰살된 흔적을 마주하기가 좀처럼 쉽지 않았다.

"에라이 새끼야. 멸치 조각이 남은 게 네 눈에는 안 보이냐?"

소장이 식판에 붙은 멸치를 가리키며 한 코리아이를 윽박질렀다. 코리아이는 분명히 다 씻었는데 바닥에 쓸려가던 멸치가 호스를 맞고 세척된 식판으로 튀어 오른 것 같다고 했다. 소장은 멸치가 뭔 재주로 튀어 오르냐며 개수대로 쓸려 내려가는 멸치를 한 움큼 쥐고 그 코리아이의 머리에다 던졌다. 수많은 멸치가 위생모에 부딪혀 코리아이의 얼굴로 떨어져 내렸다. 코리아이는 아무런 말도 못 하고 그저 고개를 숙이고 사과했다.

"왜 그러세요. 호스 쏘다가 튄 거라잖아요."

혜리가 소장과 코리아이 사이에 섰다.

"이게 튀기는 왜 튀어. 이게 날치냐? 뭐 날개가 달려서 다시 잡숴 주십사 식판으로 튀어 올라? 눈깔을 똑바로 안 뜨고 일하니까 놓치는 거 아니야. 어? 니 눈깔은 왜 그래. 뭐 불만 있어?"

그는 허리를 숙이고 바닥 개수대에서 다시 멸치를 한 줌 쥐었다. 혜리는 눈을 질끈 감았다. 하지만 멸치는 날아오지 않았다. 눈을 떠보니 소장은 호스로 손을 씻고는 센터의 남자가 건네는 명함을 받아보고 있었다.

"미안해요, 언니. 안 나서주셔도 되는데."

코리아이가 쭈뼛쭈뼛 혜리에게 말했다. 다른 코리아이들은 모두 못 본 척하며 일을 하고 있었다. 혜리도 그래야 했다. 교육 기관에서 남의 일에는 상관 말고 일만 잘하면 된다고 교육을 받았다. 하지만 이상하게도 혜리는 그런 꼴을 보고 있기가 힘들었다. 그것 때문에 여러 사업체에서 지적을 많이 받았다. 혜리의 인사기록 특징에는 이렇게 적혀있었다.

코리아이답지 않게 다른 일에 참견을 많이 하고 나서는 경향이 있음.

그래서 혜리는 코리아이에서 벗어나고 싶었다. 코리아이 답지 않게 나선다는 평가를 받는 것도 싫었고, 남들처럼 모른 척하는 게 쉽지 않은 자신의 성격도 싫었다. 그래서 그 꼴을 아예 볼 일 없는 곳으로 올라가고 싶었다. 주변에 코리아이가 보이지 않아야만 이 괴로움에서 벗어날 수 있을 것 같았다.

혜리에게 윙크한 센터의 남자는 소장을 멀리 끌고 가고 있었다. 그는 정우를 본 적이 있냐며 탐문을 시작했다. 소장은 심각한 표정으로 정우를 본 적이 있는지 떠올려 보았다. 소장은 뭔가 흥미로운 일이 생겼다고 생각했는지 적극적으로 협력하려고 애썼다. 혜리는 그 모습에 헛웃음이 나왔다. 정우가 왔을 리가 없는데 홀로 자신의 기억을 헤집어 가며 고군분투하는 모습이 웃겼다. 그러다가 소장이 말했다.

"본 적 있는 것 같아요. 화물차 주차장 근처에서 어슬렁거렸던 것 같은데."

"확실해요?"

센터의 남자가 물었고, 소장은 잠시 망설이다가 CCTV를 한 번 뒤져보자며 센터의 남자를 이끌었다. 센터의 남자는 나중에 찾아서 알려주시라며 끌려가지 않으려 했다. 하지만 소장은 언제인지 대충 기억한다면서 금방 찾을 거라 우기고는 센터의 남자를 끌고 사라졌다. 관리실로 들어간 센터의 남자는 한참이 지나도 나오질 않았다. 혜리가 일을 마칠 때가 되어서도 센터의 남자는 나타나지 않았고, 혜리는 그와 마주치지 않으려 서둘러 옷을 갈아입고 뛰쳐나왔다.

샤워를 했음에도 몸에는 잔반 냄새가 배어있었다. 기껏 입은 새 옷은 냄새를 막아주질 못했다. 사람 가득한 지하철에서 혜리는 자꾸만 냄새가 신경 쓰였다. 주변 사람들이 코를 벌름거리는 것이 느껴졌다. 한 사람은 AR기기를 끄고 냄새의 근원을 찾으려 주변을 둘러보기까지 했다. 혜리는 귀까지 새빨개진 얼굴을 푹 숙이고 있었다.

비코리아이 회사원 출근 시간대 사람들은 스티커형 이어폰을 귀에 붙이고, 손톱만 한 AR 홀로그램 송출기를 눈 양옆에 붙인 채 저마다의 세계에 빠져있었다. 코리아이나 점점 늘어나는 무직자들은 그런 최신기기를 갖기 힘들었다. 혜리는 그저 무선 이어폰을 귀에 꽂은 채 긴 머리카락으로 귀를 덮어 커다란 가난을 가렸다.

물론 최신기기를 가진 사람들이 부유한 사람이라는 것은 아니다. 부유한 사람들은 혜리와 같은 칸에 타지 않았다. 그들 대부분은 개인차량을 이용했고, 지하철을 타더라도 VIP 칸에 올랐다. 모든 지하철의 첫 번째 칸은 VIP 칸이었다. 연회비를 내면 VIP 칸을 이용할 수 있는데, 누워서 갈 수 있는 데다 의자에는 안마 기능과 족욕기까지 있었다. 제휴업체 중 아침 식사 배달업체를 구독해 두면 샐러드나 해독주스 같은 것도 탑승 후 바로 다음 역에서 받을 수 있었다. 아침마다 미리 준비된 아침 식사를 들고 한참을 대기하다가 구독자가 전역에 탑승했다는 알림을 받자마자 VIP 칸에 공급하는 것은 코리아이의 일이었다.

VIP들이 다니는 여유로운 전용 탑승구와 엘리베이터와는 달리 혜리가 이용하는 탑승구는 서로의 몸을 밀쳐대는 출근 인파로 가득했다. 땀 냄새와 짙은 향수 냄새가 뒤섞였다. 숨을 쉬려 물 밖으로 나온 사람처럼 천장을 향해 고개를 들고서 다른 사람에게 닿을까 봐 손을 가슴 앞으로 모았다. 간신히 반보씩 종종걸음으로 사방을 막고 있는 사람들과 함께 에스컬레이터까지 도착했다. 뛰지 말라는 방송이 몇십 년째 나오길 무색하게 사람들은 에스컬레이터 위를 다람쥐처럼 뛰어올랐다.

혜리에게 오늘은 중요한 날이었다. 바이오밸리라 부르는 이곳 생명공학 산업단지의 한 화장품 회사에서 혜리에게 면접 기회를 주었다. 코리아이 센터를 통해 구한 일이 아니다. 코리아이가 아닌 사람들처럼 공채에 이력서를 넣어 합격한 것이다.

그동안 대부분의 입사 지원은 서류심사에서 떨어졌다. 서류에서 떨어지지 않았던 곳은 블라인드 채용을 하는 회사였다. 하지만 대부분 면접 이름표를 목에 건 순간 탈락했다. 혜리라는 이름을 외자라고 우기기에는 우리나라 성에 '혜' 씨가 있을 리 없었다. 하지만 이번에 혜리가 면접을 보러 가는 회사는 달랐다. 혜리가 코리아이라는 사실이 버젓이 서류에 적혀있음에도 회사는 혜리에게 기회를 줬다.

서류만 통과한다고 면접 기회가 생기는 것은 아니었다. 서류를 통과하고 나면 회사 자체 시험에 합격해야 했고, AI 면접과 DNA 분석조사에 통과해야만 대면 면접 기회가 주어졌다. 혜리는 AI 면접에서는 자신감 부족, 엘리트적이지 않은 어휘 사용 등 감점 요인이 많았지만, 조직 충성도와 명령 복종의 높은 점수로 만회하여 겨우 커트라인을 통과할 수 있었다. 반면 DNA 조사에서는 높은 평가를 받았다. 기억력과 체력은 코리아이가 비코리아이보다 선천적으로 뛰어났으며, 질병 점수도 다른 이들에 비해 현저히 낮았다. 회사에서는 병가 내는 사람, 야근이나 조기 출근이 지속되면 지치는 사람을 처음부터 거르려고 했다.

코리아이가 비코리아이 일을 구하는 것은 수많은 좁은 문을 통과해야만 하는 것이었다. 대부분의 기업에서 DNA 분석조사가 도입되면서, 아예 정상적인 취업을 포기할 수밖에 없는 이들도 생겼다. 선천적으로 우수한 인재를 뽑는 것은 이제는 개인의 노력으로 해결할 수 있는 일이 아니라 오직 운명에 따라야 하는 일이었다.

비코리아이의 취업시장은 그렇게 계속 좁아져만 갔다. 통계적으로 대한민국 인구 전체의 실업률이 8퍼센트에 육박한 위기 상황이었지만, 비코리아이만을 조사했을 때 실업률은 20퍼센트를 바라보고 있었다. 그랬기에 심지어 자신을 코리아이라고 속이며 코리아이의 일을 구하는 비코리아이도 나타나곤 했다.

면접 진행요원은 극장처럼 생긴 콘퍼런스 홀로 혜리를 안내했다. 이 회사는 의자에서도 향기가 났다. 무대에 내려진 스크린에서는 회사 소개 영상이 반복해서 재생되었다. '피부 유전자를 개선하는 화장품을 만들면 어떨까?'라는 질문에서 시작하여 혁신적인 사업을 벌이며 회사를 확장하고 지금의 이름난 대기업이 되었다는 내용이었다. 하지만 면접 대기실에서 그 영상을 보고 있는 사람은 없었다. 소리 없이 입 주변 근육을 푸는 사람, 눈을 감은 채 영어 자기소개를 암기하는 사람, 다리를 떨며 AR 기기로 면접 노하우를 찾아보는 이까지. 모두가 기회를 잡으려 마지막까지 준비하고 있었다.

"죄송한데, 핸드폰 알림은 꺼주세요."

면접 진행요원이 부탁했다. 그 사람에게서는 아로마 향이 났다. 향수를 뿌린 것이 아니었다. 향기는 그 사람의 피부에서 났다. 이 회사의 신제품으로 피부 세포에 향을 심은 것이다. 씻어도 사라지지 않는 자체적인 향을 반영구적으로 낼 수 있는 이 제품은 현재 30여 가지 향을 심을 수 있고 하반기 내로 100여 가지 향을 만드는 것을 목표로 하고 있다.

"죄송해요. 알림이 안 꺼져서……."

혜리의 핸드폰에서는 코리아이 센터 앱의 알림이 계속 울리고 있었다. 혜리는 핸드폰의 온갖 설정을 눌러봤지만, 코리아이 센터 앱은 삭제되지 않았다. 무음으로 바꿔도 소용이 없었다.

일자리를 소개해 주는 코리아이 센터 앱은 혜리에게 배정된 일이 없음을 알았기에 무음 설정과 데이터 차단마저 무시한 채 시끄럽게 알림을 울려댔다.

코리아이 센터 앱으로 일을 얻을 때는 면접이니 서류심사니 그런 과정이 없었다. 앱에는 코리아이 개인의 인사정보와 센터에서 촬영한 공식 면접 영상이 올라가 있었고, 그 코리아이에 대한 이전 고용주들의 상세한 평가까지 적혀있었다.

일손이 필요한 고용주는 코리아이 센터 앱에 등록만 하면 됐다. 센터 앱에서는 능력, 평가, 시간, 거리 따위를 AI가 분석하여 일에 적합한 코리아이에게 알림을 보낸다. 코리아이는 센터를 통하지 않고서는 일을 구하기 힘들었다. 코리아이 센터를 통하면 비코리아이 인건비의 절반 비용으로 사람을 구할 수 있었으니, 고용주가 센터를 통하지 않고 코리아이를 채용할 이유는 없었다. 노동시장에서 코리아이는 언제나 준비된 상태였다. 코리아이는 그저 센터 앱에서 뜨는 알림을 받아 일하다가 쓰는 사람이 원치 않으면 해고되고 대기할 뿐이었다.

코리아이 센터 앱에는 항상 수십 개의 알림이 떴다. 고깃집의 불판을 닦는 일, 모텔의 베개 커버를 교체하는 일 따위의 하루치 일부터 에어컨 냉매 제조, 유리 절단 일과 같은 한 달짜리 일도 있었고, 선박 도색이나 아파트 건설 따위의 장기 업무도 있었다. 코리아이는 거의 모든 일을 할 수 있었다. 자격증이 필요한 크레인과 포클레인, 선박도 몰 수 있었으며 소프트웨어를 만들고, 디자인하고, 영상 편집과 인테리어까지도 할 수 있었다.

일에 즉시 투입되더라도 코리아이는 언제나 숙련된 사람처럼 일할 수 있었다.

"알림도 안 꺼지고 삭제도 안 되고 미치겠네……."

면접 진행요원의 시선이 따가웠다. 혜리는 핸드폰 자체를 끌 수밖에 없었다. 몇 분 뒤 진행요원은 혜리를 면접실로 안내했다. 혜리는 숨을 크게 들이쉬고 간신히 열린 문 안으로 들어갔다.

"초중고 학력 사항에 한국공동보육교육기관이라고 적었던 데. 이게 코리아이 교육기관 맞죠?"

면접관은 볼펜을 손가락으로 빙빙 돌리며 물었다. 면접관은 다른 이력서에서는 찾을 수 없는 그 신기한 학력 사항에서 눈을 떼지 않았다. 다른 면접관들도 각기 다른 곳을 보고 있다가 이 력서 학력 사항 기재란으로 시선을 돌렸다.

"그러면 코리아이신 거네요?"

혜리는 그렇다고 했다. 그것만으로 대답을 마무리 지어서는 안 될 것 같았다. 코리아이라는 단어에 붙은 부정적인 오해와 편견을 털어내야 했다. 혜리는 빠르게 말을 이었다.

"하지만 저는 일반적인 코리아이와는 달랐습니다."

혜리는 무기력한 코리아이와 자신을 구분했다. 그들에게 없는 열정과 희망을 품고 있었다고, 그들이 꿈을 포기할 때 혜리는 잠을 포기하고 꿈을 좇았다고 했다. 상황이 주는 한계를 극복하려 뼈를 갈고 피를 토해가며 살아왔다. 수명을 제물로 바쳐 결코 모자람 없는 스펙과 점수로 무장했다. 피를 토하듯 설명하고 난 혜리는 면접관들을 돌아봤다.

그들은 별다른 말이 없었다. 한 명은 펜을 한참 돌리다가 대충 '코리아이 한계 극복을 위해 많이 노력함'이라고 끼적였다. 어색한 미소를 지으며 면접관이 말했다.

"걱정하지 마세요. 코리아이라고 차별하고 그러는 회사 아니에요. 실력만 봅니다. 다른 질문으로 넘어가죠. 다음 질문은 실장님이?"

멍하니 있던 다른 면접관이 질문했다.

"고향이 어디죠?"

"경기도에 소재한 교육기관에서 태어났습니다."

코리아이야 당연히 자기가 자란 교육기관에서 태어나는 것 아니겠는가. 질문한 면접관은 괜히 헛기침했다.

"자, 이제 개인사 질문은 넘어갑시다. 영어로 회사를 소개할 수 있어요?"

혜리는 유창하게 소개했다. 학원과 스터디와 화상 교습을 통한 노력의 결실이었다. 혜리는 뿌듯한 미소를 애써 숨기며 면접관들을 봤다. 고개를 끄덕이는 면접관들. 질문했던 면접관이 다시 물었다.

"발음이 영국식이던데, 영연방 쪽 어학연수 경험 있어요?"

외국에는 간 적 없고 튜터가 영국계라고 말하려 했다. 하지만 다른 면접관이 옆에서 부끄러운 소문이라도 전달하듯 대신 속삭였다.

"아냐, 코리아이는 해외 못 나가. 사회출발보조대출금 갚기 전까지는 외국으로는 여행도 못 가."

"아 그렇지, 참." 그렇게 넘어가려는 듯하다가 눈을 동그랗게 뜨고 혜리를 봤다. "아니, 그러면 해외 출장도 못 가겠네요?"

"비자 신청하면 갈 수 있습니다."

혜리가 변명하듯 급하게 대답했다. 한 면접관이 검색창을 띄운 AR기기 화면을 다른 면접관에게 공유했다.

"그러네, 코리아이는 업무적 목적이 명확할 때만 사업체에서 증명서 떼서 비자 발급할 수 있다고 나오네요."

"아니, 장기로 가는 거야 비자 떼지만 단기로 갈 때도 비자 떼야 한다는 거예요? 요즘 누가 비자를 받아요. 짧은 출장은 다들 무비자로 가는데. 급하게 사고 터진 곳 가려면 기민하게 바로 비행기 타야지, 언제 세월아 네월아 비자를 발급받고 있어요."

"위급상황에 해외로 가긴 어려울 수 있지만, 다른 일에서만큼은……."

혜리의 말은 잘렸다. 면접관들은 증거라도 발견한 수사관들처럼 신이 나서 저들끼리 떠들어댔다.

"그러네! 해외에서 물건 떼고 팔다가 문제 생기는 게 한두 번이 아닌데. 전화만 붙잡는다고 되는 일이 아니거든요."

"엉덩이가 가벼워야지. 해외에서 연락 두절된 업체 잡으러 뛰어다니고, 고민 중인 거래처 직접 가서 설득도 해야 하고, 갑자기 사장님 해외 가실 때 긴급하게 수행하는 일도 있고."

"프로토타입이랑 같은 제품인지 직접 가서 보기도 해야죠. 전화랑 사진으로만 확인하다가 컨테이너째로 날리면 어떡합니까. 손해가 억 단위예요, 억!"

그들이 너무도 신나 보였기에 혜리는 도저히 틈을 비집고 들어갈 수가 없었다. 어떤 사람은 환하게 웃기까지 했으며, 한결 긴장 풀린 표정으로 안도의 한숨까지 쉬는 사람도 있었다. 제일 끝에 있는 사람과도 이 즐거운 이야기를 나누느라 책상 앞으로 몸을 잔뜩 뺀 남자가 혜리와 눈이 마주쳤다. 그는 헛기침하며 한 손으로는 물을 찾고, 다른 손을 휘저어 흥분한 면접관들을 진정시켰다.

"저, 정말 잘할 수 있습니다!"

혜리는 활짝 웃으며 크게 외쳤다. 밝은 흉내를 냈지만, 목소리는 이미 젖어있었다.

기회가 주어졌던 문이 다시 힘없이 열렸다. 혜리는 시큰해진 코를 간신히 부여잡고 문밖으로 패잔병처럼 걸어 나갔다. 아무런 안내도 받지 못한 채 에스컬레이터를 타고 로비로 내려갔다. 로비에서는 인공폭포가 떨어지고 폭포 옆에는 바위로 된 절벽과 그 위를 휘감은 담쟁이덩굴이 뒤덮여 있었다. 바위와 덩굴 사이사이에는 회사의 신제품 광고와 비디오아트가 번갈아 반복적으로 송출되고 있었다.

로비 한가운데에는 센터의 남자가 인사팀 직원을 붙잡고 대화하고 있었다. 직원의 표정은 어두웠고 반복적으로 고개를 젓고 있었으며, 센터의 남자는 한 손은 주머니에 찔러 넣고 다른 한 손으로는 AR기기끼리 공유해 공중에 띄운 사진을 열심히 가리켜대며 뭔가를 설명하고 있었다.

에스컬레이터가 완전히 로비에 도착하자 혜리는 남자의 대화 내용을 들을 수 있었다. 센터의 남자는 정우라는 위험한 코리아이가 혜리를 쫓고 있으며, 그렇기에 이곳에 나타났을 수도 있다고, 그러니 면접자나 외부인 중 이 사진 속 인물을 본 적 있는지 잘 기억해 보라고 했다.

혜리는 성난 걸음으로 센터의 남자에게 다가갔다.

"지금 뭐 하시는 거예요?"

"아, 면접 잘 보고 왔어요? 난 지금 탐문하고 있죠."

"그걸 왜 사람 면접 보는 회사에 와서 하고 계시냐고요. 제 앞길 막기로 작정한 거예요?"

"아니, 그게 아니라 보호하려고 하는 거라니까. 정우가 나타날 수 있다니까요. 당신 다니는 그 배달형 구내식당 거기 감시 카메라에도 정우가 찍혔어. 내가 뭐 괜히 그러는 것 같아? 당신 옆에 정우가 진짜로 나타나고 있으니까 그러는 거 아니야. 지켜주려는 사람한테 왜 뭐라고 그래요, 진짜."

두 사람의 언성이 높아지자 인사팀 직원은 슬그머니 자리를 피했다. 혜리는 센터의 남자를 노려보다가 이내 눈이 새빨개지며 굵은 눈물을 뚝뚝 떨어뜨렸다. 센터의 남자는 이마를 긁적이며 주변을 두리번거렸다.

"아니, 왜 울고 그래. 내가 뭘 했다고."

하필이면 점심시간에 맞춰 직원들이 우르르 내려오는 시간이었다. 엘리베이터에서 쏟아져 나온 사람들의 시선이 두 사람에게 쏟아지는 것이 느껴졌다. 혹시나 재미난 치정문제일까 싶어 앞사람 어깨 너머로 고개를 빼고 쳐다보는 사람도 있었다.

센터의 남자는 몸으로 혜리를 가리려고 사람들을 등졌다. 로비 한가운데 서있던 탓에 몇몇 사람은 센터의 남자와 부딪치기도 했다.

"자, 울지 말고. 뚝. 내가 누굴 달래본 적이 없어서 뭐 어떻게 해야 하는지 몰라요. 그러니까 좀 울지 말아봐요."

혜리는 더욱 서럽게 울었다. 구직도 물 건너갔는데 위로조차 받지 못한다는 생각에 아예 소리 내어 울기 시작했다. 센터의 남자는 얼굴이 새빨개져서는 발을 동동 굴렀다.

"내가 방법을 찾아볼게요. 코리아이 근로 형태가 아니라 일 반인 근로 형태로 자리 한번 알아볼게요. 이 세상에 혜리 씨 일 자리 하나 없겠어요. 내가 인맥은 좀 있으니까 책임지고 하나 마련해 볼게요. 그러니까 제발 좀 진정을 해봐요."

혜리는 간신히 울음을 멈추고 의심스러운 눈빛으로 센터의 남자를 쳐다봤다. 남자는 눈을 동그랗게 뜨고 약속을 지키겠다 며 자신의 가슴에 손까지 얹었다. 혜리가 진정하자 남자는 집까 지 데려다주겠다며 앞장섰다.

그때 혜리는 눈물이 말라버리고 온몸이 얼어붙는 것만 같았 다. 센터의 남자 등에 포스트잇이 붙어있었다. 혜리는 재빨리 그의 등에서 포스트잇을 떼어냈다. 등을 두드린 줄 알고 센터의 남자가 뒤를 돌아보았다. 혜리는 포스트잇을 구겨 등 뒤로 감추 었다.

"그냥 혼자 갈게요. 괜찮아요."

센터의 남자는 그러시라고 했다. 자신도 사실 센터로 복귀해야 한다며 별 의심 없이 작별 인사를 했다. 그가 사라지자 혜리는 주변을 살피고는 구겨진 포스트잇을 펴보았다. 거기에는 이렇게 쓰여있었다.

성태가 있는 곳으로 와.

이곳에 정우가 있었다. 혜리 근처에 정말로 정우가 나타났다.

고함

혜리는 코리아이로 살고 싶지 않았다. 어렸을 때는 코리아이가 무엇인지 제대로 알지도 못했다. 그때는 아이나 학생을 코리아이라고 하는 줄 알았다. 좀 자라고서는 교육기관 안에도 어른 코리아이가 있음을 발견했다. 그들은 교사와 선생이 하지 않는 일을 했다. 일하다가 갑자기 사라지고 교체되기도 했지만, 누구도 신경 쓰지 않을만한 곳에서 영원히 일하기도 했다. 우연히 마주치고 나서야 예전에도 봤었다는 게 기억이 날 정도였다. 아이들과 대화가 금지된 이 어른들은 건물의 부속품처럼 있었기에 눈에 띄지 않았다. 움직이는 배우가 아닌 무대의 고정된 배경처럼 보였고, 어렸을 때는 그들을 발견하지 못했으며, 발견하고서도 금세 잊어버리곤 했다.

코리아이가 어떤 사람인지 깊이 생각해 보게 되었던 때는 대학진학반에 들어가고 난 이후였다. 진학반 수업을 들으면서 절박해진 것이다. 일반 코리아이는 모를 역사를 배우며 깨달았다. 세상에는 계급이 있다. 시대별, 지역별로 처우와 위상은 명백히 다르지만 인간은 기회만 되면 동족을 상하로 구분했다. 코리아이는 누가 보더라도 가라앉는 쪽이었다.

혜리는 잊고 살던 이들의 얼굴이 보였다. 그들은 벽 앞에 있었고, 지하에 파묻혀 있었고, 옥상에 매달려 있었으며, 트럭을 몰고 나타났다가 오토바이를 몰며 떠났다. 이들은 교육기관이라는 거대한 기계를 돌리는 태엽이었고, 보이지 않는 곳에서 움직이며 교육기관에 생을 불어넣고 있었음에도, 아무도 인정해주지 않는 이들이었다. 그런 위대한 이들이 어째서 말을 봉인당한 채, 흔적도 없이 살고 있는가. 교육에 방해되지 않기 위해 교육기관의 코리아이만 투명 망토를 뒤집어쓴 것인가.

계급을 없앨 수는 없었다. 누가 코리아이 해방을 위해 피를 흘리겠는가. 대신 싸워준다고 한들 세상은 하루아침에 바뀌지 않는다. 빨라도 몇 세대가 지난 후에 수많은 코리아이가 억울하게 죽고, 또 그 일에 대해 언론이 난리 피운 다음에야 선량한 이들의 관심을 받아서 조그마한 변화가 겨우 시작될 수 있을 것이다.

탈출해야 했다. 코리아이 전체가 이 틀에서 벗어날 수 없다면 혼자라도 탈출해야 했다. 다른 코리아이처럼 아무것도 모르는 채 노예로 전락할 수는 없다. 공부하자. 목숨을 깎아 노력하고 필사적으로 기회를 찾아 이 운명에서 벗어나자. 아무리 부모의 막대한 지원과 정보력과 인맥이 상층부의 자리를 굳힐지언정 노력하는 자의 자리 하나 없겠는가.

기숙사 책상 스탠드가 문제집을 비추고 있었다. 문제를 풀고 있는 혜리의 어깨에 따뜻한 이마가 닿았다. 룸메이트 지혜였다. 네 사람이 쓰는 방. 대학진학반이 아닌 동갑내기 정혜와 혜선은 이미 자고 있었다. 동갑인 아이들 모두 '혜'자를 공유하고 있는 것은 결코 우연은 아니었다. 같은 달에 인공자궁에서 산출(産出)되듯 출산(出産)된 아이들은 비슷한 이름을 부여받았다. 상품의 일련번호처럼.

뒤를 돌아보니 혜리의 스탠드만 켜져있고 그 너머는 온통 어두웠다. 혜리의 어깨에 이마를 문지르는 지혜의 눈은 이미 감겨있었다. 혜리는 지혜의 머리를 쓰다듬었다.

"어서 자."

"응. 혜리 넌 안 자? 좀 있음 3시야."

"난 좀 더 풀다 자려고."

지혜는 자기 책상 위의 문제집을 괜히 펼쳤다가 덮었다. 지혜는 이불 속으로 몸을 집어넣었다.

"난 못 하겠다. 내일 일찍 일어나야 해. 밖에 나가잖아. 지금 자도 몇 시간 못 자."

그렇게 말한 지혜는 곧 새근새근 숨소리를 냈다. 조금 뒤 혜리는 뻑뻑해진 눈을 비비며 모두 잠든 것을 확인했다. 그러고는 서랍에서 심 없는 볼펜을 꺼냈다. 볼펜의 머리를 분리하고 그 안에 칸칸이 쌓인 알약을 손에 두 개 털어놓았다.

철야근무교육 때 받았던 자그마한 알약이다. 철야근무교육은 저녁부터 다음 날 저녁까지 작업을 시키는 교육이다. 수업 전 교사가 나눠준 알약을 받아 삼키면 피로와 허기가 사라졌다. 교사는 코리아이마다 어느 정도의 약이 필요한지 점검했다. 졸업장에는 각자 얼마만큼의 약을 줘야 영원히 일하게 할 수 있는지 적히게 될 터였다.

혜리는 약을 먹지 않았다. 철야근무는 약 도움 없이 버텼다. 24시간 동안 깨어있으면서 약을 먹은 동료들처럼 생산 수업에서는 지친 몸으로 생산량을 맞춰야 했고, 불량률 점검 수업에서는 컨베이어 벨트를 타고 지루하게 흘러가는 바둑알 군단 속에서 잠과 싸우며 불량품을 잡아내야 했고, 코딩 수업에서는 흐려진 정신을 겨우 붙잡고 코딩 예제들을 풀어나가야 했다.

약에는 열의가 생기는 각성효과가 있었다. 약이 만든 열정을 낭비하고 싶지 않았다. 열정은 온전히 미래를 위해 쏟아야만 했다. 밤을 써서 미래를 바꿀 것이다. 지친 몸이 열정마저 증발시키는 지금이 약을 삼킬 때다. 두 개의 알약이 손바닥에 눈알처럼 박혀, 혜리를 올려다봤다. 몇 달 전에는 한 개였지만 이제는 두 개씩 먹어야만 약이 들었다. 혜리는 알약을 삼켰다. 인공적인 열정이 척수를 타고 흘렀다. 이곳을 벗어나야지. 그 다짐이 동굴 속에 퍼지는 고함처럼 혜리의 온몸을 울렸다.

어둠을 뚫고 해는 빠르게 솟아올랐다. 동틀 무렵의 푸름과 함께 햇살이 방에 가득한 어둠을 태웠다. 혜리는 잠수했던 사람처럼 급하게 머리를 쳐들고 숨을 내뿜었다. 새가 지저귀는 쪽으로 고개를 돌리자 해가 담장 끝에 걸려있었다. 혜리는 문제집 한 권을 다 끝내고, 백지 복습으로 공책을 가득 채웠다.

기상방송이 울리기까지 10여 분이 남았다. 혜리는 어스름이 들어찬 복도로 나갔다. 문 발치에 작업복이 개어져 있었다. 복도 끄트머리에는 초등부 코리아이들이 종종걸음으로 작업복이 담긴 카트를 밀며 지나갔다. 그 나이에는 참기 힘든 침묵을 유지하면서 말이다. 작업복만 남긴 채 흔적도 소음도 없이 아이들은 사라졌다.

조용함을 깨고 계단 위에서 비명인지 호명인지 모를 고함 소리가 들렸다. 지나가던 초등부 코리아이들도 복도 끝에서 머리를 빼꼼 내밀고 계단 방향을 응시했다. 아이들의 업무가 지연되면 크게 혼날 것이기에, 혜리는 어서 가라고 손짓했다. 아이들이 사라지자 혜리는 계속해서 울리는 고함을 쫓아 계단을 올랐다.

교육기관에서 코리아이가 고함지르는 것은 불가능했다. 판촉 행사를 할 때가 아닌 이상 큰 목소리를 내는 사람은 사회에서 미움을 받는다고 했다. 그 때문에 아이들은 축구할 때도 패스하라고 소리치는 대신 손만 흔들었다. 그러면 저 소리의 주인은 코리아이가 아닌 걸까. 교육기관 벽 너머에서 가끔 울리는 들짐승 소리처럼 들리기도 했다. 하지만 사람도 넘을 수 없는 벽을 들짐승이 넘어 들어왔을 리는 없었다.

계단이 꺾어지는 곳에서 몸을 드러내지 않고 숨은 채 조심스레 얼굴을 내밀었다. 익숙한 얼굴이 보였다. 입을 틀어막고 있는 성태였다. 성태가 덜덜 떨며 조심스레 손을 내렸다. 오래 잡고 있었는지 턱은 핏기가 사라져 새하얗게 변해있었다. 손을 내리자마자 성태는 목을 아래로 홱 꺾으며, '악!' 하고 고함을 질렀다. 그러고는 다시 황급히 입술을 쥐고, 턱을 위로 눌렀다.

"성태야, 괜찮아?"

혜리가 조심스레 다가갔다. 성태는 깜짝 놀라 도망가려다가, 혜리의 목소리를 알아채고는 멈춰 섰다. 성태는 입을 막은 채 고개를 끄덕였다. 그러다가 다시 목이 아래로 튕기듯 꺾였다. 그 모습에 혜리는 주춤했으나 이내 다시 계단을 올랐다.

"점점 심해져?"

성태는 입을 막은 채 고개만 끄덕였다. 혜리는 조심스레 성태의 어깨로 손을 뻗었다. 그러고는 천천히 토닥였다. 성태의 심박수는 그 느린 박자를 따라 안정됐다.

"왜 여기까지 올라왔어? 소리 지르는 것 때문에 그래? 다른 애들 깨울까 봐?"

성태가 끄덕였다. 성태는 잠드는 것도 쉽지 않았다. 아예 잠들면 문제는 없었으나, 잠들려고 애쓸 때는 큰 소리가 튀어나왔다. 고함을 지르기 시작하고부터는 같은 방을 쓰는 아이들에게 미안하고 스스로가 미워져 쉽게 잠들지 못했다. 밤이 무서워졌다. 성태는 여러 번 방을 바꿨다. 처음에는 코골이 심한 아이들 방에 넣었다. 코 고는 소리에 오히려 잠들지 못했고, 그 때문에 야간에 증상이 더욱 심해졌다.

저주를 막을 방법이 없었다. 의지로는 조절할 수 없었기 때문에 그저 억누르는 게 성태가 할 수 있는 유일한 방법이었다. 입에 휴지를 넣었기에, 이에는 늘 치석처럼 휴지가 끼어있었다. 입술 위에 테이프를 붙였기에 살점이 떨어져 나간 입술은 언제나 갈라지고 피가 났다.

성태는 손을 조심히 뗐다. 다행히 이번에는 저주가 말을 방해하지 않았다.

"옥상에 갔었어요."

성태는 해맑게 말했다. 이에 휴지가 붙은 것도 모른 채 웃었다.

"옥상에 가면 고함도 시원하게 지를 수 있겠네."

"옥상에 가면 고함 안 질러요."

"진짜?"

"가볼래요?"

"너 근데 지금도 고함 안 지르는데?"

그 말이 끝나자마자 성태는 고함을 질렀다. 의식하면 증상이 나타난다고 했다. 옥상에 같이 가자고 하니 성태는 입을 막은 채 힘껏 고개를 끄덕였다. 성태는 생긋생긋 웃으며 혜리가 뒤에서 잘 따라오고 있는지 자꾸만 확인했다.

하늘이 보이자 성태는 넓은 옥상을 가로질러 달렸다. 빨랫줄에 걸린 이불이 새벽바람에 나부꼈다. 이불을 적신 이슬이 기화되며 상쾌한 세제 향을 풍겼다. 성태는 사람의 키보다 훨씬 높은 난간 앞에 섰다. 난간 위는 날카롭고 뾰족한 가시가 달려있었다. 가로 창살은 사람 머리 높이보다 위에 있었기에 발 디딜 곳이 없어 난간을 오를 수는 없었다.

"여기요. 난간 아래."

성태는 몸을 숙였다. 그곳에는 작은 생명체가 있었다. 성태가 손톱으로 난간을 두들겨 명랑한 소음을 내자, 작은 생명체는 찌 치찌치 소리를 냈다.

"매미네."

"저번 주에 나무에 살충제 뿌리던 날 발견해서 구해왔어요. 허물 벗은 지 얼마 안 돼서 날개를 말리고 있었거든요. 그대로 뒀으면 살충제를 못 피했을 거예요."

"저번 주부터 있었어? 날아가진 않았네. 집이라 생각하고 다시 찾아오는 건가?"

"날 수 있으면 왜 돌아오겠어요. 아직 못 날아요. 근데 곧 날 거예요. 아직 나는 법을 못 배워서 그래요."

성태는 웃으면서 매미의 등을 조심히 건드렸다. 매미는 배를 떨며 치지찌치찌 하고 큰 소리를 냈다. 겁을 먹고 뒤로 잠깐 물러났던 혜리는 매미가 조용해지자 다시 다가와 그 생명을 관찰했다.

"얘랑 있으면 고함도 안 질러요."

성태가 해맑게 웃었다. 혜리는 자세히 보니 매미가 이상하다는 것을 눈치챘다. 매미의 날개가 시작되는 곳부터 배 위쪽까지가 엄지로 꾹 누른 것처럼 움푹 파여있었다. 성태가 매미를 구해줬을 때 빛을 덜 받아 아직 굳지 않아 말랑말랑한 외피가 성태의 손에 그대로 눌려버린 것이다. 혜리가 손을 대려 하자 매미는 고장 난 모터처럼 날개를 퍼덕이며 왱 소리를 내었다가 멈쳤다. 퍼덕이던 날개는 단 한순간도 곧게 펴지지 않았다.

"성태야 매미 소리가 좀 이상한데."

"알아요. 특별한 애라서 그래요. 근데 이상한 건 아니에요. 사람들도 목소리 다 다르잖아요. 애도 조금 특별한 소리를 내는 거예요. 우리도 목소리 좋은 애들 있잖아요. 애도 그런 애예요."

"듣기 안 좋아, 성태야. 꼭 비명 지르는 것 같잖아."

"듣는 사람에 따라 다른가 보네." 성태는 어색하게 웃었다.

"그리고 애 못 날 것 같아. 날개부터 배까지 짓눌려있어서 날개를 제대로 못 펴잖아."

성태는 대답이 없었다. 대신 매미를 자세히 관찰하더니 이를 바득바득 갈았다. 성태가 고함을 지르고 목을 꺾었다. 그에 맞춰 작은 생명도 처음 듣는 소리를 긁어냈다. 성태는 몇 번이고 고함을 지르고는 입을 틀어막았다.

"괜찮아?"

겁에 질린 표정으로 뒷걸음질하던 혜리가 물었다. 매미를 노려보던 성태는 손가락으로 매미를 쥐고 들어 올렸다. 매미는 서서히 높이 오르다가 급격히 추락했다. 바닥에 떨어져 뒤집힌 매미는 날개로 바닥을 때리며 빙빙 돌았다. 성태는 다시 매미를 들고 바닥에 떨어뜨렸다.

"뭐 하는 거야!"

혜리가 성태의 팔을 붙잡았다. 성태는 목을 꺾으며 말했다.

"교육하는 거예요. 뭐가 이상한 게 아니라 아직 못 배워서 그런 거예요. 교육하면 다 괜찮아져요. 날 수도 있고, 소리도 잘

내고."

"아냐, 성태야. 얘는……."

혜리의 말이 끝나기 전에 성태는 팔을 뿌리쳤다. 그러고는 매미를 다시 쥐었다. 잠시 골똘히 생각하더니 난간을 올려다봤다.

"데려오지 말았어야 해."

성태는 매미를 주먹으로 말아 쥐었다. 조여드는 주먹 안에서 매미는 더욱 거세게 배를 떨었다. 비명이 가득한 성태의 주먹. 팔에는 굵은 핏줄이 솟고 주먹에는 힘이 들어갔다. 성태도 고함을 질러댔다. 매미와 성태가 서로 고함을 질러댔다.

"성태야!"

견디지 못한 혜리가 울 것처럼 비명을 질렀다. 성태는 다른 손으로 입을 틀어막았다. 하지만 고함은 새어 나오고 요동치는 턱은 손을 쳐냈다. 손은 눈을 찌르고, 코를 때리고, 뺨을 쳤다. 성태는 주먹으로 허벅지를 치며 멋대로 움직이는 몸을 막으려 했다. 하지만 그건 막을 수 있는 것이 아니었다.

성태는 매미를 쥔 손을 입으로 가져갔다. 끔찍한 비명을 토해내는 매미를 입에 넣었다. 그러고는 두 손으로 틀어막았다. 코로 숨을 헐떡이는 성태의 봉인된 입에서는 비극의 두 주인공이 세상을 찢으려 소리를 냈다.

"뱉어. 뱉어, 빨리!"

혜리는 성태의 팔을 떼어내려 했다. 성태의 팔은 완강했다. 상자를 짓눌러 닫은 판도라처럼 성태는 그 입을 열어줄 생각이 없었다. 혜리는 성태의 목을 졸랐다. 몇 초를 버티던 성태가 무릎을 꿇고 손으로 땅을 짚으며 헛구역질했다. 입이 열리고 길게 늘어진 침에 뒤엉킨 찢겨나간 날개조각과 매미가 바닥으로 떨어졌다. 성태가 손을 뻗었지만, 그 전에 혜리의 손이 빨랐다. 혜리는 축축한 매미를 집어 난간 사이로 던졌다.

성태는 고함을 질렀다. 주저앉은 채 입을 다시 막았다. 혜리는 난간 너머를 봤다. 난간과 담장 너머 건물과 밭과 산 위를 해가 비쳤다. 경이로운 풍경이었다.

"날았어, 성태야."

성태가 입을 막은 채 혜리를 올려다봤다. 혜리는 할 말이 있는 것처럼 입을 벌렸다가 다시 다물었다. 그러고는 성태가 일어서자 미소를 지으며 말했다.

"매미가 날았어."

돼지

교육기관에 소속된 코리아이 출신 버스 기사가 보온병 뚜껑에 멀그스름한 믹스커피를 따랐다. 버스에 줄줄이 오르는 아이들이 굴곡진 보온병 표면에 비쳐 일그러졌다. 벽 밖으로 나가는 것임에도 아이들은 생기가 없었다. 설렘을 갖고 버스에 올랐던 것은 초등부 때가 마지막이었다.

버스가 출발하고 혜리는 창밖을 봤다. 바깥의 자유로운 인간들은 순식간에 유리창 뒤편으로 사라져 버렸다. 그들의 생김새를 조금이라도 더 관찰하려 애를 써보았지만, 버스는 빨랐다. 혜리가 애쓰는 동안에 길에서 버스를 쳐다보는 사람은 단 한 명도 없었다.

저층 건물이 즐비한 시골 동네를 빠져나가니 죄다 논이며 밭이고 숲이었다. 한참 달리던 버스는 도축장에 도착했다. 계류장에서 들리는 돼지의 울음과 비명, 환풍기로 솟다 흩어지는 돼지 세척기의 옅은 증기, 피를 싣고 비료 공장으로 출발하는 트럭. 살아야 하는 이들이 살기 위해 죽어야 하는 것들이 희생되는 장례식장. 생사를 다루는 산업을 위해 경건히 작업복 위에 앞치마를 둘렀다. 위생모 안에 머리카락을 말아 넣은 뒤 경량 안전모를 걸쳤다. 마스크로 입과 코를 가리고, 토시와 장갑까지 끼자 학생의 모습은 사라졌다. 앳되지만 숙련된 노동자들의 모습이었다.

소독을 마치고 혜리는 내장을 뜯어내는 작업장으로 이동했다. 머리 없는 돼지가 고리에 걸려 앞으로 왔다. 칼 한 자루를 손에 쥔 채 지혜는 하얀 내장을 뜯고, 혜리는 빨간 내장을 뜯었다. 바닥으로 떨어진 내장은 컨베이어에 실려 부산물 처리장으로 이동했다. 지혜는 이 작업이 저번 작업보다 끔찍하다고 했지만, 혜리는 저번에 했던 머리를 잘라내는 일보다는 이게 나았다. 죽은 돼지의 얼굴을 보면 지금 만지고 있는 게 생명체라는 자각이 전신에 퍼졌다. 내장의 악취를 참는 게 불편한 마음을 참는 것보다는 나았다.

생명은 해체될수록 생명성을 잃었다. 형체가 잘게 잘릴수록 온전했던 생명으로서의 개념마저도 분해되어 버렸다. 한 젓가락도 되지 않는 변색된 조각은 결코 생명체로 보이지 않기에 그것을 입에 넣고 씹어도 아무런 죄의식을 느끼지 못했다. 돼지 인형을 칼로 찢는 것은 난처해 망설이면서도 말이다.

다행히 코리아이를 제외한 대부분의 인간은 생존을 유지하기 위해 생명을 거두는 장면을 목격할 필요가 없어졌다. 도덕적 딜레마는 희생되는 생명을 보지 않은 채 결정하면 그만이고, 돼지가 통 속을 돌며 목에 뚫린 구멍으로 피를 다 빼내는 장면은 코리아이나 보면 그만이었다.

그렇다고 돼지를 죽이는 일까지 코리아이의 손에 맡기지는 않았다. 전기로 기절시키고, 피 뺄 구멍을 뚫는 일은 코리아이가 아닌 기계가 했다. 폭력이 배제된 환경에서 자란 코리아이는 생명체를 기절시키고 죽이는 일에 심한 공포를 느꼈다.

예전에 1세대 때는 이러한 필수적 폭력이 동반되는 업무를 체험시키지 않았다. 그 때문에 사회로 나간 코리아이 중 동물이나 인간을 처리하는 과정을 보고 경기를 일으키며 실신하는 사례가 제법 있었다. 교육기관은 모든 노동을 할 수 있는 인간을 만들자는 목적을 무너뜨릴 순 없었다. 때문에 어느 정도의 폭력이 가미된 노동을 가르치도록 방침을 조정했다.

"계류장에서 넘어오는데 잠깐 문제가 생겼어. 돼지 더 안 오니까 너희는 남은 것만 마무리하고 일찍 쉬어."

작업반장이 말했다. 매달려 들어오는 돼지는 몇 안 남았고 벌써 벽 끝에서는 빈 고리가 넘어오고 있었다. 일찍 쉬려 신속히 내장을 발라냈다. 내가 가질 몇 분의 휴식이 수많은 것의 죽음을 생각하는 것보다 중요했다. 혜리는 멈춘 컨베이어 앞에 쪼그리고 앉아 잠시간의 휴식을 취했다. 윤기 나는 하얀 앞치마가 코에 가까이 있었기에, 기름기 가득한 내장의 악취가 올라왔다.

"소란스럽네."

옆에 앉았던 지혜는 고개를 빼 들고 웅성거리는 쪽을 바라봤
다. 지혜는 같이 가보자고 했지만 혜리는 조용히 휴식을 취하고
싶었다. 지혜는 혜리를 두고 몸을 일으켜 사라졌다. 기계도 전
부 멈춰버린 고요함이 찾아왔다. 아무런 생각도 안 들었다. 너
무 지쳐서 생각하는 것조차 쉬고 싶었다.

"다들 가공장으로 가. 직납용 고기 자르는 곳으로."

작업반장이 돼지를 몰 듯 손을 휘휘 저으며 혜리네 학급을
다른 방으로 보냈다. 지혜가 혜리의 팔짱을 끼며 말했다.

"돼지 하나가 전기충격이 안 통한대. 기계에서 탈출해서 컨
베이어 타고 달려오고 있대. 방혈하는 곳 지나서 세척통, 세척
실 다 뚫고 머리 자르는 곳까지 넘어왔나 봐."

지혜는 무섭다며 빨리 가자고 했다. 진짜 무서울 것은 그 돼
지였다. 해체된 종족 위를, 옆을, 아래를 뛰어다니면서 무슨 생
각이 들까. 이곳은 돼지의 편 하나 없는 괴물의 도축장이었다.

"야, 오함마 가져와! 애들은 빨리 다른 방으로 가고. 아날로그
로 해, 아날로그로."

아날로그라는 말이 그런 뜻은 아니었지만, 작업반장은 대충
디지털이니 기계니 자동화니 하는 것의 반대말로 여기고 썼다.
이곳 노동자도 대부분 성인이 된 코리아이였다. 그들은 두꺼운
팔뚝을 몸에 붙인 채 망치와 몽둥이를 쥐고는 있었지만, 다부진
근육이 무색하게 비에 젖은 병아리처럼 떨었다. 죽은 것은 종일
썰어왔지만 산 것을 죽여본 적은 없었기 때문이었다. 결국 돼지

를 물리칠 수 있는 사람은 반장과 이름에 성이 있는 몇몇 노동자가 전부였다.

"제발 겁먹지 좀 마라. 도망가면 진짜 가만 안 둬. 다 고소할거야."

그게 고소가 될 리가 있겠냐마는 코리아이 노동자의 도주를막는 것에는 효과가 꽤 있었던 모양이었다. 코리아이들은 반장이 시키는 대로 기합을 지르며 겁을 쫓으려 애썼다.

교육기관의 코리아이들은 돼지가 난입하기 전에 안전하게가공장까지 대피를 마쳤다. 그들 뒤로 집기가 바닥에 떨어지는소리와 함께 요란한 고함과 비명이 들렸다. 인솔교사는 문을 닫았다. 문 너머는 전쟁통이지만, 신경 쓰지 말고 쉬라고 했다.

가공장에 있는 아이들은 고기를 더 잘게 자르고 있었다. 덩어리로도 납품했지만 가공장은 바로 마트에 직접 납품해 팔 수 있도록 세절 작업 공정도 갖추고 있었다. 마트뿐만 아니라 교사들이 챙겨온 아이스박스로도 들어갔다. 교사들은 도살장 인솔이제일 실속 있다고 저희끼리 말하곤 했다.

정우와 성태네 학급이 세절 작업실에서 교육을 받고 있었다.성태와 정우는 늘 그렇듯 서로의 옆에 붙어있었다. 자동톱으로고기를 자르고 밀면 고기는 스테인리스 경사로를 따라 컨베이어 벨트까지 떨어졌다. 정우는 항상 성태를 주시했다. 성태의몸이 덜컥거릴 때마다 정우는 숨을 참고 톱을 껐다. 성태와 정우는 이 시원한 공간에서 식은땀을 뻘뻘 흘리고 있었다. 두 사람은 극도의 긴장 속에서 일했다.

"저거 둘 왜 붙여놨어요?"

성태와 정우를 발견한 교사는 둘이 붙어있어서는 안 된다고 했다. 성태와 정우 둘 다 나쁜 일을 꾸미던 놈이니 둘을 붙여놓으면 또 무슨 짓을 저지를지 모른다고 했다. 정우네 학년을 인솔하던 교사는 그 말에 반만 동의했다.

"그건 그런데, 성태 틱 때문에 어쩔 수 없어요. 정우가 옆에서 잘 봐주니까 나도 안심이고요."

"정우가 평생 옆에 있어 줄 것도 아니잖아요. 어차피 교육기관 나가면 다 자기 살길 찾느라 뿔뿔이 흩어질 텐데. 교육받을 때부터 의지해 버릇하면 나중에 자립 못 해요. 성태도 혼자 사는 법 배워야죠. 그게 저희가 하는 일인데."

그 말은 인솔교사를 납득시키기에 충분했고, 성태마저 고개를 끄덕이게 했다. 성태를 혼자 둘 순 없다고 정우가 항변하려 하자 성태가 제지했다. 그러고는 혼자 해보겠다며 정우를 밀어냈다. 정우는 순순히 밀려나 혜리 옆에 섰다.

"성태한테는 엄청 고분고분하네. 약점이라도 잡혔어?" 혜리가 물었다.

"약점은 아니고 성태한테 죄를 지었지."

혜리의 물음에 정우는 짧게만 대답했다. 그는 성태의 모든 동작 하나하나를 눈에 담고 있었다. 당장이라도 불러주면 뛰쳐나갈 것처럼 작업화 신발코는 구부러져 땅을 짓누르고 있었다.

"정우, 더 멀리 가."

교사가 손을 팔랑팔랑 흔들며 다가왔다. 무당이 칼춤 추듯 흔들어대는 손에 닿지 않으려 뒷걸음질을 치다 정우는 문까지 쫓겨났다. 정우가 문에 등을 기대자 혜리는 그 옆에 섰다. 정우의 키는 혜리보다 한 뼘 정도 컸다. 혜리가 정우를 올려봤다.

"성태한테 뭐 했는데? 아까 죄지은 거 있다며."

"저거."

정우는 턱으로 성태를 가리켰다. 성태는 몸을 들썩이며 고함을 질렀다. 그 몸짓 속에서도 꿋꿋이 고기를 잘랐다. 톱 근처를 오가는 손과 경직되어 튕겨 오르는 몸짓은 위태로워 보였다.

"성태 병, 나 때문에 생긴 거잖아. 내가 빨리 자백했으면 성태 저렇게 안 됐어."

성태가 독방에 가둬졌던 때를 이야기했다. 성태가 가둬진 것은 혜리의 고발 때문이었다. 정우는 혜리가 고발한 것을 몰랐다. 혜리가 고발했다는 것은 보안교사와 상우만 알고 있었다. 성태의 몸짓이 누군가의 죄로 비롯되었다면 그 죄는 혜리에게 있었다. 하지만 혜리는 죄책감을 느끼지 않았다. 어른들로부터 성태가 가진 병의 원인은 따로 있다고 들었다.

"호르몬 때문이라던데. 선천적으로."

"아니야. 내가 알아."

"네가 어떻게 알아. 어른들이 그렇다는데."

그때 큰 울림이 등에 전해졌고, 정우와 혜리는 앞으로 튕겨 넘어졌다. 돼지가 또다시 문에 부딪혔다. 문이 덜컹거리며 벌어졌고, 틈새로 아비규환이 살짝 보였다가 닫혔다.

"돼지다. 여기까지 왔어!" 교사는 엎어진 정우의 손목을 툭툭 차며 말했다. "정우, 일어나서 문 막아. 근처에 있는 애들도 몸으로 막아. 돼지 들어오면 큰일 난다. 톱이랑 칼 이런 게 많아서."

문이 덜컹거렸다. 코리아이들이 비명을 지르고, 몇몇은 주저 앉았다. 돼지가 들이박았나 싶었지만 이내 문고리가 요란히 돌아갔다. 어른 코리아이 직원이 문을 열어달라고 소리쳤다. 곧바로 작업반장이 고함을 질렀다. 신경 쓰지 말고 문은 계속 닫아두라고. 겁쟁이 코리아이가 도망가려는 거라고. 교사는 힘을 줘서 밀어 문이 안 열리게 주의하라고 지시했다. 아이들은 지시를 따르면서도 거친 호흡을 쏟아냈다. 비명과 신음이 공장 안을 울렸다.

"너희도 지금 라인에 있는 거까지 빨리 끝내고 그냥 가자!"

교사가 고기 자르고 있는 아이들에게 말했다. 문이 덜컹거릴 때마다 아이들은 흠칫 몸을 들썩였다. 덜덜 떨리는 손이 고기와 뼈를 썰어 가르는 톱 근처를 불안하게 오갔다. 정우가 손을 들고 외쳤다.

"밖에 소란 때문에 불안합니다. 톱날도 위험하고 작업은 그냥 중단하는 게 좋을 것 같습니다."

"네가 사장이야? 시끄럽고 넌 문이나 막아. 빨리빨리 끝내자 빨리빨리! 집중력 있게!"

교사는 손뼉을 치며 톱날 앞의 아이들을 격려했다.

"성태라도 쉬게 해주세요."

정우는 문에서 등을 뗐다. 이탈을 막으려 혜리가 정우의 어깨를 잡으려 했고, 정우는 몸을 숙여 손을 피했다. 하지만 더 큰 손이 정우의 이마를 밀었다. 젖혀진 머리가 쇠문에 박았다. 교사가 정우의 머리를 문에 짓누르며 맹수 같은 눈으로 노려보았다.

"애를 나약하고 의존적인 인간으로 만들 거야? 너 그거 친구 망치는 길이야. 알아?"

교사는 아이들을 둘러보며 크게 소리쳤다.

"우리는 너희가 순종적인 인간이 되라고 가르치는 거다. 의존적인 인간이 되는 게 아니라."

"성태는 아파요."

"나도 아파. 허리 아프고 팔도 아프고, 너 때문에 머리도 아파."

"성태는 진짜 아프잖아요."

"아프면 뭐. 아프면 뭐 어쩌라고. 뭐 없어. 일할 때는 일해야지. 사회에서는 뭐 열외시키고 쉽게 해줄 것 같아? 그러면 그게 공산주의지 자본주의냐. 사장들이 다 같이 망하자고 그거 좌시하고만 있겠냐고. 그냥 아픈 애는 갈아 치우겠지. 갈아 치워지고 싶지 않으면 자리 지켜. 몸 좀 아프다고 굶어 죽을 거야?"

"저 할 수 있어요." 성태는 짓눌린 목소리를 내며 정우를 쳐다봤다. "혼자서도 할 수 있어."

문 뒤에서 돼지가 울었다. 성태의 말은 제대로 들리지 않았다. 정우는 '혼자서도 살 수 있어'로 들었다. 그 말을 감히 부정할 수는 없었다. 성태는 조심스레 고기를 밀었다. 돼지가 울 때마다 몸을 움찔거렸다. 틱의 전조인 것만 같아 불안했지만 고기는 정확한 크기로 썰려 나갔다.

"사람이 아파도 기계는 돌아간다. 기계를 사람에 맞출 수는 없어. 사람이 기계에 맞춰야지."

교사가 말하는 동안 전기톱이 날카롭게 울고, 모터는 요란한 박자로 털털 진동했으며, 웅웅대는 기계음은 반주가 되어 빈 악보를 채웠다.

"기관은 너희에게 살아가는 법을 알려주는 거야. 정부가 죽었어야 할 너희를 거둬 인공자궁에 심었다면, 우리 교사들은 너희가 완벽히 사회에 필요한 사람이 될 수 있도록 잔가지를 쳐내고 튼튼한 통나무로 만드는 목수야."

코리아이들은 감사하다고 큰 소리로 대답했다. 정우는 홀로 부르짖었다.

"뭐가 감사하다는 거야. 우리를 뭐로 만드신다고요? 통나무? 모두 다 똑같은 모양으로 만드시겠다는 거네요. 바깥사람들은 우리를 아무 차이 없는 물건으로 생각할 거고요. 이름을 부르지 않고 코리아이라고만 부르겠죠. 코리아이란 거는 어차피 다 똑같은 통나무니까 망가지면 언제든 다른 코리아이로 바꾸면 그만이고."

"역으로 생각해. 그만큼 코리아이는 여러 일자리에 쉽게 들어갈 수 있다는 거야. 그게 다 너희를 위한 거야."

"우리를 위한 게 아니라 저희를 쓸 사람을 위한 거잖아요. 잔가지 다 쳐내면 저는 어디 있는데요? 제 개성과 생각과 말을 지우시려는 거잖아요. 그러면 뭐가 남는데요. 제 몸뚱이만 원하는 거잖아요."

"말은 필요한 말만 하고, 생각은 일 잘할 방법 찾을 때나 쓰고, 개성은 북한에서 찾아. 그런 쓸데없는 것들에 욕심을 부렸다가는 넌 몸뚱이도 못 건져. 세상에는 일하는 코리아이가 필요하지, 철학자 코리아이는 필요 없어. 그런 인간들은 이미 널리고 널렸거든. 그 사람들 꼴이 어떤지 알아? 손에 기름 묻을까 겁내면서 취직도 못 하고 뚫린 곳도 없는 천장만 바라보면서 손가락 빨고 있어. 그렇게 되고 싶어? 넌 어느 곳에도 쓰이지 못하는 낙오자가 될 거야. 정우야, 난 널 미워하지 않아. 네가 엇나가는 걸 안타까워하는 거야. 생존할 수 있는 길로 돌아오길 원해. 교육자로서 그게 내 사명이야. 인공자궁이 너희를 살렸어. 그 이후는 내 몫이야. 난 너희가 바깥에서도 살 수 있게 만들어야 해."

"저는, 제 뜻대로 살 수 있어요."

"코리아이는 아무도 자기 뜻대로 살 수 없어. 자기 뜻대로 살려는 사람은 반항아에 낙오자야."

철문 뒤에서 돼지가 마지막이 될 비명을 길게 내질렀다. 죽어 흙으로 돌아가지 못하고 고기로 섭취되는 운명을 지닌 것들의 영웅이 전사했다. 소름 끼치는 소리에 코리아이들은 몸을 움츠렸다. 돼지의 비명이 멎을 때까지 공장 안에 있는 사람들은 경직된 채 침묵을 지켰다.

"반항아! 낙오자!"

그때 갑자기 성태가 고함을 질렀다. 화난 듯하면서도 겁에 질린 목소리. 놀란 눈으로 주변의 눈치를 황급히 살피는 동안 입안에서는 그가 기억하는 더 저속한 단어를 찾으려 혀가 움직였다. 성태는 입을 막으려 손을 들었다. 그의 손은 전기톱 너머에 있었다. 그대로 오른손이 잘렸다. 뿜어지는 선혈. 고기가 줄지어진 컨베이어 벨트 위에 손이 떨어졌다.

피를 본 코리아이들이 비명을 질러댔다. 교사는 라인을 중단시킬 버튼을 찾으려 뛰어갔다. 정우는 성태의 손목을 눌렀다. 피가 정우의 얼굴과 목에 흩뿌려졌다. 돼지기름에 절어진 앞치마 위로 코리아이의 피가 흘렀다.

"누가 손 좀 주워줘!"

정우가 울었다. 혜리가 달려갔다. 좁고 가파른 컨베이어 벨트로 엎어져 기었다. 기름진 고깃덩이의 길은 미끄러웠다. 장화는 자꾸만 바닥에서 미끄러졌다. 허우적대는 손은 벨트 위에 수채화처럼 핏물을 퍼뜨렸다. 고기통으로 떨어지기 직전에 잘린 손을 잡았다. 혜리는 핏방울이 맺힌, 피가 흐르는, 아직은 따뜻한 손을 주워 올렸다.

"얼음! 얼음 가져와!"

교사가 소리쳤지만 겁에 질린 코리아이들은 주저앉아 울거나 얼어붙은 채 숨만 몰아쉬고 있었다. 컨베이어 벨트를 간신히 끈 교사가 고함을 지르며 코리아이들을 밀쳤다.

"얼음 가져오라고!"

교사가 문을 열었다. 문 앞에는 돼지가 죽어있었다. 온몸에는 멍과 자상이 가득했다. 찢어진 살 사이로 샘물처럼 흘러내린 피는 바닥 위를 점점 시뻘겋게 덮어갔다. 아이들이 비명을 질러대며 돼지를 뛰어넘어 탈출했다. 낯선 공포를 피해서.

얼음을 구하려던 교사는 코리아이들에게 치여 돼지 위에 엎어졌다. 누군가는 돼지를 밟고 누군가는 교사를 밟았다. 계류장에 몰리는 돼지들처럼 그들은 하나의 덩어리가 되었다. 모두가 떠나가는 피 웅덩이 위에 성태와 혜리와 정우만 남아있었다.

돼지 도축가공공장 사태 이후로 교육방침에 일부 변화가 있었다. 패닉에 빠지는 노동자는 쓸모가 없었기에, 교육기관은 이전보다는 폭력과 법에 대한 유연한 교육을 마련했다. 그렇지 않아도 외부에서는 착하기만 한 노동자는 하등 쓸모가 없다고 호소하고 있었다. 밖에서는 동물을 죽이고, 다른 노동자를 해하고, 다른 이들의 권리를 빼앗고, 법을 어기고 비도덕적이더라도 회사를 위한 일이라면 무엇이든 할 수 있는 노동자를 원했다. 이제 교육기관에 들어온 아이들은 닭 피를 뽑고, 살아있는 생선을 회 뜨고, 누군가를 진압하는 일을 우선 배우게 되었다.

혜리는 기관 안에 설치된 비닐하우스에서 방울토마토를 따는 중이었다. 새빨간 알맹이를 집었다가, 손이 너무나 떨려 결국 놓쳤다. 피가 가득했던 그날의 잔상이 머릿속에서 떠나질 않았다. 성태는 얼음에 담긴 손과 함께 특수교육기관으로 이송되었다. 그곳은 크게 다친 아이들의 재활을 돕는 곳이라고 했다. 다시 돌아오진 않을 거라고 했다. 특수교육기관 내에서 재활과 학업을 병행해 바로 사회로 나갈 거라고 했다. 그게 들은 것의 전부였다. 어른들은 그곳에 대해 자세히 말해주지 않았다.

혜리는 두 손을 꼭 붙들고 비닐하우스 구석에 쪼그려 앉았다.

밖에서 상우와 정우의 목소리가 작게 들렸다.

"특수교육기관이 어디 있는지 찾아봤어?" 상우가 물었다.

"검색 결과가 안 나와요." 정우가 울먹이며 말했다.

혜리는 슬며시 밖으로 나갔다. 세 발 수레 뒤에 숨어있는 정우와 상우 앞에 섰다. 혜리의 그림자를 본 정우는 황급히 핸드폰을 뒤로 숨겼다. 핸드폰이라는 것은 교사와 선생님들이나 가질 수 있는 물건이었다. 혜리는 눈을 동그랗게 뜨고 놀라 숨을 들이마셨다. 물품관리 규정과 교육침해방지 규정과 보안관리 규정을 동시에 위배한 명백한 규칙 위반이었다.

상우는 혜리를 끌어 앉혔다. 그러고는 비밀로 하라고 했다. 혜리는 공범으로 몰리고 싶지 않았다. 바로 교사에게 고발하려 몸을 일으켰다. 하지만 정우의 말에 혜리는 얼어붙었다.

"성태를 다시는 못 볼 수도 있어요."

어두운 낮의 정우는 엄지손톱으로 자기 손등을 찔렀다. 얼마나 세게 눌렀는지 손톱이 닿은 주변의 핏기가 모두 사라져 있었다. 혜리도 엉거주춤 수레 뒤에 몸을 숨겼다. 정우는 핸드폰을 보여줬다.

"성태가 갔다는 특수교육기관이요. 검색하면 아무것도 안 나와요. 그냥 세상에 없는 것처럼 다 엉뚱한 정보뿐이에요."

"'다친 코리아이' 이렇게 검색해 봐." 상우는 침착하게 제안했다.

"이미 검색했어요. 그냥 바깥에서 산재로 다친 코리아이 이야기만 나와요. 아니면 코리아이 싫어하는 사람들이 때려서 다

쳤다는 얘기거나."

"그 단어로 검색해 봐. '장애 코리아이'."

상우가 대학진학반 언어 시간에 배운 단어를 떠올렸다. 장애. '장애'라는 말도 교육기관에서는 쓰이지 않았다. 그 단어에 포함될 사람은 아무도 없었다. 크게 다치면 모두 특수교육기관으로 이송되었다.

"나오긴 하는데……."

"처음부터 장애를 가진 코리아이가 있는지 검색해 봐."

정우가 질문을 입력하자 아래와 같은 답이 나왔다.

처음부터 장애를 가진 코리아이는 없습니다. 코리아이의 능력이 부족하거나 성격에 결함이 있다면 코리아이 센터의 불편사항 등록 서비스를 이용해 주시기 바랍니다. 코리아이에게 장애가 생겼다면 가까운 병원으로 연락 주시기 바랍니다.

장애 코리아이 졸업생이 얼마나 있는지, 장애 코리아이 사회 초년생은 어떻게 되는지. 그런 것들을 모조리 검색했으나 찾고자 하는 답은 나오지 않았다. 억지로 단어를 끼워 맞춘 불필요한 결과만 지저분하게 나열됐다.

"이거……."

상우가 화면 아래쪽에 간신히 달라붙어 있던 기사를 가리켰다. '장애 코리아이 아동은 어디에 있는가' 기사로 들어갔다. 상우와 정우는 머리와 어깨로 핸드폰을 가렸다. 고의로 혜리가 기사를 보지 못하게 했다. 손가락을 몇 번 움직인 뒤 둘은 핸드폰 화면을 껐다.

"왜 난 안 보여줘?"

혜리가 물었지만 얼어붙은 두 남자는 서로만 보고 있었다. 서로의 눈에서 혜리에게 내줄 수 있는 대답을 찾았지만, 결국 두 사람은 아무런 말도 내뱉지 못했다. 어떤 단어도 검열을 통과하지 못했다. 혜리에게 말하는 것을 포기하기로 결심한 둘은 이내 검은 밤 파도처럼 몰려오는 공포와 슬픔에 파묻혔다. 정우는 머리를 쥐고 무릎에 얼굴을 파묻었다. 상우는 손으로 입과 턱을 잡아 뜯을 듯 쥐고는 눈을 감았다.

"알려줘. 난 알아야겠어."

혜리는 정우에게서 핸드폰을 빼앗았다. 핸드폰을 켜려고 했지만, 비밀번호를 입력하라는 무심한 문구가 혜리의 접근을 막았다. 상우는 혜리에게서 핸드폰을 가져가며 말했다.

"세상은 손을 못 쓰는 노동자가 필요 없대."

"형, 말하지 마요."

정우는 새빨간 눈으로 상우를 노려봤다. 하지만 상우는 말을 멈추지 않았다. 상우의 슬픈 목소리가 차분하게 흘러나왔다.

"천국에 갔을 거야, 혜리야. 성태는 착한 아이였으니까."

혜리는 무릎을 꿇은 채 시커멓게 물들어 가는 가슴을 움켜쥐었다. 눈물이 마구 쏟아졌지만 아무도 위로하는 사람이 없었다. 상우는 눈을 감고 조용히 기도했다.

며칠 뒤 정우는 교육기관을 탈출했다. 오래가진 못했다. 열 시간 후 고속버스 터미널에 잠복해 있던 경비교사에게 붙잡혔다. 정우는 날을 넘긴 새벽에 교육기관으로 돌아왔다. 잘 풀리지 않는 문제집을 붙잡고 있던 혜리는 창문 너머로 붙잡혀 오는 정우를 볼 수 있었다.

조명 가득한 운동장에서 경비교사의 차 문이 열렸다. 경비교사 둘이 정우의 팔을 잡고 끌어내렸다. 정우는 둘을 뿌리치고는 성태의 이름을 연신 외쳐대며 벽을 향해 달렸다. 정우가 탈출에 사용했던 사다리는 이미 치워져 있었다. 정우는 높은 벽을 따라 운동장을 돌았다. 벽에는 구멍도 틈도 사다리도 없었다. 운동과 노동으로 단련된 코리아이는 빨랐고 지치지도 않았다. 경비교사들은 그를 따라잡을 수 없었다.

교사들은 차에 올랐다. 바퀴가 흙을 긁으며 정우를 추격했다. 문 열린 조수석에서 경비교사가 포승줄로 고리를 만들어 던졌다. 정우의 목과 어깨에 고리가 걸렸다. 넘어져 온몸으로 운동장을 긁었다. 헤드라이트가 쏘아낸 빛 안에서 모래 먼지가 피어올랐다. 먼지마저도 멀리 날아가지 못하고 이내 모래밭 위로 쓰러져 내렸다.

무덤

 한적한 곳의 폐공장은 부도로 방치되었다. 경매로 넘어간 뒤에도 몇 번이나 주인이 바뀌었지만 공장 문이 다시 열리진 않았다. 철거도 하지 않고, 쓰지도 않은 채 덩그러니 비워둔 이유는 어느 공무원으로부터 지자체에 팔 수 있을 거라고 가짜 정보를 주워들었기 때문이었다. 하지만 지자체는 아무런 소식도 없었다. 공장은 결국 풀과 녹이 가득한 흉물이 되었다.

 폐공장을 집으로 삼은 들개 두 마리가 공장 앞마당을 배회했다. 공장이 빛을 뿜어내며 돌아가던 시절에 살았던 개들의 후손이었다. 이상하게도 사나워 보이는 놈이 꼬리를 흔들었고, 얌전해 보이는 놈은 이를 드러냈다. 혜리는 육포를 뜯었다. 개들이 턱밑으로 침을 흘리며 다가왔다. 쪼그려 앉아 간식을 내밀자 하나씩 입에 물고는 혜리의 발목과 무릎 냄새를 맡았다.

폐공장엔 자물쇠가 걸려있었지만 혜리에게는 열쇠가 있었다. 문을 열고 들어가니 공장 안은 텅 비어있었다. 돈 될만한 것은 다 팔고 녹슬고 곰팡이 핀 자재만 한쪽에 쌓여있을 뿐이었다. 안으로 더 들어가자 슬레이트 벽이 나왔고, 벽의 문에는 자물쇠가 이중으로 걸려있었다. 혜리는 집 서랍장 구석에 있던 오래된 열쇠로 두 자물쇠 모두 열었다.

꽤 넓은 공간이 나타났다. 울퉁불퉁한 시멘트 바닥 가운데에는 흙을 쌓아 올린 봉분이 있었다. 구멍 뚫린 벽으로 빛줄기가 들어와 묘터를 양지로 만들었다. 사람이 묻혀있진 않았다. 흙만 있는 가묘였다. 무덤 앞에는 투명한 아크릴판으로 만든 묘비가 있었다. 유성매직으로 이름을 적어 세워뒀다. 성 없는 두 글자 이름들이 빼곡하다. 성태의 이름이 제일 위에 적혀있었다.

아크릴 묘비에 적힌 사람들은 혜리가 알던 일하다 죽은 코리아이들이었다. 잘리고, 끼이고, 깔리고, 떨어지고, 미끄러지고, 감전되고, 중독되고, 질식하고, 익사하고 병을 얻어 죽은 코리아이들. 혜리가 대학에 다닐 때 죽어가는 동료들의 소식을 듣고 정우와 함께 만든 묘비였다.

코리아이는 무덤에 묻히지도, 화장을 하지도, 장례를 치르지도 않았다. 코리아이는 초등부 때 자신의 이름을 쓰는 법을 배우게 되자마자 장기기증 서명에 동의한다. 서명에는 가장 가까운 병원으로 기증해 달라는 내용이 명시되어 있다. 그렇지 않다면 병원비를 못 낼 수도 있는 코리아이 중상자를 어느 병원에서 받아주겠는가. 몸뚱이를 담보로 거둬주는 것이다. 치료 거부를 막기 위한 일종의 보험이기도 했다. 물론 현실에서는 그 반대인 경우도 생겼다. 일부러 코리아이를 의료사고 내고 그저 장기만 취하기도 했다. 그걸 막아줄 보호자는 없었다. 그런 일이 너무 자주 생기지 않도록 코리아이 센터가 의료계에 항의하는 정도가 전부였다.

묘비 앞에는 일회용 스티로폼 그릇이 놓여있었다. 말라비틀어진 오징어 다리와 연두색 곰팡이가 핀 귤, 파리 꼬인 윤기 나는 참치 통조림, 텅 빈 즉석밥 용기. 코리아이를 제사 지낼 때 상을 차릴 필요는 없다고 정우는 말했었다. 죽으면 쓸 수 있는 모든 장기가 기증되어 남의 몸에 있으니 코리아이 귀신은 뭘 먹을 수도 없을 거라고.

"진작 제사상 한번 차려줄 걸 그랬어. 그때 헛소리하지 말고."

갈라진 목소리가 들렸다. 정우가 어두운 곳에서 나타났다. 그를 만날 것을 알고 왔음에도 헤리는 놀랐다. 정우의 몸에서는 공장 구석에서 밴 축축한 냄새가 났다. 씻지 않아 헝클어진 머리 사이로 언뜻 보이는 눈은 흐릿하고, 눈 밑에는 그림자가 짙었다. 목의 자상부터, 화상을 입은 손등, 절룩이는 다리, 덩어리져 굳은 진흙이 묻은 작업화. 멀쩡히 살아온 흔적은 아니었다. 자신에게 다가오는 낯선 옛 연인을 향해 헤리는 아무렇지 않은 척 어떻게 지냈냐고 물었다.

"생각하면서 지냈어."

정우는 슬레이트로 막힌 공간을 올려봤다. 마치 이곳에 처음

온 사람처럼 주변을 돌아보며 물었다.

"여기 오랜만에 와보지?"

"그러게, 몇 년 만이네."

예전에는 더 많은 코리아이가 이곳에 모이곤 했다. 공장을 뚫고 내리쬐는 빛 속에 혜리와 정우는 나란히 앉았다. 정우가 내뿜는 시큼한 부랑자 냄새가 짙었다. 이보다 더한 냄새를 풍기는 일을 하는 코리아이도 많았다. 하수도에서, 퇴비 창고에서, 쓰레기장에서 밴 냄새는 섬유의 틈과 피부 모공 하나하나에 들어차 몇 번을 씻어내도 완전히 지워지지 않았다. 하지만 부랑자의 냄새는 또 다른 냄새다. 다른 일터의 냄새보다 슬펐다. 씻으면 사라질 냄새지만 씻을 수 있다면 그런 냄새를 달고 있지도 않았을 것이다.

"코리아이 센터에서 너를 쫓고 있어."

"알아."

"뭐 때문에 쫓기는 거야?"

"내 꿈 때문에."

끔찍한 단어였다. 꿈이란 것은 인생을 오염시켜 결국에는 통째로 폐기하게끔 만드는 독이었다. 사람은 꿈이 아니라 현실을 살아야 했다. 아니, 그래야 살 수 있었다.

"여자친구는 어떻게 된 거야?"

"죽었어."

혜리는 엉덩이를 정우에게서 조금 멀리 밀어냈다. 정우도 몸을 움직여 혜리가 멀어진 만큼 다가와 앉았다. 혜리는 침을 삼키고 말했다.

"경찰은 자살이라고 했는데……."

"맞아."

센터의 남자는 자살이 아니라고 했었다. 경찰이 논란을 덮으려고 자살로 처리했을 뿐, 정우가 죽였을 거라고. 하지만 정우는 경찰의 말대로 자살이라고 했다. 누가 진실을 이야기하는 것인지 알 수가 없었다.

"이해가 안 가긴 하지만, 그 애는 죽었어. 죽을 일까지는 아니었는데……."

정우가 뱉은 말이 무서웠다. 혜리는 곁눈질로 퇴로를 확인했다. 정우는 소리를 내며 엄지부터 새끼까지 자기 손가락을 우둑우둑 꺾었다. 탄알집에 총알을 끼워 넣는 것 같은 소리였다.

"센터에서는 나를 감시하고 있었어. 나를 정신병자라 말해서 주변과 차단하고, 일터에 사람을 심어서 나랑 친한 사람들이 나를 배신하게 조종했어."

정우가 무슨 소리를 하는 것인지 알 수 없었다. 혜리는 낯선 남자와 함께 있는 것 같았다. 그가 손만 뻗으면 혜리의 목을 잡을 수가 있었다. 혜리는 손이 덜덜 떨리는 것을 들키지 않으려 두 손을 꼭 잡고 다리 사이에 넣었다.

"그 애랑 함께 도망쳤을 때 센터에서 우리를 잡으러 쫓아왔어. 내 계획 때문이었겠지. 쫓길 때의 스트레스 때문이었을까. 아니면 나랑 의견이 맞지 않아서 그랬던 걸까. 아니면 또 다른 이유가 있는 걸까. 모르겠어. 모르겠는데 어느 날 새벽에 그 애는 죽었어. 창문 아래에 떨어져 있었어. 나는 장례도 못 치르고 도망칠 수밖에 없었어. 이미 쫓기고 있었으니까.”

갑자기 정우가 울음을 터뜨렸다. 검은 눈물이 흘렀다. 때가 섞인 시커먼 눈물이었다. 혜리는 가방에서 휴지를 꺼냈다. 정우는 휴지를 받아 쥔 채 닦지 않고 손으로 짓이겼다. 검은 눈물은 어디에도 흡수되지 못하고 바닥으로 떨어졌다. 주먹을 쥐고 허벅지 위를 쳐댔다. 침을 흘리며 고함을 지르는 정우의 소리에 바깥의 들개 두 마리가 짖었다. 갑작스러운 괴성에 혜리는 놀라 몸을 움츠렸지만, 이내 침을 삼키고 물었다.

“괜찮아?”

“몸속에 있는 게 다 찢겨나가는 것 같아.”

정우는 긴 손톱으로 말라붙은 가슴을 할퀴었다. 단련되었던 근육은 모두 녹아버렸다. 도망자의 삶은 노동과 운동으로 단련된 코리아이의 단단한 몸마저 앗아가 버렸다. 정우는 묘비를 돌아봤다. 혜리가 그의 시선을 따라가니 아크릴판 아래에 닿았다. 새로운 이름이 적혀있었다. 쓸 공간이 부족해서 다른 이름 아래에 납작하게 눌러 적은 ‘영지’라는 두 글자. 죽은 연인의 이름인 모양이었다. 들썩이던 정우의 몸이 천천히 원래의 떨림을 찾아 돌아왔다. 혜리는 조심스레 물었다.

“왜 쫓기던 거야? 너랑 그 사람이 무슨 계획을 하고 있었기에 센터에서 널 쫓아?”

“둘의 계획은 아니야. 나의 계획이었어. 난 그 애를 설득시키려고 했고. 그 애한테는 세상을 바꿀 힘이 있었어. 나한테는 어떤 세상을 만들겠다는 그림이 있었고. 그래서 그 애를 설득시키려고 데리고 간 거야."

"데리고 갔다는 게 무슨 말이야? 강제로 데리고 갔다는 거야?"

"어떻게 보면…… 그렇지."

"그건 납치잖아."

"시간이 없었어. 그렇게 할 수밖에 없었어."

"그러니까 결국 그 영지라는 사람을 네가 납치했고, 도주하는 중에 자살했다는 거잖아."

혜리는 땅만 내려보고 있는 정우가 무서웠다. 납치를 한 사람이 자살했다고 말하는데 그것을 어떻게 믿을 수 있을까. 의견도 맞지 않았다는데. 센터의 남자가 한 말처럼 정우가 영지라는 사람을 정말 살해한 것은 아닐까.

"혜리야, 이제 그 힘은 너한테 있어. 세상에 바꿀 힘이 너한테 있다고."

"그게 무슨 소리야……."

"같이 하자. 너도 내 계획을 들어보면 함께하고 싶어질 거야. 더는 코리아이를 죽게 하지 않을 계획이 있어. 이 묘비를 봐. 이 묘비에 더는 이름을 적지 않아도 되는 세상이 올 거야. 그걸 너랑 나만 할 수 있어."

"갑자기 왜 나야. 내가 뭘 할 수 있다고. 난 싫어!"

혜리는 자리에서 일어났다. 턱이 떨려 윗니와 아랫니가 달달거리며 부딪쳤다. 정우도 따라서 일어섰다. 그러고는 덥석 혜리의 팔을 잡았다. 그의 악력 때문에 혜리는 뼈가 부서질 것만 같았다.

"아직 계획도 안 들어봤잖아."

"나까지 납치하려는 거야?"

그 말에 정우는 혜리의 팔을 놓았다. 정우는 고개를 저으며
흐릿한 눈으로 혜리를 쳐다보았다.

"아니야. 설득하려는 거야. 설득할 수 있어."

"정우야, 난 이제 내 인생을 살고 싶어."

"우리 함께했었잖아. 교육기관에서 우리 같이 탈출했었잖아.
그리고 봤잖아. 코리아이의 운명이 뭔지 너도 알잖아."

정우는 교육기관에서 두 번째 탈출했었던 때를 언급했다. 그
때는 혜리도 함께였다. 혜리는 그날 함께 탈출했던 것을 평생
후회했다. 모르고 살아야 했던 것을 알게 되었기에.

"그래서 그래. 그때 일 때문에 나 그동안 너무 힘들었어."

정우는 우두커니 서서 혜리 너머의 벽을 바라보았다. 혜리가
가방을 챙기는 동안에도 정우는 혜리를 붙잡지 않았다.

"나 이제 갈게 정우야. 너도 이제 그만해."

교육기관에서부터 지금까지 정우는 더 깊은 수렁으로 빠져
들고 있었다. 혜리가 슬레이트 문을 열고 나갈 때까지 정우는 아
무런 말도 하지 않았다. 혜리는 정우를 남겨두고 문을 닫았다.

문밖에는 센터에서 온 사람들이 대기하고 있었다. 혜리는 센
터의 남자를 슬픈 눈으로 바라보며 고개를 끄덕였다. 어쩔 수
없었다. 정우를 수렁에서 구해내려면 이 방법밖에는 없었다. 혜
리는 그렇게 생각하며 코리아이 센터를 불렀다. 혜리는 정우를

위해서라고 생각했지만 센터를 부른 것은 사실 자신을 구하기 위해서였다. 정우에게 더 이상 엮이지 않기 위해서. 코리아이로 살지 않기 위해서. 이기적인 의도가 자신의 깊은 곳에 숨어있었지만, 혜리 스스로는 그 사실을 알아채지 못했다. 아니, 알아채려 하지 않았다.

센터의 남자와 직원들이 슬레이트 문을 열고 들어갔다. 요란한 다툼이 있을 거로 예상했지만, 아무런 소리도 들리지 않았다. 조금 뒤 센터의 남자가 다시 문밖으로 나왔다. 그는 화가 난 눈으로 혜리를 보았다.

"정우 어디 갔어?"

그 말에 놀란 혜리가 다급하게 슬레이트 문 안으로 들어갔다. 그곳에는 흙냄새 나는 묘지 외에는 아무것도 없었다. 정우가 사라졌다. 비밀 문 같은 것은 없었다. 혜리는 햇살이 내려오는 묘지 위 천장의 커다란 구멍을 올려다보았다. 밝은 햇살에 혜리는 눈을 찌푸렸다.

취업

핸드폰에서는 코리아이 센터 앱이 일을 하라고 연신 알림을 울려댔다. 혜리는 핸드폰을 멀리 두고 좁은 방구석에 웅크리고 있었다. 혜리는 정우를 센터에 넘기려 했다. 배신할 거면 성공했어야 했다. 이제는 정말 언제든 정우가 찾아와 배신의 대가를 물을 것만 같아 문밖으로 나갈 수가 없었다.

집 안에 있어도 두려운 것은 마찬가지였다. 밖에서 들려오는 문 두드리는 소리가 두려웠다. 가스점검을 오는 코리아이가 정우일까 두려워 대답도 하지 않았고, 택배를 두러 오는 코리아이가 정우일까 두려워 문 앞에 택배가 놓여도 다음 날 밤까지 기다렸다가 겨우 문을 열고 달달 떨며 상자를 끌어안고 도망치듯 들어왔다. 이웃이 문 앞을 지나는 소리가 들리면 섬뜩해져 주방 가위를 두 손으로 꼭 쥐었고, 혹시나 반지하 창문 위에 누가 있을까 봐 암막 커튼을 치고 불을 죄다 꺼두었다. 전자레인지 다 돌아갔다는 알림이 울리는 것이 들킬까 싶어 음식이 데워지자마자 코드를 뽑아버렸으며, 화장실에서 볼일을 본 다음에도 커튼 사이와 현관문 외시경 너머로 밖에 아무도 없음을 확인하고 나서야 변기 물을 내릴 수 있었다.

팔의 살갗이 가려웠다. 오랫동안 어둠 속에 있었기 때문일까. 피부에 곰팡이라도 피어오르는 것일까. 그렇다면 혜리는 언제든 반길 준비가 되어있었다. 시커먼 그것이 온몸을 덮어 혜리를 분해해 버렸으면 했다. 혜리의 몸이 없어져 비로소 공포에서 벗어날 수만 있다면 그것도 나쁘지 않은 선택 같았다.

정우가 정말 자신의 여자친구를 죽였을까. 그게 완전히 불가능한 일일까. 혜리는 정우를 의심하고 있었다.

혜리는 정우와 함께 교육기관을 탈출했던 때가 떠올랐다. 정우가 홀로 도망치다 잡힌 후 한 달 뒤에 있었던 일이었다. 교육기관에 붙잡혀 돌아온 이후 정우는 보안교사로부터 학대를 받았다. 보다 못한 혜리가 정우에게 함께 탈출하자고 했다. 그때는 혜리도 어렸다. 그저 정우의 고통을 보고만 있기 괴로웠다. 벽 안에서의 처벌은 끝날 기미가 보이지 않았다. 정우가 스스로 특수교육기관으로 가겠다고 말할 때까지 멈출 것 같지 않았다.

정우가 영원히 사라지게 둘 수는 없었다. 정우는 벽 너머로 나가야만 살 수 있었다. 지난번에는 혼자라 실패했겠지만 둘이라면 무슨 일이든 할 수 있을 거라고. 예전처럼 쉽게 잡히지 않을 거라고. 탈출해서 성태가 죽은 곳으로 가보자고. 교사들이 특수교육기관이라고 말하는 곳의 실체를 보고 그것을 정우가 가진 핸드폰으로 촬영해서 세상에 알리자고.

혜리와 정우는 그렇게 교육기관 인화물질 창고에 불을 지르고 소방차가 들어오는 틈을 타 탈출했다. 교육기관 주변 주민들은 군청으로부터 코리아이 탈출 알림 문자를 받자마자 신고포상금을 노리고 두 사람을 찾으러 손전등 들고 거리로 나왔다. 도움 줄 어른은 벽 밖에도 없었다.

교육기관의 코리아이에게는 돈이 없었다. 택시나 버스는 탈 수 없었다. 두 사람은 빛 한 점 없는 논밭을 걸어 교육기관이 있는 동네를 벗어났다. 혜리와 정우는 쓰레기차에 매달리고, 고속버스 트렁크에 숨어들고, 버려진 자전거를 고쳐가며 몇 주를 떠돌았다. 두 사람은 마침내 특수교육기관을 찾았다.

하지만 특수교육기관에 들어서려 할 때 두 사람의 위치를 알아낸 보안교사가 바짝 쫓아오고 있었다. 정우는 자신이 보안교사를 상대하는 동안 혜리에게 안으로 들어가 모든 진실을 찍어 세상에 알리라고 했다. 혜리는 정우에게서 핸드폰을 받았다.

가까스로 특수교육기관 안에 들어갔던 혜리는 이내 토악질하며 도망쳐 나왔다. 혜리는 그 안에서 날개가 찢어진 나비를 특수교육기관이 어떻게 다루는지 보고 말았다. 정우에게 받은 핸드폰에 그 구역질 나는 장면이 모두 찍혔다.

특수교육기관 밖으로 나왔을 때 정우도 보안교사도 없었다.

두 사람이 다툰 흔적만 흙바닥 위에 무수한 발자국으로 남아있었다. 발자국은 도로 앞에서 끊겼다. 어디로 갔을까. 혜리는 구토물이 묻은 입가를 손으로 닦아 흙바닥에 문질렀다. 그리고 한 시간 동안 그 자리에서 기다렸다. 정우도 보안교사도 나타나지 않았다.

혜리는 무릎을 끌어안고 앉았다. 특수교육기관 안에서 찍은 영상이 핸드폰에서 재생되고 있었다. 정교한 전동 톱날 소리와 뼈가 갈리는 소리가 섞여있었다. 그리고 그 소리가 점점 멀어진 후에는 아기들이 우는 소리가 들렸다. 혜리는 코리아이의 죽음과 탄생을 모두 보았다. 죽음을 보았을 때는 분노했지만, 탄생을 보았을 때는 절망했다. 모든 것은 계획되어 있었다.

SNS에는 올릴 수 없었다. 회원가입 자체가 되질 않았다. 본인인증을 하면 대한민국 국민이 아니라는 알림창이 떴다. 코리아이는 어른이 되기 전까지 주민등록번호를 온라인에서 사용할 수 없었다.

작은 벽을 만났다고 포기할 수는 없었다. 이미 큰 벽을 탈출해 이곳까지 온 것이 아니었던가. 혜리는 인터넷 기사 밑에 있는 기자들 메일 주소를 모았다. 기본 어플 뿐인 핸드폰에서 혜리는 메일 앱을 찾았다. 로그인되어 있는 메일의 계정은 무작위로 암호를 생성한듯 문자와 숫자가 아무렇게나 뒤섞여 배열되어 있었다. 메일함에는 그 흔한 스팸메일 하나 없었다. 메일을 보내본 적은 없었지만 보내는 법은 기관에서 배웠기에, 혜리는 여러 기자에게 촬영한 영상을 보낼 수 있었다.

이것으로 끝일까. 조금만 잘못 움직이면 절단되고 마는 덫 위에 코리아이가 있노라고 세상에 알렸으니 누군가 구조하러 와줄까.

한 기자에게서 답장이 왔다. 혹시 이것을 어디서 촬영했냐고, 지금도 위험한 상황에 있는 것은 아니냐고. 혜리는 주소를 적어 보냈다. 경찰은 믿지 못하겠으니 기자님께서 와주시라고. 지금 이곳에 두 명이 같이 왔는데 보안교사로부터 쫓기고 있다고. 다른 한 명은 보안교사와 맞서다 어떻게 됐는지 보이지도 않는다고. 혜리가 메일을 보내고 몇 분 뒤 길 끝에서 경찰차가 나타났다.

혜리는 도로 옆 풀숲에 몸을 숨겼다. 경찰은 특수교육기관의 경비실로 가더니 핸드폰 화면을 보여주며 경비원과 대화했다. 뭐라고 하는지는 멀어서 들을 수 없었다. 경비원은 난처한 듯 머리를 긁적였고, 경찰들도 그의 어깨를 두드리며 같이 담배를 물고 서로 불을 붙여주었다. 경찰과 경비원은 특수교육기관 주변을 순찰했다. 수풀 사이를 뒤져보고, 문이 열리는 곳이 있는지 확인했다.

경비원과 경찰이 순찰하는 동안, 혜리는 우거진 풀 밑을 기어다녔다. 한참을 기다보니 작은 산이 나왔다. 혜리는 손과 발을 짐승처럼 짚으며 산을 기어올랐다. 높이 올라가 나무 뒤에 숨어서 아래를 내려다보았다. 경찰은 20분도 되지 않아 돌아갔지만, 혜리는 산에서 내려갈 수가 없었다. 내려가는 순간 숨어있던 누군가에게 붙잡힐 것 같았다.

오랜 시간 산 밑을 지켜보고 있었음에도 정우는 나타나지 않았다. 혹시나 붙잡혀 버렸을까. 붙잡히면 어떻게 되는 것일까. 우리도 특수교육기관 안으로 끌려가게 되는 것일까. 혜리는 덜덜 떨리는 몸을 꼭 끌어안았다.

해가 지자 산은 낮의 열기를 다 가라앉혀 버리고 깊은 밤의 추위를 불러 앉혔다. 혜리의 턱이 달달 떨렸고 언 손가락은 제대로 펴지지도 않았다.

핸드폰 진동이 울렸다. 기자가 연락했을까 싶어 확인했지만, 그저 배터리가 없으니 충전하라는 알림이었다. 혜리는 어둠 속에서 거꾸로 기어 산 아래로 내려갔다.

전등도 하나 없는 칠흑 같은 논길을 오직 달빛에 의존해 가며 걸었다. 멀리 마을에서 나오는 불빛을 등대 삼아 하염없이 걸었다. 갑작스레 자전거가 논두렁 위로 달려올 때면 혜리는 두렁 밑으로 미끄러져 내려가 논물 위에 엉덩이를 적시며 쪼그려 앉았다. 자전거 바퀴 소리가 멀어지면 혜리는 다시 올라와 터벅터벅 걸었다. 혜리는 정우가 준 충전기 꽂을 곳을 찾아 마을 너머의 비닐하우스로 들어갔다. 전구가 꽂힌 전선을 따라가니 콘센트가 보였다. 혜리는 핸드폰을 충전하며 잠들었다.

다음 날이 되었음에도 특수교육기관에 관한 기사 한 줄 올라오질 않았다. 혜리는 메일을 확인했다. 보내준 내용은 검토해 보았는데 사실 확인이 부족하여 데스크에서 잘렸다는 이야기였다. 당장 취재해 줄 수 있냐고 혜리가 물었고 30여 분 뒤에 답장이 왔다. 기자는 어려울 것 같다고 했다. 그러고는 경찰 수사

가 우선되어야 할 사안이니 경찰에 협조하라며 혜리가 현재 있
는 위치를 알려달라고 했다.

더는 메일을 보내지 않았다. 혜리는 세상에 아무렇게나 버려
진 것 같았다. 가슴이 텅 비어 그 안에 축축한 곰팡이가 차오르
는 것처럼 답답하고 아팠다. 혜리는 꼿꼿이 앉았다. 예상 못 했
던 일은 아니었다. 이렇게 결론이 나니 오히려 마음이 편했다.
혜리는 충전기를 뽑고 일어서며 혼잣말을 뱉었다.

"돌아가야겠다."

혜리는 교육기관으로 돌아갔다. 핸드폰은 정문 근처 배수로
에 버렸다. 혜리는 독방에 갇혔다. 교사들은 혜리의 대학진학반
자격을 박탈할 것이며, 사회에 나가서도 제대로 된 일을 구할
수 없도록 특별관찰대상 딱지를 붙여버릴 것이라 했다. 특별관
찰대상이 되면 코리아이 센터에 등록되는 이력란에 의무적으
로 기재되어 공개된다. 널리고 널린 코리아이 중 굳이 특별관찰
대상을 채용할 사장이나 점주는 없었다. 그렇게 교육기관에서
낙인찍힌 아이들은 굶다 못해 음지로 빠진다. 성매매 업소에 발
을 디디거나 범죄조직에서 죄를 뒤집어쓰고 대신 형을 살아주
는 일이나 하게 되곤 한다.

혜리는 무릎을 꿇고 빌었다. 위대한 뜻도, 옳은 것에 대한 갈
망도 없었다. 그런 것은 아무런 쓸모가 없음을 견고한 세상을
마주한 뒤 깨달았다. 올바른 일을 위해 투신하는 것은 살아갈
여유가 있는 자들이나 하는 것이다. 혜리에게 그런 여유는 없었
다. 비루하지만 지속되는 삶을 박탈당하고 결국에는 몰락해 버

릴 삶으로 내몰리게 될 것이다. 그 갈림길 앞에서 머리를 쳐들고 버티고 설 생각은 없었다. 그런다고 달라질 것은 없다. 오직 하찮은 코리아이 한 명의 인생만 처참하게 꺾일 뿐이다.

며칠 뒤 혜리는 운동장 앞 연단 위에 올랐다. 혜리는 교육기관 코리아이들 앞에서 자신의 죄를 고백했다. 초등부 코리아이 교육시간에 혜리는 자주 불려갔고, 초등부 코리아이들은 혜리의 죄를 비판했다. 예닐곱 살은 더 어린 코리아이들이 혜리를 배은망덕하고 폭력적인 사회 부적응자라 손가락질했다. 정작 아이들은 혜리가 나간 이유에 대해서는 알지 못했다. 혜리도 말할 수 없었다.

그때까지도 정우는 돌아오지 않았다. 거의 한 달이 지날 때쯤에서야 경찰이 정우를 잡아 왔다. 정우와 얘기할 기회는 없었다. 정우는 곧바로 다른 교육기관으로 이송됐다. 특수교육기관 앞에서 정우를 붙잡았던 보안교사는 돌아오지 않았다.

경찰은 얼마 뒤 그의 시신을 발견했다. 교사들은 그가 실족사했다고 말했다. 혜리는 교사에게 물었다. 그 사람의 죽음은 정우랑 전혀 관련이 없냐고. 교사는 무표정한 얼굴로 무관하다고 했다.

하지만 정말 그게 끝이었을까. 한참 지난 지금에서야 다시 의심이 생겼다. 정우가 보안교사의 죽음과 정말 관련이 없을까. 정말 관련이 없다면 왜 그의 주위에 항상 죽음이 따라오는 것일까.

누군가 문을 쾅쾅 두드렸다. 혜리는 싱크대 밑에서 가위를 꺼내어 들고 문에 겨누었다. 그때 익숙한 목소리가 울렸다. 센터의 남자였다. 그는 안에 있으면 대답 좀 해보라고 고함을 질러댔다.

혜리는 조심스레 문을 열었다. 센터의 남자는 빛도 없는 곳에서 주방 가위를 들고 귀신처럼 서있는 혜리를 보고는 깜짝 놀라 가슴을 쓸어내렸다.

"깜짝이야. 왜 그러고 있어요?"

"무서워서요."

"내가 더 무서워요. 불 좀 켜봐요."

가위만 꼭 쥐고 서있는 혜리 옆으로 센터의 남자가 비집고 들어와 스스로 불을 켰다. 그는 신발장에 아직도 버리지 않고 둔 부러진 구둣주걱을 발견하고는 못마땅한 듯 발로 밀었다.

"정우는 찾았어요?" 혜리가 물었다.

"못 찾았죠. 그날 잡았어야 했는데. 귀신같이 도망가서는 나타나질 않네."

"빨리 좀 잡아주세요. 저 죽을 것 같아요."

센터의 남자는 말이 쉽지, 빨리 잡기 싫어서 안 잡는 게 아니라며 투덜거리더니 이내 방 안에 자리를 잡고 앉았다. 혜리는 문에 잠금장치란 잠금장치는 모두 잠그고 센터의 남자 앞에 앉았다. 남자는 가방에서 서류를 꺼냈다.

"그때 내가 해준다고 한 거. 계약서예요. 센터 소속 계약직인데 코리아이 급여에 비하면 한 세 배는 될 거예요."

"전 지금 일 못 해요. 밖에 나가지도 못해요. 정우가 찾아올까 봐 너무 무서워서…….”

“그게 일이에요. 정우 잡는 일입니다. 정우한테서 연락이 오
거나 정우를 마주치게 되면 센터에 바로 알려주고, 정우를 유인
하는 게 혜리 씨 일이에요. 정우가 안 나타나도 돈은 드립니다.
수당 이런 게 아니라 월급 형태로 줄 거라 걱정 안 해도 돼요.”

남자는 계약서를 두드리며 말했다. 그는 정우가 주변에 나타
나도 혜리를 해칠 수 없다고 했다. 혜리의 근처에 센터 사람들
이 항상 대기하고 있을 것이며, 정우가 나타나자마자 붙잡을 것
이라고 했다.

“이거 받는 게 좋을 거예요. 위에서는 자꾸 다른 방식으로 정
우 잡아보라고 하는데, 난 이게 확실하다고 생각해. 아니, 나타
날 만한 곳에서 대기를 타야지. 뭐 어디 가서 정우를 잡으라고.
이걸 받아줘야 나도 혜리 씨를 보호할 수가 있어요. 무슨 말인
지 알죠?”

혜리는 남자에게 몇 번이나 자신이 안전할지를 물었다. 남자
는 정우가 혜리에게 제대로 접근하기도 전에 잡아버릴 것이니
걱정하지 말라고 했다. 다만, 혜리를 미끼로 사용해야만 정우를
잡을 수 있노라고, 미끼가 되기로 계약을 해야지만 코리아이 센
터가 혜리를 버려두지 않을 것이라고 설명했다. 혜리는 주방 가
위를 내려놓고 남자가 내민 만년필을 쥐었다. 혜리가 사인을 마
치자 남자는 눈 옆에 붙은 AR기기를 켜고 계약서를 넘겨보았
다. 문서를 스캔하여 센터로 보내는 중인 것 같았다.

“자, 이제 계약이 되었으니까 혜리 씨도 적극적으로 협조해

쥐야 해요. 핸드폰 계속 안 보는 것 같은데 그러면 안 돼요. 정우한테 연락이 오면 꼭 받아야 해요. 또 우리가 어떻게 정우한테 연락을 취할 수 있는지, 예전에 둘이 소통하던 방식이 있었는지 고민해 주셔야 하고요. 그냥 용돈 드리는 게 아니라 엄연한 고용 관계 속에서 돈을 드리는 겁니다."

센터의 남자가 자리에서 일어서려 하자 혜리는 그를 붙잡았다. 혜리는 여전히 겁먹은 눈으로 그를 올려다보며 물었다.

"주변에 계시는 거죠?"

"그럼요. 계약서 서명 안 했을 때도 저희 팀은 근처에 있었습니다."

혜리는 고개를 숙이며 몇 번이나 감사하다고 했다. 그 모습을 안쓰럽게 보던 센터의 남자는 괜찮다며 혜리의 어깨를 두드렸다.

"일단 핸드폰부터 확인해 보세요. 그동안 온 문자 중에 놓친 게 있을 수도 있으니까."

혜리가 멀찍이 떨어진 핸드폰을 가져오는 동안 남자는 떠나려고 문에 걸린 수많은 잠금장치를 하나씩 풀고 있었다. 혜리는 핸드폰을 쥐고 그를 배웅하려 종종걸음으로 따라갔다. 그러다 소스라치게 놀라며 불에 데기라도 한 듯 두 손을 번쩍 들어 올렸다. 혜리의 핸드폰이 바닥에 떨어졌다. 핸드폰은 뒤집힌 매미처럼 웅웅대며 몸을 떨었다. 모르는 번호로 전화가 오고 있었다.

"얼른 받아봐요."

센터의 남자는 혜리만큼이나 긴장한 얼굴로 재촉했다. 혜리는 숨을 참고 저주 걸린 물건을 집듯 핸드폰을 집어 들었다. 통화 버튼을 누르고 핸드폰을 귀에 댄 혜리는 바싹 말라 갈라진 목소리로 여보세요, 하고 간신히 말을 밀어냈다. 그러고는 흔들리는 눈동자로 센터의 남자를 쳐다봤다.

"지금 만나재요."

열쇠

경사가 높은 곳, 응달진 곳에는 코리아이의 거주지가 들어섰다. 누가 계획적으로 만든 것이 아니었다. 가난한 사람들만 남은 그런 동네에 코리아이가 하나둘 기거하기 시작했고, 도심의 월세를 감당할 수 없었던 코리아이들이 소문을 듣고 몰려들기 시작했다. 코리아이 취급당하지 않으려 코리아이가 아닌 사람 중 빠져나갈 수 있는 사람들은 동네를 빠져나갔다.

혜리가 사는 이 동네 끝자락에는 코리아이를 반대한다는 천막이 곳곳에 달려있었다. 현수막에는 '죽어'라는 단어가 많이 쓰였다. 죽어야 했던 운명인 이들을 억지로 살려낸 결과를 보라고. 순리를 따르지 않은 결과로 악마의 자식들이 태어났다고. 죽었어야 했던 아이들은 그냥 죽었어야 했다고. 코리아이들 중 누구도 그 현수막을 떼지 못했다. 누가 시키지 않는 이상 감히 현수막의 끈을 자를 용기 있는 코리아이는 한 명도 없었다.

"우린 죽었어야 할 사람이 아닌데……."

혜리는 중얼거렸다. 코리아이가 분노의 대상이 된 것은 당연한 일이었다. 저임금을 받는 코리아이는 처음에는 외국인 노동자들의 자리를 빼앗았다. 그때만 하더라도 한국인들은 열광했다. 어차피 외국인 노동자와 경쟁하고 있는 관계가 아니었음에도, 민족주의 광풍이 남기고 간 외국인에 대한 막연한 적개심 때문이었다. 그들은 코리아이를 이용해 승리했다고 했다. 내수시장을 지켜낸 공로가 코리아이에게 있다 칭송하며 더 많은 코리아이가 필요하다 부르짖었다.

얼마 뒤 코리아이가 하청 노동자, 특수고용노동자, 계약직 노동자의 자리를 빼앗게 되자 노동계와 시민사회계는 반발했다. 하지만 그때까지는 사람들의 위기의식이 크지 않았다. 당사자가 아닌 이들은 남의 일이겠거니, 자신의 회사와 공장이 우리를 지켜주겠거니 생각했다. 우리에게는 대학 졸업장이 있고, 자격증이 있으며, 혈연과 학연의 신성함이 보호해 줄 것이라 생각했다. 하지만 코리아이는 교육기관을 졸업하며 코딩부터 크레인 조종까지 모든 자격증을 들고 나오기 시작했다. 대학진학반에서는 혜리 같은 코리아이 대학생을 배출해 냈다. 혈연과 학연의 신성함은 저임금이라는 자본논리에 박살 나기 시작했다.

혜리는 버스 창문으로 시청 앞 가득한 파업 대오를 보았다.

노동자 총궐기 깃발 아래 뭉쳐 작업장과 조종석, 상담 창구를 비우고 거리로 나와 새벽이슬을 맞을 준비를 하고 있었다. 지금 벌어지는 총파업은 상우 때문이었다. 자동화 산업 회사의 수석 연구자에서 대표로 승진한 상우는 창원공단부터 시작하여 인천남동공단까지 무인화 작업을 진행시켰다. 소수라도 인력을 써야 하는 곳에는 코리아이가 자리를 채웠다. 일자리를 잃기 시작한 노동자들은 거리로 나왔다. 곧 우리의 차례일 것이라 생각한 전국의 노동자들이 연대 파업을 벌였고, 곧이어 양대 노총도 총파업을 결의했다.

그들이 얼마나 견뎌낼 수 있을까. 혜리는 파업이 길게 갈 거라 보지 않았다. 뉴스에서 본 화면을 떠올렸다. 포클레인과 불도저가 공장 입구에 쌓은 바리케이드를 부수었다. 노동자들은 공장을 사수하라고 외치며 잔해 위로 올라섰다. 구역질 가스가 터졌고, 수많은 드론이 소음탄을 떨구었다. 어지럼증을 느끼며 사람들이 뿔뿔이 흩어졌다. 3세대 코리아이 기동대가 흩어진 이들을 각개격파했다.

3세대는 폭력에 익숙한 코리아이였다. 신체부터가 선천적으로 힘쓰는 일에 적합했다. 평균 키가 195센티미터에 몸무게도 100킬로그램으로 건장했다. 군인으로 쓰려고 교육기관에서는 싸우는 법도 가르쳤다.

처음에 3세대는 구사대로 유명했다. 한때 혜리와 사귀던 시절의 정우도 참여했던 코리아이 노동법 제정 반대 총파업에서 노조를 박살 내며 서전에서 화려하게 승리했다. 이후 3세대 구사대는 수많은 파업 전선에 투입되었다. 쟁의가 있을 때마다 사측에서는 구사대를 꾸려 조치했는데, 매번 일이 터질 때마다 인원을 모으는 것에는 한계가 있었다. 3세대 코리아이들이 일이 없는 동안 자꾸 범죄에 동원돼 교도소를 집으로 삼으니, 필요할 때 인원 채우기가 힘들었다. 다른 길로 새지 않게 정부가 꼬박꼬박 급여를 주는 코리아이 기동대를 창설했다. 국가 지원금으로 운영되지만, 문제 생기면 꼬리를 자를 수 있게 민간업체 형식으로 설립했다.

무너진 바리케이드 잔해를 지나 경찰버스가 들어갔다. 물대포 아래로 그려진 무지개를 보며 경찰버스에서 코리아이 긴급 대체인력이 하차했다. 코리아이들은 전장이었던 곳을 돌아봤다. 센터 직원이 얼른 들어가라며 등을 떠밀었다. 그들은 바닥에 아무렇게나 떨어져 버린 현수막을 밟고 공장 안으로 들어갔다.

전국적인 총파업은 완전히 실패하고 있었다. 비코리아이가 빠져나간 자리를 코리아이가 채웠다. 공장의 불은 다시 켜지고, 기계는 돌아갔다. 코리아이는 불합리하고 비인간적인 처우와 임금 따위는 개의치 않았다. 이들은 자본가가 그토록 바라왔던 순수한 노동력이었다.

이들은 술 먹고 지각하지도 않고, 말대꾸도 하지 않고, 머리에 띠를 두르거나 삭발하지도 않았다. 국가와 주인을 위해 맹목적으로 충성했다. 빚을 갚아야 하기에 돈 주는 사람을 숭배했다. 배역하면 코리아이 센터 앱의 명부에서 빠졌고 그렇게 되면 일반적인 일은 그때부터는 끝이었다. 지옥 가까이에서 일을 찾아야 했다. 팔 수 있는 것은 다 팔고 끔찍한 범죄라도 할 수 있는 것은 다 해야 했다. 목줄을 악마에게 바치는 순간 멀쩡한 삶으로 돌아올 방법은 없었다. 그렇기에 조그만 돈에 영혼도 팔 절박한 사람들이었다.

철인 계급은 새로 만들어진 가슴과 배 계급을 세상에 쏟아냈다. 기존의 구형 인간들은 코리아이에게 밀려났다. 끔찍한 고독과 잔인한 미래가 새벽을 감돌았다. 코리아이 진압대에 밀려 끝내 공장을 사수하지 못한 패잔병이 하나둘 시청 앞으로 도착했다. 새로운 깃발이 여러 깃발 옆에 세워졌다. 연단에서는 도착하는 이들의 공장을 호명하고, 패전한 동지들에게 박수를 보냈다. 모든 것이 낯선 청년들은 제목도 가사도 모르는 〈철의 노동자〉를 우물우물 따라 불렀다.

"단결만이 살길이요 노동자가 살길이요. 내 하루를 살아도 인간답게 살고 싶다."

하지만 그들이 비우고 나온 곳은 이미 코리아이로 들어차고 있을 것이다. 혜리의 핸드폰에도 '긴급 대체인력 시급 1.2배'라는 센터의 앱 알림이 시끄럽게 울려대고 있었다. 혜리는 센터의 남자에게 먼저 센터 앱을 삭제해 달라고 부탁할 것을, 하고 생각했다.

혜리는 코리아이 버스 기사 바로 뒤에 앉았다. 센터의 남자는 버스 제일 뒷좌석에 앉아있었다. 지금은 돌아보거나 대화할 수 없었다. 센터의 남자는 이동하는 동안에도 정우가 감시하고 있을 수도 있다고 했다. 센터의 남자는 나름대로 얼굴을 가린다고 모자를 푹 눌러쓰고 있었다. 구질구질한 양복 차림에 어울리지도 않는 모자를 쓴 꼴이 오히려 수상해 보였다.

버스에는 술에 취한 사람 두 명이 자고 있었고, 피곤에 찌든 회사원이 AR기기에 자꾸만 뜨는 광고를 눈을 굴려 지우고 있었다. 나머지는 야간작업을 하러 가는 코리아이 여럿과 대리운전 전화를 받고 있는 코리아이가 있을 뿐이었다. 운전석을 가린 보호유리에 센터 남자의 모습이 비쳤다. 센터의 남자는 새로운 사람이 탈 때마다 AR기기로 얼굴을 촬영하여 코리아이 센터 데이터베이스에서 신분을 조회했다. 혹시나 그가 정우와 같은 작업장에서 근무한 적이 있다거나 마주친 적이 있는지를 조사하는 것이다. 허공에 뜬 화면에 입력하고 찾을 것이 많았는지 남자의 눈동자는 정신없이 굴러다녔고, 먼지가 들어간 것처럼 수십 번씩 눈을 깜빡였다. 혜리는 저런 것을 쓰고 바삐 일하면 눈이 뻐근할 것 같다고 생각했다.

혜리가 AR기기를 쓰지 않고 구식 핸드폰을 고집하는 것은 단순히 비용이나 안구 피로도 탓은 아니었다. 값비싼 프리미엄 요금제가 아닌 이상 AR기기를 쓰려면 필수적으로 광고 수신을 허용해야 했는데, 어딜 이동할 때마다 근처에 등록된 업체의 광고가 수시로 뜨는 것이 부담스러웠다. 특히나 맞춤 광고랍시고 코리아이 결혼소개소의 저급한 광고와 약국에서 파는 잠 안 오는 약 광고는 혜리가 코리아이라는 사실을 자꾸만 상기시켰다.

"혜리 씨, 나 내려야 할 것 같은데."

불쑥 다가온 센터 남자의 말에 혜리는 눈을 동그랗게 떴다.

정우를 잡으러 가는데 도중에 내리겠다는 건 무슨 소리일까. 혜리는 묻지 않고 같이 내릴 준비를 했다.

"아냐. 혜리 씨는 그대로 가봐. 내가 지금 정우를 목격했다는 보고를 받았는데, 그건 저기 옥천 쪽이거든. 지금 정보가 이중으로 들어온 거라 혜리 씨는 원래 목적지로 가보고 나는 옥천으로 가보게."

"저 혼자 가서 뭘 어떻게 해요. 안 그래도 무서운데."

센터의 남자는 엄지로 버스 뒤를 가리켰다. 그는 팀원들이 이 버스를 따라오고 있다고 했다. 그들이 혜리를 끝까지 따라가 보호할 것이라고 했다. 혜리는 그래도 센터의 남자가 같이 가는 것이 나을 것 같아 그의 팔을 잡았다. 센터의 남자는 빙긋 웃으면서도 고개를 저었다.

"미안해. 근데 지금으로선 저쪽 정보가 더 정확한 것 같아. 혜리 씨한테 연락한 거는 미끼인 것 같아. 저쪽 정보는 확실한 목격이야. 내가 찍어서 보내달라고 했는데 아직 안 왔나. 아, 지금 왔네. 봐봐."

센터의 남자는 눈 옆의 좁쌀만 한 AR기기를 두드려 혜리도 볼 수 있도록 혜리의 핸드폰에 영상을 전송했다. 영상에는 정우의 모습이 있었다. 기름통을 든 정우는 비싸디비싼 휘발유를 자동차 안에 뿌리고 있었다. 차 위로 기름이 증발하며 아지랑이가 피어올랐다. 정우는 라이터로 영수증에 불을 붙이고는 차 안에 던졌다. 차에 불길이 솟아올랐다.

"100퍼센트네. 정우처럼 생긴 사람만 있었으면 그냥 닮은 사람이겠거니 하겠는데, 이건 미친 것까지 100퍼센트야."

"정우가 확실하면 전 그냥 집에 가면 안 돼요?"

"안 돼. 정우가 널 미끼로 쓰려고 했어. 그러면 우린 그대로 따라가 줘야지. 그래야 정우가 방심할 거 아니야. 아무튼 혜리 씨도 돈값은 해야 하니까 성실히 해줘요."

센터의 남자는 걱정 말라며 혜리의 어깨를 두드렸다. 혜리가 말릴 틈도 없이 센터의 남자는 다음 정거장에서 내렸다. 남자를 완전히 믿진 않았지만, 내심 그에게 의존하고 있었던 걸까. 그가 사라지자 혜리는 가슴이 답답하고 토할 것 같았다.

정우를 다시 마주하는 것이 두려웠다. 한때 그와 연인이었다는 과거가 지독하게 들러붙어 혜리의 인생을 끌고 다니고 있다. 어른이 되어 다시 만나지 않았으면 어땠을까. 아니, 그때 함께 교육기관을 탈출하지 않았으면 어땠을까. 아니, 정우를 감시하려던 보안교사의 임무를 괜히 나서서 받지 않았더라면 어땠을까. 그랬다면 정우가 늪으로 가라앉는 걸 막을 수 있지 않았을까. 성태도 살았을 수도 있다. 그 모든 것이 죄책감으로 남았다.

혜리는 고개를 저었다. 아니다. 정우에게도 기회는 있었다. 교육기관을 탈출했다가 돌아왔을 때 혜리는 세상을 받아들이고 살았다. 하지만 정우는 그러지 않았다. 순리를 인정하지 않는 것은 스스로에게 죽음을 선고하는 것이나 마찬가지였음에도 정우는 세상을 거부했다.

다른 교육기관으로 옮겨진 정우는 그곳에서 전투적으로 키워지던 유년기의 3세대 코리아이들에게 구타 대상이었다. 3세대 아이들의 심장에서 연민을 제거하기 위한 교육이었다. 낙오자에 대한 구타와 비난이 하루에 길게는 대여섯 시간 연속적으로 이어졌다. 화장실도 가지 못한 채 반을 옮겨가며 얻어맞던 정우는 끝내 바지에 소변을 보고서도 이를 악물고 눈물 한 방울 흘리지 않았다.

어른이 되어 혜리와 다시 만나게 되기 직전까지 정우는 센터의 특별관찰대상이었다. 센터는 정우의 행적을 항상 추적했다. 멀쩡한 사업장에서는 부적응자로 낙인찍힌 자를 굳이 채용할 이유가 없었다. 정우는 어렵고 위험하고 더럽고 추하고 적게 버는 일을 전전했다.

결국 정우는 센터 직원들 앞에서 무릎을 꿇고 울며 빌었다. 자존심이고 꿈이고 다 버릴 테니 제발 제대로 된 일을 할 수 있게 해달라고. 지금까지 직접 보시지 않았냐고. 이제 아집도 망상도 다 비워낸 것이 안 보이시냐고. 껍데기만 남았으니 이 껍데기라도 살게 그만 내버려 두시면 안 되냐고. 인생이라는 것을 되찾고 싶다고. 이렇게 죽는 것은 너무나 두렵다고.

정우의 이야기를 들은 센터의 직원들은 상부에 보고했다. 드디어 꺾였습니다. 총 7년이 걸렸습니다. 직원들 이야기를 들은 센터의 상부는 이렇게 답신했다. 7년은 길다. 부적응자가 세상의 법칙을 이해하는 데 가장 효과적인 방법이 무엇이었는지 보고서를 작성하고 개선방안을 마련하라. 정우를 감시하던 센터의 직원들은 정우의 이력에서 '특별관찰대상' 딱지를 떼어주었다. 군대와 교육기관에서의 삶을 제외하고 3년을 따라다니던 그들은 정우에게 다시 기회가 왔으니 이제는 정신 차려서 잘 살아보라고 했다. 직원들은 다시 나타나지 않았다.

언제 꺾이느냐의 차이였을 뿐이었다. 혜리가 죄책감을 가질 필요는 없었다. 혜리는 탈출 직후에 세상의 이치를 깨달았던 것이고, 정우는 7년의 세월이 걸렸을 뿐이다. 어차피 정해진 일이었다.

졸업을 늦추며 취업을 준비하던 혜리는 정우와 만났다. 그때의 정우는 세상의 이치를 깨닫고 무의미한 전쟁의 깃발을 내린 상태였다. 정우는 다시 삶을 살아보려 했다. 혜리는 그의 손을 잡고 꼭 그러자고 했다. 우리를 괴롭게 하던 것들을 잊고 그저 살아가 보자고 했다.

정우는 이제 막 낙인을 지웠기에 모아둔 돈이 없었다. 모텔을 전전하던 정우에게 혜리는 집 한켠을 내주었다. 혜리는 장학생이었기에 주거지원금을 받고 있었다. 생활비는 일하고 있는 정우가 대부분을 마련했다. 덕분에 혜리는 취업을 준비하는 데 열중할 수 있었다.

경제적인 이유로 함께했지만, 태생부터 가족이 없는 코리아이가 함께 한 공간에서 지낸다는 것은 서로의 마음을 흔들 수밖에 없는 일이었다. 혜리도 정우도 무모한 꿈을 버렸기에 가능한 일이었다. 두 사람은 어느새 다른 사람들처럼 결혼해서 오순도순 사는 행복을 꿈꾸었다. 물론 코리아이는 같은 코리아이에게 축의금 내라고 하는 것이 미안하여 누구도 부르지 않고, 결혼식 비용도 부담스러워 식장도 잡지 않았다. 그저 두 사람이 혼인 신고서를 작성하고 고깃집에서 외식하는 것이 코리아이 결혼 절차였다. 그것뿐이더라도 두 사람은 결혼하는 모습까지 상상해 보았다.

혜리가 비코리아이 급여만큼의 돈을 벌어 안정을 찾았다면 좋았겠지만, 혜리가 날개를 펴는 시기는 점차 늦어졌다. 코리아이에게 정규직 취업의 벽은 교육기관을 두른 벽보다 높았다. 정우는 고된 일을 전전했다. 혜리의 학원비는 갈수록 비싸졌다. 기계와 코리아이에게 밀려 비코리아이의 일자리가 줄어들었기에, 유일하게 일자리가 남은 화이트칼라 정규직 취업시장 문 앞에는 비코리아이들이 빽빽이 머리를 들이밀고 있었다.

불안 속에서 정우는 다시 꿈을 꾸었다. 정우는 이 세상 안에서 할 수 있는 일만 하겠다고 다짐하며 노동자 처우 개선을 위한 일에 뛰어들었다. 혜리는 그저 정우가 엇나가지만 않길 바랐다. 법망 안에서 정우가 꿈을 꿀 수 있도록 혜리는 공부해 두었던 노동법을 알려주었다. 정우는 법대로만 하면 일할 맛 나겠다며 기뻐했다.

하지만 법의 테두리는 교묘했다. 코리아이를 부리는 자들은 테두리의 빈틈을 잘 알고 있었다. 빈틈에서 코리아이는 죽어나가고 있었다. 정우는 임금, 근로시간, 근로조건이 비코리아이에 비해 형편없게 적용된 코리아이 노동제 개편이 악법이라 외치며 코리아이 노조를 결성하겠다고 선언했다. 정우는 노조는 합법적인 것이니 우리가 피해받을 일은 없다며 코리아이를 모았다. 비코리아이 노동자들도 헐값의 코리아이가 더 헐값이 된다면 모든 일자리에서 밀려날 것을 알았기에, 정우의 코리아이 노조와 연대했다. 창대한 시작이었다.

하지만 오래가지 못했다. 카드를 세워 만든 탑처럼 입김 한 번에 무너져 내렸다. 코리아이 센터는 코리아이 노조원들에게 단 하나의 문자만 보냈다. '노조에 탈퇴하지 않으면 불이익이 있을 것' 누가 불이익을 준다는 것인지 구체적인 주체도 명시하지 않았다. 누가 센터에게 그 문자가 결사의 자유를 침해하는 부당 행위라 지적하면, 빼먹은 단어는 '회사로부터'였다며 그저 회사가 코리아이들에게 줄 불이익을 경고하려던 것이라 둘러댈 셈이었다. 그 단 하나의 문자. 그것만으로도 정우가 구사대에게 두들겨 맞아가며 쌓아 올린 허술한 탑을 무너뜨리기에는 충분했다.

정우가 깃발을 들었을 때 주변에는 코리아이가 아무도 없었다. 기껏 연대했더니 코리아이 노조가 대오에서 무단으로 이탈했다며 비코리아이 노동자들은 코리아이를 배신자라 여겼다. 코리아이 노동제 개편 반대 기자회견장에 참여했던 정우는 조그만 언론 몇 개가 지켜보는 자리에서 한 비코리아이 노동자에게 뺨을 얻어맞았다. 바닥에 주저앉은 정우는 그저 뺨에 손을 올린 채 그림자조차 없는 바닥을 하염없이 쳐다봤다.

혜리는 이제 제발 그만하라고 했다. 이번에는 꺾이기 전에 접자고 했다. 정우는 접지 않았다. 누구도 받아주지 않는 곳에서 혼자 끝까지 깃발을 들고 나갔다. 파업 총궐기 대회 연단에 오른 발언자가 마이크에 대고 코리아이 노조 깃발이 왜 여기 보이는 거냐고 소리쳤다. 깃발은 빼앗겨 찢어졌고, 부러진 깃대는 도로 위를 나뒹굴었다. 정우는 깃대를 테이프로 붙이고 깃발을 바늘로 기웠다.

혜리는 고함을 질러댔다. 이제 지겹지도 않냐고. 우리 삶도 빠듯한데 인생에 아무런 득도 희망도 없는 일에 왜 그렇게 집착하냐고. 평소였다면 실랑이를 벌였겠지만 그날 정우는 아무런 말도 하지 않았다.

다음 날 새벽 코리아이 센터 앞 8차선 대로 앞에서 정우는 휘발유를 몸에 부었다. 라이터의 부싯돌이 돌았다. 교통순경이 뛰쳐나와 정우를 눕혀 제압하고서는 정우의 몸에 붙은 불을 구둣발로 몇 번이고 짓밟았다. 자동차 몇 대가 멈추고 누군가 소화기를 들고 뛰어왔다. 정우는 기름 바닥 위에 피어오르는 아지랑이가 세상을 휘두르는 것을 보았다.

정우의 분신은 실패했다. 스스로를 잿더미로 만들지는 못했지만, 몸에는 끔찍한 화상 자국이 생겼다. 응급실에 찾아온 혜리는 수납대에서 계산을 하고서는 정우 앞에 섰다. 그리고 통보했다. 이제 더는 함께하지 못하겠다고. 지긋지긋하다고. 넌 너스스로와 나까지 망치고 있다고. 그렇게 쏟아부었다. 쏟아붓고 나니 눈물이 났다. 정우의 표정은 보질 못했다. 눈물을 들키기 전에 혜리는 돌아서서 병원을 빠져나왔다.

약속한 장소까지 가는 몇 정거장 동안 혜리는 다른 생각을 하려 애썼다. 정우가 붙잡히면 센터에 계약직이 아니라 정규채용을 시켜달라고 해볼까. 그게 안 되어 공채에 도전하더라도 공로가 있으니 가산점이라도 붙진 않을까. 어차피 일반 기업이나 관공서에서 코리아이를 정규직으로 채용하는 일은 없었다. 그나마 비빌 구석은 코리아이 센터가 아닐까. 그런 생각을 하고 있을 때, 전화가 울렸다.

"다음 정류장입니다. 준비하세요."

버스를 따라오고 있다는 코리아이 센터 직원이었다. 혜리는 버스 안내방송을 놓치고 있었기에 전화가 오지 않았더라면 내리지 못할 뻔했다. AR기기에서는 하차지점 전에 미리 알림이 뜨지만 혜리의 구식 핸드폰에는 그런 기능이 없었다.

정류장 근처에 있는 패스트푸드점으로 들어갔다. 그곳에는 돈 없는 비코리아이 두 명이 눅눅해져 가는 감자튀김 앞에 팔을 베고 엎드려 잠을 청하고 있었다. 이곳의 직원은 코리아이 한 명이었다. 주문을 받는 것은 키오스크가, 음식을 만드는 것은 로봇이 하고 있었다. 직원은 혼자서 청소와 음식 운반과 재료를 담는 일을 도맡아 하고 있었다. 매니저는 보이지 않았다. 곳곳에 CCTV가 있어 직원의 행동을 볼 수 있었고, 코리아이의 귀에는 지시를 들을 수 있는 무선이어폰이 꽂혀있었다. 사장이나 매니저는 소파에 누워서도 지시를 내리며 매장을 관리할 수 있었다.

키오스크에서는 이어폰 채널을 맞추시려면 AR기기 스캔을 준비하라는 시각장애인용 안내 멘트가 나오고 있었다. 코리아이 직원은 귀에서 들리는 지시에 따라 창고와 로봇팔이 잔뜩 달린 주방을 분주히 오가고 있었다.

"혜리?"

많이 들었던 목소리였지만, 혜리가 예상했던 목소리는 아니었다. 혜리는 뒤를 돌아보고는 한층 높아진 목소리로 너무도 오랜만에 만난 그의 이름을 불렀다.

"상우 선배?"

혜리가 어쩐 일이냐고 묻자 상우는 정우가 자신을 이곳으로 불렀다고 했다. 상우는 대뜸 가까이 오라며 손짓했다.

"잠깐 얘기 좀 하자. 여기 말고 내 차에서."

상우는 혜리를 주차장으로 데리고 나갔다. 주차장에는 두 대의 차가 세워져 있었다. 하나는 혜리의 집 앞에 늘 있던 긁힌 자국 많은 시커먼 차였고, 다른 한 대는 전 세계에 스무 개 정도밖에 풀리지 않은 희귀한 고급 차였다. 상우가 다가가자 잠금장치가 자동으로 해제되고 문이 위로 접혀 올라갔다. 날개처럼 펴진 것이 아니라 어떠한 공간의 낭비도 없이 차체 위로 부드럽게 올라가는 것이 주차하기 편해 보였다.

상우 눈 옆의 AR기기가 생체정보를 재확인하자 내부기능 잠금이 모두 해제되었고, 상우의 뇌파 패턴을 읽은 차는 자동으로 시동이 걸렸다. 기름, 전기, 수소, 태양광을 모두 사용하고 압전소자 바퀴가 달릴 때마다 전기가 발생하는 차였다. 연료값만 따지면 오히려 돈을 버는 차였다. 압전소자 바퀴의 전력생산을 신경 써서 달리거나 볕 아래 세워두어 모은 전기를 오히려 전력공사에 판매할 수도 있다고 했다. 물론 전 세계에 스무 대 있는 차를 가진 사람이 전기나 팔아 돈 벌려고 하지는 않을 것이다.

"인터넷 기사에서는 가끔 봤어요. 대표가 되셨다고."

"말이 대표지 뭐 대단한 것도 없어."

산업인공지능 회사 연구원이었던 그는 대부분의 공장에 가변적으로 적용이 가능한 무인산업 통합운영체제를 개발한 공로 덕에 대표로 승진했다. 그는 현재 추진 중인 옥천기업도시의 총 설계에 큰 역할을 하고 있었다. 혜리는 상우가 겸손 떨 수 있는 사람이라는 것이 부러웠다. 혜리는 겸손하고 싶어도 깎을 것이 없었다.

상우는 드라이브를 하자며 대뜸 차를 몰았다. 시동을 꺼두고 근처에 숨어있던 센터의 시커먼 차도 부랴부랴 헤드라이트를 켜고 차를 따라왔다.

"너랑 정우가 나한테 교육기관 벽 너머로 탈출하자고 했던 때가 기억나. 나는 지금 우리가 할 수 있는 것은 없다고 했지. 드러나지 않게 힘을 기르자고."

상우는 옛날이야기를 꺼냈다. 그리 떠올리고 싶은 기억은 아니었다. 좋아하던 상우에게 그 이야기를 들었을 때 혜리는 상우에게 실망했다. 그리고 벽을 넘고 나서는 후회했다. 결국 깨달은 것은 상우 말이 맞다는 것뿐이었다. 힘이 없다면 할 수 있는 것은 아무것도 없었다.

"정우도 나도 그럴 시간이 없다고 했죠. 성태가 정말 죽은 것인지, 특수교육기관이란 것이 무엇인지 알아야 했으니까. 난 우리가 할 수 있는 게 있다고 믿었어요. 결국 아이들끼리 할 수 있는 건 없었죠."

물론 어른이 되었다고 하여 코리아이가 할 수 있는 일이 더 생긴 것은 아니었다. 하지만 상우에게 그렇게 말할 수는 없었다. 상우는 코리아이라는 제약을 넘어 비코리아이 엘리트보다 더 성공한 사람이었으니까. 상우의 현재 모습은 혜리의 꿈이었으나 그의 발끝만큼도 따라가질 못했다. 그의 옆에서 혜리는 꿈만 있고 능력은 없어 고꾸라지는 인간일 뿐이었다.

"근데 선배, 죄송한데 운전 좀 살살 하면 안 될까요?"

상우는 차를 거칠게 몰고 있었다. 차선을 위험하게 변경하면서도 브레이크 쪽으로는 발을 올리지도 않았다.

"괜찮아 사고 절대 안 나. 사고방지 주행 기능이 달린 차야. 무슨 수를 써도 어디 안 부딪쳐."

"근데 제가 너무 무서워서 그래요. 이런 속도의 차는 타본 적이 없어서."

"놀이공원 왔다고 생각해. 사고 절대 안 나는 롤러코스터 타는 거라고 생각하면 돼."

혜리는 놀이공원에 가본 적이 없었다. 롤러코스터가 뭔지는 알았지만, 그것을 탔을 때 무슨 느낌인지는 상상할 수 없었다. 그저 비명을 지르게 하는 소름 끼치는 기계라고 인식하고 있을 뿐이었다.

"난 내가 뱉었던 말처럼 힘을 길렀어. 내 말이 영향력을 갖기를, 내가 무언가를 바꿀 수 있기를 바라면서. 가장 높은 고도에 오를 때까지 기다렸어. 최고의 속력을 내기 위해서."

"알겠는데, 속력 좀 줄여주세요. 추격전도 아니잖아요."

혜리는 사이드미러로 뒤를 보았다. 경적을 울려대는 차들 뒤로 따라붙어 보려는 센터의 검은 차는 점점 작아지고만 있었다. 상우도 백미러로 자꾸 뒤를 확인하는 것이 혜리를 따라온 이들을 이미 의식하고 있었던 듯했다.

"저희 지금 정우 보러 가는 건가요?"

혜리는 이 차의 목적지가 궁금했다. 정우를 만나는 것이 아니라면 굳이 위험하게 센터와 추격전을 펼치는 이 차에 있을 이유가 없었다. 오랜만에 상우를 본 것은 반가운 일이었지만, 혜리는 그런 감정을 피울만한 여유가 없었다.

"아니, 정우는 여기 없어. 옥천에 있지. 정우가 그 얘기를 하더라. 너 코리아이 센터에 취직했다고."

센터의 남자가 건넨 계약서에 혜리가 서명한 지 몇 시간도 되지 않았다. 정우가 그것을 어떻게 알았을까. 집에 도청장치라도 있는 것일까.

"혜리야, 정우는 나랑 일하고 있었어."

한 회사의 대표와 살인범으로 쫓기는 사람이 함께 일하고 있다는 것인가. 상우가 이 사건에 연루된 것일까. 어쩌면 상우가 사악한 머리였고 정우가 피 묻은 손일 수도 있다. 혜리는 문 안쪽에 손잡이를 찾으려 했지만, 이 고급스러운 차는 오직 전동으로만 열리는지 손잡이 따위는 없었다. 열고 뛰어내릴 방법 자체가 없었다. 안전벨트를 꼭 쥔 채 사이드미러에서 구원자를 찾아보았으나 센터의 검은 차는 보이지 않게 된 지 오래였다.

"나랑 정우는 세상을 바꾸려 했어. 우리 둘의 생각은 다르지만 크게 보면 비슷한 면도 있지. 코리아이를 비롯한 모든 인류를 위한 일이야, 혜리야. 나한테는 힘이 있고 우린 코앞에 와있어. 문만 열면 돼."

"여세요, 그럼. 왜 그걸 저한테 말하세요."

혜리는 세상을 바꾸니 어쩌니 하는 소리에는 진절머리가 났다. 정우는 어렸을 때부터 세상을 바꿔야만 한다는 강박이 있었다. 그 허튼 생각에 몰입한 탓에 교육기관에서의 생활은 박살이 났다. 졸업을 하고서도 코리아이 센터 명부에 빨간 줄이 제대로 그어졌다. 제대로 된 직업은 그가 꿈을 포기하기 전까지는 가질 수도 없었다. 그러다 지금은 그 망상에 다시 휩싸여 버려 살인 용의자가 되어 쫓기고 있다. 인생에 아무런 도움도 되지 않는 헛된 생각과 행동을 곁에서 본 혜리는 세상을 뭐 어떻게 하겠다는 소리에 구역질이 날 수밖에 없었다.

어쩌다 상우도 이 한심한 짓거리에 동참하게 된 것일까. 돈은 벌 만큼 벌었고, 코리아이로 태어나서도 코리아이 대접을 받지도 않는 인간이 뭐가 아쉬워서 바보처럼 군단 말인가. 오히려 손을 대는 모든 일이 크게 성공한 탓에 현실 따위 모르는 마냥 낙천적인 인간이 돼버린 것일까.

"그래, 열면 돼. 열면 되는데 그 문이 잠겨있어. 아주 작은 자물쇠 하나가 걸려있는데 그걸 풀 열쇠가 필요해."

혜리는 어쩌라는 거냐며 짜증스럽게 쏘아붙이려다가 간신히 입을 다물어 소리가 새어 나오는 것을 막았다. 어쩌면 상우의 이야기는 코리아이 센터의 남자에게 전해줄 가치가 있는 정보일 수도 있었다. 이 정보가 센터가 찾는 정보 중 하나였다면, 어쩌면 혜리는 모든 일이 끝났을 때 사원증을 목에 걸고 센터에 출근하게 될 수도 있었다.

"뭘 바꾸려는 거고, 열쇠는 뭔데요?"

혜리는 직접적인 정보를 원했지만, 상우는 쉽게 대답하지 않았다.

"너 정우랑 특수교육기관에 잠입했을 때, 뭘 봤어?"

혜리는 떠올리기 싫었던 기억을 다시 토해내야 했다. 특수교육기관 건물에는 부속병원이 있었다. 그곳으로 비코리아이 환자들이 구급차에 실려 내려졌다. 병원은 코리아이를 치료하기 위한 시설이 아니었다. 특수교육기관에서는 조금 생채기 난 코리아이를 산 채로 도축해 장기를 떼어 바로 옆에 줄줄이 누운 비코리아이 환자에게 집어넣었다.

"그것 말고 더 있잖아."

"특수교육기관 지하에 인공자궁이 모여있는 곳을 봤어요. 그리고 코리아이가 어떻게 만들어지는지도 봤죠. 코리아이는 낙태될 아이가 아니라는 것을 알았죠. 그저 연구원들이 냉동정자와 난자로 인공 수정해서 낳은 아이였어요. 코리아이는 죽을 뻔한 아이가 아니라…… 그냥…… 만들어진 아이였어요."

코리아이가 낙태되려던 아이를 살리는 것이라는 홍보는 처음에는 진실이었지만, 지금은 거짓이 되었다. 코리아이는 그저 국가와 시장의 필요 때문에 만들어진 인공인간일 뿐이다. 그래서 동네의 현수막에 붙은, 죽었어야 했던 인간이라는 말은 말이 되지 않았다. 차라리 만들어지지 말았어야 했던 인간이라고 하면 말이 될 것이다.

그것을 본 순간 혜리는 깨달았다. 세상은 바뀔 수 없다. 특수 교육기관 지하에 깔린 수천 대의 인공자궁은 국가가 비호하고, 힘 있고 돈 있는 사람들이 필요로 하는 거대한 사업이었다. 진실을 공개하려 한다면 힘 있는 자들이 입을 막을 것이고, 시스템을 무너뜨리려 한다면 그 전에 그 사람의 인생이 먼저 무너질 것이었다.

"네가 코리아이 센터에 취직했다는 것을 들었을 때 놀랐어. 나랑 정우는 네가 이 일에 엮이질 않길 바랐거든."

"그건 아닌 것 같아요. 센터 들어가기 전에 정우가 먼저 연락해 왔어요."

"그랬다면 정우가 조급했나 보다. 자기 방식대로 열쇠를 얻고 싶었던 모양이야."

"열쇠가 뭔데요? 뭐 때문에 그놈의 세상 바꾸는 일을 못 하시는 건데요?"

상우는 보여주겠다고 했다. 상우가 더는 말하지 않았기에 혜리는 밖에 펼쳐진 시커먼 한강을 불안하게 바라보며 괜히 목에 손톱자국만 냈다.

상우는 비디오아트가 흘러나오는 담벼락 높은 아파트 단지로 들어갔다. 비코리아이 범죄율이 높아져 삼중의 보안시설을 가진 문을 통과할 때 혜리는 교육기관의 벽이 떠올랐다. 지하주차장에 들어서자 상우와 혜리는 내렸다. 주차장은 자율주행 허용공간이었기에 차는 알아서 주차공간을 찾아 떠났다.

엘리베이터 전체를 두른 거울에는 맞춤 광고가 함께 흘러나
오고 있었다. 혜리가 긴장한 것을 파악했는지 엘리베이터에는
기분을 차분하게 만드는 신경물질 이식 광고가 나왔다. 신경물
질 이식은 간단한 시술로 후유증이 없다며 광고해 댔다. 혜리는
돈이 있어도 시술받지는 않을 거라 생각했다. 코리아이란 이유
로 일부러 의료사고를 내고 장기를 다 떼어갈까 두려웠다. 혜리
가 불쾌해진 것을 감지한 엘리베이터는 은은하게 퍼지던 허브
향의 농도를 더 높였다.

홀로그램 식물이 가득한 복도에서 상우는 흰 벽 가운데 있는
남청색 문 앞에 섰다. 상우는 주머니에서 출입카드를 문에 댔
다. 그러자 문에는 밀린 공과금 내역과 냉장고에 상한 음식이
몇 개나 있는지 떴다. 공과금은 몇 달 치가 밀려있었고, 냉장고
에는 술과 물을 제외한 모든 음식의 오염도가 90퍼센트가 넘었
다고 표시됐다.

"여긴 정우가 살던 곳이야."

상우가 문을 열며 말하자 혜리는 급하게 문에 적힌 호수를
기억하려 머리를 들어 올렸다. 상우가 왜 살인범의 집으로 혜리
를 데리고 왔는지 짐작할 수는 없었지만, 뭐가 됐든 정신을 바
짝 차려야 센터에 넘길 정보를 수집할 수 있을 것 같았다.

정우의 집은 혜리가 예상했던 모습과는 사뭇 달랐다. 혜리는
지하조직 반군처럼 혁명의 깃발이 걸린 어두침침하고 수상쩍은
집을 상상했었다. 하지만 이곳은 밝았다. 밝은 데다 혜리의 집보

다 훨씬 넓었으며, 흰 건물에 어울리는 두 가지 색으로 맞춘 가구와 식기, 소품 등으로 정성스레 집을 꾸민 모양이었다. 로봇청소기와 로봇정리정돈기가 느릿느릿 돌아다녔고, 벽에서는 뉴스가 틀어졌고, 커다란 창문에는 전국 날씨와 교통량, 세계증시와 관심주 주가 따위가 한강을 배경으로 표시되고 있었다.

"정우의 집이라고요?"

"정우는 집이 없어. 정우가 살긴 살았지. 여긴 정우의 여자친구였던 영지의 집이야. 둘이 한때 함께 살았어."

"아 죽었다던……."

상우는 고개를 끄덕이며 혜리를 방으로 안내했다. 방에 들어서자 불이 켜지고 벽에서 사진들이 나타났다. 혜리는 깜짝 놀랐다. 사진 속 인물은 정우와 혜리였다. 다정하게 서로의 손을 잡고 억새밭 위에 서있는 사진, 유기견 속에 둘러싸여 해맑게 웃고 있는 사진. 혜리는 입을 벌리고 천천히 넘어가는 사진들을 유심히 보았다.

"이건 제가 아니에요."

분명히 사진 속 여자의 얼굴은 혜리였으나 장소는 혜리가 가본 적 없는 곳이었다. 혜리는 치열하게 살았다. 공부와 일, 취업 준비에 쫓기느라 놀러 다닐 여유 따위는 없었다. 대학을 다니던 시절 정우와 함께였던 날도 마찬가지였다. 정우와 제대로 된 여행 한번 간 적이 없었다.

"이건 네가 아니야."

상우는 화장대 앞에 놓인 작은 액자를 들어 올렸다. 그곳에는 상우와 정우 그리고 혜리의 얼굴을 한 여자가 있었다.

"이 사람이 영지야. 죽은 정우의 여자친구. 너와 유전자형이 일치하는 또 다른 너."

상우는 액자를 혜리에게 건넸다. 혜리는 액자 속 자신이 아닌 자신의 모습이 너무도 익숙하고 낯설어 그만 액자를 떨어뜨릴 뻔했다. 혜리는 입을 벙긋거리며 뭐라 말하려다가 아무런 말도 내뱉지 못하고 다시 입을 다물었다. 상우는 혜리에게서 다시 넘겨받은 액자를 침대 위에 올려두었다. 그들을 쫓아온 로봇정리 정돈기가 가냘픈 팔로 액자를 다시 화장대로 옮겨두었다. 상우는 화장대 위의 액자를 쳐다보며 말했다.

"영지, 이 사람이 열쇠였어." 상우는 시선을 혜리에게로 돌렸다. "그리고 이젠 네가 열쇠야."

기업도시

　센터의 남자는 옥천기업도시 개발현장에 도착했다. 이 도시
는 대부분이 자동화되어 있었다. 탑처럼 쌓인 빌딩형 공장은 기
계를 수리할 소수의 관리인력과 경비인력을 제외하고는 사람
없이도 24시간 쉼 없이 돌아갈 수 있었다. 회사가 들어올 사무
공간에는 사무 인원을 제외하고 청소나 비품 관리, 건물 수리는
모두 기계가 하게 될 것이다. 거리에는 차가 없었다. 모든 도로
는 지하에 매장되어 있었다. 도로는 건물 지하주차장으로 직접
연결되거나 지상주차장에 지하도로 입구가 토끼 굴처럼 솟아
오르도록 연결되어 있어, 돌아다니다 차를 볼 일은 없다. 일하
는 사람들은 지하로 차를 몰고 다니거나 회사 건물들을 관통하
는 무인전차를 타고 다니게 될 것이다.

아직 개발현장이라고 불리긴 하지만, 외양은 모두 완공된 상태였다. 도로와 건물은 윤이 났고, 물자를 나르는 드론이 벌 떼처럼 건물을 드나들었으며, 공장은 시험가동을 하며 몸을 떨기 시작했으며, 기업도시를 자족하고도 남을 산업형 농축산시설에서는 열매가 맺히고 닭과 돼지가 처량히 울기 시작했다.

지하도로는 아직 한적했지만, 종종 차가 지나다니기는 했다. 사전 입주를 신청한 여러 기업의 내부기기를 실은 트럭이 들락거렸다. 옥천기업도시는 국내 최대 규모의 기업도시였다. 계획인구도 5만에 육박하여 소멸 중이던 옥천군의 인구를 훌쩍 뛰어넘었다. 기업도시는 옥천군의 행정을 흡수할 계획도 진행 중이었다. 사외이사와 대관업무 담당자, 투자자를 각 당에 입당시켜 도부터 군까지 관련된 모든 지자체의 공천 심사를 받고 있기도 했다.

센터의 남자도 기업도시 기획 초창기부터 함께하고 있었다. 기업도시 내부에는 코리아이 배양시설 및 코리아이 연구시설이 들어가기로 되어있었다. 자동화된 도시에 걸맞게 배양시설도 전부 자동화될 것이며, 인공자궁 속 아이들의 상태를 수시로 확인하느라 고급인력을 낭비하던 시스템은 폐기될 예정이었다. 모든 것은 통합관리 시스템 아래로 들어간다. 각 지역에 향후 30년간 필요한 인력의 수를 예측하여 아이들의 수를 조절할 것이다.

코리아이 배양연구소는 코리아이 교육기관의 통제를 받아왔다. 하지만 옥천의 배양연구소는 달랐다. 배양연구소를 기업도시에 도입하는 것부터 코리아이 센터의 주도로 이루어졌다. 이 배양연구소에는 교육기관보다 코리아이 센터의 입김을 더 넣을 수 있었다. 옥천 기업들의 요구에 맞추어 코리아이의 수를 정하는 것은 센터의 일이었기에, 옥천 배양연구소에 코리아이를 얼마나 배양할지 요구하는 것도 센터가 직접 했다. 코리아이 센터와 경쟁 관계에 있는 교육기관은 못마땅했을 테지만, 사업은 먼저 따낸 사람이 임자였다.

기업도시 계획인구 5만 명 중 4만 5천 명은 코리아이로 채워질 예정이었다. 최근 코리아이가 전국의 노동자들을 대체하는 일로 잡음이 많이 들렸다. 코리아이가 아닌 고임금 노동자들을 쫓아내면서 수시로 파업이 발생했고, 노조 중심의 파업은 비노조 노동자들까지 합세하는 유례없는 대규모 파업으로 이어지고 있었다. 정치권에서는 이런 사태에 부담을 느꼈기에 코리아이 센터를 괜히 압박했다. 센터장은 수시로 국감 현장에 불려가며 정치인과 매스컴으로부터 모욕을 들어야 했다.

하지만 이 기업도시는 달랐다. 쫓아낼 비코리아이 노동자가 애초에 없었다. 코리아이는 비코리아이의 알바비 정도만 받으면서도 위험물을 관리하고 주요시설을 전담할 수 있었다. 고강도, 고난도의 일이랍시고 기업의 돈이 인건비로 새어 나가는 일이 더 이상 발생하지 않을 것이다. 이 기업도시는 센터에 있어서도 상당히 중요한 프로젝트였다.

기업도시에 도착해 택시에서 내린 센터의 남자는 대기하고 있는 부하직원들에게 물었다.

"정우 어딨어?"

그들은 먼 건물을 가리키며 황급히 뭐라 말해댔다. 남자는 인상을 찌푸리며 뭐라고 말하는지 하나도 모르겠다고 하자 직원들이 일단 타시라며 대기하던 차 문을 열었다. 오래된 차 시트가 남자의 무게에 신음했다. 남자는 절그럭거리며 손목시계를 들여다봤다. 서울에서 옥천까지 내려오는 동안 정우를 못 잡은 것을 보면, 이번에도 허탕을 치게 될 것만 같았다.

"뭐 어떻게 됐다고?"

"찾긴 찾았는데요. 잡을 수가 없습니다."

"넌 하여간 등신은 아닌데 등신 같은 소리를 해. 뭐 어떻게 됐다는 거야?"

부하직원은 직접 보시는 게 빠르다며 가속페달을 더욱 세게 밟았다. 차는 지하도로를 달려 아파트형 수경재배시설 앞으로 올라왔다. 멀리서 보면 아파트처럼 생긴 육각형 형태의 20층짜리 건물은 가운데가 비어있었다. 가운데의 빈 공간에는 높은 봉이 있었는데, 봉에서는 인공 태양광이 뿜어졌다. 빛을 골고루 받게 비스듬히 세워진 벽면에는 식물이 자라나고 있었고, 식물 앞에 레일을 따라 자동화된 가위가 열매를 포착해 잘라냈다. 수확된 열매는 바로 아래 항균 매트가 깔린 컨베이어 벨트에 실려 하단부의 창고로 이동하여 분류되었다.

에스컬레이터를 뛰어 올라가는 직원들을 따라 헉헉대며 뛰던 센터의 남자는 몇 층을 오르다 옆에 있는 엘리베이터를 발견했다. 남자는 '멍청이들' 하고 혼잣말을 하곤 고개를 저으며 투명한 엘리베이터에 탔다. 엘리베이터 유리에는 현재의 예상 작황과 식물의 영양소 부족분이 수치화되어 나타났다.

직원들이 말한 층에 내린 센터의 남자는 주머니에 손을 꽂고 재배구역 안쪽 복도를 걸었다. 에스컬레이터를 뛰어오른 직원들은 네발로 기다시피 센터의 남자를 따라왔다. 복도에는 이곳 시설팀으로 보이는 코리아이 여럿이 문의 잠금을 해제하려 기판을 뜯고 노트북을 두드리고 있었다. 그들이 열려는 문은 보안시설이었다. 유리로 된 문 안에는 정우가 밖을 마주 보고 앉아 뻔뻔하게 보안컴퓨터를 조작하고 있었다.

"야, 정우야. 아는 체도 안 하냐?"

센터의 남자가 소리치자 정우는 모니터 너머로 슬쩍 눈을 마주치고는 다시 하던 일에 집중했다. 센터의 남자는 직원에게 재뭘 하는 거냐고 물었고, 직원은 시설을 해킹 중인 것 같다고 대답했다. 센터의 남자는 문을 손으로 두드리고 소리쳤다.

"정우야, 여긴 기업도시 시설 중에 제일 처음으로 가동할 시설이야. 초장부터 망쳐버릴 생각이야?"

"조용히 좀 해봐. 집중 좀 하자."

인상을 찌푸린 정우가 짜증스레 소리쳤다. 도둑놈치고는 뻔뻔하기 그지없다는 생각에 센터의 남자는 헛웃음이 나왔다. 센터의 남자는 이곳의 보안기사인 코리아이를 불러내 정우가 뭐에 접근하고 있는지 실시간으로 확인해 보라고 했다. 유리창을 사이에 두고 정우는 해킹을 하고 있었고, 센터의 직원들은 보안기사의 노트북을 들여다보고 있었다. 어깨에 올라간 앵무새처

럼 이건 뭐고 저건 뭐냐며 센터의 직원들은 노트북 화면에 손을
대가며 물어댔다. 묻는 말에는 무조건 대답을 해야 한다고 교육
받아 온 코리아이 보안기사는 질문에 일일이 대답하느라 타자
속도가 한없이 느려졌다. 센터의 남자는 조용히 하라며 부하직
원들을 윽박지르고는 보안기사가 쫓아가는 로그를 눈으로 유심
히 보았다.

"정우야, 너 지금 통합운영시스템 들어가는 거냐?"

"쉬지 않고 쫑알쫑알. 온종일 입만 놀리지 그냥."

"저 싸가지 하고는." 센터의 남자는 문 기판을 들고 끙끙대고
있는 코리아이들을 쏘아보았다. "문은 안 열리는 거냐? 그냥 깨
야 해, 뭐 어떻게 해야 해?"

코리아이들은 쩔쩔매면서 규정상 깰 수 없다며, 조금만 기다
려달라고 했다. 아무래도 정우가 문의 회선을 다 망가뜨린 듯
했다.

"정우야, 너 이런 거 왜 찾고 있냐? 네가 만든 시스템이잖아."

그 질문에 정우는 대답하지 않았다. 정우는 상우가 데려온 사
람이었다. 상우가 자동화된 자족형 도시의 기술을 만들었고, 센
터는 기계가 닿지 않는 빈 곳에 코리아이를 투입할 배치기획을
짰다. 그리고 정우는 그 모든 것을 통합해 관리할 시스템을 만
들었다. 통합시스템을 이용해 물류나 배분량의 수치 따위를 함
부로 조작하면 자동화된 도시 곳곳에서 처참한 오류가 발생할
터였다. 이 도시를 통솔하는 기업 외의 다른 기업이 해킹해서
는 안 되는 정보였다. 양자암호 기술을 도입해 정우는 통합시스

템을 완벽히 암호화했다. 만든 사람도 마음대로 암호를 풀 수는 없었다.

센터의 남자는 보안기사의 노트북을 다시 들여다보았다. 보안기사는 정우가 특정일 이후부터 통합운영시스템 운영방식의 변경점을 찾고 있다고 했다. 센터의 사람들이 도착하기 전에는 최종 보안장치의 접근 방식을 우회할 수 있는지 찾고 있었다며 로그 하나하나를 짚으며 설명했다. 센터의 남자는 고개를 들었다. 아리송한 표정으로 미간을 찌푸리고 문 너머의 정우에게 물었다.

"통제시스템 우회 방식을 왜 찾아? 너도 열쇠, 그 플라스틱 알이 없는 거야?"

정우는 대꾸하지 않으려다가 멈칫하고는 모니터 위로 고개를 들었다. 센터의 남자는 정우와 눈이 마주치자 엄지와 검지로 입 주변을 쓸어내렸다. 말실수를 하고 말았다.

"너도? 센터도 없구나."

정우는 벌떡 일어났다. 센터의 남자도 움직여야 했다. 부하 직원들에게는 문 다 따면 정우를 잡으라고 했다. 센터의 남자는 급하게 에스컬레이터를 뛰어 내려갔다.

"열쇠가 상우한테 있다! 플라스틱 알이 상우한테 있어."

이 기업도시의 통제권이 담긴 열쇠가 상우에게 있다. 양자암호를 풀기 위해서는 양자컴퓨터가 삽입된 물리 키가 있어야 했다. 플라스틱 알처럼 생긴, 그 열쇠는 세상에 단 하나뿐이었다. 센터의 남자는 지금껏 플라스틱 알을 정우가 가지고 있는 줄 알았다.

이 도시를 기획한 것은 서회장과 대표인 상우였다. 하지만 이 자동화된 도시를 움직이는 방식에 있어서 두 사람은 의견이 달랐다. 플라스틱 알이 서회장에게 있었다면 센터의 남자가 모를 리가 없었다.

서회장과 센터는 이 완벽한 도시를 가동하는 방식에 대해 의견이 같았다. 기계는 스스로 움직이고, 어둡고 음습한 곳은 코리아이로 채우고 일반인 엘리트를 철인으로 만들자. 그것이야말로 이 자유시장에서 군더더기를 잘라내고 막대한 부를 쌓을 황금 탑을 높게 세울 수 있는 방법이다. 일류기업, 일류도시, 일류국가를 만드는 것이야말로 애국이다. 센터의 남자와 서회장은 그렇게 부르짖었다. 플라스틱 알이라 불리는, 열쇠가 없어졌다고 말한 것도 서회장이었고, 플라스틱 알을 찾아달라고 한 것도 서회장이었다. 플라스틱 알이 서회장에게 없다면 상우에게 있을 것이다.

"난 상우한테 간다. 서울에 사람 먼저 풀어놔. 너희는 정우 저 새끼 못 나오게 잡아두고."

센터의 남자는 부하직원들에게 소리치고는 에스컬레이터를 뛰어 내려갔다. 숨이 차 넥타이를 풀어 아무렇게나 바닥에 던져버렸다. 그렇게 세 개 층을 뛰어 내려가고 있을 때 몸이 휘청이며 앞으로 튕겨 나갔다. 센터의 남자는 계단 위를 구르며 정강이를 부여잡고 원망스러운 눈으로 에스컬레이터를 노려보았다. 에스컬레이터가 움직이지 않고 멈춰있었다. 몸을 일으키려

할 때 건물의 모든 불이 꺼지고, 건물 한가운데의 지붕이 닫혔다. 헬기가 올 때나 닫히는 지붕이 지금 닫히는 것은 정우가 해킹으로 장난을 치는 것이 분명했다. 센터의 남자는 더듬거리며 에스컬레이터 손잡이를 찾았다. 녹색 비상구 불빛만 흘러나올 뿐, 아무것도 보이질 않았다. 남자는 눈 옆에 달린 AR기기를 켰다. 야간보행 모드에 들어간 AR기기는 모든 물체의 윤곽을 얇은 실선으로 표시했다. 그저 선을 보며 달리면 그만이었지만, 남자는 기계를 완전히 믿지 못했다. 실선으로 표시된 계단도 혹여나 잘못 표시되었을까 봐 몇 번이고 발로 디딜 곳을 확인하고서야 한 걸음씩 옮겼다.

한참을 그렇게 느릿느릿 내려가고 있을 때 남자는 다시 뒤로 자빠졌다. 에스컬레이터가 다시 작동했다. 보안기사가 시스템을 복구한 모양이다. 건물의 불도 다시 켜졌다. 남자는 그제야 다시 뛰어 내려갈 수 있었다. 로비에 도착했을 때 남자의 옆으로 엘리베이터 문이 닫혔다. 눈을 깜빡이며 앞을 보니 정우가 이미 정문을 빠져나가고 있었다.

센터의 남자는 경주를 하듯 정우를 따라잡으려 했다. 하지만 정우는 정문 바로 앞에 주차된 차에 올라 이미 시동을 걸고 있었다. 센터의 남자가 차 문고리를 붙잡음과 동시에 차는 출발했다. 매달리다시피 한 센터의 남자는 이내 바닥을 굴렀다. 센터의 남자가 소리쳤다.

"야! 그거 우리 회사 차야!"

이미 검은색 차는 지하통로 안으로 들어가고 없었다. 센터의 남자는 비 맞은 사람처럼 축축한 얼굴을 손으로 닦았다. 주저앉은 그의 뒤로 부하직원들이 뒤늦게 도착했다. 한참을 달린 강아지처럼 입을 벌리고 핵핵거렸다. 센터의 남자도 진이 빠져 그저 고개를 숙인 채 힘겹게 말을 내뱉었다.

"멍청이들아. 엘리베이터를 타, 엘리베이터를."

꾸중에 익숙한 센터의 직원들은 씩씩하게 네, 하고 대답했다. 직원 중 한 명이 센터의 남자 앞으로 핵핵대며 다가왔다. 그는 혜리가 상우를 만났고 함께 도주했다고 보고했다.

"혜리가 상우랑 만나?"

센터의 남자는 손으로 턱을 쓸었다. 그는 입에 담배를 물고는 AR기기를 조작했다. 공중에 뜬 AR기기 화면의 연락처 목록에는 혜리의 번호가 즐겨찾기 되어있었다.

재회

상우는 헤리에게서 핸드폰을 받아 잠금장치가 있는 통에 넣었다. 통 안은 전파를 차단하는 용도로 보이는 은박지 비슷한 것으로 둘려져 있었다.

"도청 위험이 있어서 그런 거야. 나중에 돌려줄게."

상우는 상자를 차에 넣어두고 내렸다. 차에서 내리자마자 보인 것은 저택을 가린 거대한 벽이었다. 벽에는 먹으로 그린 것처럼 바람에 흔들리듯 움직이는 포도와 그 사이로 날아드는 나비 영상이 송출되고 있었다. 저택에 고용된 코리아이가 상우에게 열쇠를 받았다. 상우는 열쇠를 넘기면서 그에게 힘내시라고 했다. 코리아이는 감사의 의미로 허리를 완전히 숙여 인사했다.

저택의 대문 앞에 다가가자 상시 대문을 확인하고 있던 코리아이가 인터폰을 먼저 켰다. 코리아이는 상우의 얼굴을 확인하고는 난처한 목소리로 말했다.

"아시다시피 회장님께서는 대표님의 방문을 금하셨습니다. 다음 이사회까지는 만나주시지 않을 겁니다."

"모르고 온 건 아닙니다. 하지만 회장님의 따님에 대해 할 이야기가 있습니다."

"그럼 더욱 허락해 주지 않으실 겁니다. 지난달 17일 자 대화 기록을 보면 회장님께서는 더는 네 입에서 내 딸 이름을 듣고 싶지 않다고 말씀하셨습니다. 비속어 등은 제외하고 말씀드린 거라 정확하게 떠오르지는 않으시겠지만 분명 대표님께서 직접 말씀하셨습니다."

"저도 기억합니다. 코리아이의 기억력은 뛰어나니까요. 하지만 이렇게도 말씀하셨습니다. 내 딸을 다시 살려내라고."

"네, 그런 내용의 대화는 있습니다. 정확하게는, 네가 그따위 짓을 하고도 대표직에서 물러나고 싶지 않다면 네가 내 딸을 살려내는 방법밖에는 없을 거야. 그럴 수 있어? 그럴 수 있냐고, 네가. 그렇게 말씀하셨습니다. 마찬가지로 비속어는 순화하거나 제외하였습니다. 당연히 아시겠지만, 대표님이 말씀하신 대로 돌아가신 아가씨께서 살아 돌아오시는 게 아닌 이상 접견을 허락한 것이 아닙니다. 그러니 부디 양해를 부탁드리겠습니다."

상우는 혜리에게 가까이 오라고 손짓했다. 거대한 저택의 위압에 위축되어 있던 혜리는 쭈뼛거리며 다가왔다. 상우는 혜리를 인터폰 앞으로 데리고 왔다. 인터폰 너머 코리아이의 당황한 숨소리가 그대로 전해졌다.

"이건 어떻게 해석을 해야 할지……. 대표님 죄송합니다만, 아가씨는 정말 돌아가셨습니다. 운구하고 화장할 때도 제가 곁에서 보았습니다. 닮으신 분을 데리고 오신 거라면 저는 여전히 승인해 드릴 수 없습니다."

"유전자 인식이라도 해보는 게 어떻겠습니까."

상우의 말에 고민하던 코리아이는 그렇게 해보시라고 했다. 인터폰 아래에는 손가락을 집어넣는 곳이 있었다. 최고 보안단계에서나 쓰이는 유전자 인식 잠금장치였다. 상우는 혜리의 손가락을 그 안에 넣었다. 손가락을 넣고 가만히 있으니 손톱으로 긁는 느낌이 났다. 그리고 기계는 녹색 불을 띄웠다.

"이건, 이럴 수가 있나. 이건……."

코리아이는 말이 되지 않는 상황을 이해해 보려 연신 말을 더듬었다. 상우가 인터폰에 대고 물었다.

"이제 규정과 회장님의 임의 지시사항에 위배되는 것이 있을까요?"

"아뇨, 아뇨. 없습니다. 죄송합니다. 바로 문을 열어드리겠습니다. 아까운 시간을 낭비하게 만들어 죄송합니다."

코리아이는 지시된 말을 넘어서서 해석할 수 없었다. 죽은 사람이 돌아오든, 외계인을 잡아 오든, 천사와 함께 오든 그게 문을 여는 조건이었다면 문을 열 수밖에 없었다. 당장 고용주의 핵미사일 버튼을 누르라는 명령으로 세상이 멸망하는 일이 일어나게 되더라도 코리아이는 이후 결과를 판단할 권한이 없었기에 버튼을 누를 수밖에 없었다.

거대한 문이 열리고 상우는 혜리를 안으로 안내했다. 정원에 세워진 정자 앞에는 연못이 있었다. 비단잉어가 물 안을 헤엄치고 물 위에는 그들의 모습을 녹화한 홀로그램이 공중을 떠다니고 있었다. 웅장한 규모의 청동 소가 혜리를 위엄스레 내려다보고 있었다. 혜리는 그 밑을 지나며 괜스레 숨을 참았다.

"무슨 낯짝으로 찾아와! 무슨 낯짝으로!"

정원을 채 벗어나지 못했을 때 그런 소리가 하늘에서 울려퍼졌다. 상우와 혜리는 위를 올려다봤다. 창문에 서있는 늙은 남자가 눈을 부릅뜨고는 상우를 향해 으르렁대고 있었다. 상우는 들어가서 말씀드리겠다고 외쳤으나 남자는 두 사람을 들여줄 생각이 없어 보였다.

"네가 데려온 정우 그 개새끼가 내 딸을 죽였어. 그런데 무슨 낯짝으로 여길 기어들어 오냐는 말이야! 이 처죽여도 시원치 않을 벌레 같은 새끼가. 네 그 면상을 들고 한 걸음만 더 이쪽으로 다가오면 팔다리를 모두 도려내고 산 채로 박제를 시켜서 하수구 안에다 전시해 버릴 테니 그리 알아!"

폭언 속에서도 상우는 표정 하나 바꾸지 않고 공손하게 손을 모으고 서있었다. 그런 면에서 혜리는 상우도 코리아이는 코리아이인 모양이라고 생각했다. 상우가 침착하게 말했다.

"회장님, 이 친구 얼굴을 한번 봐주십시오. 모르시겠습니까?"

상우가 혜리의 어깨를 붙잡고 앞으로 내밀었다. 회장은 혜리를 힐끗 보더니 이내 창문 밖으로 몸을 내밀고 눈가 주름이 다 펴질 정도로 크게 눈을 떴다. 그리고 멀리서도 보일 만큼 큼직한 눈물을 창문 아래로 뚝뚝 떨어뜨렸다.

"영지야……. 영지, 너 어떻게 돌아왔니."

회장은 혜리에게 시선을 고정한 채 두 손을 펄럭여 어서 들어오라고 손짓했다. 상우가 혜리를 데리고 저택 입구로 들어가자 회장은 창문에서 사라졌다. 문을 열자 집 안에서 회장이 달려와 혜리 앞에 섰다.

"이게 무슨 일이냐. 이게. 영지야, 이게."

회장은 눈물을 닦아내며 혜리의 어깨를 붙들었다. 하지만 이내 눈을 깜빡이더니 표정을 굳혔다.

"아니다. 똑같이 생겼지만, 아니야. 너 서영지 아니지?"

꼼짝 못 하고 있던 혜리는 간신히 고개만 끄덕였다. 회장은 혜리를 놓고는 상우의 멱살을 잡았다.

"뭐 코리아이 새끼 하나 성형이라도 시켜서 데려온 거야? 날 조롱할 셈이냐? 칼 가져와! 네 대가리에 무슨 악독한 생각이 들었는지 쪼개서 내 눈으로 봐야 성이 풀리겠다."

그 말에 가정부 코리아이 둘이 잽싸게 칼을 가지러 뛰어갔다. 상우는 침착하게 말했다.

"이 친구 이름은 혜리입니다. 이 아이도 당신의 유전자를 가진 당신의 딸이에요."

가정부 둘이 회 뜨는 칼 하나와 진열용 장검을 가져왔지만, 회장은 아무것도 잡지 않았다. 회장은 눈을 가늘게 떴다. 상우는 설명해 드리겠다며 자리에 앉자고 했다. 회장은 노구를 이끌고 천천히 코리아이가 가져온 의자에 앉으면서도 상우와 혜리를 계속해서 번갈아 보았다.

영지와 혜리

정우는 혜리와 이별하고 몇 달간 고시원을 벗어나지 않았다. 불을 켜지도 않았다. 망가져 가는 자신의 모습을 보고 싶지 않아서였다. 이불에 핀 곰팡이처럼 침대 위에 눌어붙어 침전되어 사라져 버리길 바랐다. 유일하게 하는 일이라고는 핸드폰으로 세상을 엿보는 일뿐이었다. 세상에 어떤 개입도 하지 않았다. 어떠한 글도 남기지 않았고, 어떤 것에도 좋다는 표현을 남기지 않았다. 그저 바라보고 멀어져 갈 뿐이었다.

물론 그마저도 쉽지 않았다. 지울 수 없는 코리아이 센터 앱은 아무런 일도 하지 않는 정우를 몇 초 단위로 괴롭혔다. 일을 알려주는 것은 물론, 코리아이가 무조건 받게 되는 사회출발보조대출금의 이율이 얼마나 더 높아졌는지 끊임없이 알렸다. 노예의 길을 걸어라. 센터는 소를 몰 듯 코리아이가 가야 할 길을 계속해서 주지시켰다.

영원할 것만 같은 무기력한 날이 지속되던 때 누군가 정우를 찾아왔다. 코리아이 센터에서 나온 사람들이라고 했다. 정우에게 취업활동 불이행 사유서를 작성하라고 했다. 센터 사람들은 강제로 불을 켰다. 정우는 눈이 부셔 눈도 제대로 뜨지 못한 채 들이민 태블릿을 쳐다보았다. 사유에 해당하는 항목은 몇 가지 없었다. 질병 또는 상해를 당해 움직일 수 없는 상태인지를 체크하는 항목. 사채, 스토킹 등으로 인해 생명의 위협을 느껴 밖으로 나갈 수 없는 상태인지를 체크하는 항목. 삶에 대한 의욕 상실로 자살을 생각하고 있는지를 체크하는 항목. 그 세 가지가 전부였다.

정우는 이것에 체크하면 어떻게 되냐고 물었다. 그들은 센터로 데려가 지원을 해줄 것이라고 했다. 정우는 노동력을 잃은 코리아이가 어떻게 되는지 알고 있었다. 죽고 싶지 않았다. 아니 죽더라도 스스로 죽지, 산 채로 온갖 장기가 기증되고 쓰레기처럼 버려지고 싶지는 않았다. 아니, 정확하게는 정우의 몸으로 코리아이 센터가 돈을 버는 것을 두고 볼 수가 없었다. 정우는 세 가지 항목 어디에도 해당하지 않는다고 했다. 그들이 제일 근접한 것이라도 고르라며 따져 묻자 정우는 센터 앱을 켜고 아무 일이나 수락했다.

정우가 일하게 된 곳은 마인드오더라는 곳이었다. 굳이 무엇을 누르지 않더라도, 굳이 무엇을 지시하지 않더라도 사람들의 마음을 읽고 알아서 동작하는 서비스 시스템을 만드는 회사였다. 사람이 움직이는 속도, 숨소리의 높낮이와 호흡 주기, 시선이 머무르는 위치, 불안스레 몸을 긁거나 고민하며 턱을 쓸거나 골똘히 생각하며 머리를 미세하게 갸웃거리는 그 모든 것이 명령이었다.

마인드오더 시스템이 적용된 집에서의 생활은 이러했다. 요리해야겠다는 생각이 들었을 때는 이미 자동냉장고에서 필요한 재료들이 꺼내어져 주방으로 옮겨졌다. 방송을 보다가 맛있겠다고 생각한 음식의 재료들이 이미 온라인쇼핑 장바구니 목록에 들어가 승인을 기다리고 있었다. 길을 걷다 우연히 멋있다고 생각했던 행인의 헤어스타일이 거울에 투영되어 머리에 덧씌워졌고, 거울 아래에는 일정 비용을 주고 구독해 둔 헤어스타일리스트의 머리 손질 가이드 영상이 재생되었다. 몸이 찌뿌둥하다고 느낄 때쯤에는 이미 일정의 빈 곳에 마사지숍 예약이 승인을 기다리고 있었다. 그저 머릿속에 맴돌던 노래를 흥얼거리면 집 전체에 내장된 스피커에서 은은하게 반주가 흘러나왔고 벽에는 먹색의 가사가 새겨졌다. 하늘이 멋져 가만히 보고 있노라면 하늘과 본인이 함께 나온 사진이 가장 좋은 구도에서 찍혔다. 마인드오더의 협력회사인 내추럴 픽처를 구독하고 있었다면 말이다. 부가서비스인 SNS 자동 관리 확장프로그램을 깔아 두었다면 그 멋진 사진은 가장 조회수가 많은 시간대를 찾아 자동으로 올라갈 것이다. 그럼 그 사람은 그저 SNS의 칭찬을 확인하면 그만이다. 이미 비아냥대는 댓글들은 모두 지워져 있을 것이기에.

정우는 생각보다 그 모든 과정과 결과가 흥미로웠고, 충동적으로 선택한 그 일이 재밌었다. 근무환경이 좋았던 것은 아니다. 사무공간이 나질 않아 지하 서버실 바로 옆 창고 같은 공간에서 수많은 코리아이 개발자들이 몸을 욱여넣고 작업했다. 서버를 냉각시키려 서버실 복도와 그 옆 사무실까지 온도를 18도로 맞춰둔 탓에 다들 패딩을 껴입고 펭귄처럼 몸을 붙인 채 손가락만 뚫린 장갑을 끼고 타자를 요란하게 두드려댔다. 서버실은 넓고 쾌적했지만, 그것을 창문 너머로 바라보는 코리아이 가득한 빡빡한 창고는 춥고 습했다.

정우는 그런 것이 조금도 불편하지 않았다. 추운 것은 냉동창고에 몇 시간씩 갇혀있는 것보다 나았으며, 좁은 것도 컨테이너에 서른 명이 다닥다닥 붙어 서서 노트북과 이어폰 하나 들고 아웃바운드 전화를 돌리던 때보다는 나았다. 퇴근이란 개념은 없지만 비번 없이 주야만 반복하는 일보다 나았다. 기한 내에 일만 마무리할 수 있다면 일주일 중에 하루 정도는 짬을 내 여유시간을 가질 수도 있었다.

정우는 배급받은 잠들지 않는 약을 입에 넣고 삼켰다. 정우는 이 일에 몰입하고 있었다. 인간의 미세한 행동을 포착해 본인도 파악하지 못한 욕망을 찾아내는 일이 얼마나 매력적인가. 사람들은 마인드오더가 서비스를 제공하는 회사일 뿐이라고 생각하겠지만, 정우는 알고 있었다. 마인드오더는 인간 행동을 완전히 파악한 자연스러운 통제다. 사람이 무언가를 원하고 필요로 하면 제휴업체의 물품을 밀어 넣고, 그들이 원하는 마음이 생기게끔 일부러 볼거리에 관련 제품을 드러내 그들의 필요를 만들어냈다. 그것은 본인이 아무것도 원하는 게 없을 거라 믿는 사람에게도 마찬가지였다. 모든 것을 비우고 속세를 떠나 은퇴 후 중이 되겠다고 마음먹은 사람에게도 노승의 강연 구독권과 경전 세트, 법복 1+1 따위의 상품을 내미는 것이 마인드오더였다.

"난 이 일이 좋아. 하지만 그런 생각이 들어. 사람의 욕망을 온전히 받아안고 서비스를 제공하는 게 아니라, 어느 정도 조절이 필요하지 않을까?"

정우가 말했지만, 코리아이 개발자들은 대답하지 않았다. 돌아보는 사람도 없었다. 그저 검은색 바탕에 여러 색깔의 글자만 쳐다보고 있을 뿐이었다. 코리아이가 아닌 사람이 말했다면 귀를 기울였겠지만, 말하는 사람은 코리아이인 정우였다. 코리아이는 코리아이의 말을 듣지 않았다. 타자 소리만 요란한 창고에서 정우는 계속 혼자 떠들었다.

"한번 생각해 봐. 예를 들면 고객 중에 살인마가 있어. 그 살인마의 욕망을 파악한 마인드오더는 칼이나 전기 충격기를 장바구니에 담을 거야. 으슥한 골목을 지도에 표시해 줄 거고, 유동량이 적은 시간대와 경찰서와의 거리까지도 계산해 줄 거라는 거지. 그걸 우리가 가만히 둬야만 하냐는 거야. 단순히 마인드오더 구독료와 상품에 붙은 수수료만 챙기면 그만일까?"

대답 없는 코리아이들은 일시에 고개를 들어 올렸다. 창고 벽에 지상에서 근무하는 기획자의 주문이 들어왔기 때문이다.

원격 심리상담 업체와의 제휴계약이 체결되었으니 고객 심리상태 데이터와 연동 바람. 관련 자료는 제휴업체 제공자료 폴더에서 확인.

어두운 벽에는 밝은 글씨로 그렇게 쓰여있었다. 계시라도 받은 사람처럼 다들 고개를 숙이고 광적으로 타자를 두드렸다.

"만약 살인마가 아니더라도 말이야. 코리아이 혐오자가 있어. 실제로 고객 중에 꽤 있잖아. 그런 사람들한테 마인드오더는 무슨 방송을 찾아주지? 코리아이가 일자리를 다 빼앗는다고 말하는 교수의 강연, 코리아이 증가량과 비코리아이 실업률의 관계성을 보여주는 뉴스, 코리아이 반대 시위 현장을 중계하는 개인방송. 심지어 무차별적으로 코리아이를 폭행하는 영상까지 틀어주고, 코리아이 반대자 커뮤니티까지 활성화가 잘된 순으로 목록화해서 알려주잖아."

코리아이들은 대답 없이 코드를 짜고 데이터를 확인했다. 어두운 침묵 속에서 정우는 밝은 서버실로 고개를 돌렸다. 유리창 너머에는 수많은 인간의 데이터가 담겨있고 각각 어떠한 방향으로 유도되고 있었다.

"우리는 단순히 고객의 욕망을 파악해서 원하는 것을 제공하는 게 아니야. 욕망을 증폭시키고 거기에 몰입하게 만들어. 이미 개입해 조작을 하고 있는 거야. 우리가 가만히 앉아 하고 있는 일은 그 사람이 마주하는 세계를 바꾸어내고 있는 일인 거야."

가장 가까이 앉아있던 코리아이가 CCTV를 슬쩍 올려다보고는 정우를 쳐다보았다. 유일하게 고개를 든 그의 눈을 정우는 반갑게 마주 보았다. 하지만 정우를 쳐다보는 코리아이의 눈빛은 그다지 호의적이진 않았다.

"위층에서 알고리즘 윤리 이야기하던 사람들 다 잘린 거 알지? 코리아이가 아닌데도 그랬어. 똑똑한 척, 도덕적인 척 말고 그냥 조용히 일이나 하자."

"아니야. 윤리를 지키자고 하는 말이 아니라고. 우리가 개입할 수 있다고 얘기하는 거야. 우리는 이미 사람의 생각을 유도하고 있으니 다른 방향으로 유도할 수 있다고. 더 긍정적인 방향으로. 우리가 세상 사람들의 생각을 바꾸면 세상이 바뀔 수 있는 거야."

정우를 돌아봤던 코리아이 개발자는 다시 고개를 돌리고는 고객들의 동체 떨림 정보 수치를 조정했다. 정우는 숨을 깊게 들이마시고 컴퓨터 앞쪽으로 몸을 끌어당겼다. 정우는 수정 요청사항 리스트를 창에서 내렸다. 모니터에는 어두운 화면이 나타났다. 정우의 손가락이 바삐 움직이자 수많은 글자가 어두운 화면에 밝게 새겨졌다.

한 달 정도가 지났을 때 지상에서는 '코리아이 해방 기사단'이라는 커뮤니티가 생겼다. 노예해방을 위해 활동했던 모시스 딕슨의 '자유의 기사단(Knights of Liberty)'에서 영감을 받은 명명이었다. 많은 수는 아니었지만 제법 활동이 있었다. SNS도 활발히 하고, 영상도 올리고, AR기기의 광고까지 찍은 모양이었다. 물론 AR기기에 선호도가 낮은 광고를 넣기 위해서는 막대한 돈이 들었기에 광고를 싣지는 못했다. 찍어둔 광고가 아까웠는지 SNS나 가상현실 플랫폼에 자체적으로 열심히 푸는 것 같았다. 안타깝게도 알고리즘 탓에 코리아이에 우호적인 사람이 아닌 이상 영상은 찾아서 보려고 해도 쉽게 나타나지 않았고, 우호적인 사람은 그리 많지 않았다. 그 모임은 온라인에서만 머무는 것이 아니라 코리아이 처우 개선을 위한 입법 촉구 활동도 하고, 가끔 모임도 하는 모양이었다.

　　모임의 활동은 실질적인 성과를 내지는 못했다. 각종 경제지수는 호황인데 실업률이 치솟는 이 사회에 반코리아이 정서가 너무도 만연하게 퍼져있었다. 정치권에서 간담회나 정량조사 따위가 이뤄지긴 했다. 하지만 입법은 포기했다. 정치인들은 재선을 노려야 했고, 유권자의 비난을 감당하기 어려웠다. 사실 코리아이도 투표권이 있었고 그 수도 적은 편은 아니었으나, 그들은 실제 투표장으로 가지 않았다. 그것은 나름의 합리적인 이유가 있었다. 코리아이가 투표에 참여했던 몇 번의 선거에서 코리아이는 코리아이 센터장이나 고용주의 정치 성향을 따라 투표했다. 그러다 보니 센터는 마음만 먹으면 코리아이를 이용해 특정 정당에 몰표를 줄 수 있었다. 때문에 센터에서는 관례적으로 선거일이 되면 전국의 임시근로 일거리를 모두 긁어와 투표장이 아닌 일터로 갈 수 있게 해서 코리아이가 정치에 이용되는 것을 막았다. 코리아이의 투표권 박탈이 반민주적이라고 부르짖는 사람들은 별로 없었다. 오히려 코리아이의 아무런 생각 없는 몰표 행태를 민주주의의 모독이라고 여겼다.

입법 활동에 대해서는 공감대 형성에 실패했지만, 모임은 포기하지 않았다. 코리아이 해방 기사단은 센터에 코리아이 근로 조건 및 처우에 대한 시정을 요구하는 홀로그램 입간판을 세웠고, 여러 지점에서 온라인 서명까지 진행했다. 안타깝게도 서명 란에는 욕설만 가득했다. 모임은 비영리 임의단체를 설립해 자금을 모았으며 포기하지 않고 활동을 이어나갔다.

활동을 포기하지 않게 된 것은 개별의 의지와는 무관했다. 현실에서 패배하더라도 모임 회원들은 집에만 가면 새로운 투지를 얻었다. 마인드오더로 인해 코리아이의 열악한 실태에 대한 영상, 희망 없는 인터뷰, 처참한 통계와 비웃음, 두려움 가득한 외신 보도가 집 곳곳에서 나타났다. 코리아이와 관련되지 않더라도 작은 시작에서 비롯하여 세상을 바꾼 역사와 인류에 희망이 있다는 메시지가 머리에 각인되었다.

정우는 하루도 빼먹지 않고 모임을 관찰했다. 코리아이 해방 기사단에 직접 참여하거나 실제로 그들을 만나볼 생각은 하지 않았다. 그에게는 원죄가 있었다. 정우는 철저히 그림자 속에 남아있어야 했다. 그림자 밖으로 나서고 싶은 날도 있었다. 모임의 회원이 거리에서 피켓을 들었을 때 누군가 낚아채 피켓을 찢고 그의 얼굴에 뿌렸다. "낙태아 새끼들이 일자리를 다 빼앗는데 위선이나 떨려고 이 지랄을 하는 거냐?"고 소리치며 운동화 위에다가 침을 뱉을 때 정우는 당장이라도 달려나가고 싶었다. 코리아이를 붙잡고 이제 이 고행은 그만두라고, 내가 당신을 처절한 싸움 속에 밀어 넣었다고, 마인드오더로 당신이 코리아이 해방을 원하게 만든 것은 사실 나였노라고 고백하고 싶었다. 하지만 정우는 그 사람의 AR기기 속에 있을 뿐. 그 너머로 닿을 수가 없었다.

언제는 코리아이 몇몇이 대부업과 성매매 알선 등의 혐의로 구속됐다. 인터넷 뉴스 기사와 온라인 커뮤니티 몇 군데에서 호들갑을 떨었다. 대부분의 사람들은 구속된 코리아이들이 그저 덤터기를 썼을 뿐 범죄의 핵심이 아님을 알고 있었다. 하지만 그들의 억울한 이야기에 관심을 갖는 이들은 없었다. 모임은 다시 움직였다. 이들은 그저 코리아이 센터를 통해 고용되었을 뿐이라고. 코리아이 파견 업체 수를 대폭 늘리고자 신임 센터장이 업체 평가 기준을 한없이 낮췄기 때문에 발생한 일이라고. 처벌을 받아야 하는 사람은 이미 도주해 버린 이들의 고용주라고. 이들이 범죄행위에 가담한 동기 따위가 있겠냐고. 그저 센터 앱의 알림을 받고 수락을 누른 후 열심히 일했을 뿐이라고. 코리아이 해방 기사단은 세상에 대고 목이 터져라 호소했다.

그들의 호소에 몇몇 변호사가 화답했다. 물론 그들도 마인드오더를 통해 사연을 듣게 되었다. 승소 가능성을 계산해 보려 정우는 검사의 정보와 변호를 맡기로 한 변호사 정보를 조회해 보았다. 그러다 한 사람의 얼굴을 보고는 놀라 소리를 지를 뻔했다. 정우는 변호사의 얼굴을 크게 확대했다. 혜리의 얼굴이었다. 분명 눈과 코와 입의 생김새가 똑같았다. 그렇지만 이름이 달랐다. 코리아이는 특성상 개명 신청이 무조건 기각되기 때문에 이름을 바꿀 수도 없었다. 아니, 혹여 이름을 바꿀 수 있다고 하더라도 절대로 세 글자로 된 이름을 가질 수는 없었다. 세상은 그렇게라도 코리아이와 비코리아이를 명확히 구분하려고 했다. 변호사의 이름은 세 글자, 서영지였다. 코리아이는 절대 가질 수 없는 성이 있었다.

다른 시커먼 배경의 모니터와는 달리 정우의 모니터만 홀로 밝았다. 주변의 코리아이 개발자가 툭툭 치며 딴짓하지 말라고 속삭였다. 정우는 벌떡 일어나 거북손처럼 다닥다닥 붙어있는 개발자들 사이를 뚫고 창고를 벗어났다. 지상으로 올라가자 눈이 부셔 좀처럼 길을 찾을 수가 없었다. 눈이 빛에 적응되자 정우는 오랜만에 지상에 높이 솟은 마인드오더의 우아한 건물을 올려다보았다. 세상의 모든 정보를 빨아들이고 마음대로 배분하는 이 탑을 등지고 정우는 영지를 찾으러 갔다.

로펌 앞에 도착했지만, 정우는 영지를 무턱대고 찾아갈 수가 없었다. 가서 무슨 말을 해야 할지 생각이 나지 않았다. 당신의 코리아이를 위한 활동에 감명을 받았다며 본래의 목적을 속이고 접점을 만들어 갈 수도 있겠지만 내키지 않았다. 그렇다고 당신과 똑같이 생긴 사람이 있었노라고, 그 사람은 코리아이고 한때 자신의 연인이었노라고 말할 수도 없었다. 광인이나 스토커 취급을 받을 것이 분명했다. 혜리의 얼굴을 한 여자가 정우를 그리 여기고는 잔인한 표정을 짓는다면 정우는 견딜 자신이 없었다. 정우는 아무런 준비도 없이 나온 것을 후회했다. 그저 건물 앞에 우두커니 서서 경비 서는 코리아이와 어색한 시선만

주고받았다.

다시 돌아갈까 망설이던 때 건물 밖으로 서영지가 나왔다. 정우는 반갑고도 두려운 마음에 어깨를 잔뜩 움츠리고 영지에게 다가갔다. 영지와 정우의 눈이 마주쳤다. 미소를 띤 영지는 기억에 저장된 얼굴 중에 정우의 얼굴이 있나 확인하는 듯했다. 정우는 인사도 하지 않고 영지를 뚫어져라 봤다. 얼굴의 생김새는 혜리와 똑같았으나 느낌이 달랐다. 눈빛이 달랐다. 분명 눈매와 눈동자의 색은 같았으나 눈의 기운이 달랐다. 전에 그런 얘기를 들은 적이 있다. 아무리 일란성 쌍둥이라도 홍채의 무늬는 다르다고 했다. 태어나고 난 다음에 홍채의 무늬가 생성되고 고정되기 때문이라고.

"안녕하세요. 죄송한데, 제가 성함이 기억이 안 나네요."

정우와 오래 눈을 마주친 영지가 혜리의 얼굴을 하고서는 난처한 듯 웃었다. 혜리가 웃는 것을 본 적이 언제였던가. 함께 있을 때도 쉽게 볼 수 없는 웃음이었다. 정우는 고개를 저었다.

"죄송합니다. 저도 사람을 잘못 봐서."

두 사람은 정중하게 고개를 숙이고는 서로 다른 방향으로 걸었다. 영지는 기사가 운전하는 새카만 차에 올랐고, 정우는 괜히 건물의 유리 벽 앞까지 걸었다. 정우는 그제야 유리에 반사된 자신의 꼴을 확인했다. 아무렇게나 뭉쳐있는 기름진 머리, 여름에 가까워지는 봄에 두르고 있는 두터운 패딩, 때 낀 발톱이 삐져나온 슬리퍼와 초췌한 얼굴까지. 노숙인과 큰 차이가 없었다. 지하 개발실에서 은둔하던 탓에 자신이 어떤 모습인지 몰랐다. 그에 비해 영지의 차림은 멋있었다. 깔끔한 정복과 단정하게 틀어 올린 머리에 명품 가방까지. 마치 혜리가 항상 꿈꿔 오던 모습을 그대로 실현한 듯한 모습이었다.

영지의 차가 출발하자 정우 앞에 택시가 도착했다. 정우에게도 시험용으로 부착된 마인드오더 기기가 정우의 뜻을 알고 멋대로 택시를 부른 것이다. 정우는 택시 위에 올랐다. 코리아이 택시 기사는 아무런 말도 없이 영지의 차를 쫓았다.

내가 원하던 것이 영지의 차를 쫓는 것이었나. 나도 모르는 내 마음을 마인드오더는 알고 있구나. 정우는 헛웃음이 나왔다.

영지는 한 회사 건물 앞에 내렸는데 정우도 아는 곳이었다. 얼마 전 상우가 이곳의 대표가 되었다. 영지는 건물 안으로 들어갔다. 정우도 영지를 따라 건물 안으로 들어가려 했으나 입구에서 저지당했다. 정우는 시선으로 눈 옆에 붙은 기기를 조작해 상우에게 전화를 걸었다. 정우의 만나자는 말에 상우는 오늘은 일이 많아 어려울 것 같다고 했다. 정우는 기기에 녹화된 영지의 얼굴을 상우에게 보여주었다. 상우는 혜리가 취업했냐고 물었다.

"혜리가 아니라 다른 사람이야."

"혜리가 아니라고?"

"서영지라는 변호사야. 형네 회사로 들어가는 걸 봤고. 어떻게 생각해?"

정우의 말에 상우는 서영지라는 이름을 곱씹어 보더니 말했다.

"새로 선임된 변호사야. 회장님 따님이라고 들었는데. 이름만 들었지 한 번도 본 적 없어. 잠깐 올라와. 밑에는 말해둘게."

곧 지시를 하달받은 경비는 정우를 건물 안으로 들여보냈다. 조각상이 곳곳에 보이는 널찍한 로비와 직원 전용 카페를 가로질러 정우는 엘리베이터에 올랐다. 엘리베이터는 자동으로 버튼이 눌려 어디로 가야 할지 모르는 정우를 안내했고, 엘리베이터에서 내리자 AR 화면에서는 정우가 걸어야 할 길을 화살표로 표시해 안내했다. 알아서 문이 열린 대표실 안으로 들어가자 상우는 여덟 개의 모니터 앞에 앉아있었다. 사무실 벽면에는 내장형 LED가 만든 수많은 수치가 가득했다. 상우는 그를 앉히고 서영지 변호사가 이곳의 법률자문을 맡고 있다는 사실을 알려주었다. 그것 외에 상우도 회장의 딸이라는 점 말고는 알고 있는 정보가 없었다.

"직접 불러서 물어보자. 그 전에 넌 좀 씻어야겠다."

상우는 정우를 샤워캡슐 안으로 밀어 넣었다. 강력한 수압으로 지하에서 묵힌 때가 모조리 벗겨졌다. 뽀송뽀송하게 건조까지 마치고 나온 정우에게 상우는 셔츠와 바지를 꺼내 입혔다. 정우는 셔츠 소매에 자수로 새겨진 명품 브랜드 각인이 낯설어 몇 번 만지작거렸다. 곧이어 영지가 대표실로 들어왔다. 영지는 상우와 정우에게 명함을 건네고 부드럽게 인사했다. 그러다 정우의 얼굴을 다시 들여다보고는 물었다.

"우리 아까 만나지 않았어요?"

"전 아주 오랫동안 당신을 봐왔습니다."

정우의 말에 영지는 당황하며 의심스러운 눈초리로 정우와 상우를 번갈아 봤다. 모종의 범죄자로 생각하는 모양인 듯했다. 정우는 상우의 컴퓨터로 코리아이 센터 홈페이지에 들어가 사업자 권한 계정으로 접속해 혜리를 검색했다. 그러자 혜리의 신상정보와 자격증 종류, 근무했던 사업장들, 업무 시의 성격과 한계까지 적혀있는 데이터가 나타났다. 그리고 영지의 얼굴과 똑같은 혜리의 사진이 큼지막하게 보였다. 벽에 띄운 혜리의 사진을 영지는 입을 다물고 가만히 응시했다.

"변호사님과 똑같은 얼굴의 코리아이가 있습니다. 저와 이 친구가 함께 다녔던 교육기관에 저 혜리라는 친구가 있었어요. 그 사람이 변호사님과 똑같이 생겼습니다. 닮은 정도가 아니라 똑같습니다."

영지는 무슨 소리냐며 웃었다. 상우와 정우의 진지한 얼굴에 저도 모르게 웃음이 튀어나왔다. 영지는 뺨을 붉혔지만, 웃음기는 잃지 않았다.

"대표님이랑 대표님 친구 분이 저랑 친해지고 싶어서 장난치시는 거죠? 다음번에 술이나 같이 해요. 그때 친해지면 되니까."

"그런 게 아닙니다." 상우가 고개를 저었다.

"똑같은 사람입니다. 변호사님과 완벽하게 똑같은 사람. 혹시 모르십니까?"

"제가 어떻게 알겠어요. 앞으로 친하게 지내요. 자, 장난은 여기까지. 이제 뭐 어떻게 해야 하나. 하이파이브라도 할까요?"

상우는 다시 한번 그런 게 아니라고 엄숙히 말했다. 상우와 정우는 답답한지 서로만 보며 눈을 굴리고 있었다. 장난이 너무 진지하고 끝도 나지 않는 것 같았기에 영지는 난처했다. 영지는 애써 웃으며 깜짝 놀랐다고, 별일이 다 있다며 두 사람을 맞춰주려고 했지만, 두 남자의 굳은 얼굴은 도무지 풀릴 생각이 없었다.

"직접 보여드리겠습니다."

정우가 말했다. 정우는 혜리를 보여주겠다고 했다. 마인드오더의 정보를 통하면 혜리가 찍힌 영상쯤은 손쉽게 얻을 수 있었다. 마인드오더는 각종 매장에서도 쓰이고 있었다.

정우는 이틀 뒤 영지에게 수십 개의 영상을 보여주었다. 영지가 없을법한 곳에 영지가 있었다. 코리아이들이 일하는 곳에 영지가 있었다. 하지만 그 사람은 영지가 아니었다. 영지는 그날 그 시간에 회사나 법원에 있었다. 영지는 입을 가린 채 영상에 나온 자신의 행동 하나하나에 집중했다. 지친 모습이었다. 한숨을 많이 쉬었다. 어깨는 굽어있었고 가끔 하늘을 볼 때만 펴졌다. 독서실에서 홀로 공부를 하다가 소리 없이 울기도 했다. 힘들어 보였다. 그 모습은 성공적인 인생을 살아왔던 영지에게서는 나올 수가 없는 것들이었다.

"저 사람이 혜리인가요?"

영지는 손톱으로 손바닥을 눌렀다. 손바닥의 고통은 실재했다. 영상 속의 혜리도 실재했다. 영지와 혜리 두 사람 모두 실재했다.

"사실 저도 그날 이후에 한번 알아봤어요. 지금은 퇴직한 저를 길러주신 유모분한테요."

영지는 사실 자신도 코리아이라고 했다. 정확히는 코리아이가 될 뻔했다고 했다. 영지는 코리아이 교육기관의 인공자궁에서 태어났지만 기저귀를 뗄 무렵, 영지의 부모가 교육기관에 다시 찾아왔다. 사업 실패로 어려웠던 시기를 청산하고 다시 아이를 키울 여력이 생겼던 것이다. 코리아이로 만든 애는 잊고 새로 낳을 생각도 했을 수 있지만 그러지 않았다. 교육기관에서 나이를 채운 코리아이들이 세상에 나오기 시작하던 무렵이었다. 노예의 삶을 사는 꼴이 뻔히 보이는데, 자기가 낳은 자식이 그렇게 살 것이라 생각하니 견디기 힘들었다.

부모를 잘 만난 영지는 집으로 돌아갔다. 부모의 다섯 번째 사업도 마침내 성공 가도를 달리고 있었다. 부유한 환경 덕에 영지는 무한한 지원을 받았다. 좋은 친구들과 우수한 교사 밑에서 학창시절을 보냈다. 부모는 혹시나 따돌림당하거나 주눅이 들까 걱정돼 빌미가 될만한 모든 것들을 없앴다. 인간관계와 인성 관리를 맡은 과외 선생님이 매번 영지의 교우 관계를 상담하고 성격을 고쳤다. 때문에 학교는 물론 여러 운동, 음악, 체험학습 등 방과 후 활동에서 만난 친구들마저 영지를 좋아했다. 영지는 어디서나 빠지지 않는 아이로 컸다. 영지의 습득력은 학급의 다른 아이들보다 뛰어났다. 조금만 배워도 머릿속에 쉽게 저장하고 응용할 수 있었고, 뛰어난 기억력 덕에 한 번 배운 것은 좀처럼 잊지도 않았다.

"그러니까 사실 저도 코리아이인 거예요. 대표님이랑 정우

씨처럼 인공자궁에서 태어난 거죠. 그래서 어쩌면…… 혜리 씨는 제 쌍둥이일 수도 있어요. 부모님이 저한테 이야기해 주진 않았지만요. 하지만 왜 그러셨을까요? 집안 사정이 괜찮아졌는데 쌍둥이 중에 한 명만 데려올 이유가 있었을까요?"

"그건 정우가 알아볼 겁니다. 교육기관에 영지 씨와 혜리 씨에 대한 기록이 남아있을 거예요."

상우가 정우를 보며 말했다. 정우는 마인드오더의 데이터를 이용해 조사하고 있다고 했다. 영지는 기다리겠다고 했다.

정우는 다시 마인드오더의 지하 창고로 들어갔다. 마인드오더의 뿌리에서 교육기관에 근무하는 이들의 정보를 뒤졌다. 그것만으로는 부족했다. 교육기관 시스템에 접근할 방법을 알아내야 했다. 교육기관에서 재택근무하는 사람의 기기를 통해 교육기관이 사용하는 관리프로그램과 계정을 알아냈다. 관리프로그램은 내부망과 연결되어 있었기 때문에 등록된 기기가 아니면 열 수가 없었다. 정우는 마인드오더의 명령 방식을 이용했다. 마치 교육기관 근무자가 원하는 것처럼 심리분석 정보를 조작해 그가 잠들어 있는 동안 컴퓨터를 켜고 관리프로그램에 접근했다. 그리고 정우는 필요한 정보를 빼냈다.

"너 지금 뭐 하는 거야?"

옆에 있던 코리아이 개발자가 정우의 모니터를 보면서 말했다. 정우는 그를 어깨로 밀고는 모니터를 가까이 끌어당겼다.

"신경 꺼."

"너 규정 위반이야."

"법도 안 따르는 회산데 규정은 무슨 규정."

"법을 안 따르는 거는 회사의 이익을 위해서야. 근데 네가 하는 짓은 회사의 이익과 아무런 상관이 없잖아."

"그건 네가 상관할 바 아니야."

개발자는 정우의 말에 위축되긴 했지만 정우의 모니터에서 눈을 떼지 않았다. 정우는 모니터를 끄고 자리에서 일어섰다. 알아낼 것은 모두 알아냈다. 정우는 상우와 영지를 찾아가 자신이 알아낸 것을 알렸다.

영지와 혜리는 쌍둥이가 아니었다. 영지의 부모가 아이를 몸에서 인공자궁으로 옮겼을 때 아이는 한 명이었다. 교육기관의 부설 배양연구소*에서는 그 아이를 복제해 수백 개의 인공태아를 만들어냈다. 그리고 유전자 가위를 통해 여러 가지 실험을 진행했다. 면역체계를 주입하고, 기억력을 상향시키고, 뛰어난 체력을 부여했다. 그리고 그중 가장 성공적인 한 개의 개체만을 남기고 남은 것은 모두 폐기했다.

그때 영지의 부모가 찾아왔다. 아이를 다시 찾아갈 수 있냐고. 규정상 안 되었으나 영지의 부모가 코리아이 센터와 교육기관에도 인맥이 있었으므로 교육기관에서는 영지를 내주었다. 다만, 내주기 전에 몰래 코리아이 총 수량을 맞추기 위해 영지

---

* 코리아이 배양시설의 운영을 관리하고, 배양된 코리아이 유전자를 연구하는 곳. 코리아이 교육기관 산하에 배속되어 있으며, 교육기관에 신생 코리아이를 제공한다. 교육기관 내의 코리아이들에게는 그곳을 '특수교육기관'이라고 가르친다.

의 유전정보를 복제해 한 명의 아이를 더 만들어냈다. 그리하여 한 명은 부모의 손에 그리고 다른 한 명은 코리아이 교육기관에서 길러졌다.

"그 아이는 또 다른 저군요. 저랑은 달리 코리아이로 살아가는 운명을 가진."

"그런 셈이죠."

정우의 말에 영지는 슬픈 얼굴을 하고는 물었다.

"혜리 씨는 어떻게 살고 있어요?"

혜리는 코리아이들이 사는 방식대로 살고 있었다. 코리아이 센터 앱에서 아무 일이나 수락하여 아무 일이나 하면서. 혜리에게는 코리아이 신분에서 벗어나고픈 꿈이 있었지만, 번번이 실패했다.

"혜리 씨를 돕고 싶어요. 내가 가진 것을 혜리 씨도 가질 권리가 있어요."

영지의 따뜻한 말에 정우는 고개를 끄덕였으나, 상우는 고개를 저었다.

"한 사람을 구하는 것으로 끝날 일이 아닙니다. 영지와 혜리만 있는 게 아니에요."

상우의 말에 정우는 교육기관 부설 배양연구소에서 알아낸 정보를 영지에게 보여주었다. 영지와 혜리의 유전자를 기반으로 조금씩 편집된 수많은 코리아이가 현재 사회에 나와있었고, 또 인공자궁에 잉태되고 있었다. 수백 명의 폐기된 배아들과 사회에 나온 수십 명의 영지와 혜리들의 정보를 본 영지는 아랫입술을 깨물었다.

"코리아이 배양연구소는 무엇을 위해 이러는 거죠?"

영지의 물음에 정우는 그동안 찾아왔던 비밀을 벽에 모두 띄웠다. 수많은 글자와 사진이 흘러가는 것을 보며 영지는 우두커니 서있었다.

진화

차 뒤에는 바퀴에 터져 뭉그러진 비둘기가 널브러져 있었다.
파리조차 꼬이지 않은 그 살덩이 곳곳에 시커먼 오물이 묻은 깃
털이 박혀있었다. 회장은 그것을 가만히 보고 있는 혜리를 끌어
당겼다.

"영지야. 아니, 그 뭐였지?"

"혜리요."

"그래, 혜리야. 네 어머니 보러 가자."

회장은 혜리를 병원 안으로 데려갔다. 영지의 어머니는 영지
가 죽고 나서 병을 얻어 입원해 있었다. 넓은 고급 병실에 홀로
있는 영지의 어머니는 잠들어 있었다. 회장이 또 다른 딸이 왔다
며 아내를 불렀으나 깨어나지 않았다. 회장은 딸이 왔는데도 계

속 누워있을 거냐며 호통을 치면서 잠들어 있는 사람을 흔들었다. 간호하는 코리아이가 회장을 말렸다. 고통 속에 어젯밤 좀처럼 잠들지 못하셨다며 충분히 주무시게 둬야 한다고 했다.

"그래, 억지로 깨우지 말자. 오늘이 아니더라도 또 보러 오면 되니까."

회장은 한숨을 쉬며 소파에 앉았다. 그는 혜리에게 자리를 권했다.

"이제 더 이상 힘들게 살지 마라."

그의 행동은 수많은 풍파를 겪은 사람처럼 거칠었으나, 또 다른 딸을 향한 목소리는 지극히 다정했다.

"어떠니? 왜 아무런 말이 없어."

"죄송해요. 지금 모든 게 다 당황스러워요."

"그러겠지. 나라고 안 그러겠니. 내 딸이 한 명 더 있다는 걸 이제야 알았는데."

혜리는 어제저녁 회장의 집에서 잤다. 회장은 영지의 방에서 자라며 문을 열었다가 차마 그 방을 쓰게 하진 못하고 결국 손님방에 혜리를 재웠다. 혜리는 낯선 방에서 좀처럼 잠들 수가 없었다. 접이식 매트리스를 깔고 자던 혜리는 늪처럼 몸이 가라앉는 고급침대에서 자는 것이 영 익숙하지가 않았다.

"너는 내가 어떻게 해야 한다고 생각하니?"

회장이 물었다. 그 질문은 어젯밤 상우를 쫓아내기 전 그에게서 들었던 이야기에 대한 질문이었다.

혜리는 어제의 대화를 떠올렸다. 회장은 자신에게 또 다른 딸이 있다는 것을 여태 숨겼냐며, 자신의 딸이 온갖 고생을 하면서 지내는 것을 알고도 그냥 두고만 봤냐며 상우에게 고함을 질렀다. 회장의 윽박에도 무엇이 그리 당당한지 상우는 머리조차 숙이지 않고 말했다.

"회장님 유전자를 가진 사람이 영지와 혜리가 끝일 거라 생각하십니까? 영지랑 똑같은 유전자를 가진 것은 혜리가 유일합니다. 하지만 제공받은 유전정보를 다른 유전자와 섞인 사람이 더 없을까요? 혹시라도 저장된 정보로 지금 또 다른 영지, 또 다른 혜리가 태어나진 않았을까요?"

회장은 누가 그따위 짓을 하냐고 소리쳤고, 상우는 그를 똑바로 쳐다보며 말했다.

"회장님과 손잡은 코리아이 센터, 코리아이 교육기관이 그러고 있습니다. 수많은 유전자를 섞어가며 실험해서 노동에 적합한 이들을 만들어내고 있는 겁니다. 회장님이 그리 중요하게 생각하시는 회장님의 씨가 기업도시의 하층 노동자로 쓰인다는 겁니다."

회장은 전날 상우가 뱉었던 말을 생각하며 머리를 뒤로 젖히고는 한숨을 쉬었다. 그리고 혜리에게 말했다.

"내 딸 영지는 그런 얘기를 했었어. 코리아이와 일반인이 구분 없는 세상을 만들어야 한다고. 그러기 위해서는 새로 생기는 기업도시에서 우리가 코리아이 센터를 장악해야 한다."

"그러면 뭐가 달라지는 거죠?"

"그 애는 모든 사람을 코리아이로 만들어야 한다고 했어. 모든 사람이 코리아이가 된다면 다음 세대에는 아무런 구분 없이 평등한 세상이 올 거라고."

"무슨 말인지 모르겠어요."

"나도 그렇단다."

회장은 잠들어 있는 아내를 바라보았다. 창으로 해가 비치자 커튼이 내려졌다.

"상우에게 열쇠가 있어. 기업도시에 있는 모든 것을 움직일 수 있는 통제장치야. 난 그걸 내 딸에게 물려줄 생각이었어. 이 기업도시의 소유권은 엄연히 나와 내 후손에게 있는 거니까. 그 열쇠는 나와 내 자식의 유전자정보를 인식해야만 조작이 가능해. 상우와 정우가 그 통제장치를 만들고 자기들이 멋대로 쓰기 전에 내가 그 기능을 넣었다. 그러니까 그놈들도 내 허락을 구하러 온 거겠지."

유전자 인식 기능은 혜리가 회장의 집 대문에서도 써먹은 적이 있었다. 단순히 지문인식이나 홍채인식과는 달랐다. 손가락에 있는 표피세포를 조금 긁어내 곧바로 유전자를 확인하는 정교한 시스템이었다. 옛날처럼 입안의 세포를 면봉으로 긁어 용액에 섞은 뒤 몇 분 뒤에나 검증할 수 있던 느린 방식에 비하면 상당한 발전이었다.

"상우 선배는 제가 열쇠라고 했어요."

"그래. 너도 그 열쇠를 써서 도시를 통제할 수 있어. 하지만 널 이용해서 자기 마음대로 사용할 수는 없었겠지. 내가 상우의 대표 해임안을 준비하고 있다는 걸 알았던 거야. 그러니 너를 데리고 나타나 나의 승인을 구할 셈이었던 거지. 아주 괘씸한 인간이야."

혜리는 그 이야기를 들으며 가만히 고개를 끄덕였다. 회장은 소파 손잡이의 부드러운 커버를 습관적으로 쥐어뜯었다.

"혜리야, 너는 꿈이 뭐니?"

"코리아이에서 벗어나는 거요."

구체적인 꿈은 없었다. 그저 코리아이가 아니게 되길 바랐다. 비코리아이, 그들이 자신을 지칭하는 일반인이 되고 싶었다.

"다른 아이들도 그렇게 생각하겠지?"

회장이 중얼거렸지만, 혜리는 대답하지 않았다. 혜리를 제외한 다른 코리아이 중에서 코리아이의 삶에서 벗어나고자 시도하는 이는 없었다. 당장의 순리대로 사는 것도 벅찬 것이 코리아이의 일생이었다. 회장은 더 묻지 않았다. 그저 커튼 옆 틈새로 새어 나오는 한줄기 빛을 바라볼 뿐이었다.

* * *

혜리는 회장과 함께 차에서 내렸다. 컨벤션센터 건물 한쪽을 덮은 거대한 현수막에는 옥천기업도시 설명회라는 글자가 큼직하게 쓰여있었다. 컨벤션센터 주변은 소란스러웠다. 단순히 방문자가 많았던 탓은 아니다. 수십만의 실업자와 파업노동자 대오가 컨벤션센터 거리를 에워싸고 있었다. 수많은 깃발, 피켓, 현수막 사이사이로 붉은 연기가 솟아올랐다. 자동화 반대,

코리아이 반대 구호가 우렁차게 울렸다. 점거된 한낮의 도로에는 달걀을 얻어맞은 검은 차들이 센터 안쪽으로 코리아이 경찰과 코리아이 경호원의 호위를 받으며 들어왔다.

컨벤션센터 내부에는 기업도시에 들어오는 각종 자동화 회사, 생명공학 회사의 부스가 차려져 있었고 사람들은 곳곳을 누비며 각종 신기술에 경의를 표했다. 정계 인사들도 방문했고, 외신기자와 해외기업체에서도 많이 찾아왔다. 각 부스는 활기가 넘쳤고 시연하는 사람과 감탄하는 사람들의 목소리로 건물 안이 소란스러웠다.

혜리가 있는 컨벤션홀은 엄숙했다. 흰 천이 씌워진 둥근 연회장 테이블에 각계 인사들이 둘러앉았다. 혜리의 옆에 앉은 서회장에게 사람들이 찾아와 인사했다. 그들은 영지가 죽었다는 것을 알았기에, 옆에 앉은 혜리를 발견하고는 무슨 말을 어떻게 꺼내야 할지 몰라 얼어붙었다. 회장은 혜리를 최근에 찾은 또다른 딸이라 소개했다. 그동안 코리아이로 살았노라고 있는 그대로 설명했다. 혜리도 얼떨결에 힘 있는 손들을 맞잡고 악수를 해야만 했다.

조도가 천천히 낮아졌다. 무대에 불이 켜지고 상우가 등장했다. 모두가 박수를 보낼 때 회장은 떨떠름한 얼굴로 잔에 담긴 물을 마셨다.

상우는 플라스틱 알 같은 것을 들고 있었다. 회장은 저게 기업도시의 통제장치라고 혜리에게 속삭였다. 자동화된 기업도시를 마음대로 조종할 수 있는 리모컨 같은 것이라고.

"기업도시를 통제하는 기능만 있는 게 아니야. 기업도시 지하의 코리아이 배양시설을 통제할 권한과 유전자 데이터가 있어."

회장은 중요한 것처럼 말했지만, 혜리는 무슨 뜻인지 이해할 수 없었다. 코리아이 배양시설 통제 권한으로 무엇을 할 수 있을까. 코리아이의 수를 조정하는 역할을 한다는 뜻일까. 혜리는 상우의 발표가 시작되자 시선을 무대 위로 돌렸다. 입술 옆에 붙어있는 피부와 같은 색의 스티커형 마이크를 두드린 상우가 부드러운 미소를 띠며 입을 열었다.

"사람들은 저를 천재 코리아이라고 불렀습니다. 코리아이 중에서 최초의 천재가 태어났다며 교육기관은 저를 잘 길러보려 애를 썼습니다. 수많은 교사님, 선생님들이 저를 자식처럼 여겼습니다. 또 제가 교육기관을 졸업해 대학에 수석으로 입학하자마자 수십 명의 어른들이 제 부모가 확실하다며 연락을 주셨습니다. 대표가 된 요즘에는 수백 명이 자기가 부모라고 비서실에 연락을 해옵니다. 그 사람들 다 모아서 설날에 세배라도 해볼까 합니다. 세뱃돈 모아서 슈퍼카 한 대 더 뽑을 생각입니다."

객석에서 잔잔한 웃음이 흘러나왔다. 상우는 유쾌하게 몸을 반쯤 돌리고는 천천히 걸으며 말했다.

"그중에는 분명히 유전적으로 일치할 것이라며 자기 피까지 뽑아 보내준 사람도 있었습니다. 물론 그중 제 부모는 아무도 없었습니다."

무대 뒤에 있던 화면에서 회사 로고가 지워지고 화면이 바뀌었다. 현미경으로 확대한 정자와 난자의 인공수정 장면이 넘어가며 배아에 반복해서 주사하는 장면이 나왔다. 상우는 손바닥을 펴 화면을 가리켰다.

"관념적인 표현이 아닙니다. 정말로 저는 생물학적 부모가 이 세상에 존재하지 않습니다. 저는 다양한 유전자가 섞여 태어났습니다. 누구와 친자확인을 해도 저와 완벽하게 일치하는 사람은 전 세계에 한 명도 없을 겁니다. 저만 그럴까요? 오래전의 0세대 코리아이를 제외하고는 모든 코리아이가 인공적으로 만들어진 아이입니다."

코리아이는 낙태될 예정이던 아이가 아니었다. 필요에 의해 철저히 만들어진 아이였다. 오직 최초의 0세대 코리아이들만이 원래의 취지에 맞춰서 태어났던, 낙태될 뻔한 아이들이었다. 혜리는 그 사실을 이미 알고 있었다. 교육기관을 탈출했을 때 배양시설이 어떻게 운영되는지 목격했기 때문이었다. 혜리가 놀란 것은 컨벤션홀에 앉아있는 이들 중 놀라는 이들이 아무도 없다는 것이었다. 그들 모두 알고 있던 사실일까. 이 사실을 아는 사람이 이리도 많은데 코리아이가 낙태아를 위한 것이라는 국가의 홍보를 가만히 지켜보고만 있던 것일까.

"국가는 왜 인공적인 아이들을 만들었을까요? 인구 절감 때문에? 노동력과 국방력의 손실을 막으려고? 정말 중요한 이유는 따로 있습니다."

상우는 유전자가위가 DNA를 자르는 화면을 가리켰다.

"코리아이는 손이 빠르고 기민하며 적게 자고 근면합니다. 왜 그럴까요? 부지런한 노동자를 길러낼 유전자 배열을 찾아냈기 때문입니다. 코리아이는 기억력이 좋습니다. 교육기관에서 배운 일을 모두 기억해 둡니다. 어떤 노동에든 교육 없이 바로 투입할 수 있게 기억력을 극대화시켰습니다. 코리아이는 신체적으로 우수합니다. 무얼 먹어도 근육이 잘 붙고, 조금만 움직여도 힘이 길러지며, 좀처럼 지치지 않습니다. 군인, 경찰, 소방관, 경호원, 구사대를 채우기 위해 만든 3세대 코리아이는 그 특성을 극대화했고요."

3세대 거인들도 모두 조작된 아이들이었다. 예전부터 의혹은 있었다. 하지만 교육기관은 인공자궁 기계의 동시적 결합으로 인한 태아 시기의 영양공급 과다가 원인이라고 해명했고, 이후 사람들 관심에서 멀어졌다. 군, 경찰, 보안 관련 일자리만으로 3세대를 모두 수용할 수 없었다. 3세대 거인들이 범죄조직으로 흘러 들어가자 좀처럼 통제가 쉽지 않아졌다. 요즘에는 3세대처럼 거대한 신체를 가진 코리아이는 전체 코리아이 중 일정 비율로만 만들어냈다. 마치 일꾼개미와 병정개미를 적절한 비율로 낳는 것처럼 말이다.

"그리고 이제 태어나는 아이들은 현존하는 모든 질병에 면역을 가지고 있습니다."

지금의 코리아이들은 유전병만이 아니라 독감, 말라리아 같은 전염성 질병에 대한 항체도 선천적으로 보유한 채 태어났다.

"드디어 인류는 준비되었습니다. 천재의 뇌를 갖고, 운동선수의 육체를 가지며, 모든 질병에 면역이 있는 신인류를 잉태할 준비가 되었습니다."

사람들은 기다렸다는 듯 손뼉을 쳤다. 소나기가 쏟아지듯 실내는 시끄러워졌고, 사람들은 그 속에서 휘파람을 불고 환호까지 보냈다.

코리아이의 유전자는 조작되었다. 코리아이가 다른 비코리아이보다 기억력이 좋고, 신체적 능력이 우수한 것 모두 교육기관의 배양연구소에서 그리 만들어낸 것이다. 혜리 또한 조작된 인간이었다. 혜리는 머리가 어지러웠다.

"코리아이 프로젝트는 인구 유지나 낙태 방지를 위한 기획이 아닙니다. 처음부터 국가와 시장의 입맛에 맞는 인간을 만들어내는 게 목적이었습니다. 국가의 소유물이었던 코리아이는 유전자실험의 실험체였습니다. 실험의 실패작은 어떻게 되었을까요? 무수한 태아가 폐기되었습니다. 코리아이 형제자매의 희생 끝에 인류는 유전자 기술을 완벽히 정복했습니다. 우리는 이제 신체적 한계의 장막을 찢고 우화할 준비가 되었습니다. 그 혜택은 전 인류에게 공평히 돌아갈 것입니다. 유전적 평등이 모든 인류의 출발선을 새로 그을 것입니다."

우화할 준비가 되었다. 혜리는 센터의 남자를 처음 만난 날 그가 보여주었던 사진이 떠올랐다. 정우가 모니터 위에 매직으로 적었던 글이 떠올랐다. '허물을 벗고 날아오르는 나비를 보았다. 우린 이제 코리아이가 아니다. 우리는 나비다.' 정우도 저 이야기를 하고 싶었던 것일까. 인간은 더 이상 불완전한 존재가 아니라 완전한 존재가 되었다는 의미일지도 몰랐다.

"하지만 지금의 코리아이 교육기관과 교육기관 부설 배양연구소는 이 기술을 비밀에 부치고 소수에게만 공유하려 합니다. 이는 비극을 불러올 것입니다. 비극의 시대에는 다른 이들은 결코 뛰어넘을 수 없는 선천적 능력의 차이로 소수만 지위를 세습할 것입니다. 공정한 법적, 제도적 절차를 따른 경쟁에서도 그들만이 승리할 것이며 우리가 전 재산을 바쳐 자식들을 가르치더라도 오직 그들만이 높은 자리에 앉을 것입니다. 군대와 경찰은 국민을 보호하지 않고, 국민으로부터 그들을 보호할 것입니다. 아무리 뛰어난 수완으로 재벌처럼 돈을 벌어도 그들의 입김이 닿는 순간, 쌓아온 모든 것이 무너져 내리고 이내 빼앗길 것입니다. 마음만 먹으면 그들은 자신 이외의 국민을 일부러 아둔하게 태어나게 할 것이고, 선동당하기 쉽게 뇌를 편집하여 그들을 숭배하게 할 것입니다."

모두 침묵한 채 상우가 내뱉는 비관적인 문장으로 견고한 회색 미래를 머릿속에 그려보았다. 상우는 주먹을 옆으로 휘두르며 소리쳤다.

"인류 공동체가 새로운 세상으로 진입하려 할 때 아주 극소수의 이기적인 인간들만 그 세상으로 먼저 넘어가게 될 겁니다. 그 사람들은 뒤따라오는 사람들이 넘어오지 못하도록 자신의 뒤에서 문을 걸어 잠글 겁니다. 문안의 사람들은 천국에서의 생활을 영위할 것이나 문밖의 사람들은 지옥만 남아있게 될 겁니다. 하지만 그런 일은 있을 수 없습니다. 여기 모인 우리가 있는 한! 우리는 인류의 퇴행을 막을 것입니다. 이 기술은 우리만이 아니라 전 인류를 위한 것이어야만 합니다. 우리는 기로에 서있습니다. 비밀을 가진 소수에게 정복당할 것인가 아니면 전 인류의 존엄한 진화를 시작할 것인가. 그리고 그 유전적 기술이 바로 이 알 안에 모두 담겨있습니다."

상우는 플라스틱 알을 머리 위로 추켜올렸다. 사람들은 다시 환호를 보냈다. 혜리는 한기를 느끼며 팔꿈치를 잡았다. 몸이 덜덜 떨렸다.

"저와 서회장님은 앞으로 태어날 천재, 다시 말해 슈퍼코리 아이가 뛰어난 기량을 발휘할 수 있도록 준비했습니다. 이제 신인류가 어른이 되면 더는 인류에게 육체적 노동이 필요하지 않게 될 것입니다. 신인류는 인간이 아닌 기계의 지원을 받을 것입니다. 기계는 생산하고 유통하며, 인류는 창조하고 보완할 것입니다. 인류는 노동으로부터 해방될 것입니다. 노동에서 해방된 인류는 철인이 될 것이며, 우리의 구상은 기계가 실행할 것입니다. 차별 없는 유전자 혜택과 노동의 종식. 비효율적으로 소모되던 시간을 이제 상상과 연구와 계산과 창조로 채워 넣을 것입니다. 이제 인간은 새로운 시대를 맞이할 것입니다."

상우는 좌중을 둘러봤다. 모두들 목이 마른 사람처럼 상우의 다음 말을 기다리고 있었다. 아직 그들이 원하는 이야기가 나오지 않았다. 그들이 이 자리에 앉아있는 이유. 상우의 무모하고 공격적인 계획을 지지할 수밖에 없는 이유. 상우가 이곳에 앉은 모든 이들에게 했던 약속이 무대 위에서 다시 깨어나 불변을 증명하길 바라고 있었다.

"그리고 이 자리에 있는 모든 분들의 자손은 가장 첫 번째 슈퍼코리아이가 될 것입니다. 여러분의 자손은 진화를 맞이한 신인류의 첫 번째 자손이 될 것이며, 앞으로 태어날 모든 신인류의 지도자가 될 것입니다."

그 어느 때보다 격렬한 박수 소리가 쏟아졌다. 상우는 손을 뻗어 그 박수가 회장에게도 가게끔 유도했다. 상우가 무대로 회장을 모시겠다고 소리치자 박수 소리는 더욱 우렁차게 울렸다. 회장은 혜리를 두고 홀로 무대 앞으로 나갔다. 무대 아래로 내려온 상우는 급히 눈 옆의 기기로 전화를 받더니 복도로 나갔다. 혜리는 그를 뒤쫓았다.

상우는 복도의 창문으로 거리를 보고 있었다. 도로를 가득 채운 시위대열은 지나치게 조용했다. 그들 눈 위에 드론 몇 대로 만든 대형 홀로그램이 떠있었다. 홀로그램의 주인공은 상우였다. 그가 방금 무대 위에서 발표한 은밀한 계획이 도로 위에서 공개되고 있었다. 사람들은 코리아이가 낙태아가 아닌 배양인이라는 사실에는 경악했다. 상우가 인공적인 진화 계획을 말했을 때는 유전 혜택을 받지 못한 자신과 자식들을 걱정하면서도 그 계획의 허무맹랑함을 비웃기도 하였다. 하지만 컨벤션홀에 앉은 이들의 자손에게 우선적으로 진화의 혜택을 누리게 해주겠다고 했을 때 사람들은 분노하고 두려워했다. 아무리 허무맹랑한 계획이라도 힘 있는 자들이 움직이면 그것은 반드시 실현될 수 밖에 없다. 그리고 아무런 혜택도 받지 못한 불쌍한 자신과 자신의 후손들의 도태를 실감했다. 가두시위의 선두에서 누군가 소리쳤다. 가자, 컨벤션센터로! 인류 진화라는 허황된 눈

속임을 분쇄하고, 그 이면에서 계획되고 있는 유전적 계급화 시대의 서막을 막아내자!

상우는 창밖 소란을 두 눈으로 지켜보며 중얼거렸다.

"정우야, 네가 홀로그램을 띄운 거야?"

상우는 정우와 통화하는 듯했다.

"정우야, 이제야 겨우 조력자를 확보했어. 우리 계획이었잖아. 나랑 너랑 영지랑 함께 구상했던 계획이야. 근데 그걸 시작부터 막아버리겠다는 거야? 제정신이야?"

상우는 혜리를 발견하고는 통화를 종료했다. 혜리는 상우에게 다가가 물었다.

"이게 다 뭐예요?"

"새로운 세상이 열리는 거야. 유전적으로 평등하게 뛰어난 신인류가 태어날 거야."

"왜 나한테는 아무런 말도 하지 않았죠?"

"너는 이 계획에 들어오지 않았으면 했어. 혜리야, 너는 이 일에 신경 쓸 필요 없어. 행복하게 살아. 이제 너는 부모도 있고 재산도 있어."

"그런데 나를 이용했잖아요. 저를 데려가서 회장님을 설득한 거잖아요. 그러면 뭐라도 말을 해줬어야죠. 난 그냥 선배한테 도구예요?"

"혜리야, 그런 게 아니야."

"그 플라스틱 알 어디 있어요? 열쇠 말이에요."

혜리는 상우의 손을 확인했다. 상우의 손에는 아무것도 없었다.

"너는 이제 신경 안 써도 돼. 그건 인류 모두를 위한 거야."

그때 복도 끝에서 한 무리의 사람들이 달려왔다. 목에 때 낀 셔츠를 입은 사람들 뒤로 말끔한 정장을 입은 코리아이 경비원이 난처한 듯 뒤쫓아 왔다. 선두에서 달려온 사람은 상우 앞에 섰다. 그 사람은 목에 건 공무원증을 들어 올리며 형사라고 했다.

"방금 온라인 영장이 대표님 기기로 발송됐을 텐데, 그건 따로 확인하시고. 일단 긴급히 모셔가겠습니다."

형사가 손짓하자 3세대 코리아이 네 명이 달려와 상우의 팔을 붙잡았다. 거인들의 힘에 저항할 수 없음을 상우는 알고 있었다. 상우는 눈을 움직여 법률 지원팀을 호출했다. 여럿이 올 것을 기대했으나 그저 한 명의 변호사만 달려왔다. 변호사는 회장님한테도 경찰이 들이닥쳐서 대부분은 그쪽으로 갔다고 했다. 다혈질인 회장의 성격상 순순히 경찰에게 잡혀가려 들지는 않았을 것이다.

"혜리야, 혹시 네가 그랬니?"

끌려가던 상우는 혜리를 돌아보았다. 혜리는 그의 눈을 피했다. 혜리의 귀에 속삭임이 들렸다.

"대답하지 마."

소리는 귀 안쪽 깊은 곳에 붙인 작은 스티커형 이어폰에서 흘러나왔다. 목소리의 주인은 센터의 남자였다. 혜리는 눈 옆에 달린 기기를 만져 시야 공유 기능을 껐다. 멈추어 서있던 상우를 3세대 코리아이들이 끌고 갔다.

"플라스틱 알이 없어요." 혜리가 센터의 남자에게 보고했다.

"지금 건물 내부 영상 돌려보는 중이야. 분명 상우한테 있었는데."

남자는 난처한 듯 한숨을 쉬었다. 혜리는 회장님은 확인해 봤냐고 물었다. 시간이 제법 지났음에도 센터의 남자는 아직 확인하고 있다고만 했다. 이제껏 뭘 확인만 하고 있다는 것일까. 답답했던 혜리는 컨벤션홀로 뛰어갔다.

"회장님한테는 제가 가볼게요."

컨벤션홀 안은 아수라장이었다. 코리아이 경비원들과 코리아이 경찰이 서로 가슴을 내밀며 대치 중이었다. 거인들이 몸싸움을 벌이는 동안 컨벤션홀에 있던 사람들은 얼굴을 가린 채 뒷문으로 빠져나갔다. 대치하고 있는 거인들 사이로 그보다는 작은 형사들이 비집고 들어가 도망치고 있는 사람들을 붙잡았다. 그중에 서회장도 있었다. 서회장은 변호사들로 둘러싸여 있었는데 오히려 거대한 덩어리가 되어 기민하게 도주하지 못하고 있는 것처럼 보였다. 변호사 무리와 형사 무리가 회장을 가운데에 두고 서로 엉겨 붙었다. 혜리는 몸을 숙이고 그들 사이를 비집고 들어가 마침내 회장 앞에 섰다.

"어딨어요? 플라스틱 알이요."

혜리가 대뜸 물었다. 회장은 눈만 깜빡이며 고개를 저었다. 혜리의 손이 거침없이 그의 손과 주머니를 더듬었다. 회장이 신경질적으로 말했다.

"너 지금 뭐 하는 짓이야?"

"플라스틱 알, 그거 저한테 주세요."

"없어. 상우한테 있겠지. 근데 그걸 네가 왜 찾아. 그건 네가 신경 쓸 일이 아니야."

회장은 그렇게 말하면서 형사에게 넥타이를 잡혔다. 주변 사람들이 그 손을 떼어내려고 아웅다웅 몸싸움을 벌이다가 이내 모두가 함께 바닥으로 넘어졌다. 넘어진 혜리는 컨벤션홀 카펫 바닥이 제법 부드럽다는 것을 깨달았다. 혜리가 손을 짚고 몸을 일으키고 있을 때는 이미 서회장은 커다란 3세대 코리아이 경찰들 손에 팔이 붙들려 끌려가고 있었다.

센터의 혜리

옥천기업도시 설명회가 끝난 이후 시사 라디오에서는 상우와 서회장에 대한 이야기만 흘러나왔다. 특히 컨벤션센터 거리 위에 홀로그램으로 생중계된 상우의 말은 온갖 방송에서 인용되었다. 모든 인류의 유전자를 편집하여 인공자궁에서 태어나게 하자. 인류의 진화를 이뤄내자. 그런 이야기에 호의적인 의견을 가진 사람은 없었다. 사람의 유전자를 편집하겠다는 말을 콩이나 옥수수 개량하자는 것처럼 말한 상우는 사람들로부터 악마처럼 묘사됐다. 금단의 영역을 파고들어 기어코 인간의 존엄성에 손을 대고 마는 악마 같은 인간이라고 사람들은 욕해댔다.

코리아이 교육기관과 교육기관 부설 배양연구소도 곤욕을

치르고 있었다. 코리아이 센터에서 열심히 언론을 막고는 있었지만 이미 상우의 연설 전문이 인터넷에 돌아다니고 있었다. 코리아이를 상대로 인체실험을 진행한 배양연구소와 유전자를 편집해 노동에 적합한 노예로 배양인을 찍어내는 교육기관 모두 여론의 포화를 피해 갈 수 없었다. 사람들은 코리아이가 불쌍해서 분노하는 것이 아니었다. 교육기관에서 만들어낸 완전한 노예를 이제 코리아이가 아닌 사람들은 도저히 따라갈 방법이 없게 된 것이다. 코리아이는 육체적, 지능적으로도 우수하면서도 한없이 복종적이다. 능력, 정신, 인건비 모두 비코리아이보다 우월했다.

하지만 사람들이 지금 당장 교수대 위로 올리고 싶어 하는 사람은 상우였다. 코리아이면서 코리아이답지 않게 높은 자리에 오른 자. 높이 올라서도 쥐 죽은 듯 살지 않고, 전 인류를 인공자궁에서 태어나게 하려는 자. 그를 질투하는 사람들과 두려워하는 사람들 모두 한목소리를 냈다. 앞으로 공장에서 태어날 새로운 인간들이 사람에게서 태어난 구시대의 인류를 몰아낼 것이다. 슈퍼코리아이를 지배계급으로 만들고 사람에게서 태어난 일반인을 쫓아낼 것이다. 사람들은 상우를 잡아 죽여야 한다고 소리쳤다.

종교, 노동, 인권, 직능단체가 모여 코리아이 센터를 포위했다. 저마다 다른 구호를 외치고 있었지만, 목적은 하나였다. 코리아이 생산을 중단하라. 상우를 폐기하라. 혜리가 탄 차는 시위대 곁을 지나고 있었다. 혜리는 잔인한 외침을 듣고 싶지 않왔다. 눈으로 창문에 아무 영상이나 띄워 음량을 최대로 올렸다. 차는 코리아이 센터 직원이 몰고 있었다. 차 양옆에는 만일의 사태를 대비하기 위해 덩치 큰 3세대 코리아이 경호원 두 명이 함께 달려오고 있었다. 경호원이 있었기에 시위대가 피켓으로 차를 두드리고 고함을 질러대도 그다지 겁이 나지 않았다.

센터에 도착한 혜리는 안내를 받아 작은 회의실로 들어갔다. 그 안에는 지친 기색이 역력한 회장이 앉아있었다. 회장은 혜리가 올 것을 예상하지 못했는지 혜리가 다가오는 모습을 눈을 크게 뜨고 바라보았다.

"영지야. 아니, 혜리야. 네가 왜 여기 있니?"

혜리는 그동안 연습했던 말을 입속에서 되뇌었다. 그를 부를 호칭도 여러 번 미리 연습했다. 일생동안 단 한 번도 부를 일 없었던 호칭이었다.

"아버지, 너무 걱정하지 마세요. 아버지가 나쁜 일에 연루되지 않게 센터에서 다 도와줄 거래요."

혜리는 회장의 손을 잡았다. 아무런 감정도 느껴지지 않았다. 원래는 불쌍하다 안타깝다 여겨야 하려나. 혜리는 뒤늦게 슬픈 표정을 지어보려 애썼다. 억지로 슬픈 표정을 짓는 것은 가짜 미소를 짓는 것보다 어려웠다. 회장 뒤에 있는 거울에 자신의 우스꽝스러운 얼굴이 보였다. 혜리는 애써 표정을 지웠다. 기괴한 표정을 지을 바에는 무표정한 얼굴이 나을 듯싶었다.

"아버지, 상우 선배한테 속지 마세요. 상우 선배는 아버지를 엉뚱한 일에 이용한 거예요."

"영지는 날 아빠라고 불렀어."

회장은 울적한 목소리로 한숨 쉬듯 말을 뱉었다. 혜리는 호칭을 바꿨다.

"아빠, 상우 선배는 아빠의 영향력과 힘으로 자기 망상을 실현하려는 사람이에요. 상우 선배가 한 이야기 전국에 다 퍼졌어요. 사람들 전부 다 그 이야기를 비웃고, 비윤리적이라 말하고, 그 말을 떠든 상우 선배와 아빠를 욕하고 있어요. 그냥 이용당하신 거예요."

회장은 조심스레 혜리의 손에서 자신의 손을 뺐다. 회장은 더이상 혜리와 영지의 이름을 착각하지 않았다.

"혜리야, 상우의 뜻만이 아니야. 그건 영지의 뜻이기도 해."

"아빠, 저를 보세요. 잃어버렸던 딸이에요. 평생을 코리아이로 고통 속에서 살아왔던 딸이요. 그토록 코리아이란 운명에서 벗어나려 발버둥 치며 살아왔는데. 저는 이제야 아빠 덕에 시궁창 같은 삶에서 벗어날 수 있게 됐어요. 아빠 돌아가요. 센터에서 아빠를 도와주겠대요. 그러니 센터가 하자는 대로 해요. 같이 돌아가서 행복하게 살아요. 엄마도 언제 일어나실지 모르잖아요."

"영지는 엄마를 여사님이라고 했다."

회장은 자꾸만 혜리와 영지의 다른 점을 찾았다. 혜리는 아랫입술을 깨물었다. 회장은 선을 긋고 있었다.

"상우가 얼마 전에 숨겨진 계획을 말했다. 내 딸 영지가 나한테도 하지 못했던 말이 있다고."

회장은 앞으로 인공자궁에서 태어날 모든 슈퍼코리아이는 부모가 없을 예정이라고 했다. 유전적으로 누가 부모인지 특정할 수 없을 정도로 수많은 부모의 유전자가 섞인 아이들이 태어날 것이라고. 그것은 컨벤션홀에서 자신의 자식에게 슈퍼유전자의 우선권을 받도록 약속받은 이들도 모르는 일이라고.

"예전이었으면 난 그건 말도 안 되는 이야기라고 했을 거다. 그런데 이제 영지가 죽고 네가 와보니 알겠더라. 말도 안 되는 이야기가 아니라 그래야만 하는 일이었어. 이건 영지와 너와 더 있을지 모르는 수많은 내 딸들을 위한 일이야. 애초에 부모 자식 같은 것은 없어야 하는 거였어."

유전형이 같은 인간이 태어나더라도 그 사람이 누구의 손에서 크는지, 누구의 돈을 물려받는지에 따라 인생의 결말은 달라진다. 회장은 혜리의 존재를 알고서야 깨달았다. 가난한 부모를 가진 수많은 자들, 부모가 없는 자들의 운명은 지독하였겠구나. 그리하여 회장은 영지의 말을 듣기로 했다.

조력자들을 속이자. 그들의 자식을 최초의 슈퍼코리아이로 만들어주겠다고 속이자. 인공자궁 밖으로 나온 이들은 그들의 자식이 아니다. 전 인류의 자손이다. 이들은 부모 없는 세상을 만들어낼 최초의 선구자들이며 인류의 가장 위대한 혁명을 이끌어낼 전사들이다. 영지는 그것을 바랐다. 그 시대를 바라왔다. 이제는 회장도 그러했다.

"아빠, 저희만 생각해요."

"혜리야, 나도 그동안 우리만 내 가족이라 생각했다. 내 가족만 행복하고 남부럽지 않게 살면 그만일 줄 알았어. 하지만 아니었어. 우리가 모르는 수많은 아이들이 내 가족이었던 거야. 그 애들이 비참하게 사는 모습을 상상하면 난 견딜 수가 없어."

회장은 이내 추궁하듯 손등으로 책상을 두드렸다.

"날 경찰이나 검찰 조사실이 아니라 센터에 둔 거는 나한테 혐의가 없기 때문 아니냐? 혜리야, 센터에다 날 풀어달라고 해라. 우리가 정말 행복하게 살려면 네가 센터 편을 드는 게 아니라 나를 도와야지."

혜리는 자리에서 일어나 잠시 뒤를 돌았다. 회장의 생각은 확고했다. 돌아온 딸이 하는 말이라면 뭐든 들을 거라던 센터의 남자가 했던 말은 틀렸다. 만난 지 며칠 되지 않은 혜리의 말은 소용이 없었다. 죽은 영지를 따라잡을 수가 없었다. 혜리는 귀 안의 스티커형 이어폰을 조작해 센터의 남자를 호출했지만, 남자는 통화를 받지 않았다. 혜리가 다시 몸을 돌렸을 때 거울에 비친 자신의 모습을 발견했다. 영지는 이곳에 없다.

"그 계획이 마음에 드세요? 그거 누가 한 계획인데요. 상우, 영지, 정우가 계획했다면서요. 두 사람은 그렇다 쳐도 정우는요? 영지 죽인 게 누군데요. 아빠는 그 살인범이 만든 계획 따를 거예요?"

"정우 그 새끼 계획이 아니야!"

회장은 주먹으로 책상을 내리쳤다. 그가 영지를 사랑한 만큼 정우에 대한 증오도 강했다. 회장은 주먹을 문지르며 숨을 씩씩 내뱉었다. 혜리가 꼼짝도 못 하고 얼어붙어 있자 회장은 숨을 고르고 말했다.

"말 그렇게 하지 마라. 정우 그 개새끼는 이 계획이랑 상관이 없어. 정우는 혼자 다른 생각하던 음흉한 새끼야. 계획은 온전히 상우와 영지가 만들어낸 거야."

정우가 다른 생각을 하고 있다는 게 무슨 말인지 혜리는 알지 못했다. 혜리는 정우의 다른 생각이 무슨 뜻이냐고 물었다. 회장은 그 질문에 답하는 대신 자신을 가둔 공간을 둘러보며 말했다.

"센터 이놈들은 당장 정우 이 살인범 새끼를 잡아줄 것처럼 말하더니 정작 나랑 상우를 가둬놨어. 이 새끼들 무능한 거는 알아줘야 해. 정우가 제일 위험한 놈이야, 정우가! 멍청한 새끼들."

회장은 밖에 있는 누가 제발 좀 들으라는 듯 고함을 질렀다. 혜리도 천천히 고개를 끄덕였다. 정우가 혜리를 죽일지 모른다면서 혜리를 보호한답시고 감시까지 했던 센터는 정우의 행방에는 이제 별 관심이 없어 보였다. 애초에 보호가 목적이 아니었을 수도 있다. 그런 생각까지 이르자 혜리는 근본적인 질문까지 도달했다. 정말 정우가 영지를 죽인 것은 맞을까?

이번에는 회장이 혜리의 손을 붙잡았다. 혜리는 그가 다가올 줄 예상하지 못한 탓에 화들짝 놀라 뒷걸음질 쳤다. 보통 아버지가 오면 뒷걸음질 치지는 않을 것이라는 생각에 뒤늦게 다가섰지만, 회장은 이미 혜리의 움직임을 가슴에 새겨뒀다.

"혜리야, 다시 한번만 부탁하자. 여기서 나가면 우리 회사 법

무팀에 전해줘. 나는 코리아이 센터가 아니라 사법기관에서 조사를 받아야 한다고. 이건 사법체계를 무시한 납치 감금이니까 빨리 날 구하러 오라고 해. 알았지?"

회장은 나가자마자 전화를 하라며 혜리를 등 떠밀었다. 문 밖에 덩그러니 선 혜리는 눈 옆의 기기를 만지작거렸다. 회장의 말을 따를 생각은 없었다. 복도 끝에서 센터의 남자가 다가왔다. 혜리는 설득에 실패했다는 뜻으로 고개를 저었다. 센터의 남자는 회장을 우리 편으로 끌어들여야만 한다고 했다.

"회장님 생각은 확고해요. 죽은 영지의 뜻을 저로서는 꺾을 수가 없어요."

"제대로 설득 안 한 건 아니고?"

센터의 남자가 눈을 가늘게 뜨고 말했다. 그는 종종 그런 차가운 의심의 칼날을 혜리의 목에 들이대곤 했다. 이번만큼은 혜리도 가만히 있지 않았다. 혜리는 되려 그를 몰아붙였다.

"제대로 안 한다고요? 제가 그냥 시키는 일이라 등 떠밀려 하는 줄 아세요? 저도 원하는 게 있어서 하는 거예요."

"네가? 네가 뭘 원하시는데요."

"회장이 설득되지 않으면 회장 재산 다 빼앗고 무너뜨릴 계획이라는 거 다 들었어요. 그렇게 둘 순 없어요. 회장의 재산 그게 다 제 재산이에요. 여태껏 누리지 못한 내가 가졌어야 했던 내 재산이라고요."

당돌하고 이기적인 말에 센터의 남자는 오히려 웃음을 터뜨렸다. 남자는 겉으로는 선한 모습을 하고 뒤로는 의뭉스러운 인간보다 이기적이더라도 솔직한 사람이 더 좋았다. 그런 사람이 예측하기 쉬웠다.

"알았어요. 내가 혜리 씨를 좀 과소평가했네. 아주 야망 넘쳐."

"상우 선배 쪽은 어떻게 됐어요?"

"상우야 워낙 고집불통이지. 그보다도 열쇠가 어디 있는지를 모르겠네요. 분명 상우가 가지고 있었는데, 정말 행방을 모르는 눈치야."

상우도 컨벤션홀에서 발표할 때 이후로는 플라스틱 알의 행방을 몰랐다. 컨벤션센터의 감시 카메라가 그 시각 일시적 기기 오류로 녹화가 안 된 것도 수상쩍었다. 센터의 남자가 컨벤션센터 전체 입구를 다 막고 수색을 벌였음에도 플라스틱 알이 나오지 않은 것을 보면 분명 상우와 회장을 잡기 전에 이미 플라스틱 알은 사라진 것이다.

"그럼 정우가 아닐까요?"

혜리의 말에 센터의 남자는 반사적으로 부정하려다 말고 생각에 잠겼다. 발표가 진행되는 도중 시위대 머리 위에 홀로그램을 쏜 것이 정우였다면 정우가 그 근처에 있었을 가능성이 높다. 하지만 홀로그램을 쏠 드론을 날리느라 컨벤션센터 밖에 있을 거라고만 예상하고 있었다. 드론은 멀리서 조종할 수 있지만, 홀로그램 중계를 위한 촬영은 컨벤션홀 안에서만 할 수 있는 일이었다. 컨벤션홀에 아무나 들어갈 수 없었기에 정우가 그 안에 있을 거라 예상하지 못한 것도 패착이었다. 변장했든, 숨어 들어갔든, 신분증을 해킹해 들어갔든 만에 하나라도 정우가 내부자의 소굴로 들어갈 수 있다고는 생각하지 못했다.

"그럴 수도 있겠네. 정우가 중간에 훔쳤나 보다."

"정우부터 얼른 잡아주세요. 살인범이잖아요. 열쇠보다 중요한 건 그 사람이 또 무슨 짓을 할지 모른다는 거잖아요. 특히나 저한테."

"알았어. 보채지 좀 마세요. 다 알아서 하고 있으니까."

센터의 남자는 다 끝났으면 어서 집에 가라고 했다. 혜리는 움직이지 않았다.

"상우 선배랑은 저도 얘기해 볼게요."

센터의 남자는 그럴 필요 없다고 했다. 어차피 상우 쪽에서 나올 이야기는 없을 거라고. 센터의 남자는 일이 있어 바로 이동해야 한다며, 혜리에게 잘 돌아가라고 하고는 자리를 떴다. 혜리는 그가 시킨 일만 할 생각은 없었다. 필요한 일이라면 시키지 않은 일이더라도, 하지 말라고 한 일이라도 할 생각이었다. 혜리는 센터의 직원들에게 물어가며 상우가 잡혀있는 곳을 찾아냈다.

좁은 회의 공간에 갇혀있는 상우는 정자세로 앉아 혜리가 들어오는 것을 지켜보고 있었다. 혜리의 등장에 놀라지도 않았다. 좌절한 것인지 아니면 믿는 구석이 있는 것인지 모르겠지만, 상우는 자신에게 벌어진 일이 아무 일도 아닌 것처럼 초연해 보였다. 상우 앞에 앉은 혜리가 물었다.

"선배는 도대체 뭘 꿈꾸는 거예요? 모든 사람이 우수한 유전자를 가진 채 부모 없이 태어나는 사회를 만들고 싶은 거예요?"

"잉태되는 순간의 불평등, 태어나는 순간의 불평등이 없는 세상을 만들려는 거야. 부모와 자식 제도는 없어져야 해. 절대적으로 평등한 출발선, 오직 노력에 의해서만 결과를 보상받는 세상, 모든 재산의 환수를 통한 두터운 사회보장. 난 그걸 꿈꿔."

"그게 지지받을 수 있다고 생각하세요? 지금 바깥의 사람들이 선배를 얼마나 욕하는지 아세요? 부모와 가족 개념은 비코리아이한테는 성역이에요. 그리고 인간 유전자조작은 금단의 영역이에요. 수많은 사람이 선배를 못 잡아먹어서 안달이에요. 알고 계세요?"

"사람들은 언젠가 이해할 거야."

상우는 지지를 바라는 것이 아니었다. 부모 없는 슈퍼코리아이를 사회에 내보내고 그 결과물로 인정받기를 원했다. 그동안 상우 본인이 어떤 시련의 길을 걷더라도 상우는 개의치 않았다. 혜리는 상우의 눈을 보니 알 수 있었다. 이 사람에게 자기 자신은 없었다. 상우는 온전히 새로운 사회, 부모 없이 태어나는 초인류 사회를 건설하는 데 자신을 불쏘시개로 쓸 생각이었다. 교육기관에서도 그랬다. 상우는 성태와 정우를 구하겠다고 스스로 죄를 뒤집어쓰고 옷을 벗었다. 그런 사람이었다. 혜리는 씁쓸하게 입술을 깨물었다.

"선배 때문에 전 다시 코리아이로 살아가게 됐어요. 회장은 선배와 죽은 딸의 이상만 신경 써요. 돌아온 딸이 어떻게 되든 말든 별 관심도 없고요."

"너한테는 미안한 일이야. 하지만 시간이 없었어."

"시간?"

"우린 선택의 기로에 서있던 거야."

상우는 슬픈 목소리로 그동안 있었던 이야기를 시작했다.

선택의 기로

마인드오더 사측에서 정우가 알고리즘을 조작했다는 사실을 알아챘다. 정우는 쫓겨났다. 다행히 큰 소송은 변호사 영지의 도움으로 피할 수 있었다. 정우가 알고리즘을 조작하기 전부터 이미 마인드오더는 힘 있는 자들의 사주를 받고 알고리즘을 조작해 고객의 생각을 특정 방향으로 유도하는 행위를 해왔다. 정우에게는 마인드오더가 해왔던 불법적인 일들의 증거가 있었다. 영지가 증거의 일부를 내밀자 마인드오더에서는 소송을 취하했다. 대신 정우에게 보안서약 내용만 이행할 것을 약조받았다.

상우는 정우를 자신의 회사로 불러 같이 일하자고 했다. 상우가 센터에 전화 한 통 걸자 정우는 즉시 상우와 영지가 추진하고 있는 기업도시에 코리아이 기술직으로 파견되었다. 기업도시에는 인공자궁 배양시설과 부설연구소 유치가 예정되어 있었다. 정우는 기술직으로 배양시설 설비 작업에 투입됐다.

배양시설은 지하에 있었다. 인공자궁이 심어질 느티나무 뿌리 같은 쇳덩어리에는 하루 종일 용접 불꽃이 튀었다. 불꽃 속에서 수많은 손이 전선을 심었고, 실리콘 튜브를 연결하고, 손에 쥔 패드로 인공양수 압력 비율을 조정했다. 기반이 깔리고 마침내 인공자궁이 들어왔을 때는 내부의 인공수정과 유전자 조작을 위한 섬세한 기계 주사기와 집게를 점검했으며, 정자와 난자를 이송할 기계 팔을 천장에 달았다. 인공자궁에서 출산되는 아이들을 태울 바퀴 달린 인공지능 요람의 주행 속도를 확인하고 장애물 감지 센서를 조정했다.

수많은 작업을 끝내고 코리아이들이 퇴근해 숙소로 돌아갈 때, 정우는 그 자리에 남았다. 정우는 아무도 없는 고요한 산실에 홀로 앉아 계기판에 플라스틱 알을 부착했다. 산실의 모든 정보가 정우의 플라스틱 알에 연결됐다. 정우는 연결된 AR기기로 플라스틱 알의 프로그램을 연동했다. 정우의 눈앞에는 배양시설의 모든 시스템이 펼쳐졌다. 정우는 눈을 움직여 배양시설의 모든 통제 권한을 플라스틱 알 속 프로그램에 집어넣었다.

인기척이 들렸다. 정우는 급하게 인공자궁 뒤로 몸을 숨겼다. 침묵뿐인 배양시설로 들어온 사람은 영지였다. 영지가 정우의 이름을 부르자 정우는 몸을 일으켰다.

"어떻게 되고 있어요?" 영지가 물었다.

정우는 엄지를 치켜세웠다. 정우는 자신이 보고 있는 AR기기의 화면을 영지의 기기에도 공유했다. 영지는 수많은 수치와 정보를 마주했다. 영지는 놀라지 않았다. 그 낯선 정보들이 무엇을 의미하는지 그동안 정우로부터 수백 번은 들어왔기 때문이다. 영지는 정우의 옆에 앉았다.

"우리의 꿈과 더 가까워지고 있어요. 이 플라스틱 알로 지상의 기업도시도, 지금 우리가 있는 이 지하의 배양시설도 우리가 조작할 수 있어요."

"완성된 건가요?"

"거의." 정우는 미소를 지었다. "이제 배양연구소가 가지고 있는 유전자정보만 담고 연동하면 끝이에요."

정우의 말에 영지는 고생했다며 정우의 어깨를 쓸었다. 영지가 정우의 몸에 손을 댄 것은 처음이었다. 영지의 손동작은 자연스러웠다. 하지만 정우는 얼어붙었다. 정우의 귀가 뜨거워졌다. 아무것도 보이지 않는 어둠 속이라는 것을 정우는 다행으로 여겼다.

정우가 아무 말이 없자 괜히 어색해진 영지는 손을 내렸다. 정우는 헛기침을 두어 번 하고는 대답했다.

"고마워요."

영지는 무엇이 고맙다는 건지 몰랐지만, 그저 미소를 지었다. 정우는 플라스틱 알에 배양시설 통제의 최상위 권한을 부여하면서 이것이 어떻게 쓰일지 설명했다.

플라스틱 알만 가지고 있다면 배양시설에 어떤 코리아이를 얼만큼 탄생시킬지 결정할 수 있다. 플라스틱 알의 유전정보를 조정하면 인공자궁 안의 유전자 가위가 입력된 대로 태어날 코리아이의 유전자를 수정한다. 플라스틱 알은 이 배양시설을 움직일 수 있는 열쇠이며, 신의 권능을 본뜬 위대하면서도 위험한 손이다.

"궁금한 게 있는데."

가만히 정우의 작업을 지켜보던 영지가 말했다. 정우는 기술적인 질문이 나올 것을 기대하며 영지를 보았다. 뜸을 들이던 영지는 피식 웃더니 물었다.

"이상한 질문이긴 한데요. 전에 사귀었던 여자친구, 혜리는 나랑 얼굴이 완전히 똑같아요?"

영지의 질문에 정우는 뺨을 긁적였다.

"같아요. 그런데 눈빛이 좀 달라요. 뭐라고 할까. 조금 더 선명한 느낌이라고 해야 하나."

"혜리 눈은 어땠는데요?"

정우는 혜리의 눈을 떠올려 보았다. 다른 좋은 날들도 많았는데 하필이면 헤어지던 날의 모습이 떠올랐다.

"지친 느낌이었어요."

과거를 떠올리는 동안 정우는 들고 있던 플라스틱 알이 손에서 미끄러지는 것을 인지하지 못했다. 플라스틱 알이 손에서 미끄러져 떨어지기 전에 정우와 영지 두 사람이 동시에 플라스틱 알을 쥐었다. 간담이 서늘해진 두 사람은 얕은 숨을 내쉬며 조심스레 플라스틱 알을 바닥에 내려놓았다.

"근데 혜리랑은 어떻게 만나게 됐어요?"

영지는 호기심 가득한 눈으로 정우를 빤히 보고 있었다. 정우의 시선도 영지에게서 떨어지지 않았다. 정우가 혜리와의 일들을 얘기하는 동안 영지는 정우가 뱉는 단어 하나하나에 집중하고 있었다. 두 사람의 눈은 서로를 계속 바라보고 있었고 영지는 정우에게 남은 혜리에 대한 사랑과 미움을 대화 속에서 읽어냈다.

"나를 보면 설레요?"

정우가 말을 마치자마자 영지가 물었다. 정우는 당황하며 몸을 멀찍이 뺐다.

"그쪽이 혜리한테 끌린 거요. 어쩌면 유전적으로 특정 유전자에게 끌리는 그런 선천적인 요인이 있나 궁금해서요. 저를 보자마자 쫓아왔었잖아요."

"그건 엄연히 놀랄만한 상황이었으니까 그랬죠. 혜리랑 얼굴이 똑같아서. 그리고 같이 살자고 했던 것은 혜리였어요. 사귄 건 그다음이었고. 고백도 혜리가 먼저 했고요. 그렇게 따지면 그쪽이 저한테 끌려야죠."

"아, 그렇게 빠져나가시겠다."

영지는 히죽 웃었다. 배양시설의 불이 켜졌다. 영지는 몸을 숨기느라 바빴지만, 정우는 빨개진 얼굴에 손등을 대 식히느라 미처 숨지도 못했다. 입구로 상우가 들어오고 있었다. 손에는 샴페인과 플라스틱 잔 세 개가 들려있었다.

"인간의 유전자를 드디어 정복했어."

맨바닥에 앉으며 상우가 말했다. 상우는 교육기관 부설 배양 연구소에서 인간 유전자 해독을 완벽하게 완료했다는 소식을 듣고 왔다. 천재적 두뇌, 신체의 강화, 면역 능력과 체질까지 인간의 유전자를 완벽히 해석했다.

"이제 인간은 앞으로 태어날 인간의 육신과 두뇌와 질병을 선택할 수 있게 됐어요. 그런데 그 선택권을 우리 모두가 누릴 수 있을까요? 아닐 겁니다. 기술은 아직 우리 손에 없어요. 연구진과 비밀을 지키려는 자들만 기술을 가지고 있는 거죠. 지금 이대로 두면 비밀을 손에 쥔 소수의 입맛에 맞게 후대의 인류가 만들어질 겁니다."

소수가 그 기술을 독점하는 세상은 어떠한가. 소수의 인간들만 가장 우수한 유전자를 가질 것이다. 그리고 경쟁에서의 필승을 위해 다른 모두에게는 덜 우수한 유전자를 물려줄 것이다. 그리고 그 간극에 대해서 영원히 침묵할 것이다. 가난하고 뒤봐줄 사람 없는 인간들은 상류층의 자식들을 따라잡지 못할 것이다. 아무리 노력해도 소용없다. 유전적으로 천재와 범재는 정해져 있을 테니까.

"빼앗아야지." 정우가 소리쳤다. "빼앗을 수밖에 없어. 인류 모두가 가져야 하는 기술이야. 소수만 알고, 소수만 갖기에는 과분한 기술이야. 모든 인류가 함께, 모든 인류를 위해 써야 해."

"그래. 빼앗자." 상우가 호응했다. "엄밀히 말하면 빼앗는 것도 아니죠. 코리아이가 희생해 완성된 연구예요. 우리의 피로 만든 결과물입니다. 다른 사람이라면 빼앗는 것이겠죠. 그런데 우리는 되찾는 겁니다. 모든 코리아이는 그럴 권리가 있어요. 우리 모두 실험체였으니까."

이 기술의 소유자가 연구자들이라고만 말할 수 있는가. 그 연구는 자연적으로 태어나는 사람들의 유전정보만을 모아서 얻어낸 정보가 아니었다. 배양연구소에서는 코리아이를 연구용으로 잉태시키고 수많은 변화를 관찰한 뒤 폐기했다. 윤리를 지키는 곳에서는 결코 이룩할 수 없는 성과였다. 이 기술은 코리아이의 피 웅덩이에서 건져 올린 기술이었다. 코리아이가 없었다면 인류가 유전자를 정복하기 위한 샘플을 몇이나 구했겠는가.

하지만 코리아이만 기여한 것은 아니다. 전 인류가 기술에 이바지했다고 볼 수 있다. 인류가 유전자를 정복하는 동안 누군가는 밭에 씨를 뿌리고 바다에 그물을 던졌다. 누군가는 운전대를 잡고, 밸브를 조였다. 이들의 도움 없이 지구에 오직 연구자들만 존재했다면 2천만 년 뒤에나 결과가 나올 수 있었을 것이다. 그러니 정우와 상우는 이 기술의 소유권이 전 인류에게 있다고 보는 것이다. 후세의 모든 인간이 병 없고 건강하고 똑똑하게 태어나는 것. 그것을 진화라고 부른다. 필연과 우연의 난잡한 엮임으로 만들어진 것이 아닌, 계획적인 필연을 통한 진화.

"전 인류가 천재로 태어나는 세계를 상상해 봐요. 어떤 세상일까요? 후대의 용감한 아이들은 불합리한 세상을 뜯어고칠 겁니다. 놀라운 발명을 해내고, 우주를 관통하는 법칙을 밝혀내고, 생명과 우주의 기원을 찾아 증명할 겁니다. 인류가 좀먹은 지구를 살릴 방법을 찾아내고, 우주 시대를 더욱 빠르게 당겨오겠죠. 지금껏 인류가 고통받은 이유는 진화된 아이들이 태어나기 위한, 그 아이들이 만들 놀랍도록 아름다운 세상을 위한 시련의 새벽이었던 겁니다. 자기 전에 그런 미래를 생각하면 벅차올라서 도저히 잠들 수가 없어요."

상우의 촉촉한 눈가는 이질적이었다. 정우가 여태껏 보아왔던 상우는 감정이라고는 없는 사람 같았다. 기계적이라는 말은 아니었다. 상우는 항상 미소로 무장한 채 속을 숨겨왔었다. 자신을 세상에서 숨긴 채 걷고 있는 그의 원동력은 무엇이었을까. 그것은 정우와 다르지 않을 것 같았다. 모든 인류의 번영. 그가 꾸는 꿈은 누군가의 승리가 아닌 후대 인류 모두의 승리였다.

"곧 모두를 위한 날이 올 겁니다. 그날을 위해 건배합시다."

상우가 샴페인을 따랐다. 세 개의 잔이 차올랐다. 배양시설의 높은 천장에 알알이 박힌 전등이 기포가 피어오르는 샴페인 잔에 담겼다. 인공양수에 담긴 태양과도 같았다.

"인류 진화를 위하여."

플라스틱 샴페인 잔이 밋밋한 소리를 내며 부딪쳤다.

* * *

영지의 아버지이자 이 기업도시의 수장인 서회장이 실내 테니스 코트로 들어갔다. VVIP전용 코트에는 머리 없이 팔과 몸통과 바퀴 달린 다리만 있는 로봇이 테니스 라켓을 들고 있었다. 로봇의 몸통에서 테니스공이 툭 튀어져 나왔다. 로봇은 공을 바닥에 계속 튕기며 회장이 준비하기를 기다렸다.

회장은 AR기기에 눈짓을 했다. 걸어오는 동안 보고 있던 화면이 벽면 전체에 스크린으로 띄워졌다. 상우가 소수의 사람들 앞에서 무언가를 말하고 있었다.

"아무리 막으려고 애써도 기술의 진보는 막을 수 없습니다."

상우의 말을 들으면서, 회장은 로봇에게 서브를 날리라고 손짓했다. 네트를 넘어온 공을 회장이 가볍게 받았다.

"아무리 논란이 많아도 도덕이 기술을 막을 수는 없습니다. 가능하지가 않아요. 기술은 현상입니다. 지구 곁을 지나는 운석에게 사람들이 무서워하니 멈추라고 할 수는 없는 것과 똑같습니다."

윤리가 기술을 막을 수 있었다면 인류는 아직도 번개를 신의 분노라 여기며 전등 대신 기름 짜서 불을 피웠을 것이다. 서회장도 동의하는 말이었다.

"기술이라는 것은 어떻게든 개발됩니다. 누구의 손에서든지. 국책기관에서 하지 말라고 하면 민간에서 개발할 거고, 법으로 막는다 해도 돈만 되면 기업은 어떻게든 개발할 겁니다. 전 국민이 합심해서 막는다면 다른 나라가 개발하겠죠. 세계에서 금지하면 윤리적인 문제는 신경 안 쓰는 조직이 개발할 거고요. 소규모 회사, 마피아, 사이비 종교, 테러범, 군소 국가 심지어 개인이 개발할 수도 있는 겁니다."

회장이 스매시를 날리자 로봇은 받지 못했다. 회장은 로봇에게 테니스 레벨을 두 단계 올리라고 지시했다. 로봇은 강력한 서브를 넣었고, 회장은 간신히 받았다.

"기술은 가치중립적입니다. 누가 어떤 목적으로 쓰는지에 따라 세균전에도 쓰이고 전염병 예방에도 쓰이고 그런 겁니다. 그러니 우리가 기술을 손에 넣었을 때 우리는 올바른 목적으로 써야 합니다. 그것이 힘을 갖게 될 우리의 사명입니다."

로봇이 스매시를 날렸고 회장은 받지 못했다. 회장은 라켓을 바닥에 내려놓았다. 그리고 벽면에 거대하게 나타난 상우의 얼굴을 노려보았다.

"저 새끼 저거, 어디에서 저딴 말을 했다고?"

회장의 질문에 테니스 코트의 벽면 내장 스피커가 울렸다.

"대주주 간담회 종료 후 식사 자리에서 촬영된 영상입니다."

회장은 참석했던 대주주 명단을 불러보라고 했다. 한 명 한 명의 이름을 들을 때마다 미간의 주름이 늘어났다. 회사의 혁신을 말하며 설치던 자들이다. 회장은 벤치에 앉아 물병에 담긴 음료를 빨아 먹더니 짜증스레 바닥에 팽개쳤다.

"비서실에다가 상우 저 새끼 동선 하나하나 다 파악해 두라고 해. 뭔 짓거리를 하는지 모르겠네."

테니스 코트와 연동된 AI비서는 지시가 접수되었다고 알렸다. 회장은 곰곰이 생각하다가 말했다.

"아무래도 승계 구도를 확실히 잡아야 할 것 같다. 내가 남들한테 상우를 아들 같은 놈이라 말했던 게 후회가 돼. 속을 모르겠는 새끼한테 자꾸 이상한 새끼들이 달라붙잖아. 전문경영인이니 이딴 소리가 자꾸 들리는데 골치가 아파. 좀 힘 있는 집안이랑 혼사를 붙여서 내 손가락이 향하는 방향을 확실히 해야겠다."

"전략실에서 작성한 신랑 리스트를 AR기기로 송부하였습니다." AI가 말했다.

"그래. 따로 영지가 만나는 사람은 없지?" 회장이 물었다.

몇 초 지나지 않아 AI가 말했다.

"서영지 양의 SNS 심경 글 분석 결과 만나는 사람이 있을 확률은 80퍼센트 이상입니다."

"뭐? 언제부터?"

"최근입니다. 최초 연애 유추 게시물은 4개월 전이지만, SNS 글 작성 빈도 및 게시물의 심정 공개율을 분석하였을 때 6개월에서 8개월 전에 만났을 확률이 67퍼센트입니다."

"어떤 새끼야?"

AI는 질문이 간단할수록 이해하는 데 느렸다. 몇 초 더 시간을 들인 AI는 답을 찾아냈다.

"서영지 양의 삶에 새로운 활력을 불어넣는 사람입니다."

AI의 말에 회장은 눈을 깜빡였다. 난감한 듯 아랫입술을 깨물고 숨을 들이마셨지만, 입꼬리는 슬그머니 올라갔다. 찰칵하고 카메라 셔터 눌리는 소리를 흉내 낸 인공적인 소리가 테니스장에 조용히 울렸다. AI가 물었다.

"행복한 미소의 사진을 프로필 사진으로 변경하시겠습니까?"

"작동 종료."

서회장이 말하자 마인드오더 프리미엄 모델의 AI비서는 더는 떠들지 않았다.

"계획대로 안 되네."

회장은 입을 손으로 덮고 손가락으로 뺨을 문질렀다. 표정은 늘 그래왔듯 다시 굳어졌다.

"그래도 알아서 시집은 가겠네."

* * *

인공자궁이 가득 찬 지하의 배양시설에는 정우가 서있었다. 정우는 이곳을 자동화하는 기술을 완성했다. 정우는 플라스틱 알을 머리 위로 들어 보였다. 배양시설 안으로 들어오고 있는 상우는 박수를 치며 천천히 걸어왔고, 영지는 달려가 승리감에 도취된 정우를 안았다. 정우는 하마터면 플라스틱 알을 떨어뜨릴 뻔했다.

"이제 완성됐다는 거지? 이 플라스틱 알로 우리가 원하는 후대의 인류를 탄생시킬 수 있는 거지?"

영지의 물음에 정우는 고개를 끄덕였다.

"단 한 단계만 남았어. 배양연구소가 가진 유전자정보를 이 안에 넣기만 하면 돼. 그건 상우 형의 몫이고."

정우는 상우에게 플라스틱 알을 내밀었다. 상우는 조심스레 플라스틱 알을 넘겨받았다. 배양연구소는 상우에게 기업도시의 배양시설 운영을 위해 유전자정보를 보내기로 했다. 상우는 그렇게 받은 유전자정보를 이 배양시설이 아닌 플라스틱 알에 넣을 것이다. 인류 유전자의 비밀은 기업도시를 위해 쓰이기 전에 알에 담겨 세 사람의 손에 들어올 것이다.

"우리는 이제 세상이 만든 기술을 세상을 위해 쓸 거야. 우리 손으로 해내는 거야."

상우는 감격스러운 표정을 애써 감추고 있었다. 영지가 정우의 목에 두 팔을 둘렀다. 영지는 정우의 목 아래에 얼굴을 파묻었다. 그리고 조그맣게 중얼거렸다.

"이제 우리는 이 불합리한 세상을 끝낼 수 있어. 과거의 세상에서 벗어날 수 있어."

정우는 영지의 머리를 손으로 쓸었다. 정우는 상우에게로 눈을 돌렸다. 성물을 손에 쥔 성직자처럼 상우는 경건하게 플라스틱 알을 보며 서있었다.

"우리는 시대를 벗어날 기술을 거의 손에 넣었어." 정우가 말했다. "그런데 정말 제대로 된 세상을 만들려면 이 아이들이 태어나기 전에 사회를 미리 고쳐야 해."

상우와 영지가 정우를 봤다. 손이 조금 떨렸기에 정우는 손등을 엄지로 문지르며 말했다.

"뛰어난 아이들이 태어나더라도 이따위 사회를 그대로 물려주면 결코 아름다운 미래는 오지 않아. 지금처럼 국경과 계급으로 세상을 나누고, 무한히 경쟁해야만 하는 사회라면 이 세상에서 자라게 될 천재들은 경쟁을 숭배하는 무자비하고 이기적인 전사가 될 거야. 그러기 전에 세상을 바꿔야 해. 새로운 인류가 이 시스템에 적응하기 전에 서식 환경을 바꿔야 한다고."

생명은 서식지의 지리와 기후, 식생에 영향을 받아 생존 방법을 터득하고 습성을 만든다. 오랜 시간 동굴과 움막에서 살아온 인류는 누가 알려주지 않아도 어린 시절 움집 만드는 것을 놀이 삼고, 사냥을 가르친 적 없는데도 동물과 물고기에 자연스레 호기심을 갖는다. 원시인류의 생활방식은 몸에 각인되어 긴 시간이 지났음에도 인류의 습성이 되어 지워지지 않는다. 이것이 진화다.

"지금 이 세상에 살고 있는 인간은 무엇을 학습해 진화하게 될까?"

정우는 침을 삼켰다. 친한 사람들 앞에서 말하는 것인데도 턱이 떨렸다. 다들 정우의 말이 이어지기를 기다리고 있었다. 목에 들어간 힘을 억지로 풀고 정우는 말을 이었다.

"지금 인류가 놓여있는 환경을 둘러봐. 그게 앞으로 인간의 본능에 각인될 세상이야. 지금 세상은 이기심의 원리로 작동해. 그런 세상에서 적응하려면 무얼 유전자에 남기겠어? 억울한 일 당하기 싫으면 반드시 성공해야 한다. 힘과 재산을 축적하고 유지해야 지위를 가질 수 있다. 부도덕한 방법으로 성공했더라도 성공만 하면 감출 수 있고 감추지 못하면 덜떨어진 거다. 그런 생각을 해야 살아남을 수 있는 세상이야. 그런 생각을 가지지 않은 사람들은 다 도태되고 있어. 지금 봐, 남들 다 하는 짓거리 안 하고 정직하게만 사는 사람들이 어떻게 되었는지. 사람들은 그런 사람들 바보로 취급해. 속여 파는 거를 모르면 장사 못 한다고 하고, 뺏지 않으면 회사 경영할 줄 모른다고 해. 애들 키울 때도 뒷길 찾아보지 않는 사람은 애 키울 자격 없다고 한다고.

내가 어디 가서 이런 이야기하면 능력 없어서 세상 탓이나 하는 거라고 해. 이게 지금 우리가 살고 있는 시대의 법칙이야."

정우는 자신의 말에 침묵하는 것이 두려웠지만 기어코 말을 이어나갔다.

"후대의 인류는 이기적인 경쟁 세계에서 살아남기 위해 진화할 거야. 다행히 아직은 아니야. 이기적인 세계로부터 얻은 끔찍한 교훈은 아직 우리 유전자에 새겨지지 않았어. 태생부터 남을 짓밟기 위해 태어나는 아이는 없어. 그저 살아가며 배울 뿐이니까. 하지만 언젠가는 인류에게 악이 각인될 거야. 인류의 선한 본성은 이미 오랜 세월 위협받고 있었으니까. 차가운 세상에서는 차가운 아이들이 태어날 거야. 선천적으로 차가운 머리와 차가운 심장을 가진 그런 아이들. 생존을 위해 악하게 진화된 아이들. 그 아이들이 월등하게 뛰어난 신체와 천재적인 두뇌를 갖게 유전자가 편집되어 태어나면 세상을 따뜻하게 만들까? 이 세상이 차갑고 자신도 차갑게 태어났는데? 아니야. 그 아이들은 세상을 더 차갑게 만들 거야. 자기보다 멍청하고 신체적 능력도 떨어지는 개조되지 않은 인간들을 가축화할지도 모르지. 그게 인간이니까. 우리가 만들어낸 새로운 종에게 인류의 세계를 빼앗기는 것은 아닐까?"

정우는 두 손으로 붙잡은 플라스틱 알을 바라보았다. 정우는 팔을 올려 종교적인 의식을 거행하듯 경건하고 느린 동작으로 플라스틱 알을 머리 위로 올렸다. 상우가 조용히 끼어들었다.

"아직 이 세상이 그 정도로 최악은 아니야. 사람들도 마찬가지고."

"맞아. 아직 남아있으니까. 아직 인류의 유전자에 이 지독한 운명을 구원할 상호부조의 원리가 생존을 위한 본능으로 각인돼 있으니까. 이기심을 원리로 돌아가는 세상에서도 이타적인 행동은 어디에나 있어. 쓰러진 사람을 구하려 차도로 뛰어들고, 골목에서 칼 뽑은 자를 발견하고는 죽음을 무릅쓰고 제압하고, 절벽에 매달린 고양이를 위해 손을 뻗고, 전장에서 방아쇠에서 손을 떼는 이유는 우리 유전자 안에 있어. 우리는 무리를 구성했기에 살아남았어. 원시시대 때부터 인류는 선물하고 도와주고 구조하고 연대하고 사랑했어. 교류와 약속과 지원이 인류를 무리 짓게 했어. 상호부조의 본성이 없다면 문명은 구성되지도 않았을 거야."

정우는 플라스틱 알을 힘주어 잡았다. 정우의 목소리는 더는 떨리지 않았다. 정우의 힘찬 목소리가 공간을 울렸다.

"본성이 인류를 구원할 거야. 이기적인 성질을 물려주지만 않는다면 강자와 약자의 굴레에서 벗어나고 인류를 하나의 공동체로 만들 거야. 민족과 사상으로 분리되지 않는 인류공동체를 만들어 누구에게도 억압당하지 않게 될 거야. 완전히 자유로워진 인류는 각자의 무한한 자유를 바탕으로 선의 창조성을 미래의 세상에 실현해 낼 거야. 서로 다투며 소진하던 에너지는 아름다운 세상을 그리는 데 쓰일 거고, 전 인류의 적극적 협력으로 지금껏 넘볼 수 없었던 과학적 성취를 이뤄낼 거야."

정우가 긴 이야기를 마쳤음에도 두 사람은 반응이 없었다. 그저 우려스러운 눈빛을 보내고 있었다. 상우는 조심스럽게 반대 의견을 냈다.

"우리가 사회를 바꿀 수는 없어. 우리는 부족한 사람이야. 우리보다 더 나은 후대의 인간들이 더 나은 사회를 구상할 거야."

엘리트주의자. 정우는 그 말을 뱉어내려다가 간신히 참았다. 상우는 엘리트주의자다. 그 정도가 더 심하여 자신도 엘리트임에도, 자신보다 더 뛰어난 엘리트가 나타나 세상을 변화하길 바랐다. 정우는 후대의 엘리트를 믿지 않았다. 그들이 잔인한 세상에 적응해 버리면 다시는 돌이킬 수 없었다. 그 천재들은 이기심의 원리로 돌아가는 세상을 더욱 견고하게 만들 능력이 있다.

"왜 손을 놓으려 해? 형은 천재들의 무한 경쟁 사회를 보고 싶어? 지금의 모습보다 백배는 잔인하고 치열한 세상일 텐데."

"경쟁은 부정적인 단어가 아니야. 평등한 출발선을 물려주고 그 트랙에서 자유롭게 경쟁하게 할 거야. 일단은 그 정도까지야. 그 이상을 시도할 수는 없어. 새로운 사회를 만들겠다고 선언하는 순간 우리를 조력할 사람은 없어. 왜냐면 서로 구상하는 사회상은 다 다르니까. 조력자들 사이에서 분명 내분이 생길 거야. 일을 그르칠 순 없어."

상우는 단호히 말했다. 정우는 그의 말이 거슬렸다. 정우에게 내분은 아픈 단어였다. 정우가 만들었던 코리아이 노조는 회사의 개입으로 인한 내분으로 패배했었다. 정우는 더 이상 입을 뗄 수 없었다. 건강한 토의, 변증법적 확장 따위는 처절한 패배의 두려움 앞에서 무너져 버렸다. 위산이 부글부글 끓어 식도로 넘어오는 것만 같았다.

"정우야, 일단은 기술만 먼저 우리 손에 넣자는 거야. 그게 시작이야. 사회에 대한 고민은 나중에 기회 될 때 더 깊게 이야기하자."

상우가 달래듯 말했다. 정우는 그 말투가 역겨웠다. 정우는 달래는 것을 바라는 것이 아니라 치열하게 다투길 바랐다. 어리숙한 사람 취급을 하는 게 아니라 사상적 논쟁을 하길 바랐다. 하지만 상우는 그럴 생각이 없었다.

정우는 온몸에서 느껴지는 뒤틀림을 참아내며 시선을 돌렸다. 상우가 정우를 세 번이나 불렀다. 어떻게든 긍정하길 바랐다. 상우라는 인간은 상대의 속 안에 뭐가 끓든 간에 일단 겉으로 긍정하는 것을 더 중요하게 생각하는 모양이었다. 정우는 끝내 고개를 끄덕이지 않았다.

* * *

서회장은 AR기기를 눈 옆에 붙이고 화상회의 보고를 받고 있었다. 비가 쏟아지는 창문 위로 도표와 수치와 회의자들의 얼굴이 보였다. 창문 너머의 기업도시는 수치가 알려주는 대로 완성되어 가고 있었다. 쏟아지는 비를 뚫고 산업 드론이 철새처럼 줄지어 물자를 옮겼다. 지하도로에서부터 올라온 무인트럭이 회사 앞에 도착하면, 코리아이들이 짐을 내려 자율주행 지게차에 실었다. 지하에서는 코리아이 배양 준비를 마쳤고, 기업도시의 지시를 받을 각지의 주요 공단은 자동화되었다.

화상회의가 마무리되고 사람들은 서회장의 말을 기다렸다. 서회장은 어두운 빗속을 내려다보며 말했다.

"더 많은 투자자나 더 많은 기업. 이런 건 더는 중요하지 않아. 이 기업도시에 들어올 회사와 투자자는 누가 이 기업도시의 주인인지 알아야 돼. 그걸 알지 못하는 것들은 발도 딛게 하지 마."

회의는 끝났다. 서회장은 생각했다. 실무자들은 난처하겠지. 그동안 역량 뛰어난 곳, 거액의 투자금을 들고 있는 사람들과 열심히 관계를 맺었을 테니. 하지만 서회장이 원하는 것은 막대한 재산이 아니었다. 이 기업도시는 작은 왕국이어야 했다. 서회장에게 맹목적으로 충성하는 기업들의 연합국가여야 했다. 옥천기업도시의 왕좌는 대를 이어 내려져야만 했다.

검은 하늘이 번쩍였다. 곧 있어 하늘을 가르는 듯한 천둥소리가 들렸다. 서회장은 AI비서에게 물었다.

"영지가 왜 나한테는 만나는 사람이 없다고 할까?"

몇 번을 찔러봐도 영지는 웃으면서 절대 없다고 발뺌했다. AI가 틀렸을까 싶어 AI비서를 다그쳐 보았으나, AI는 확률은 틀리지 않았다고 했다.

"서영지 양의 SNS, 쇼핑리스트, 선물함을 분석한 결과 만나는 사람은 지위나 재산 등 가진 것이 없을 확률이 90퍼센트 이상입니다. 회장님께 말하지 못하는 이유는 연애 상대의 상태를 회장님이 마음에 들어하지 않을까 걱정하기 때문입니다."

"그래도 사람이 괜찮으면 지금 당장 가진 게 없어도 맨주먹으로 일어날 수 있는 거야. 뭘 그딴 거를 부끄럽다고."

"통계청 자료와 사회조사연구를 분석한 결과 맨주먹으로 일어날 확률은 10퍼센트 이내입니다."

"누가 그 주먹을 그냥 비워만 둔대? 능력만 있으면 내가 지원을 해주면 되는 거잖아. 그 인간 직업이 뭔데. 같은 변호사? 영지가 취미로 하던 인권변호, 뭐 그런 거 하는 사람인가? 그러면 돈은 없을 테니."

AI비서는 한동안 대답이 없었다. 서회장은 대답이 늦는 것이 이상하여 프리미엄 기능 결제가 안 되었나 싶어 비서실에 전화를 걸려고 했다. AR기기로 주소록을 뒤지던 그때 AI비서는 사진 하나를 눈앞에 띄웠다.

"서영지 양의 셔츠 사진입니다. 검은 얼룩이 묻어있습니다. 사진을 통해 성분을 분석한 결과 구리스로 보입니다. 얼룩의 위치를 고려하면 서영지 양의 연애 상대가 포옹을 하면서 묻혔을 가능성이 높습니다. 서영지 양의 당일 동선에는 해당 얼룩이 묻을 장소를 방문한 기록이 없습니다."

손에 구리스를 묻히고 다니는 사람이라는 것인가. 그러면서 돈도 지위도 없는 사람이라니. 서회장은 아랫입술을 깨물었다. 내가 어떻게 키웠는데. 어떻게 되찾은 아이인데. 영지는 어리다. 아직 세상 물정을 모른다. 서회장은 숨을 몰아쉬며 자리에서 일어섰다. 번개가 저 멀리 산 위로 떨어졌다.

＊ ＊ ＊

정우는 기름때가 낀 손을 씻었다. 아무리 박박 문질러도 손톱 가장자리와 손가락 지문 사이사이에 시커먼 자국이 남아있었다. 화장실에서 나온 정우는 화장대 위에 있던 작은 액자를 들고 들여다보았다. 영지와 정우가 함께한 사진이 들어있었다. 정우는 다시 그 자리에 액자를 놓았다. 제법 정확한 위치에 놓았음에도 정리로봇의 세심한 팔은 미세한 각도의 어긋남마저도 용납하지 않았다. 정우는 로봇의 노고를 치하하듯 가느다란 팔을 한 번 쓰다듬었다.

영지가 집으로 돌아왔다. 영지는 터덜터덜 걸어와 정우에게 안겼다. 축 늘어진 지친 몸에 힘을 불어넣으려 영지를 꼭 안은 정우는 왈츠를 추듯 영지를 이끌고 방으로 들어갔다. 침대에 걸터앉은 영지는 정리로봇에게 가방을 맡겼다. 정우는 정리로봇을 위해 길을 비켜주며 물었다.

"조력자들은 잘 만나고 있어?"

"뜻을 함께할 사람들이 모이긴 했지만, 아직 부족해. 우리에게 큰 힘을 줄 수 있는 권력과 재력이 더 필요해."

영지는 조력자를 모으는 일이 쉽지 않다고 했다. 뜻이 같은 사람은 힘이 없었고, 힘이 있는 사람은 뜻이 달랐다.

"상우 대표가 그러더라. 아무래도 전에 말했던 유인책을 쓸 수밖에 없을 것 같다고."

상우가 말한 유인책은 조력자들의 자손을 가장 처음 진화된 인류로 만들어주겠다는 약속이었다. 그것을 대가로 조력자들이 모든 인류의 진화라는 도발적인 계획에 힘을 실어주길 기대했다. 정우는 고개를 저었다. 정우가 분명히 반대했던 일이었다.

"나랑 상우 형은 가족이 있어 본 적 없어. 그래서 상우 형은 모르는 거야. 가족이 세뇌하는 이기심과 지엽적인 사고가 얼마나 큰지 몰라서 하는 소리라고. 인류는 온갖 폐단을 보고서도 지금껏 그 가족이라는 개념을 없애지 못했어. 왕위 계승제로 인한 폭군의 등장, 귀족화되는 소수 가문과 노예화되는 대다수의 가족. 부정입학, 부정취업, 가족 감싸기. 그런 수많은 폐단을 직접 봐왔고 경험했어. 그런데 아직도 근본적인 문제가 뭔지 모르잖아. 문제가 가족제라는 생각을 아예 못 해. 벗어날 수 있었으면 진작에 벗어났겠지. 못 벗어나는 거야. 그 가족이라는 개념은 우리의 상상보다 더 지독한 세뇌 장치를 가지고 있으니까."

"벗어날 거야. 동조자들조차 친자를 찾을 수 없어. 슈퍼코리아이에게는 전 인류의 유전자를 섞어 넣을 거니까. 제 자식을 슈퍼코리아이로 만들었다고 생각하겠지만, 앞으로 태어날 아이들은 전 인류의 자식이야. 진화된 인류에게 부모는 없어."

구시대의 인류는 신인류에게 가족제도라는 원시적 구습을 전파하려 하겠지만 소용없다. 인공자궁에 아이를 넣은 뒤, 재산 상속과 노후를 맡기려 장성한 제 자식을 만나길 20년 동안 기다린 부모들은 낙담할 것이다. 교육기관에서 나오는 이들 중 어떤 아이도 친자가 아닐 것이다.

유전적으로 가장 근접한 아이를 찾으면 무슨 소용일까. 찾아낸다고 한들 유전적으로 비슷한 아이가 백 명은 될 것이다. 그 백 명 중 한 명을 자식으로 삼은들 무슨 소용이겠는가. 가족제 도라는 악습의 실체를 배운 신인류는 정중히 가족 되기를 거부 할 것이다. 물론 그런 이야기까지 조력자들에게 말하진 않았다. 그것은 가족제도에 미련이 남아있는 조력자들에게 돌려줄 차 디찬 선물이고 배신이었다. 세 사람이 바라는 것은 부모 없는 세상이었다.

부모가 있다면 아무리 유전적 평등이 이루어져도 달라질 수 없다. 넉넉한 부모는 모든 방면에서 천재인 아이에게 천재를 위한 교육을 지원해 줄 것이고, 돈으로 세상을 주무르는 법을 그대로 전수할 것이다. 가난한 부모는 어쩔 수 없이 아이를 방 치하여 그 아이가 운 좋게 역경을 딛고 성공하길 바랄 것이다. 선천적인 능력이 평등하다면 오히려 가정환경이 아이들의 모 든 미래를 결정하게 될 것이었다. 물론 개천에서 용이 나지 않 으리란 법은 없었다. 그렇다고 하더라도 개천과 바다에 널린 것이 용인데 개천용이 바다용보다 더 쉽게 날아오를 일은 없는 셈이다.

그러므로 신인류는 부모를 특정할 수 없어야만 했다. 그것이 세 사람의 인류 진화 계획의 목적이었다. 새로운 인류는 부모의 지원에 따라 다른 운명을 갖거나, 자식을 기르느라 모든 것을 다 쏟아부을 일이 없어질 것이다. 새로운 인류는 부모의 과도한 보 호와 자식을 양육하는 시간에서 해방된다. 그 시간을 자신의 영 달을 위해 쓰고, 또 인류를 위한 시간으로 사용하게 될 것이다.

"정우야, 유인책을 쓰더라도 우리 계획대로 될 거야."

영지가 말했지만 정우는 끝까지 도리질하다가 고개를 숙였다.

"난 유인책에는 반대야. 그냥 조력자고 나발이고 우리만으로도 계획할 수 있다고. 부모가 있었던 사람한테는 가족이라는 구태의연한 원시 공동체를 쉽게 포기할 수 없는 뭔가가 있어. 우리 같은 코리아이는 절대 모르겠지만."

정우는 그렇게 말하고는 아차 싶어 영지를 쳐다보았다. 원시 공동체의 혜택을 누린 이가 바로 앞에 있었다. 영지는 부유한 집안의 딸이었다. 영지는 앞으로 삐져나온 머리를 넘기며 말했다.

"날 쳐다보지 마. 난 언제라도 가족과 절연할 준비가 돼 있어."

"이상을 위해 사사로운 인연은 신경 쓰지 않겠다. 뭐 그런 거야?"

정우의 말에 영지는 생각에 잠겼다. 대의를 위해 사사로운 인연을 끊는 것이 아니었다. 오히려 그 반대였다. 영지는 밤비 쏟아지는 커다란 창문 앞으로 갔다.

"내가 이 계획을 같이 준비하는 건 가족보다 더 사사로운 인연 때문이야. 그 사람이 새 세상에서 살길 바라는 거야."

"그 사람?" 정우는 질투 어린 눈으로 영지에게 물었다. "누군데?"

한 번도 만난 적 없지만 어쩌면 가족보다 더 가까운 사람. 나 자신이기도 한 사람. 영지는 어둑한 창문을 가리켰다.

"내가 매일 보는 혜리를 위해서야."

비를 맞고 있는 창문에는 영지의 얼굴이 비쳤다. 똑같은 얼굴을 한 혜리는 어딘가에서 코리아이로 살고 있을 것이었다. 만난 적 없지만, 존재를 아는 것만으로 가슴이 시렸다. 영지가 잘해서 회장의 자식으로 큰 게 아니었고, 혜리가 잘못해서 코리아이로 사는 게 아니었다. 그저 아무 의미 없는 우연의 결과였다. 그 우연이 발생한 것은 코리아이 시스템이 만든 사악한 필연이 있었기 때문이다. 수많은 영지와 혜리를 만들어낸 코리아이 생산체계를 장악하고, 부모에 큰 영향을 받는 이 구시대적 가족제를 해체해야 한다. 영지는 창문에 비친 자신의 모습을 보며 속삭였다.

"우린 무슨 수를 써서라도 성공할 거야."

결연한 자신의 모습을 뒤로하고 영지는 몸을 돌렸다.

* * *

플라스틱 알이 배양연구소에서 돌아왔다. 배양연구소는 완벽히 밝혀낸 인간의 유전자정보를 플라스틱 알에 넣었다고 했다. 하지만 유전자정보의 코드는 전부 암호화되어 있었다. 원하는 유전자를 찾아내 쓸 수가 없었다. 플라스틱 알을 가동하면 그저 배양연구소에서 설정한 유전자로 코리아이들이 태어날 것이다. 전투와 진압용 코리아이, 사무직과 서비스직과 생산직에 적합한 코리아이. 오직 이 두 종의 코리아이만 태어날 것이다. 마치 병정개미와 일개미가 태어나듯이.

이 상태로는 상우나 정우가 원하는 세상을 만들 수가 없었다.

상우는 무용지물인 플라스틱 알을 정우에게 주었다.

"암호를 해독해 줘. 미래가 이 알 속에 갇혀있어."

정우는 오랜 시간 동안 이 암호의 코드를 해독하는 데 매달렸다. 영지와 함께 사는 집 안에 틀어박혀 하루 종일 암호를 해독했다. 해가 뜨고 지는 것도 몰랐고, 컴퓨터의 시계 기능까지 가려버렸기에 시간이 얼마나 흐르는지도 알 수 없었다. 암호는 자체적으로 새로운 수열로 매초 변동되었다. 정우는 변화의 규칙을 해석하려 수많은 알고리즘을 짜 넣었지만 암호는 무작위로 생성되면서 어떠한 규칙적인 패턴도 남기질 않았다.

"정우야, 시간이 많이 없어. 곧 기업도시가 가동되면 코리아이들이 탄생할 거야. 암호를 해독해서 인공자궁 안에 새로운 미래를 넣어야만 해. 빠르게 움직이지 않으면 과거가 반복될 거야."

상우의 전화에 정우는 그저 노력 중이라고만 대답했다. 전화가 끊어지면 숨을 몰아쉬며 분을 삭이다가 베개며 이불이며 깨지지 않을만한 오만 것들을 다 집어던졌다. 정리로봇의 가느다란 팔이 따라다니며 어질러진 것들을 제자리에 돌려놓았다.

"집에는 언제 들어와?"

정우가 AR기기에 대고 물었다. 영지는 낮은음으로 숨을 쉬고는 대답했다.

"미안해, 정우야. 너도 엄청 바쁘겠지만 나도 그래. 우리한테 힘 실어줄 사람들을 찾는 게 쉽지만은 않아. 한 번이라도 더 만나보고, 한 명이라도 더 만나야 해."

"그래서 언제 올 수 있는데?"

정우는 영지의 말을 듣고 있지 않았다. 그저 언제인지 그걸 알려주길 바랐다. 영지는 한참 대답이 없더니 작은 목소리로 말했다.

"미안, 정우야."

정우는 전화를 끊었다. 전화를 끊고도 시간이 한참 흘렀다. 정우는 자신의 한계 앞에서 고함을 질러댔다. 집을 가득 채운 압박감에 몸이 압착되어 버리는 것만 같았다. 정우는 짐승처럼 바닥을 기다 쓰러졌다. 오래전부터 안 보이던 AR기기가 책상 아래 구석에서 빛을 뿜으며 울렸다. 먼지 가득한 틈으로 손을 집어넣어 AR기기를 꺼냈다. 영지에게서 전화가 오고 있었다.

"너 왜 몇 주간 연락이 안 돼? 메신저도 다 안 읽고. 무슨 일 난 줄 알았잖아."

무슨 일 난 줄 알았으면 찾아오지 그랬냐고 받아치려다 말았다. 정말 무슨 일이라도 났으면 영지를 보지도 못하고 그냥 죽게 되는 걸까. 정우는 부둥켜안듯이 제 팔을 꽉 쥐었다. 정우는 깊이 잠긴 목소리를 목구멍 밖으로 오랜만에 밀어냈다.

"일에 집중하고 있었어."

"오늘 조력자들 앞에서 인류 진화 선언문 발표하는 날이잖아. 30분 전인데 오고는 있는 거야?"

몰랐다. 조력자들에게 공개할 인류 진화 선언문의 초안을 몇 주 전에 만들고 있다는 것은 들었다. 그런데 벌써 발표를 한다고? 나를 두고? 나한테 보여주지도 않고? 새로운 세계를 선언하는 일을 나 빼고 하겠다고? 정우는 영지에게 위치를 받고는 마인드오더로 그 건물의 CCTV와 음향설비를 해킹했다. 정우는 택시에 올랐다. 기사는 씻지도 않은 그의 악취에 간신히 헛구역질을 참았지만, 정우는 핸드폰 속 상우의 모습을 보고 듣느라 조금도 신경 쓰지 않았다.

화면 속 상우는 넥타이를 고쳐 맸다. 좌중은 선언을 기다리고 있었다. 이 과정이 역사적 한 장면이 될지 괴짜들의 우스꽝스러운 의식으로 그칠지는 앞으로의 결과에 따라 정해질 것이다. 상우는 선언했다.

인류 진화 선언문

인류는 드디어 인간 유전자를 정복했다. 이제 인간은 후대 인간의 성질을 결정할 수 있다. 유전병과 질병을 통제하고, 신체능력과 지능을 강화할 수 있다. 인류는 선택의 기로에 섰다. 누구를 위해 기술을 쓸 것인가. 소수인가 전 인류인가.

소수의 가문만 우수한 유전자의 혜택을 누리는 세계를 상상해 보라. 아무리 노력해도 따라잡을 수 없는 우수한 지능과 체력과 면역력을 가진 극소수만이 대대로 권세를 갖는 세계. 그 세상의 인류에게는 과연 희망이 있는가. 힘의 비밀을 숨긴 반신이 지배하는 세계는 결코 아름다울 수 없으며, 인류는 절대 발전할 수 없다.

이 기술은 전 인류가 누려야만 한다. 어떠한 장애와 질병도 없이 모두가 뛰어난 지능과 우수한 신체를 지니고 태어나는 세계를 상상해 보라. 인류는 무한한 지식의 탐구자가 되어 세상의 위대한 원리를 밝혀낼 것이며, 선대가 망가뜨린 지구를 복원하고 사회체제의 모순을 바로잡아 합리적이고 선한 세계를 구축할 것이다.

인류여, 미래를 선택할 시간이다. 영원한 계급제 왕국의 신민이 되겠는가, 모두가 주인이 된 세계를 만들고 전 인류 진화를 꿈꿀 것인가. 완성된 유전자는 소수의 보물이 되어서는 안 된다. 인간종 진화의 양분이 되어야만 한다. 새 사람들이 새 시대를 열리라.

인류의 진화를 다음과 같이 선언한다.

하나, 인류 진화 선언은 전 인류의 유전자 개조를 통한 선천적 우열 없는 우수한 인류의 탄생을 목표로 한다.

하나, 인류는 인공자궁을 통해 인류를 재생산하며, 임신과 출산에서 해방된다.

하나, 후대의 인류에게 질병과 장애가 없는 강한 신체와 뛰어난 지능을 제공하여 꿈을 실현함에 어떠한 선천적 부족함도 없도록 한다.

하나, 보편적 교육기관을 통해 최고 수준의 육아와 교육을 평등하게 제공한다.

하나, 모든 생산과 물류를 자동화하여 인류는 산업형 노동으로부터 탈피한다.

하나, 가족제도와 상속제도는 폐기한다. 개인이 죽은 뒤 모든 재산은 국가에 환수된다.

하나, 환수된 재산은 두터운 사회 안전망과 보상적 복지를 위해 사용한다.

극소수의 과잉 축적은 재해였다. 자본시장 생태계를 쓸어버리지 않았던가. 오르지 못한 이들은 목숨을 바치며 돈을 벌고, 조금이라도 더 벌기 위해 인간성을 팔았다.

이제 그런 일은 없다. 가족제도의 폐기로 상속을 위해 쌓던 부가 사라진다. 상속을 위한 과잉 축적이라는 불쾌한 체증이 제거된 시장을 상상해 보자. 죽음의 허무함을 알기에 사람들은 돈에 짓눌려 살진 않을 것이다. 물론 막대한 부의 축적을 삶의 목표로 삼는 것은 합당하고 그 열망은 긍정적이다. 하지만 부의 축적은 오직 현재를 풍족하게 살아가기 위함이지, 더는 물려주기 위함이 아니다. 사람들은 생애의 행복과 안락한 노후를 위해서만 일할 것이다. 핏줄의 도움 없이 실력, 노력, 운으로 돈을 모아 일생의 풍요를 누릴 것이다. 건강하고 이상적인 자본주의가 실현될 것이다.

상속 대신 사회가 회수한 재산은 실패한 자들을 일으켜 주기 위해 사용할 것이다. 장애급여, 질병급여, 우울증급여 같은 두터운 복지가 계단에서 떨어진 이들의 손을 붙잡아줄 것이다. 또한 단체에 대한 성과적 지원과 개인에 대한 보상형 복지를 실현할 것이다. 취업준비급여, 사업준비급여, 고시급여, 예술급여, 철학급여, 기초과학급여, 노후급여 등의 항목을 포함한 국가급여 시스템을 도입할 것이다.

모두 하고 싶은 일을 하면서 돈을 벌 수 있다. 사람이 꺼리는 일이 생긴다면 그것은 기계가 맡아줄 것이다. 아직 그럴 기술이 없다면, 그 직업에 대한 급여를 높일 것이며, 그 직업을 자동화할 기술에 막대한 비용을 투자할 것이다.

"이런 세상을 만들기 위해 함께 힘을 보태줄 여러분께는 그에 상응하는 보상이 따를 것입니다. 이 세계를 펼쳐나갈 최초의 슈퍼코리아이는 바로 여러분의 자손들입니다!"

동조자들이 기립하여 손뼉을 쳤다. 정계, 재계, 학계, 사회계의 거물들과 그 외에도 영향력 있는 사람들이 박수를 보냈다. 선언에 동조해 힘을 보탠 자들의 자손에게는 새로운 사회를 이끌 초기 슈퍼코리아이가 될 기회를 최우선으로 부여했다. 그들을 대상으로 유전자조작이 진행되고 있다는 사실을 조금씩 퍼뜨릴 것이다. 윤리적 비판이 질투와 추종으로 바뀔 때까지 상우와 손을 잡은 엘리트들은 윤리적 시험대에 오를 것이다. 그것 또한 엘리트의 임무였다. 윤리적 논쟁의 승자가 되는 것.

아무도 그들을 비난하지 않는 날이 올 것이다. 팔짱 끼고 지켜보던 사람들마저 발등에 불이 떨어진 듯 제 아이를 인공자궁에 넣으려 할 것이다. 이 기술은 무상으로 제공된다. 가장 가난하고 약한 사람도 자신의 아이를 최고로 만들 수 있다. 새로 태어날 모든 아이들이 최고의 육신을 평등하게 누리리라. 신인류 모두가 슈퍼코리아이가 된다. 전 인류의 진화가 시작될 것이다.

신인류를 영재로 가르칠 보편적 교육기관에서는 가족제도라는 원시적 구습을 더는 답습하지 못하도록 가르칠 것이다. 그것이 만들어낸 폐단이 어떠했는지 알려줄 것이다. 신인류는 새로운 세상을 만들어낼 것이다. 그들은 천재다. 그들이 만들어낼 세상은 합리적이고 효율적이며 올바르고 선량할 것이다.

택시에서 내린 정우는 인파를 헤치며 뛰어 들어갔다. 인류 진화 선언이 비밀리에 끝나고 다들 애프터 파티를 위해 옥상 정원으로 올라가고 있다. 정우는 그의 악취에 얼굴을 찌푸리는 이들 사이에서 상우가 있는지 찾아보았지만 발견하지 못했다. 아직 무대에 있을까. 정우는 행사장 뒷정리를 하는 코리아이들을 지나쳐 단상 앞으로 갔다. 무대로 이어지는 층계에 앉아있던 상우가 물었다.

"왜 이제 왔어?"

"저 인간들이 특혜받는 인간들이지? 남들은 갖지 못할 우수한 유전자를 제일 먼저 자식에게 부여받을 특권자들."

상우는 대답하지 않았다. 이미 지난한 시간을 거쳐, 힘 있고 뜻있는 자들을 동원할 방법에 대해 무수한 토론을 해왔었다. 지쳐있는 상우에게 정우가 쏘아붙였다.

"모두가 한꺼번에 갖지 않는 이상 아무 의미 없어. 형은 지금 계급을 만드는 거야. 알아?"

"결국에는 모두 다 최고의 유전자를 갖게 될 거야."

"한 번 우리 손을 떠나면 소용없다고. 부모 있는 놈들한테 정글을 헤쳐 나가라고 칼을 주면 온순히 덤불을 벨 것 같아? 아니야. 뒤따르던 우리 목에 칼을 댈 거야."

"태어날 아이들은 천재들이야. 굳이 인류를 후퇴시키는 짓은 하지 않아."

몇 날을 말해도 도저히 좁혀지지 않는 이야기였다. 게다가 이미 벌어진 일이었다. 상우는 이미 그들에게 우수한 자식을 주겠다 약속했고, 그 약속을 어긴다면 그들은 진화가 아닌 인류의 퇴화에 앞장서게 될 것이다.

"내가 한 얘기는 왜 선언문에서 다 뺐어?"

"무슨 이야기?"

"혁명은 여기서 끝내면 안 돼. 우수한 유전자를 가졌다고 해도 이 세상을 바꿔놓지 않으면 물들어 버린다고. 신인류도 구시대의 수호자가 될 거야."

"상속제 정도만 없애는 것도 큰 혁명이야."

"다 바꿔야 한다고! 언제까지 경쟁 시스템을 가져갈 건데. 화폐와 시장경제, 국경 그런 구습을 언제까지 유지할 거냐고."

"허무맹랑한 소리 좀 적당히 해. 매번 넌 네 생각에 매몰돼서 떠들고 있잖아. 네가 하는 이야기 들어줄 사람 아무도 없어."

"그러면 형은 어떤데. 형 이야기 잘 들어줄 사람들만 모아서 선언문을 발표하고 있잖아. 왜 이 사람들만 데리고 가는데? 비코리아이 협력만 얻어낼 셈이야? 안 돼. 그렇게 되면 이 혁명이 성공했을 때의 모습은 우리가 생각하는 것과는 달라질 거야."

"그러면 코리아이를 끌어들일래? 코리아이는 개혁의 주체가 될 수 없어. 걔들은 지배계급에 맹목적으로 충성하는 계급의식 없는 노예야. 우리가 잘 만든 세상에 코리아이를 초대하면 돼. 코리아이는 이런 일 책임 못 져. 네가 제일 잘 알 거 아니야. 네가 코리아이 노조 만들려다가 조합원들한테 배신당했잖아. 그대로 빼앗긴 다음에도 네가 분신하겠다고 난리 쳐서 결국 혜리랑 헤어진 거 아니야. 코리아이가 끼어들면 결말이 어떻게 될지 뻔히 알잖아."

상우도 감정이 휘몰아쳤는지 정우에게는 금기시되던 노조와 혜리의 이야기까지 꺼냈다. 정우는 아직도 화상 자국이 몸에 남아있었다. 깃발을 등지고 떠나던 동지들이 기억났다. 노조 위원장이었던 정우는 차가운 새벽 거리에서 홀로 깃발을 들었다. 해가 떠오르고 다시 해가 질 때까지 동지를 기다렸던 정우는 아무도 없는 거리에서 조용히 깃발을 접었다. 정우는 울고 싶었지만 그럴 수 없었다. 당시가 떠오르자 정우는 악에 받쳐 소리를 질렀다.

"그러면 우리는? 우리도 코리아이야! 이런 근사한 무대에서 미래에 대해 떠든다고 형은 코리아이가 아닌 것 같아? 형은 뭐 코리아이 아니고 깨어있는 엘리트야? 아니야, 우린 다 똑같은 코리아이야. 노예가 우리 뿌리야. 노동자와 노예야말로 이 혁명의 주체야. 비코리아이 노동자 그리고 코리아이가 이 사회를 개혁할 수 있는 거라고!"

씩씩대는 정우를 바라보던 상우는 슬퍼진 눈으로 고개를 저었다. 좁혀지지 않는 생각의 충돌은 그 어떤 목적도 없이 감정만을 할퀴어대고 있었다. 상우는 감정을 추스르고 차분하게 말했다.

"코리아이로는 세상을 바꿀 수 없어. 이 싸움의 의미를 보여주는 것보다 더 중요한 것은 승리하는 거야. 무슨 수를 쓰든 반드시 이겨야 해. 그러기 위해서는 세상을 바꾸고 싶어 하는 뜻과 힘이 있는 사람들과 함께해야 해. 둘 중 하나라도 없으면 아무런 소용이 없어."

정우는 가슴을 두드리며 반박했다.

"그런 혁명이 성공할 수는 있지. 그런데 그게 언제 한번 진짜 민중을 위한 적이 있어? 소위 지식인과 직업혁명가라는 자들이 선두에 선 혁명의 결말을 알잖아. 선두에 선 이들은 결국 의원이 되고, 대통령이 되고, 서기장, 국방위원장이 됐지. 그런데 혁명의 목적이자 동력이었던 보통 사람들은 어떻게 됐지? 임금노예가 되고, 정당과 유명인에게 모든 것을 맡기는 정치적 노예가 되고, 독재국가 전위당의 노예가 됐어. 집권한 변절자들에게 반항한 사람들은 몰락하고 감금되고 추방당하고 숙청당했어. 이 싸움의 주체가 되지 않으면 지금의 코리아이는 계속 노예로 살아. 왜 모르냐고 그걸."

"코리아이는 체제에 세뇌됐어. 코리아이의 직접 행동을 기대해? 만약 한다면 오히려 교육기관과 배양연구소, 센터의 편에서 우리를 찌르겠지. 그 애들은 미래를 보지 않아. 현재만 사는 애들이야. 빚에 쫓기고 가난에 잠겨버린 사람들은 뭔가를 생각할 시간조차 없으니까."

"코리아이를 방관자나 적으로 남겨둬선 안 돼. 그러면 다 버려지고 도태될 거야."

"후대의 인간은 천재들이야. 그냥 그렇게 두게 놔두겠어? 숙청, 도태 그딴 건 없어. 합리적인 천재들은 반혁명적인 이들까지 모두 새로운 시대의 중요한 구성원으로 받아줄 거야."

"지금 코리아이를 우리 편으로 끌어오지 않으면, 당장 반동의 편에 강제로 세워질 거야. 등 떠밀려 우리에게 칼을 들이밀 수밖에 없다고. 우리 편으로 설득할 수 없다면 강제로라도 이 일에 끌어들여야 해."

"코리아이를 강제로 이용하자고? 그러면 넌 우리를 아무렇 게나 가져다 썼던 비인간적인 인간들이랑 뭐가 다른데?"

"어차피 비인간적인 세상이잖아. 그런 세상에 맞서려면 세상 과 똑같아져야지. 협박하고 내몰아서라도 함께 싸울 수 있다면 싸워야 하는 거야."

"넌 이 세상의 폭력성에 물들어버렸어. 목적을 위해 괴물이 되려는 거야? 그 괴물은 네 주위 사람들까지 잡아먹을 거야. 그 런 위험한 생각을 하고 있다면 이 일에서 빠져."

"나를 무슨 네차예프*처럼 생각하나 본데. 역겹게 구는 건 형 이야. 이상과 방식이 다르다고 내 머리에 총을 겨누려 하고 있 잖아."

정우가 으르렁거렸다. 상우가 그의 말을 막았다.

"너 플라스틱 알 암호 풀었어?"

"지금 다른 얘기 중이잖아!"

"말해봐. 유전자정보는 언제 빼낼래?" 상우가 공격적으로 물 었다.

"양자암호라 늦어진다고 했잖아."

---

* 러시아 혁명가로 혁명을 위해서는 속임수와 협박, 조작, 폭력 등 수단과 방법을 가리 지 않았다. 심지어 의견이 맞지 않았던 동료를 살해하기까지 했다. 네차예프가 추종했 던 혁명가 바쿠닌은 네차예프를 멀리하며 "혁명적 광기에 사로잡혀 있으며, 폭력적이 고 망상에 사로잡혀 있다."고 했다.

"얼마나 더 늦출 거야. 그 기술이 지금은 우리 손에 있어야 해. 힘 있는 사람들이 벌써 코리아이 배양연구소를 드나들고 있어. 자기 자식을 슈퍼코리아이로 만들려고. 곧 상속이 시작돼. 그러면 끝이야."

저들은 인공자궁에 자신의 아이를 집어넣을 것이다. 인공자궁에 들어간 아이의 유전자는 아무도 모르게 개조되어 나올 것이다. 개조된 아이가 탄생해 세상에 숨어들기 시작할 것이다. 개조된 인간들이 곳곳에 있다는 것을 깨달았을 때는 이미 돌이킬 수가 없을 것이다. 그때는 몇몇 집안의 슈퍼코리아이들이 결코 무너뜨릴 수 없는 견고한 피라미드를 구축한 뒤일 테니까.

"방법이 없는데 나보고 어쩌란 거야."

"힘들면 다시 줘. 여기 온 힘 있는 사람 중에 해결해 줄 수 있는 사람들 꽤 있어."

상우는 정우를 똑바로 쳐다보고 손을 내밀었다. 원망 가득한 눈과 할 말을 찾지 못해 우물거리는 입과 배신감, 분노로 뜨거운 콧김을 뿜어내는 코. 감정이 얼굴에 그대로 드러난 정우는 새빨개진 눈을 내리깔았다.

"조금만 더 시간을 줘."

"조금만이야. 정우야, 너 없이도 할 수 있어. 그런데도 기다려 주는 거야."

건조한 대답이 돌아왔다. 상우는 지쳐 보였다. 영지가 다가와 회담에 참여했던 이들이 다들 상우를 기다리고 있다고 했다. 영지는 정우에게도 함께 가자고 말했다. 정우는 그 말을 못 들은 척했다. 어차피 그곳에는 정우를 기다리는 사람이 없었다.

상우는 강당 밖으로 나갔다. 정우는 상우가 앉아있었던 계단에 앉았다. 눈앞에 내빈석이 보였다. 내빈석 등받이에 이름이 적혀있었다. '정우'라고. 정우는 자신의 이름이 적힌 빈자리를 보며 손등으로 눈가를 닦았다.

정우는 자리에서 일어섰다. 지금 있어야 할 곳은 이곳이 아니었다. 돌아가자. 내가 있어야 할 곳은 어둠 속이다. 이곳은 나의 자리가 아니다.

* * *

정우는 집에서 플라스틱 알을 들고 밖으로 나왔다. 어떠한 실마리도 잡히지 않았다. 지금 할 수 있는 방법은 직접 플라스틱 알을 배양시설로 가져가 사용해 보는 것뿐이었다. 이 플라스틱 알로 생명을 창조해 보고 각각의 암호가 어떤 유전자에 영향을 미치는지 암호를 빼고 넣어보며 작동시켜 보는 방법밖에 없었다.

기업도시 지하의 배양시설로 들어가 정우는 자동화된 기계를 조작해 정자와 난자를 인공자궁 안에 넣었다. 세심한 주사기가 두 개의 생명 조각을 합쳐 새로운 생명의 씨앗을 만들어 냈다. 정우는 플라스틱 알로 유전자를 변형시켰다. 특정 암호를 지우면 무엇이 발현되지 않고, 특정 암호를 넣으면 무엇이 발현되는지 알아내야만 했다. 새로운 생명의 씨앗은 정우에 의해 여러 번 선천적 특성이 변화되고 있었다.

그때 배양시설 안으로 한 무리의 3세대 코리아이들이 뛰어들어왔다. 정장을 입고 검은 가죽장갑을 낀 그들은 정우를 그대로 엎어뜨리고 두 손을 케이블타이로 묶었다. 입에는 뭉친 손수건을 물리고 그 위를 다른 손수건으로 묶었다. 시커먼 비닐봉지가 머리에 씌워지기 직전에 정우는 그들이 플라스틱 알을 조심스레 들어 올리는 것을 보았다.

정우는 기업도시 안 어느 사무건물의 조그마한 창고에 갇혔다. 의자에 손과 발이 묶였고 눈은 안대로 가려졌다. 얼굴 근육을 움직여 안대를 풀어보려 했으나, 안대와 얼굴을 이은 테이프가 잔뜩 붙어있는 탓에 벗겨내는 것은 불가능했다. 한참을 벗어나려 애써보았으나 소용없었다. 정우는 지쳐 축 늘어졌다.

문이 열리는 소리가 들리고 곧이어 구두 뒤축이 땅을 딛는 소리가 가까워졌다. 거칠고 묵직한 서회장의 목소리가 들렸다.

"우리 영지가 만나는 놈이 어떤 시시껄렁한 놈인지 보려고 사람을 붙여놨더니, 이거 아주 위험한 새끼였네. 내가 사람 안 붙였으면 어떻게 될 뻔했냐. 코리아이를 네 멋대로 개조하려고 해? 아주 또라이 같은 새끼네. 그래서 뭐 하려고. 코리아이를 뭐로 만들려고 한 거야?"

정우의 입에는 재갈이 물려있었다. 회장은 굳이 대답을 듣고 싶은 마음은 없는지 재갈을 빼주진 않았다. 서회장이 말을 이었다.

"아무튼. 코리아이 배양연구소에서는 자기네들 비밀이라면서 유전자정보를 전부 다 암호화해 놨어. 근데 넌 그거를 풀어보려 한 거지? 그러면 이게 돈만 좀 들이면 풀 수도 있다는 거잖아. 그렇지? 그런 생각을 내가 왜 못 했을까. 이 아이들을 오직 내가 원하는 방식으로 태어나게 할 수도 있는 거잖아. 나한테 완전히 충성하고 기술 어디 안 빼갈 천재 사무원과 이 도시를 나라로부터 지켜줄 강력한 경비원과 나머지 모든 일을 맡을 사람들로 채울 수 있는 거였어."

회장은 박수를 쳤다. 그는 왜 이 기술을 파볼 생각을 못 해봤을까 혼잣말로 계속 중얼거렸다. 그리고 정우의 안대를 거칠게 잡아떼었다. 접착력 강한 테이프가 정우의 살에 시뻘건 자국을 남겼다. 정우는 회장을 노려보았다.

"눈깔 봐라. 야, 네가 정말 우리 영지를 생각한다면 그건 알아야지. 이 기업도시를 물려받을 내 딸을 코리아이한테 내어주겠냐? 신분이 다르잖아. 이게 개인적인 문제가 아니야. 그냥 미천한 사람과 만나 결혼하는 게 아버지로서 배 아프고 이런 문제가 아닌 거야. 기업도시를 물려받는다는 것은 수많은 적과 도전자를 상대해야 한다는 뜻이야. 그걸 코리아이 남자친구가 지켜줄 수는 없어. 더 큰 힘을 끌어와야 하기 때문에 기업과 기업 간의 결혼이 필요한 거야. 영지의 옆자리는 그래서 네가 안 되는 거야. 개인적인 감정은 없어."

회장은 정우의 재갈도 풀어주었다. 정우는 입속에 뭉쳐있던 축축한 손수건을 뱉어냈다. 침이 아랫입술을 타고 길게 늘어졌다. 정우는 가래를 끌어모아 새하얀 바닥 위에 뱉었다. 자신을 노려보고 있는 청년의 눈을 서회장은 마주 보며 빙긋 웃었다.

"우리가 뭐 첫 만남은 안 좋다, 그렇지? 첫인상이야 차근차근 같이 일하다 보면 좋게 바뀌기도 하고 그런 거니까. 내가 자금이랑 인력이랑 확실히 붙여주면 너 이거 암호 풀 수 있겠냐?"

"내가 왜 당신을 위해 일해?"

정우가 으르렁거렸다. 서회장은 고개를 저으며 몸을 숙였다. 그의 거칠면서도 기름진 얼굴이 정우 코앞에 다가왔다. 평탄하지 않은 세월을 견뎌온 그의 깊은 주름에는 그늘이 가득했다.

"이건 나를 위한 작업이 아니야. 이 도시의 배양시설에서 코리아이들이 자랐을 때 나는 병실에 있거나 땅 밑에 묻혀있거나 그럴 거야. 이건 더 미래에 내 자리에 있을 우리 영지를 위한 일이야. 이 아이들이 영지를 지켜줘야 돼. 영지의 기반이 되어야 해."

회장의 생각은 명확했다. 그의 욕심은 회장 개인을 위한 것이 아니었다. 그의 유전자를 물려받은 이들의 번영. 서 씨 종이 누릴 무한한 영광을 위한 욕심이었다. 자신이 퍼뜨린 유전자를 보호하는 것은 인류에게 깊이 박힌 욕망이었다. 정우는 그 욕망이 얼마나 뿌리 깊이 박힌 것인지 알고 있었다. 그렇기에 굴레를 끊어내야 했다.

"내가 원하는 것은 당신이 원하는 것과 정반대야. 누구도 자손을 가질 수 없고, 자손에게 힘을 실어줄 수 없고, 누구도 남을 위해 일하지 않는 세상을 만드는 것이 내 목적이야. 당신이 만들려는 왕국은 내가 무슨 수를 써서라도 무너뜨릴 거야."

"너 우리 영지 사랑하잖아. 안 그래? 그러면 네가 그 옆자리에 있을 수는 없어도, 멀리서라도 영지를 지키려 온 힘을 다해야 할 것 아니야. 영지가 가진 것을 다 빼앗아 불태워버릴 게 아니라."

"영지가 가진 것은 당신으로부터 물려받을 지위와 재산이 아니야. 오직 옳은 미래를 위해 모든 것을 내려놓을 용기가 영지가 가진 것 중 가장 아름답고 위대하고 의미 있는 거야."

회장은 한숨을 쉬며 몸을 일으켰다. 정우가 뱉어낸 축축한 손수건을 집어 들었다. 정우의 머리채를 잡고 입에 손수건을 쑤셔 넣었다. 회장은 이해가 안 간다는 듯 고개를 절레절레 흔들었다.

"넌 지금 열사라도 된 것 같지? 그냥 오늘 넌 네 인생을 포기한 거야. 너 없이 내가 뭐 아무것도 못 할 줄 알았나 보지? 복호화해 주는 회사가 한둘도 아니고. 나도 뭐 영지 혼사 막을 너 같은 놈한테 기회 주려던 게 좀 잘못된 생각이었던 것 같다. 뭔 생각이었는지."

회장은 정우의 귀에 안대의 고리를 걸었다. 구두 소리가 멀어졌다. 정우는 눈과 입을 막은 모든 것들을 떨쳐내려 머리를 흔들었다. 하지만 어둠과 침묵은 마치 영원할 것처럼 정우에게 달라붙어 있었다.

하루가 지났다. 한참이 지났는지도 모른다. 시간을 가늠할 수가 없었다. 초를 세어보려고도 했지만 깨어있는 것도 아니고 잠든 것도 아닌 상태의 반복에 이어서 셀 수가 없었다. 조심스럽게 문이 열리는 소리가 들렸다. 두 사람의 발걸음이 살금살금 가까워졌다. 사형집행인이 들어온 것일까. 정우는 살고 싶어 몸을 앞뒤로 흔들었다. 정우는 의자와 함께 옆으로 엎어졌다. 재갈이 물린 채 비명을 지를 때 익숙한 손길이 정우의 뺨에 닿았다. 부드러운 영지의 손이었다.

"얼른 나가자."

벗겨진 안대 위로 영지와 상우가 보였다. 정우는 차라리 안대가 눈을 다시 가리길 바랐다. 정우는 자유로워진 입으로 마른침을 삼켰다. 건조한 바람이 갈라진 목소리를 내었다.

"미안해. 내가 다 망쳤어."

"그렇지 않아."

영지는 정우를 부축해 일으키며 말했다. 문밖으로 목을 빼고 망을 보고 있던 상우는 아무런 말이 없었다. 정우는 상우의 침묵에 고통스러웠다.

세 사람은 상우의 차로 이동했다. 상우는 이동하는 동안 AI 비서에게 명령해 지하차도의 모든 CCTV의 녹화를 일시적으로 중단시켰다. 상우는 정우를 호숫가의 한 식당 지하실에 숨겼다. 상우는 정우에게 새로운 AR기기를 주고, 그 안에 추적되지 않을 계좌를 연동해 두었다고 했다.

"정우야. 당분간만 여기 숨어있어. 여긴 안전할 거야."

달래듯 영지가 말했다. 상우는 정우를 쳐다보지 않은 채 건조한 목소리로 말했다.

"지금은 플라스틱 알도 빼앗기고 모든 게 틀어졌어. 회장이 나랑 영지의 움직임도 지켜보기 시작했어. 그렇다고 실패한 건 아니야. 회장을 설득하든 협박하든 아니면 몰아내든 다른 방법을 찾아볼 거야. 그래서 다시 플라스틱 알을 우리의 손에 넣을 거야."

그저 실낱같은 희망일 뿐이었다. 정우는 패배감에 머리를 숙였다. 영지는 정우를 안았다. 영지의 머리카락이 정우의 목에 닿았다. 머리카락의 끝은 따가웠다.

"분명 우리가 다시 해낼 수 있을 거야."

영지는 정우의 이마에 자신의 이마를 댔다. 정우는 고개를 끄덕였다. 두 사람이 나간 뒤 정우는 텅 빈 어두운 공간에 홀로 남았다. 모든 것이 빼앗겨 버렸다. 그것이 모두 정우의 탓인 것만 같았다. 견디기 힘든 좌절감에 휩싸여 딱딱한 바닥 위에 몸을 웅크리고 누웠다. 지하의 한기가 몸을 덮었다.

헤이마켓 광장

혜리는 예전 기억이 하나 떠올랐다. 대학교 청소노동자로 일
하면서 밤에는 텅 빈 강의실에서 몰래 공부하던 때였다. 마스
크를 쓴 한 사람이 강의실 안으로 들어왔다. 깜짝 놀라 도망치
려 했지만, 그 여자는 방해가 되었으면 미안하다고 오히려 사
과했다. 그 사람은 혜리를 빤히 보며 조심스럽게 다가왔다. 그
리고 혜리가 공부하는 시험문제를 들여다보았다. 여자는 혹시
어려운 문제가 있으면 도와줘도 되겠냐고 물었다. 혜리는 도움
이 필요 없었다. 애초에 혜리는 거의 만점에 가까운 점수를 맞
고 있었다. 그저 유효기간이 지나 다시 시험을 쳐야 했을 뿐이
었다. 만점에 가까운 성적표를 들고도 코리아이를 받아주는 곳
은 없었다.

"미안해요. 내가 좀 주책맞죠? 그냥 내 모습을 보는 것 같아서 그래요."

여자는 그렇게 말하며 웃었다. 혜리는 제 또래로 보이는 사람이 한 세대 위 연배의 사람처럼 말하는 것이 의아했다. 여자는 갑자기 쓰고 있던 AR기기로 혜리에게 돈을 송금했다. 혜리의 구식 스마트폰에는 월급 두 달 분의 금액이 입금되었다고 표시되었다. 보낸 사람 이름은 영지였다. 무슨 영문인지 몰라 어리둥절한 혜리 옆으로 영지가 다가와 무릎을 꿇었다.

"한 번만 안아봐도 될까요?"

"왜 이러세요. 저는 그런 일 하는 사람 아니에요."

혜리가 몸을 뒤로 뺐다. 영지는 손으로 자신의 이마를 치고는 고개를 끄덕였다.

"그건 오해예요. 미안해요. 난 뭔가 오래 봐온 사람 같은데, 그쪽은 그렇지 않겠네요."

"무섭게 왜 이러세요. 돈도 그냥 가져가세요."

"미안해요. 돈은 꼭 쓰세요. 그냥 선의였어요."

영지는 서둘러 강의실 밖으로 뛰쳐나갔다.

혜리는 그 기억이 떠올랐다. 계좌에 찍혔던 영지라는 이름. 모든 사정을 알았다면 마주 안아주었을 것이다. 또 다른 나에게 위로받기 위해, 두 명의 내게 주어진 이 기이한 운명을 다시 보기 위해. 하지만 이제는 그럴 수 없었다. 영지는 없다.

붙잡힌 상우를 만나고 나온 혜리는 코리아이 센터 밖에서 어찌할 줄 모르고 서있었다. 이제 돌아가고 싶어도 갈 수가 없었다. 센터를 지키는 경찰의 방패 앞에는 수많은 시위대가 있었고 그 뒤에는 다시 경찰과 버스를 이어 세운 차벽이 있었다. 다시 돌아가 센터의 직원에게 차로 데려다 달라고 부탁해야 할까 싶었지만, 센터로 다시 들어가고 싶지 않았다.

혜리는 경찰 중에서 코리아이가 아닌 사람을 찾았다. 거대한 3세대 코리아이들 사이에서 가슴팍에 무전기를 차고 검은 선글라스를 낀 사람이었다. 혜리는 그동안 쓸 일 없던 계약직 사원증을 내밀었다. 센터 사람임을 확인한 경찰은 사원증을 보이게 걸고 지나가면 기동대가 막을 일은 없을 거라고 했다. 혜리는 손에 쥔 사원증을 거의 입에 붙이다시피 올린 채 경찰들 사이를 지났다.

"빠져나가실 때까지는 저랑 같이 가시죠."

커다란 코리아이 하나가 따라붙었다. 코리아이는 펜스가 쳐진 차도로 혜리를 안내했다. 시위대는 이제 자리를 잡고 앉아서 연설하는 사람의 선창에 맞춰 구호를 외치고 있었다. 공격적으로 구는 사람은 없었음에도 혜리는 무슨 일이 벌어질까 두려워 사원증을 다시 옷 안에 감추었다.

차벽 밖에는 시위대에서 잠시 이탈한 사람들이 삼삼오오 모여있었다. 담배를 피거나, 물을 마시거나, 조용한 곳을 찾아 잠시 담소를 나누러 온 사람들이었다. 혜리는 경찰관에게 지하철 역까지만 데려다 달라고 했다. 경찰은 아무 말 없이 혜리의 팔을 잡고 다른 곳으로 이끌었다. 혜리는 이 여자가 잡아끄는 것은 안전을 위한 것이겠거니 생각하고는 군말 없이 따라갔다.

잠시 뒤 폭발음이 차벽 너머에서 울렸다. 연기가 치솟고 사람들이 비명을 질렀다. 경찰에게서 무전음이 들렸다.

"시위대와 기동3중대 사이에서 폭발이 발생했습니다. 지원 바랍니다."

경찰 드론이 일제히 날아가 진압용 음파를 쏘아 보냈다. 갑자기 밀려오는 두통과 구토감에 혜리는 헛구역질을 하며 주저앉았다.

차벽 밖에서 대기 중이던 기동대도 일제히 시위대를 향해 달려갔다. 동지가 잡혀가지 않게끔 서로 팔짱을 낀 시위대는 주저앉았다. 경찰들은 우악스레 팔을 잡아떼며 한 사람씩 바닥으로 잡아끌었다. 한쪽에서는 시위대가 와해되고 있었으나 다른 한쪽에서는 경찰의 방패와 헬멧을 빼앗고 그들을 붙잡아 눕혔다. 3세대 코리아이는 거대했으므로 한 사람에 거의 다섯 명은 붙어야만 했다.

시위대 한 명이 차벽에 올라 고함을 질렀다. 이럴 때가 아니라고. 지금 구급대가 필요하다고. 시위대와 경찰이 폭발로 중상을 입었다고. 그렇게 외치던 사람은 곧바로 드론이 발사한 테이저건에 몸을 굳히며 버스 아래로 떨어졌다.

혜리와 함께 있던 경찰은 토악질하고 있는 혜리를 일으켰다. 몇 초 뒤 혜리 앞에 택시가 왔고 경찰은 혜리를 택시 안에 태웠다. 코리아이 택시 기사는 혜리에게 행선지를 묻지 않았다. 그는 곧바로 출발했다. 혜리는 그에게 내려달라고 했지만, 기사는 대답하지 않았다.

눈 아래로 센터의 남자에게서 전화가 왔다는 표시가 떴다. 전화를 받아야겠다고 생각했지만, 오히려 기기는 통화를 정말 거부하겠냐는 알림을 띄웠다. 헤리의 뇌파를 읽고 띄운 것이다. 무의식이 그와의 통화를 거부하고 있었다. 하지만 헤리는 전화를 받았다.

"헤리 씨 현장에 있어? 지금 난리도 아니야. 시대가 어느 땐데 갑자기 폭발물이 터지고 진짜. 괜찮은 거야?"

"전 괜찮아요."

"내 생각에 이거 분명히 정우야. 이런 극악무도한 짓을 할 사람은 정우밖에 없어. 헤리 씨는 지금 어디야?"

"택시 안이요."

"어디 가는데?"

"저도 모르겠어요……."

남자는 그게 무슨 소리냐고 했다. 목적지를 모르는 택시가 말이 되냐고. 아무리 마인드오더로 택시를 불렀더라도 본인이 생각한 목적지가 있을 것 아니냐고 물었다. 헤리는 정말 모른다고 했다. 헤리가 기사에게 어디로 가는 거냐고 물었지만, 기사는 입을 열지 않았다.

잡음이 들리더니 점점 남자의 목소리가 멀어졌다. 그리고 이내 통화가 끊겼다. 헤리가 다시 걸어보려고 했지만, 통신망 상태가 좋지 않다는 안내 문구만 나타났다. 곳곳에서 기기에 대고 현장 상황을 알리느라 통신망이 마비된 것 같았다.

코리아이 택시 기사가 틀어놓은 라디오에서는 센터 앞에서 벌어진 폭발사고와 관련된 보도를 실시간으로 전하고 있었다. 중상자만 서른 명이 넘으며 위독한 사람이 네 명이라고 했다. 구급차가 진입했으나 시위대와 경찰의 충돌로 접근이 용이하지 않으며, 소방헬기가 코리아이 센터 옥상 헬기장에 착륙해 위급한 인원을 우선적으로 이송하고 있다고 했다.

코리아이 센터 관계자에 따르면 해당 폭발은 기업기술 탈취 혐의로 추적 중인 코리아이의 소행일 것으로 추정된다고 했다. 평소 폭력적인 성향을 보이던 해당 코리아이는 최근까지 상우와 서회장의 밑에서 일했으며, 그들과 어떠한 관계가 있는지 센터 내부 차원에서 조사 중이라고 했다.

오늘 오후에는 서울 각 도심에서 비코리아이 노동권 보장을 위한 노조의 총궐기대회, 종교단체와 보수단체의 반코리아이 인류수호 집회가 예정되어 있었다. 앵커는 이번 사태로 인해 집회에 더 많은 인원이 몰릴 것으로 추정된다며 교통 혼잡과 대규모 충돌 사태를 예고했다.

시위대 행렬 때문에 차는 좀처럼 움직이질 못했다. 혜리는 창문 너머를 보았다. 곳곳이 아수라장이었다. 시위에 참석하지 않으려던 사람들까지 이 지역에서 탈출하기 위해 모두 밖으로 나온 것 같았다. 사람들이 소리쳤다.

"코리아이가 반코리아이 시위대에게 폭탄을 던졌다!"

분노가 차오를 대로 차오른 사람들은 지나가던 코리아이 청소부를 넘어뜨리고 발로 밟았다. 코리아이 카페 점원의 멱살을 잡았고, 용접하고 있는 코리아이의 등을 밀었다. 그러자 3세대 코리아이 경찰과 사복을 입은 정체불명의 코리아이들이 그 사람들을 붙잡아 바닥에 패대기쳤다. 마치 종간의 전쟁이 시작된 것만 같았다.

서울시청 앞에서는 총궐기가, 광화문에서는 보수단체와 종교단체 시위가 이어졌다. 시위가 벌어지는 역에는 지하철이 서지 않고 통과했지만, 근처 역의 모든 출구에서 사람들이 기어올라와 파업과 시위에 합류했다. 화물차와 관광버스가 도로를 막았다. 한쪽에서는 노조기를, 다른 쪽에서는 성조기를 휘둘렀다. 좌우의 하층민들이 서울을 점령했다. 어설프게 참여한 이들마저도 구호 속에서 과열됐다. 목구멍이 찢어져도 뜨거운 응어리를 쏟아냈다.

"사람을 잡아먹는 코리아이 제도 분쇄하라! 불법적인 유전자 개조 금지하라!"

"어미가 아닌 기계의 배에서 나온 마귀를 척살하라! 섭리를 어긴 유전자조작 금지하라!"

보수당 논객이 양대 노총의 총파업에 거국적으로 연대하겠다고 선언했다. 관광버스 한 대가 위치를 잘못 알고 서울시청 앞에 섰다. 등산복 입은 시위대는 한 시간가량 잘못 왔다는 것을 눈치도 못 채고 총궐기 대회에 참여했다. 여기나 저기나 똑같이 코리아이는 죽으라고 하고 있었으니 잘못 온 줄도 몰랐던 것이다. 언론에서는 충돌을 예상했지만 두 집단의 충돌은 없었다. 거리에서 마주친 좌우의 대오는 서로를 격려하고 응원했다.

코리아이를 상대로 한 좌우합작이었다.

서울 근교에 머무는 코리아이들은 문자를 받았다. 시위가 진행되는 여의도와 광화문 근처로는 이동하지 말 것. 야간에 늦게 돌아다니지 말 것. 부득이한 경우에는 가까운 파출소로 모여 함께 이동할 것. 발신자는 코리아이 센터였다.

"여기서 내리세요."

택시 기사가 말했다. 문은 자동으로 열렸다. 시위와 진압이 한창 진행되고 있었다. 이곳에 내렸다가는 어느 편으로부터든 린치를 당하게 될 것만 같았다. 하지만 뒤에선 차가 경적을 울려댔고, 택시 기사를 노리고 몽둥이를 쥔 비코리아이가 다가오고 있었다. 혜리는 어쩔 수 없이 차에서 내렸다.

"아흔아홉 번 패배할지라도, 단 한 번 승리, 단 한 번 승리."

혜리도 아는 노래였다. 저 노래를 이제는 함께 부르지 못하고 적대적인 위치에 서서 들어야만 했다. 한때 코리아이촌 빌라 원룸 창문을 열어두고 정우와 혜리가 부르면, 코리아이 노조에 참여했던 모든 코리아이들이 따라 부르던 노래였다. 하지만 이제는 부를 수 없다. 코리아이는 굴종과 배신의 대가로 노래를 빼앗겼다.

해산하라는 무미건조한 방송이 반복되고, 코리아이 진압대가 방패로 바닥을 끌었다. 거대한 덩치로 사람들을 밀치고 짓눌렀다. 팔짱 끼고 누운 여성들의 팔과 어깨를 짓밟았다. 막으려 손을 뻗으면 그대로 진압대 속으로 빨려 들어가 발길질을 당했다. 겨우 도망친 이는 뺨과 입술이 찢어져 끈적한 피를 질질 흘리며 아스팔트 위를 기어갔다. 그러나 얼마 못 가 발목을 붙잡힌 채 경찰버스로 끌려갔다.

경찰버스 안에서 한 아버지가 창문에 손을 대고는 "괜찮아. 괜찮을 거야." 하고 말하며, 버스 밖에서 창문에 손을 대고 울부짖는 아들을 진정시켰다. 같은 작업복을 입은 아들이 차로 다가가다 눈에 가스를 맞고 웅크렸다. 아버지는 벌떡 일어났다. 버스 안에서 3세대 코리아이는 사정없이 몽둥이를 휘둘러 아버지를 제압했다.

코리아이는 아기가 어떤 존재인지 몰랐다. 그러기에 유모차마저 엎어버렸다. 비명을 지르는 엄마의 머리채를 그대로 잡아끌었다. 엎어진 유모차에서 아기가 울었다. 주변에는 나뒹구는 사람만 가득할 뿐, 손 뻗어줄 사람은 아무도 없었다.

헤리가 조심스레 다가가 유모차를 세웠다. 어디로 밀어야 할지 몰랐다. 앞에서 노동자와 진압대가 뛰어다녔다. 그대로 멈춰서서 덜덜 떨고만 있었다. 유리창 깨지는 소리에 놀라 유모차를 놓쳤다. 뒤에서 진압대가 헤리의 목덜미를 잡았다.

"저 코리아이예요."

헤리는 다급하게 그러나 작게 말했다. 진압대의 몽둥이가 태양을 가렸다. 부르르 떨리는 손은 간신히 붙잡은 이성으로 헤리를 내려치는 것을 망설이고 있었다. 헬멧 속에 부릅뜬 눈은 화약이 터지는 것처럼 위협적이었다. 요란하게 떨리는 손으로 겨우 지갑에서 신분증을 꺼냈다. 성 없는 이름을 확인하고 나서야 진압대는 헤리를 놓아주었다.

유모차를 돌아봤다. 관성을 따라 밀려가고 있다. 바퀴는 목적 없이 굴렀다. 방향을 잃고 이리저리 꺾이는 대로 밀쳐지는 대로 흐르고서야 멈출 것이다. 혜리는 몸을 돌렸다. 유모차를 끝까지 잡고 있을 자신이 없었다.

건너편 편의점에는 붕대를 사러 간 시위대가 점원의 멱살을 잡았다.

"너도 코리아이지? 알바면 너도 코리아이일 거 아니야!"

그렇게 고함을 질러대니 계산대 뒤 코리아이는 벌벌 떠는 두 손으로 얼굴을 가렸다. 술에 취한 주먹이 어깨 너머로 불쑥 솟아 코리아이를 때렸다. 코리아이가 맞는 동안 사람들은 담배며 술이며 들 수 있는 만큼 집어 가게를 빠져나갔다.

"뭐라도 마실래?"

편의점에서 양손 두둑이 뭘 집어 오는 무리에서 한 사람이 튀어나와 말했다. 정우였다. 캔맥주를 따서 혜리에게 내밀었다. 부글부글 흰 거품에 엄지가 잠겼다. 거절하려고 고개를 흔들었지만 정우는 한 번 더 권했다. 시험일까. 혜리는 맥주를 받아쥐었다. 혜리는 맥주캔에 입을 대었지만 한 방울도 입에 넣지 않았다. 그를 상대하려면 제정신이어야만 했다.

"누구랑 누가 싸우는 건지 보여?"

정우가 물었다. 코리아이와 코리아이가 아닌 사람들. 혜리는 눈에 보이는 대로 말했다.

"원래는 사람들이 센터랑 정부에 맞서 싸웠어야 해."

혜리는 부정하진 않았다. 코리아이를 사람들의 적대자로 만들어낸 것은 코리아이 센터와 정부였다. 함께 어울릴 수도 있었다. 코리아이가 노예가 아니었다면 이런 분노가 생길 일은 없었다.

"화살은 코리아이한테로 돌아갔어."

정우는 뻔한 수법이라고 했다. 힘이 있는 자들은 다른 곳으로 눈 돌리게 하는 것에 아주 뛰어난 재능이 있다. 그래서 높은 사람을 미워하기란 쉽지 않았다. 너무 높아 눈에 띄지 않기에 그들이 존재하는 것조차 잊고는 했다. 시선 아래에 있는 사람들은 너무도 잘 보였다. 보고 싶지 않아도 바퀴벌레처럼 나타나 자신의 것을 빼앗는 것이 뻔히 보였다. 오물 묻은 동전 몇 푼만 받으면서도 기꺼이 부역자가 되는 코리아이. 밟지 않고서는 견딜 수가 없을 테지. 마리오네트 줄을 쥔 사람 손은 보지도 못하면서.

"센터 앞에서 폭발이 있었어."

혜리의 말에 정우는 아무런 반응을 보이지 않았다. 그런 태연한 모습이 의심스러웠다.

"네가 한 거야?"

"그럴 리가."

"내 눈 보고 말해봐. 네가 한 거 아니야?"

정우가 고개를 돌렸다. 정우의 눈은 흔들림이 없었지만 아무런 생기도 없었다. 마치 무슨 일을 저지른 것 같은 사람처럼.

"헤이마켓의 폭탄은 누가 터뜨렸을까?"

정우는 그렇게 수수께끼 같은 질문으로 대답했다. 1886년 5월 1일 시카고 헤이마켓 광장에서 시위대와 경찰 사이에 폭발이 있었고, 현장에 있지도 않은 아나키스트들이 범인으로 몰려 사형선고를 받았다. 본인은 아니라는 뜻일 것이다. 혜리는 도저히 의심을 지울 수가 없었다. 정우는 위험한 사람이었다.

하지만 이 위험한 사람에게서 도망칠 수도 없었다. 상우에게도 회장에게도 없는 열쇠가 정우에게 있을 확률이 높았다. 혜리는 답답했다. 센터의 남자는 정우나 빨리 잡을 것이지, 무엇을 하고 있는 것일까. 혜리가 직접 나서서 움직일 방법밖에는 없어 보였다.

"널 찾으려 했어. 네가 가진 계획을 들어보고 싶어서."

혜리는 정우를 보며 말했다. 정우는 놀라지도 않고 고개를 끄덕일 뿐이었다.

"그럴 줄 알았어."

정우의 태연한 그 말에 혜리는 반발심이 생겼다. 정우를 자극하지 않는 것이 나았겠지만, 혜리는 다 아는 듯 구는 정우의 태도가 심히 불쾌했다.

"뭘 어떻게 알았는데?"

"영지는 이 혁명에 죽는 순간까지 함께했어. 그러니 너도 그러리라는 것을 알고 있었지. 두 사람의 유전자는 같으니까."

"유전자가 같다고 성격까지 같진 않지. 그 사람은 잘난 부모 밑에서 자유롭고 진취적으로 컸고, 난 교육기관에서 코리아이로 길러졌어. 나랑 영지의 성격은 다를 수밖에 없어."

정우는 웃으면서 고개를 저었다.

"넌 아무것도 몰라 혜리야."

상대가 들으면 불쾌하리라는 것을 전혀 생각하지 않는 것일까. 혜리는 이를 악물고 감정을 다스렸다. 정우가 손짓했다.

"따라와. 같이 가자."

공중에 뜬 경찰 드론이 사람들 얼굴을 인식하며 촬영하고 있었다. 혜리는 고개를 들어 드론을 똑바로 마주 보았다. 혹시나 센터의 남자가 혜리와 정우가 함께 있음을 확인해 주길 기대했다. 빨리 오라는 정우의 재촉에 혜리는 어쩔 수 없이 가스 묻은 신발로 발자국을 남긴 채 거리를 떠났다.

소거

교육기관 복도에 구두 소리가 울렸다. 정장 입은 무리가 엄숙하게 행군했다. 보안교사가 첨병이 되어 허리를 앞으로 기울인 채 "이쪽으로, 이쪽으로." 하며 무리를 안내했다.

무리 뒤쪽에는 떨떠름한 표정의 센터의 남자도 있었다. 복도를 지나가다 말고 창문 앞에 멈춰 섰다. 교실에서 납땜하는 아이들 눈에는 아무런 생기도 없었다. 예전에는 저러지 않았다.

모퉁이에 선 교육기관 교사가 얼른 따라오라며 손짓했다. 애 취급하는 것도 아니고 말로 하지, 손짓은. 남자는 속으로 중얼거렸다. 존대하기 싫어서 말을 안 하는 것일까. 교사는 이 행진을 이끌면서도 센터 사람들에게는 친절한 눈빛을 보내지 않았다. 교육기관과 센터는 미묘한 경쟁 관계였다. 교육기관은 어른 코리아이도 관리하고 싶어 했고, 센터는 어린 코리아이까지 관리하길 원했다. 서로 호시탐탐 기회만 노리고 있었다. 교사는 센터의 남자가 따라오는 것을 확인하고서는 서둘러 선두로 나섰다.

선두에는 정치인이 있었다. 직책은 코리아이 수석비서관이었다. 코리아이 운용방안을 대통령에게 진언하는 위치에 있는 사람이었다. 그 직책은 센터와 교육기관에게 노동부와 교육부보다도 더 큰 영향력을 행사했다. 지금의 코리아이 수석은 이전 정부 노동부 장관 출신이라, 아무래도 교육기관보다는 센터와 친했다. 그랬기에 오히려 직계 라인이 아닌 교육기관에서는 눈에 더 잘 띄려고 기를 썼다. 살랑살랑 웃으며 그와 끊임없이 눈을 마주치려 하는 교육기관 교사라니. 꼬리만 있었더라면 모터 달린 듯 신나게 흔들고 있었을 것이다. 남자는 그 모습이 처량해 보였다.

"이 아이들입니다."

교사는 교실로 들어갔다. 교실을 가득 채운 아이들이 문으로 들어온 어른들을 봤다. 아이들 표정은 저마다 달랐다. 불안하게 떨리는 눈으로 어른들과 눈을 마주치는 아이도 있었고, 덜덜 떨고 있는 아이도 있었고, 고개를 푹 숙이고 입술을 질끈 깨물고 있는 아이도 있었다. 현실을 보고 싶지 않은 것처럼 허공을 응시하는 아이도 있었으며, 조용히 울고 있는 아이도 있었다.

"아까 보신 것처럼 우울증 진단과 사회적응평가 그리고 삶의 의지 진단을 진행한 뒤 부적합 판정을 받은 아이들은 사회적응 훈련 교육을 마칩니다. 이 아이들은 교육이 완료된 후에도 삶의 의지 진단평가에서 부적합 판정을 받은 아이들입니다. 여기까지 온 애들은 자살할 위험이 10점 중 7점 이상입니다. 사실상 곧 자살할 아이들이라고 봐도 무방합니다."

고개를 끄덕이던 코리아이 수석은 다음 과정이 어떻게 되는지 물었다. 교사는 멍한 표정의 아이 어깨에 손을 올렸다.

"이후의 과정은 안락사 단계입니다. 시연이 준비되어 있으니 과정은 직접 확인하시죠."

코리아이 수석은 그러자고 했다. 센터의 남자는 마음에 들지 않았다. 도대체 죽이긴 왜 죽이는 건지. 밖에 나가면 이 아이들이 할 일이 얼마나 많은가. 이것은 노동력의 낭비다.

"아이들 허락은 받은 겁니까?" 이 모든 게 불만스러운 센터의 남자가 물었다.

"네가 얘기해 보렴." 교사는 아이의 어깨를 두드렸다.

"네. 죽고 싶어요." 코리아이는 무표정하게 말했다.

그 말은 진심이었다. 아이의 눈에는 죽고자 하는 의지 외에는 어떠한 의지도 없었다. 누가 교육기관에 허무의 독을 풀었는가.

"서약서도 다 작성했습니다. 우울증이나 사회부적응 진단 내역도 다 한 명 한 명 빠짐없이 기록되어 있고요." 교사는 자랑스레 말했다.

코리아이 수석은 자세한 사항까지는 관심이 없는지 절차상 문제만 없게 잘 처리하라고 했다. 만족스러워 보였다. 센터의 남자는 입술 안쪽을 깨물었다. 코리아이 수석도 감이 떨어졌나. 바깥에서 반코리아이 운동 좀 한답시고 겁을 먹은 것이 분명했다. 그러니 코리아이 배출량을 감축하려는 거겠지. 이래서는 미래가 오지 않을 것이다. 과거를 역겹게 연장할 뿐.

"자, 애들아 나가자."

아이들은 죽음을 앞두고서도 질서정연하게 줄을 지어 나갔다. 아이들은 운동장 진입로에 섰다. 차례로 팔을 걷었고, 양호교사는 조립라인에서 납땜하듯 그 팔에 차례로 주사를 놓았다. 양호교사 옆에서 대기하던 교사가 시신 가방을 나눠줬다. 아이들은 운동장 가운데로 걸어가 가방 지퍼를 열고 날개처럼 펼쳤다. 신발을 벗고 올라갔고 그 위에서 옷을 하나씩 벗었다. 교사한 명이 상자를 담은 끌차를 끌고 운동장을 가로질러 왔다. 아이들이 옷을 상자 안에 넣었다. 옷은 살아있는 코리아이에게 다시 배분될 것이다.

센터의 남자는 주머니에 손을 꽂고 운동장을 바라봤다. 가방에서 뻗어 나온 어린 팔들. 아이들의 팔이 지퍼를 턱밑까지 스스로 올렸다. 몇 분 뒤 양호교사가 아이들의 동공과 맥박을 확인하며 돌아다니고, 그 뒤를 따라다니던 다른 교사가 아이들의 의식이 없는 것을 확인하고는 지퍼를 마저 올려 얼굴마저 덮었다. 곧 트럭이 도착했다. 아무런 표정도 없는 성인 코리아이들은 묵직한 가방을 트럭에 채우고 떠났다. 교육기관 교사가 말했다.

"아이들은 모르지만, 아직 저 애들은 죽은 상태가 아닙니다. 약은 수면제입니다. 사후에 장기기증하는 것보다는 살아있는 수면 상태에서 진행하는 게 더 건강한 신체를 남길 수 있습니다. 적출과 보관 모든 면에서요. 적출이 완료된 후 아이들 소원

대로 안식을 받게 됩니다."

코리아이 수석은 아주 생산적이라면서 박수를 보내자고 했다. 다들 열렬히 손뼉을 쳤다. 센터의 남자는 담배를 물었다. 그걸 발견한 교사가 교육시설 내에서는 금연이라 말했다. 수석비서관은 교육기관이 성과를 내니 센터가 속이 쓰린가 보다고 그냥 피우라고 농담을 던졌다. 사람들이 웃었다. 센터의 남자는 불까지 붙여버릴 심산이었지만, 센터의 다른 동료들이 무슨 짓이냐는 눈을 하고서 그의 손을 붙잡아 내렸다. 남자는 담배를 그대로 부러뜨려 바닥에 던졌다.

교육기관을 벗어나려 주차장으로 향했다. 그의 부하직원들이 남자의 빠른 보폭을 쫓지 못해 거의 뛰다시피 달려오고 있었다. 센터의 남자는 이를 갈며 말했다.

"코리아이 반대 시위 좀 났다고 코리아이 애들을 그냥 죽여? 이게 말이 돼?"

남자의 말을 제대로 듣지 못한 센터의 직원들이 멀리서 뭐라 하셨냐고 되물었다. 센터의 남자는 우뚝 멈춰 서서 교육기관을 노려봤다.

"앞으로 사회의 밑바닥 기반이 될 애들이야. 좀 살기 싫어한다고 그냥 죽여버려? 죽고 싶어도 살 수밖에 없게끔 길러내야 할 것 아니야. 그게 교육기관이 해야 하는 일이잖아. 지금 이건 직무유기야."

센터의 남자는 으르렁거리며 차 문을 열었다. 부하직원이 차 문을 열어두지 않았는지 차 문은 힘주어 당겨도 열리지 않았다.

교육기관 교사들은 뇌파로 문 열리는 차로 바꾸었다던데 그것도 괜히 질투가 났다. 아마 저 아이들을 죽인 돈으로 다들 차를 바꾼 것일 터였다. 차 키를 가져온 직원이 황급히 뛰어와 문을 열었다.

남자는 직접 운전하겠다며 운전석에 올랐다. 담배를 입에 꼬나물고 유리창에 송출되는 내비게이션으로 목적지를 설정하는데, 유리창 화면 한쪽에 통화 버튼이 떴다. 발신자는 혜리였다. 센터의 남자는 눈으로 화면을 조작해 통화를 승인했다.

"정우 창원에 있어요."

혜리가 다급히 말했다. 남자는 갑자기 무슨 창원이냐고 말했다.

"공단이요. 공단에서 만드는 자동화 기계를 플라스틱 알로 조작해 둘 거래요."

그제야 남자는 창원산업단지에서 기업도시에 들어갈 자동화 기계를 만들어내고 있다는 사실이 떠올랐다. 정우는 플라스틱 알로 그 기계들을 조작해 둘 셈이었다. 플라스틱 알을 작동시키려면 회장의 유전자가 필요했다. 회장의 유전자를 어떻게 구한 것일까. 혜리가 준 것일까. 아니, 혹시 지금 정우가 혜리를 납치해서 창원까지 간 것일까. 의문이 남았지만 그걸 고민할 시간은 없었다. 모든 것은 직접 확인해야 했다.

"그래요. 혜리 씨는 지금 어디야?"

대답을 듣지 못하고 전화는 끊어졌다. 남자는 이를 드러내며 중얼거렸다.

"아니, 이 싸가지가⋯⋯."

그래도 혜리가 밉지는 않았다. 고집은 있지만 시키는 대로 모든 일을 잘 수행해 주고 있다. 센터의 남자는 코웃음을 흘리며 엑셀에 발을 올렸다.

화재

　남자는 불바다가 된 공단을 바라보았다. 곳곳에서 연기가 치솟았다. 공장을 살라먹는 불길 뒤로 붉은 달이 연기에 가려졌다. 남자는 조그마한 AR기기를 공기놀이하듯 손바닥 위에 올리고 공중에 던졌다 받기를 반복했다. 통신망이 잡히지 않았다. 펄스 상태는 아닌지 무전은 작동했다. 같이 온 부하가 무전을 쳤다.

　"설치된 폭발물 개수가 파악되지 않습니다. 다 터진 건지 아니면 불발된 게 남아있는지 확인이 안 됩니다. 불발된 폭발물에 불이 옮겨붙으면 피해 규모가 더 커질 겁니다."

　"알아." 센터의 남자는 자동차 보닛에 엉덩이를 대고 앉았다. "네가 생각하기에 위험하다는 거잖아. 그러면 철수해야지."

남자는 담뱃갑을 주머니에서 꺼내 한 개비 뽑아 입에 물고 불을 붙였다. 담배 맛에 독한 냄새가 섞였다. 넓은 주차장까지 가득 들어찬 시너와 휘발유 냄새. 사고라고 볼 수 없는 명백한 고의의 냄새였다.

정우는 이곳의 보물을 약탈하려던 게 아니었다. 정우는 남의 보물을 파괴하러 왔다. 불타는 공장을 보며 무슨 표정을 짓고 있을까. 환풍구로 혀를 내밀고 날름거리는 화마를 센터의 남자는 눈에 담았다. 약 오르게 놀리는 표정이겠구나. 어차피 정우의 피로는 열쇠를 작동하지 못한다. 처음부터 이럴 계획이었나.

남자는 웃음을 터뜨렸다. 그러고는 아예 보닛 위에 올라가 반가부좌를 틀었다. 정우를 찾으라고 보냈던 부하들이 하나둘 멀리서 모습을 드러냈다. 담배 피울 시간도 안 주고 투입 시켰다면 모두 휘말려 죽었을 것이다. 부하들 진입 직전에 공장이 폭발했으니까. 남자는 어서 오라며 손짓했다. 부하들이 주차장을 가로질러 달려왔다. 한 놈은 다쳤는지 절뚝거리고 제일 늦게 뛰어오던 놈이 다친 놈 팔 아래로 머리를 집어넣어 부상자를 부축했다.

주차된 버스에도 폭탄을 심었는지 버스가 들썩이며 거대한 화염에 휩싸였다. 부하들이 달려오는 주차장이 거대한 불길에 휩싸였다. 그들은 넘어지고 기고 달리며, 옷깃을 잡아 부상자를 끌고 왔다. 부하들이 공장 근처로 다가갈 때마다 버스가 터졌다. 범인은 어딘가에 숨어서 우스꽝스레 넘어지는 모습을 비웃고 있을 것이다.

"지랄들 한다. 빨리 와."

남자는 웃으면서 반가부좌를 풀고 콘크리트에 발을 붙였다. 하늘 위 소방헬기가 요란한 소리를 내며 날아갔다. 주차장을 훑는 조명이 아름다웠다. 이내 배에 붉은 불을 새긴 채 연기에 스며들었다.

차를 몰아 덮쳐오는 화염을 피해 공장을 빠져나갔다. 통신망이 다시 잡히는지 동시에 모두의 AR기기에 문자가 왔다. 대피하라는 긴급 문자였다. 봉쇄망이 쳐졌는지 도로는 통제되기 시작했다. 서둘러 빠져나가라는 경고 문자는 깜빡이고, 경찰은 검문하겠다고 도로를 다 막았다. 너도나도 차 밖으로 팔을 내빼고 담배를 뻑뻑대며 씹었다.

"설날이야? 꽉 막혔네. 사람 좀 더 쓰지. 저기 차 다섯 대나 그냥 간다. 에라, 어리바리만 세워놨네. 너네 서장 휴가 갔냐!"

남자는 창밖으로 내밀었던 목을 집어넣으며 담배를 입에 물었다. 그는 아픈 곳을 이리저리 문지르고 있는 부하들에게 담뱃갑을 내밀어 담배를 나눴다. 타오르는 공장을 라이터에 얹고 불을 올렸다. 담배 연기 사이로 방송국 중계차가 지나갔다. 텅 빈 반대편 차선에는 후면등의 잔상이 남았다. 남자가 명령했다.

"뉴스 소리 키워."

뒷좌석 창문 위로 뉴스가 나오고 있었다. 화재 현장 근처에 선 기자의 모습이 보였다가 곧 공단 위를 날고 있는 헬기의 모습으로 바뀌었다. 불 속에서 더 큰불이 탄생하며 치솟는 영화 같은 장면을 세 번째 돌려가며 틀어주었다. 기자가 말했다.

"원인을 알 수 없는 폭발로 시작된 화재는 공장에서 공장으로 이어지고 있습니다. 소방 당국이 진화 작업을 벌이고 있으나 야간이고 강한 바람이 불어 진압에 어려움을 겪고 있습니다. 다행히 현재까지 인명피해는 없는 것으로 파악되고 있습니다. 전국적으로 연일 파업이 이어지고 있어 주말 동안 공단에는 상주 인원이 없었던 것으로 보입니다."

"진압하는 속도보다 불이 번지는 속도가 더 빠르다고 들었습니다. 상황이 어떤가요?"

"불이 바람을 타고 인근 공장으로 빠르게 번지고 있습니다. 최근 공단은 무인공단을 위한 자동화설비 도입에 박차를 가했습니다. 설비 운영을 위해 각 공장마다 소형수소발전기와 윤활유를 비롯한 인화성 물질을 구비한 것이 화재가 커진 원인이 되었습니다. 보시는 것처럼 불과 두 시간 만에 공단은 순식간에 화염에 휩싸였습니다. 이미 공단의 70퍼센트가 화재를 입어 막대한 재산 피해가 예상됩니다."

남자는 유리창을 눌러 화면을 멈췄다. 화면에는 화재 상황이 담긴 공단의 모습이 디지털 지도로 시각화되어 있었다. 남자는 화재 피해를 받지 않은 30퍼센트의 공장 중 한쪽에 몰려있는 15퍼센트의 공장을 가리켰다.

"다른 곳은 바람 타고 불이 번질 건데. 여기는 멀쩡하겠네."

"다행이네요."

"그런데 테러범한테는 아니지. 설치해 둔 폭탄이 고스란히 공장에 남는 셈이니까. 자연히 터지지 않는다면 어떻게 할까?

직접 터뜨리려 시도할 거야."

흔적을 남기고 싶어서 하진 않을 것이다. 증거인멸을 위해 움직일 것이다. 수법이 고스란히 드러난 기폭장치가 경찰 손에 그대로 들어간다면 놈은 불안하여 견디지 못할 것이다. 물론 그게 터진다고 해서 경찰이 증거를 못 찾을 것도 아니었지만, 범인은 겁이 많았다. 남자와 부하들이 공장을 들쑤시자마자 겁먹은 범인은 예정보다 일찍 폭탄을 터뜨렸다.

"뭐 해? 차 돌려. 더 터지기 전에 잡아야지."

"앞뒤로 꽉 막혔습니다."

차는 긴 검문 행렬 사이에 멈춰있었다. 끼어들고 빠져나갈 공간조차 없었다. 중앙선에는 높이가 꽤 있는 화단까지 있어 유턴도 불가능했다.

"내려서 들자."

귀퉁이를 잡고 낑낑대며 차를 들었다. 합도 맞지 않는 이들과 몇 번을 들었다 내리며 겨우 중앙화단 잔디 위에 바퀴 하나를 얹었다. 앞에 섰던 차가 조금 앞으로 갔다고 뒤에 있던 차가 경적을 울려댔다. 남자는 한 손으로 귀 한쪽을 막으며 진정하라 손짓했다. 뭐 얼마 가지도 않았잖아요. 좀 기다려보세요. 그렇게 말하니까 욕이 날아왔다. 욕하실 게 아니라 공무 중이라 그렇다고 하니 공무 하는 새끼가 차를 막고 있냐며 운전자가 내렸다. 멀리서 순경 둘이 말리러 뛰어왔다. 마저 빨리 돌리자 그냥. 부하들에게 귀퉁이를 잡으라고 지시했다.

맞은편 텅 빈 도로에서 배달 가는 오토바이 한 대가 천천히 다가왔다. 그놈은 오토바이를 세우고 헬멧 앞면을 열어젖혔다. 그 청년은 입까지 벌린 채 얼빠진 눈으로 얼빠진 짓을 하는 네 명의 어른을 구경했다. 남자는 손을 놓았다. 예고도 없이 한구석이 주저앉자 부하들은 휘청거렸다.

"너 잘 됐다. 나 좀 태워라."

남자는 멈춰 선 오토바이 옆으로 성큼성큼 걸어갔다. 오토바이를 몰던 청년은 오토바이 장갑 안에 든 손을 빼지도 않은 채 고개를 저었다.

"안 돼요. 배달 가야 해요."

"불 뚫고 가느라 늦었다 그래. 그리고 이렇게 큰불이 났는데 무슨 치킨을 시켜."

"얼마 주실 건데요?"

"5만 원만 해. 나도 월급쟁이야."

"콜이요."

배달부는 사타구니를 안장에 비벼가며 앞으로 몸을 끌었다. 그 청년이 만들어준 공간에 남자가 앉았다. 남자는 청년의 허리를 잡았다. 도로에 직각으로 꺾인 차 앞에서 부하들은 남자만 보았다. 남자는 부하들에게 손을 흔들어줬다. 한 놈이 멍청한 표정으로 손을 마주 흔들었다.

오토바이가 텅 빈 도로를 달렸다. 반대 차선에는 뒤늦게 대피 행렬에 합류하는 차가 드문드문 등장했지만 이내 순식간에 사라졌다. 가로등 빛을 머금은 도로를 채우는 것은 오토바이와 그 오토바이가 바람을 긁는 소리뿐이었다.

남자는 청년에게 불타지 않은 공장 입구를 확인해 보자고 했다. 문 열린 흔적이 없는 곳은 더 살펴볼 것도 없었다. 다음 공장으로. 남자는 사무적으로 말했다. 5만 원에 화재 현장 가까이 오토바이를 모는 청년은 불만이 없었다. 남자가 공장 입구가 잘 닫혀있는지 확인할 때마다 청년은 멀찍이 보이는 불을 헬멧에 담았다.

"너 코리아이지?"

센터의 남자가 물었다. 멍하니 불을 보던 청년은 "네, 뭐." 하고 어정쩡하게 대답하고는 다시 치솟는 불에 집중했다. 센터의 남자는 담배를 물고 불을 붙였다. 멍하니 불을 보는 청년의 헬멧 앞면 실드를 올렸다. 깜빡이는 어린 눈을 보며 담배를 권했다. 피우지 않는지 고개를 저었다.

"요즘에 코리아이 취업 어렵냐?"

"아뇨 똑같죠. 취업도 쉽고, 잘리기도 쉽고."

"근데 넌 왜 알바하고 있어?"

"알바 아닌데요. 정직원인데요."

"정직원이라도 코리아이면 일반인 알바나 마찬가지지. 공장이 페이 더 세잖아. 왜 공장 안 가고."

"제일 친한 애가 끼어 죽었거든요. 그거 바로 옆에서 보고 나서는 공장 안 들어가요. 두 번째로 친한 애는 화로에 갇혀서 죽었대요. 다행히 그건 못 봤어요. 다니고 있었으면 볼 뻔했고요."

"건설 쪽도 요즘 할만한데. 천재 코리아이 상우 알지? 걔가 만든 건설 기계로 건물 금방금방 쌓잖아. 보니까 벽돌도 밤새

로봇 혼자 쌓더만. 일 편해 보이던데."

"발 잘못 디뎌서 죽을까 봐서요."

"겁 많네. 그러면서 오토바이 잘만 타. 이게 더 위험해 인마."

코리아이는 웃으며 고개를 숙였다. 그러고는 다시 공장들 너머로 솟아오르는 불을 봤다.

"멋있잖아요."

"딸통 달린 오토바이가 뭐가 멋있어."

"아니요. 빨리 달리는 거요. 달리다 죽으면 그래도 멋있잖아요. 전사하는 것 같고요. 폴란드 기병처럼요."

센터의 남자는 헛웃음을 터뜨렸다. 코리아이 입에서 폴란드 기병 같은 소리가 나올 줄은 몰랐다.

"답답한 일터에서 죽고 싶진 않아요. 아무 의미 없이 죽는 것 같아서 싫어요."

"그런 말 어디 가서 하지 마. 일터에서 죽는 사람이 얼마나 많은데. 그거 절대 의미 없는 죽음 아니야. 그 사람들 희생이 있어서 나라 경제가 이렇게 발전하는 거야."

"희생 그런 거 잘 몰라요. 그냥 돈 벌고, 달리고 그러는 거예요. 다들 그럴걸요. 의미 몰라요."

센터의 남자는 말없이 담배를 마저 태웠다. 청년의 헬멧에 비친 넘실거리는 불이 붉었다. 청년은 황홀경을 보듯 미소까지 짓고 있었다. 남자는 담배를 밟아 끄고 멋도 없는 오토바이에 다시 올랐다.

오토바이는 공장 두 개를 더 지나고 한 공장 앞에 멈췄다. 주차장에 시동 걸린 차가 세워져 있었다. 오토바이가 차 옆에 섰다. 센터의 남자는 내려서 유리창 안을 들여다봤다. 사람은 없었다. 문을 열고 덩그러니 놓인 자동차 열쇠를 주머니에 넣었다. 범인 것인지는 모르겠지만 차주의 도주 수단을 무력화시켰다.

"사장님이 찾는 분 저기 있는 것 같은데요."

청년이 공장 안을 가리켰다. 시커먼 틈밖에 보이지 않았다. 센터의 남자가 확실히 봤냐고 묻자 청년은 그림자를 보았다고 했다.

"3만 원 더 줄게. 같이 좀 잡아줘."

"콜이요."

3만 원에도 하네. 센터의 남자는 속이 쓰렸다. 오토바이 얻어 타는 것도 3만 원만 불러볼 걸 그랬네. 센터의 남자와 청년은 몸을 숙이고 공장 내부로 진입했다. 불빛은 없었다. 적외선 CCTV가 목이 잘린 채 교수형 당한 사람처럼 덜렁거렸다. 센터의 남자와 청년은 서로의 어깨를 밀착시킨 채 설비 사이를 기어갔다.

그들의 무릎 끄는 소리 말고도 어딘가에서 소리가 들렸다. 그림자였다. 어둠보다 짙은 그림자가 슬그머니 움직였다. 바닥에 먼지가 쌓인 탓에 모래를 밟는 듯 자박거리는 소리가 들렸다.

"몰아서 잡자. 네가 왼쪽."

센터의 남자는 속삭이며 청년을 밀었다. 센터의 남자는 포위하려 기계 설비 오른쪽으로 돌아갔다. 설비를 반 바퀴 넘게 돌았지만 아무도 없었다. 쫓고 있던 사람도 없었고, 반대편으로 돌아와야 했을 코리아이 청년도 없었다.

"움직이지 마!"

그림자의 목소리가 들렸고 그 아래 짓눌린 배달 청년의 괴로운 신음이 들렸다. 남자는 AR기기로 빛을 비췄다. 범인은 양손으로 잡은 묵직한 파이프 렌치로 청년의 목과 어깨를 컨베이어 벨트 위에 짓누르고 있었다.

"정우가 아니네."

범인은 처음 보는 사람이었다. 공장 작업복을 입은 것을 봐서는 공단의 노동자인 모양이었다. 점점 거세지는 총파업에 가담한 사람 중 한 명일까. 정우랑은 관계없는 시끄러운 구시대 인간의 우발적 발악이었던가. 센터의 남자는 힘이 빠졌지만, 그렇다고 모른 채 넘어갈 수도 없었다. 창원의 공장이 돌아가야 옥천의 기업도시가 돌아간다. 그 기반을 이 자가 모두 태워버리고 있었다. 범인이 말했다.

"그냥 못 본 셈 치고 가라. 그러면 얘는 풀어줄게."

AR기기 불빛이 코리아이 청년 쪽으로 살짝 기울었다. 청년은 꺾인 목으로 숨을 쉬려 꺽꺽대다 토할 듯 기침을 해댔다. 혼미해지는 청년의 눈에는 저승의 문턱이 보일 것이다. 생의 관할지로 돌아가려 손톱으로 컨베이어 벨트의 거친 고무를 긁어댔다.

"그래, 흥분할 것 없어. 협상하자고. 천천히 호흡해. 여기가 원래 일터야?"

센터의 남자는 그렇게 물으며 한 발짝 다가섰다.

"움직이지 말라고!"

범인이 파이프 렌치를 높이 들고 아래로 후려쳤다. 오토바이 핸들 잡던 청년의 어깻죽지가 우지끈 무너졌다. 고통스러운 비명이 채 터지기 전에 시커먼 인간은 다시 청년의 목과 어깨를 렌치로 눌렀다. 체중에 짓눌려 신음은 간신히 새어 나왔다. 발에 천천히 짓눌리는 풍선처럼 곧 터질 것만 같았다. 센터의 남자는 고개를 저어 끔찍한 연상을 흩트렸다.

"자수해서 가볍게 끝내자. 진술 유리하게 해줄게."

"어차피 인자 내는 갈 곳도 없다. 감옥에서 몇십 년을 사는 게 차라리 이 지옥보다 안 낫겠나."

"에이, 뭘 또 감옥 가본 사람처럼 말하고 있어. 개똥밭에서 굴러도 여기가 감옥보다는 낫지. 자, 들어봐. 난 형사도 검사도 아니야. 다 좋게 해결하게 도와줄게. 그냥 깔끔하게 집행유예로 끝나면 좋잖아. 벌금이면 내가 보태고."

"지랄한다. 뭔 같잖은 소리고. 니 같으면 니를 믿을 수 있나?"

"그래, 좋아." 남자는 두 팔을 펼치며 말했다. "안 잡아. 안 잡을게. 자수도 필요 없어. 그냥 가."

"니나 가라. 내는 할 일이 있다."

"나도 일해야지. 난 딱 하나만 원해. 이 공장이 내일도 멀쩡하기만 하면 돼. 이미 전소된 공장은 뭐 어쩌겠어. 신경 안 써. 그냥 여기까지 하자는 거야. 이미 많이 태웠잖아. 그냥 놓아줄게. 대신 여긴 태우지 말고 가. 어때?"

"니는 뭔데? 세콤이가?"

"아니, 코리아이 센터 직원."

그 말에 방화범은 웃었다. 내뱉어진 웃음에는 힘이 들어가 있었다.

"코리아이 센터? 공장에 영혼 없는 괴물 풀어놓은 거. 그게 니들 아이가."

방화범은 더 세게 코리아이를 눌렀다. 짓눌린 코리아이가 비명을 질렀다. 기침이 터져 나오고 이내 흐느꼈다. 울음을 보면 영혼은 있는 것처럼 보이는데. 아니었나. 센터의 남자는 헛기침을 했다.

"겨우 일자리 때문에 이 짓을 한 거야? 코리아이들 일하러 와서 일자리 잃었다고?"

"겨우 일자리? 고등학교 졸업하고서 매일 공장의 불을 켰다. 새벽마다 내가 켰다고."

한때 노동자였던 이는 쇳소리를 내며 이야기했다. 어두운 공장에 불이 켜지면 공장의 박동이 시작됐다. 거대한 공장이 깨어나는 소리. 모터가 돌아가고, 기계가 몸을 떨며 곳곳으로 피를 돌렸다. 공장의 문이 열리고 주머니에 손을 꽂은 직장동료들이 우르르 들어왔다. 그들 뒤에 펼쳐진 새벽은 하루의 역동을 시작할 준비를 했다. 해가 솟아오르면 벨트가 돌아가고, 프레스가 내려오고, 손이 조립을 시작했다. 공장은 하나의 생물이 되고 노동자는 그 속의 영혼과 피가 되었다. 최초의 노동자인 신의 유지를 잇는 창조가 시작됐다.

어느 날 동지들이 쫓겨났다. 경영상의 이유로 해고되었다. 경영난이었을까. 그렇다기에 간부들은 흑자라고 상여금까지 받았다. 회사는 막대한 자금을 들여 자동화 기계를 사고는 사들인 기계를 비롯한 여러 자산을 비용으로 잡았다. 흑자였지만 회계상 적자가 되었다. 자동화 기계가 적자를 만들고, 적자를 이유로 비코리아이 노동자가 해고되고, 기계가 들어오지 않는 자리는 코리아이 노동자가 투입됐다. 애초부터 비코리아이 노동자를 털어내기 위한 정교한 움직임이었다.

그는 여느 때처럼 새벽에 불을 켰다. 공장이 움텄다. 그러나 동지들이 들어오지 않았다. 자동화 기계는 동지를 기다리지도 않고 일을 시작했다. 문이 열려 반가운 마음에 고개를 들었지만, 들어온 이들은 코리아이였다. 코리아이는 동지들이 해고되었음에도 조금도 슬퍼하지 않았다. 그저 특유의 영혼 없는 눈깔을 한 채 배정된 자리에 섰을 뿐이었다. 새벽이 너무도 시리고 외로워 그는 조립라인 앞에서 하염없이 울었다.

"싸우기로 한 다음부터 불을 안 켰다."

그게 파업의 시작이었다. 기계를 멈추면 쫓겨난 동지를 불러올 수 있을 줄 알았다. 바리케이드를 쌓으면 그 위로 백기 꽂힌 협상 테이블이 세워질 줄 알았다. 서울로, 국회와 정부청사 앞으로 현수막을 맞잡고 행진했다. 그러면 목맨 동지의 영령이 위로될 줄만 알았다.

싸워도 달라지는 것은 없었다. 얻은 것이라고는 파업 참가자 전원 해고. 동지 다섯이 더 자살했다. 일할 공장을 잃었다. 하지만 공장은 그들 없이도 돌아갔다. 노동자는 몸 잃은 영혼이 되었다. 아무리 원성을 쏟아내도 이승의 사람들은 듣지 못했다. 유령이 되어 구천을 떠돌았다.

"세상에 불합리한 일이 한두 개야? 그렇게 유난 떨 일이냐고."

센터의 남자는 답답함에 가슴을 두드렸다. 세상에 일자리는 넘치고 넘쳤다. 세상에 공장이 이것 하나만 있는 것도 아니고. 조금 부당하게 해고되었다고 한들 그걸 그렇게 제 몸과 가족의 생계를 건 채 파업을 하는가. 어째서 이기지도 못할 법정 싸움을 몇 년이나 치르는가. 누가 총부리를 머리에 들이민 것도 아닌데 왜 목숨을 끊는가.

"세상에 할 일이 얼마나 많냐. 그깟 일자리 때문에 범죄자가 되려 해? 답답해 미치겠네."

공장에 자리가 없으면 농장도 있다. 공부하면 자격증도 딸 수 있다. 굴삭기를 굴리든 미장을 하든 인터넷 선을 깔든 뭐라도 할 수 있다. 공부에 재미 붙으면 공무원이 될 수도 있고, 실력이 좋으면 직업 끝에 '사' 자를 붙일 수도 있다. 수완이 좋으면 장사를 해도 될 일이다. 지박령처럼 한 일터에 영혼을 갈아 넣으려는 이들이 답답했다.

"코리아이 관리하는 새끼가 뭘 안다꼬. 니는 모른다. 니는 코리아이 때문에 잘릴 위험이 없는데 우예 아나. 다 빼앗기가 어데도 못 가는 심정을 니가 우예 아냐고. 우리 써줄 곳도 안 남았다. 다 코리아이만 쓴다. 코리아이만."

"다른 방법이 있을 거 아냐."

"지랄한다. 방법이 어데 있는데. '사' 자 돌림도 몇 년 지나면 다 코리아이 쓸긴데."

노동자는 자신이 매일 있던 자리를 돌아보며 중얼거렸다.

"너흰 이상한 거를 불러들였어. 살아있지도 않은 귀신같은 거를. 그건 노동자가 아니야. 노동자의 영혼이 없어. 자기들끼리는 싸워도 절대 위에 대들지 않아. 스스로의 살을 파먹는 놈들이야. 제 몸값을 깎아서 저와 같은 인간들을 모두 죽일 놈들."

그가 중얼거리는 동안 남자는 천천히 그에게로 다가갔다.

"그래서? 그러면 뭐. 이젠 같이 살아가야지. 그래서 죽일 거야? 인종청소라도 할 거야? 그런 거 아니잖아. 다른 일 하면 되잖아. 공생해야지."

"공생이 아니야. 기생이지. 그렇게 다 뺏어 먹으면 끝에 어떻게 되는지 아나? 공멸이다. 다 공멸할끼다. 미래에 노동자가 어데 있는데. 부자랑 기계랑 걸배이뿐이다."

공장의 높은 창문에 초록빛과 붉은빛이 스쳐 갔다. 앰뷸런스의 사이렌 소리가 쏟아질 듯 가까워졌다가 이내 멀어졌다. 센터의 남자는 옅은 불빛이 훑고 갈 때 범인의 팔 힘이 느슨해진 것을 발견했다. 렌치는 제대로 압박을 가하지 못하고 배달 청년의 어깨에 걸쳐만 있었다.

"공멸하지 않아. 각자의 위치에서 상생할 거야. 오랫동안."

남자는 그렇게 말하며 AR기기의 불빛을 껐다. 어둠 속을 유영하듯 팔을 저어 장애물의 위치를 감지했다. 방화범의 목소리에 맞춰 초록색 페인트로 덮인 바닥 위를 살금살금 걸었다.

"이 공장이 뭐 만드는 공장인 줄 아나."

남자는 대답하지 않았다. 범인은 스스로 답했다.

"자동화 기계 부품공장이다. 뭔 말인지 아나. 사실은 우리가 다른 공장 동지들 다 죽이고 있던 기다."

"오버 좀 하지 마라. 직업훈련 다시 받아서 일하면 돼. 이제 배가 아니라 머리, 가슴으로 일하면 되지. 뭘 자꾸 죽어 죽기는."

남자는 범인에게 다가가며 목소리를 줄였다. 컨베이어 벨트 모서리가 남자 허리에 걸렸다. 몸을 날리면 놈을 잡을 수 있다.

"죽으려면 너나 죽던가!"

센터의 남자가 몸을 날리고 손을 뻗었다. 상대가 휘두른 렌치가 남자의 어깨를 가격했다. 센터의 남자는 컨베이어 벨트 아래로 굴러떨어졌다. 한참 끙끙대던 그가 다시 일어나려 할 때 공장의 불이 켜졌다. 놈은 달아나고 있었다.

공장이 깨어나는 소리가 들리며 컨베이어 벨트가 움직였다. 컨베이어 벨트 끝 압착기가 켜져있었다.

"살려주세요!"

위로 뒤집힌 청년의 옷이 압착기 안으로 말려 들어갔다. 청년은 몸을 빼내려 버둥거렸다. 옷을 벗게 도와주기만 하면 그는 살 수 있다. 그러나 남자도 죽을 수 있다. 저 도망가는 인간이 이 공장을 불태울 테니까.

"살려주세요! 사장님!"

청년이 기계로 빨려 들어간다. 선택해야만 했다. 남자는 죽음을 먹는 기계에서 등을 돌렸다. 잔혹한 소리가 어깨를 붙잡았지만, 뿌리치고 달려가 공장 밖으로 뛰쳐나갔다.

문을 나서려고 할 때 남자는 넘어졌다. 전선에 발이 걸렸다. 전선을 따라 눈을 올려보니 방화범이 전선을 흘리며 뛰고 있었다. 남자는 전선을 쥐고 옆으로 흔들어 파동을 만들었다. 뱀이 수영하듯 출렁이는 전선이 방화범의 발등을 거는 데 성공했다. 넘어진 방화범의 손에 들린 것이 보였다. 방화범은 악력기처럼 생긴 격발기를 쥐고 있었다.

남자는 기듯이 네발로 뛰었다. 범인이 다급히 격발기를 눌렀다. 남자는 뒤를 돌아봤지만, 무엇도 터지지 않았다. 남자는 사냥개처럼 달려들어 범인을 잡아 눌렀다. 격발기를 뺏으려는 손과 그걸 붙잡고 있는 손이 엉겨 붙었다. 서로 할퀴고 꼬집고 잡아 뜯고 밀치다가 남자는 주먹으로 방화범의 얼굴을 갈겼다. 강 하류처럼 코에서 흘러나온 피가 턱밑까지 넓게 번져 흘렀다.

"이제 포기해." 센터의 남자가 말했다.

"어차피 내는 다 포기했다." 범인이 말했다.

말과 달리 방화범의 찢어진 눈에는 공포가 가득했다. 방화범은 격발기를 가슴에 대고는 몸을 돌렸다. 그리고 체중을 실어 격발기를 눌렀다. 뜨거운 열과 빛이 두 사람을 덮었다.

정우의 시간

혜리가 센터의 남자를 창원으로 유인하자 정우는 혜리의 눈 옆에 붙은 AR기기를 떼어내고, 귀를 후벼 스티커형 이어폰도 떼버렸다. 그러고는 자동차 창문 밖으로 던져 버렸다. 혜리는 그 행동을 막을 수 없었다. 정우의 의심을 피하기 위해서는 그의 무례한 짓거리를 참는 수밖에 없었다.

혜리를 그윽하게 바라보는 정우의 눈에는 왜인지 모르게 눈물이 고인 것 같았다. 밖에는 폭우가 쏟아지고 있었다. 차창 밖으로 맺힌 물이 주룩주룩 흘렀다.

"돌아와 줘서 고마워."

혜리는 돌아왔다는 말이 무슨 뜻인지 몰랐다. 그걸 눈치챘는지 정우가 말했다.

"네 안에는 세상을 옳게 만들려는 기질이 있어. 넌 현실 때문에 어쩔 수 없이 그걸 포기하고 있었지만 이제 다시 돌아온 거야. 원래 기질을 찾아서."

자율주행 차선이 일반 차선과 합쳐지자 정우는 다시 핸들을 잡았다. 폭우 속 반대편 차선에는 깃발 꽂은 화물트럭이 꼬리를 물고 지나갔다. 트럭의 조수석 창문 밖으로 올림픽 성화처럼 생긴 현대식 횃불이 삐져나와 비를 맞고 있었다. 화물 옆 붉은 현수막에는 '공장을 수복하라! 항만을 점령하라!'라고 적혀있었다. 지나쳐 멀어지는 인천의 공단에서는 폭죽 터지는 소리가 났고, 조그만 섬광이 피어올랐다가 사그라졌다. 번개가 쳤다. 반대편 차선에서 날아온 손바닥 크기의 깃발이 전면 유리에 붙었다. 비에 젖어 달라붙은 깃발에는 뉴러다이트*와 반코리아이 운동이라고 쓰여있었다. 새로운 싸움이 전개되고 있었다. 자동화 기기에 반대하며, 현존하는 인류를 잡아먹을 코리아이에 반대하는 지극히 합당한 싸움이었다. 물론 혜리는 그 뜻에 동조하지 않았다. 코리아이에게는 잘못이 없었다. 그저 필요에 의해 태어나 배운 대로 쓰인 것이 죄라면 코리아이의 죄는 그뿐이었다.

정우는 인덕원 호수 근처의 폐점한 식당으로 들어갔다. 가든으로 끝나는 이름의 불 꺼진 전광판이 보였다. 그 위에는 임대나 매매 수요자를 찾는 종이가 테이프로 덕지덕지 코팅된 채 박제되어 있었다.

---

* 러다이트 운동(1811~1817년)의 새로운 버전. 기계 파괴 운동으로도 불리며, 산업 혁명으로 인해 기계가 우위를 점하자 경쟁에서 패배한 노동자들의 노동 운동이다.

"없는 번호야 저거."

정우는 전화번호를 가리키며 자기 혼자 피식 웃었다. 차에서 내린 정우는 탁한 눈으로 쫓아오는 차가 있는지 도로를 살폈다. 정우는 빨리 들어가자며 혜리가 내리기도 전에 달렸다. 혜리도 그를 쫓아 건물 안으로 들어갔다. 정우는 작은 손전등으로 텅 빈 식당을 훑었다. 주방에서 이어진 창고에서 정우는 코드 뽑힌 식당용 냉장고 앞에 섰다. 냉장고 문을 열고 벽을 밀자 계단이 나왔다.

계단은 눈부셨다. 천장부터 바닥까지 온통 은박지를 붙여놨다. 은박지 위는 미끄러웠다. 그리 깊지 않은 지점에서 계단이 끝났다. 위에는 백열전구가 전선에 매달려 있었고, 바닥에는 검은색 고무판이 깔려있었다. 사슬처럼 이어진 고무판의 구멍을 통해 먼지 가득한 시멘트 바닥이 보였다. 벽과 천장은 부착식 흡음 스펀지가 붙어있었다. 방 한쪽에는 캐비닛처럼 생긴 높다란 서버랙이 줄지어 공간을 차지했다. 거기서부터 이어진 꼼꼼하게 케이블타이로 묶어 정리된 선 다발이 몇 가지의 장치를 거쳐 방 가운데 있는 여러 대의 PC로 이어졌다.

"이게 다 뭐야?"

"외부 침입을 완벽하게 차단하는 벙커야. 암복호화 장치도 만들었고, 전자 차폐가 가능한 방을 만드는데도 시간이 꽤 걸렸어."

이 공간에는 광기가 서려있었다. 혜리는 플라스틱 알을 찾겠다고 여기까지 따라온 자신이 원망스러웠다. 혜리는 돌아가고 싶었다.

정우는 구석에 쌓인 잡동사니를 뒤져 접이식 의자를 찾아냈다. 그리고 혜리 앞에 의자를 펴고 소매로 먼지를 슥 닦아냈다. 의자에는 먼지 말고도 기름이 묻어있던 모양인지 하얀 셔츠 소매에 시커먼 기름이 먹선처럼 그어졌다. 정우가 침을 발라 문질러보았지만, 오히려 얼룩처럼 번졌다. 다시 하얗게 돌아갈 수는 없었다.

"앉아."

"정우야, 나 그냥 돌아갈래."

"그냥 좀 앉아. 화나게 하지 말고."

마지못해 의자에 앉은 혜리는 낙담했다. 다시는 돌아갈 수 없을 것 같았다.

"이제 우리는 싸움을 개시할 거야."

정우는 엄숙한 표정으로 말했다. 정우가 키보드를 조작하자 모든 전자장치들이 일제히 웅웅거렸다. 벽면에는 코리아이 센터 프로그램의 관리자 모드 화면이 띄워졌다. 정우가 스크립트를 입력하자 구인 등록 기능이 작동했다. 수많은 글자를 입력하고 엔터를 눌렀다.

전국의 모든 코리아이들에게 알림을 보냈다.

코리아이 센터와 전국의 교육기관으로 들어가 모든 문서와 전자기기를 파기하라. 완수 시 사회출발보조대출금 전액을 탕감한다. 이 업무를 저지하는 자는 임무 완수 시까지 제압하길 권장한다.

센터 앱으로 보낸 알림이었다. 혜리는 정우에게 물었다.

"코리아이를 이용하려는 거야?"

"코리아이가 스스로 혁명할 수 있도록 하는 거야. 그리고 코리아이들은 반드시 이 일을 완수해 낼 거고."

벽면에 임무를 수락하는 코리아이들의 숫자가 빠른 속도로 올라갔다. 코리아이들은 일의 가치나 윤리를 판단하지 않는다. 돈을 주면 행할 뿐이다. 그것은 코리아이를 부리는 사람들이 원하던 것이었다. 이제는 오히려 그런 가르침이 코리아이가 너무도 쉽게 배신할 기반을 마련한 셈이었다.

"우리는 새로 시작할 거야. 코리아이의 손으로 모든 것을 바꿀 수 있어."

"다 파괴하려는 게 아니고?"

"잿더미 위에서 다시 시작하는 거야. 다시 시작하기 위해 네가 여기 왔잖아."

정우는 혜리가 협조하길 원하고 있었다. 광기 어린 눈 너머에는 도대체 무슨 생각이 들어있을까. 혜리는 알기가 두려웠다.

"정우야, 먼저 물어볼 게 있어."

정우는 혜리의 질문을 기다렸다. 혜리는 정우의 눈을 마주 볼 수 없었다. 혜리는 침을 삼키고 물었다.

"영지는 어떻게 된 거야?"

그 말에 정우의 표정이 굳어졌다.

"이미 말해줬잖아. 자살했다고."

"제대로 말해줘. 도대체 너한테 무슨 일이 있었는지. 그리고 영지는 어떻게 죽었는지. 그걸 말해주기 전까지는 난 저 알에 손도 대지 않을 거야."

정우는 한숨을 쉬었다. 그리고 플라스틱 알을 허벅지 위에 올려놓은 채 신경질적으로 머리를 긁었다. 정우는 책상에 놓인 약통에서 약을 하나 털어 입에 넣었다. 박카스 병을 따 알약을 목구멍 안으로 밀어 넣고는 바닥에 던져 아무렇게나 굴렸다.

"좋아. 다 얘기해 줄게. 대신 너도 이 이야기를 들은 다음에는 나한테 협조해야 해. 네가 여기 온 목적을 완수해. 우린 세상을 바꿔야 해."

혜리는 알겠다고 했다. 정우는 깊은숨을 들이마시고는 이야기를 시작했다.

광염

정우는 상우와 영지가 자신을 숨겨둔 식당의 지하실을 벙커라 불렀다. 정우는 벙커 밖으로 나가지 않았다. 밖에서 서회장이 부리는 사람들에게 발각된다면 정우라는 이름은 세상에서 조용히 지워질 수도 있다. 지상은 안전을 보장받을 수가 없다. 상우와 영지에게서는 아무런 연락이 오질 않았다. 먼저 연락할 수도 없었다. 혹시라도 서회장에게 추적당할까 두려웠다.

오랜 시간 동안 정우의 집은 어둠이었고, 동료는 적막이었다. 어둠 속을 헤매던 정우에게는 자꾸만 낯선 것들이 보였다. 언제는 말하는 나비가 날아다녔고, 머리 잘린 돼지가 기어다녔다. 또 언제는 죽은 성태가 내장을 적출당한 채 옆으로 누워 정우를 바라보고 있었다. 정우는 두려웠으나 성태가 뭐라도 말해주길 바랐다. 정우는 지금 무엇을 해야 할지 몰랐다. 답을 갈구했지만, 성태의 눈은 텅 비어있었다.

아무것도 못 한 채 오랜 시간이 흘렀다. 어느 날 상우에게서 연락이 왔다.

"배양연구소 내부를 직접 해킹해."

그토록 바라던 명령이었다. 코리아이는 자신의 쓸모를 갈구했다. 그게 제안이든, 지시든, 명령이든, 협박이든 상관없었다. 아무것도 하지 않는 것은 아무도 아닌 셈이었다. 정우는 벙커 안에 컴퓨터와 서버, 보안 우회 장치 같은 온갖 장비를 들여왔다. 상우가 추적되지 않는 계좌를 줬기에 비용은 신경 쓰지 않았다. 마인드오더 직원이었던 시절 정우는 마인드오더 회사 서버에 백도어를 만들어 두었다. 정우는 마인드오더 서버에 접속했다. 며칠을 찾은 끝에 정우는 마인드오더 시스템을 도입한 배양연구소 내부 서버에 접근했다.

정우는 인간의 유전자정보를 탈취하려 했다. 기분 좋은 일은 아니었다. 인공적인 진화가 남긴 허물을 봐야만 했다. 깊고 어두운 수렁에서 썩어가는 허물. 그들이 남긴 문서에는 지독한 피비린내가 났다.

몇 주 동안 끔찍한 정보 속을 뒤졌다. 인류의 도덕성이 파괴되어 가는 현장을 목도했다. 아무렇게나 소모되는 코리아이가 해체되며 데이터로 남겨졌다. 정우는 동족을 이용해 남겨진 수많은 실험 결과를 읽었다. 열쇠를 찾으려 시체 내장을 파헤치는 기분이었다. 인류의 어둠을 보게 된 순간 다시는 예전 같은 인생을 살 수는 없었다. 아무리 아름다운 것을 보아도 가장 절망적인 인류의 심연이 떠올랐다. 똑같은 인간으로 사는 것에 회의감마저 들었다. 더는 견딜 수가 없어 빨리 비밀을 탐색하는 일을 끝내고 싶었지만 쉬운 일은 아니었다. 보안이 워낙 철저한 탓에 완전한 유전자정보는 수집하기 어려웠다.

정우에게는 시간이 없었다. 서둘러 인류의 유전자정보를 빼내야 했다. 밀키트와 라면을 대량으로 쌓아놓았다. 그 간단한 조리마저도 번거로워 나중에는 인간사료로 대체했다. 인간사료는 구식 농장 비닐하우스에서 숙식하고 일하는 코리아이에게 주는 음식이었다. 주문하니 개사료 비슷한 게 왔다. 개사료보다는 조금 더 크고 부드러웠다. 정우는 몇 포대를 사서 쌓아두고 그것만 먹었다.

오랜 시간이 지났고 정우는 자신의 한계 앞에서 고함을 질러댔다. 벙커를 가득 채운 압박감에 몸이 압착되어 버리는 것만 같았다.

정우는 교육기관과 공장에서 야간작업할 때 주던 약을 구했다. 시간이 없어 몸을 혹사해서라도 비밀을 찾아내야 했다. 벙커 밖으로는 나가지 않은 탓에 햇볕을 쬘 일이 없었다. 영양분이 부족한지 정우는 자꾸만 입술 안쪽이 불룩하게 부어오르고 피가 났다. 그보다 더 괴로운 것은 지긋지긋한 환풍기 소리였다. 지상의 공기를 끌어오며 돌아가는 팬의 소음에 머리가 터져 버릴 지경이었다.

상우는 점점 더 위험하고 불쾌한 정보를 요청했다. 데이터를 일일이 확인해야 하는 정우는 인간의 추악한 면을 계속 봐야만 했다. 경찰 자료에 있는 코리아이 혐오범죄를 목격해야 했다. 고등학생들이 코리아이 레이드를 예고한 SNS 메시지와 유출된 영상을 확인해야 했다. 코리아이 레이드란 학교 주변에서 일하는 코리아이 식당 점원을 집단폭행하자는 뜻이었다. 구타로 사망한 코리아이의 흔적이 가해자 학생들의 부모에 의해 지워지는 과정을 추적해야 했다.

코리아이를 납치해 신체를 절단하고 구걸시키고, 그 돈을 빼앗는 이들을 추적한 내용도 들어있었다. 한 농가에서 목줄을 찬 채 흙바닥에서 생활하는 코리아이 사진을 봐야 했다. 병원에서 고의로 코리아이 의료사고를 내 죽인 뒤, 장기를 뜯어내는 일의 증거를 찾아야 했다. 노예처럼 쓰기 위해 납치된 코리아이의 기록을 봐야 했다. 범죄조직에 납치된 코리아이가 실제로 고문당하다 살해되는 장면을 촬영한 스너프 필름을 봐야 했고, 끔찍하게 굴려진 코리아이가 곧바로 옆방에 누워있는 인간을 위해 내장을 적출당하는 모습을 봐야만 했다.

몸과 정신을 갉아먹어 가며 배양연구소가 숨긴 유전자정보 지도를 구해내려 했으나 방법이 없었다. 정우는 최후의 수단을 써야만 했다. 다이너마이트를 들고 배양연구소로 뛰어드는 심정으로 결단해야 했다.

정우는 코리아이 시신을 하나 구했다. 코리아이를 상대로 하는 대부업체 사장과 거래했다. 그 대가로 빚을 피해 숨어버린 몇 명의 코리아이 정보를 팔아넘겼다. 얼굴까지 문신이 가득한 대부업체 사장은 시신은 왜 필요하냐고 물었다.

"트로이를 무너뜨리려고요."

사장은 트로이가 뭐냐고 물었지만, 정우는 알려주지 않았다. 정우는 목마를 이용할 생각이었다. 날벌레만 한 드론을 시신 안에 숨겨 배양연구소 안으로 침투시킬 계획을 세웠다.

침투시키는 방법은 어렵지 않다. 병원에서 숨이 멎는 시신은 머리카락 하나 남김없이 모두 병원에서 소비된다. 하지만 센터에서 먼저 발견한 시신은 병원이 아닌 배양연구소로 옮겨진다. 센터는 시신을 애초에 태어난 적도 없는 것처럼 서류상 세상에서 완전히 사라지게 하고, 시신은 배양연구소로 가져갈 것이다. 그들이 태어난 자궁이 있던 곳으로.

센터가 목마를 발견하게끔 하는 것은 간단했다. 무연고 코리아이의 시신을 코리아이 많은 작업장 아무 곳에나 유기하는 것이다. 코리아이들은 무슨 일이 생기면 112나 119처럼 기억하기 쉬운 세 개의 번호를 누르는 것이 아니라, 여덟 자나 되는 센터 번호를 눌렀다.

트로이의 벽 안으로 목마가 진입했다. 코리아이 시신에 숨긴 파리 크기의 촬영용 드론이 배양연구소를 활공했다. 지하의 연구소에서 자행되는 일을 봤다. 코리아이를 이용한 실험의 실체를 마주했다.

그것을 보아서는 안 됐다. 식은땀을 뒤집어쓴 채 매일 밤 악몽에서 깨어났다. 환풍기 돌아가는 소리가 뇌를 갈아버릴 것만 같았다. 침상에서 굴러떨어져서는 구토를 하고 그 위를 기었다.

정우가 지나간 자리에는 토사물과 눈물이 남았다.

"성태야!"

정우는 고함을 질러댔다. 어릴 적 특수교육기관에서 보았던 장면이 또렷이 떠올랐다. 혜리와 함께 탈출했을 때 정우도 특수교육기관의 내부를 보았다. 노동력이 떨어진 어린 코리아이가 숨이 붙어있는 채로 속의 모든 것을 적출당하는 모습을 봤다.

내장이 뜯겨나가는 성태. 정우는 그와 마주쳤다. 깔끔한 병실 위에서 어른들이 열어젖힌 텅 빈 성태의 몸. 성태는 옆으로 누워 정우를 마주 보고 있었다. 말라버린 눈물 자국이 아직도 선명하게 기억났다.

토사물 위에 엎어진 정우는 스스로의 목을 조르고 고함을 질렀다. 저 너머에서 성태가 정우를 빤히 바라보고 있었다. 성태의 눈에는 오직 공허만 남아있었다. 차가운 바닥 위에서 정우는 몸을 웅크렸다. 끔찍한 기억이 정우를 조였다.

그렇게 몇 개월이 지났을 때 문이 열렸다. 영지가 내려왔다. 영지는 악취에 코와 입을 틀어막았다. 눈에는 공포와 연민이 서렸다. 영지가 본 것은 사람의 형상이 결코 아니었을 것이다. 들짐승 냄새를 풍기며 덥수룩한 머리칼 사이로 안광만 번뜩이는 야수. 그는 몇 개월 만에 목소리를 내듯 간신히 기도를 긁어 소리를 밀어냈다. 갈라지는 저음이 새어 나왔다.

"영지야……."

"도대체 어떻게 지낸 거야. 이 기계들은 다 뭐고."

"여긴 너무 깊어."

정우는 울음을 터뜨렸다. 어둡고 마른 매캐한 공기가 정우의 헐떡이는 폐로 들어갔다가 잔뜩 젖어서 튀어나왔다. 영지가 정우의 거칠고 차고 축축한 손을 잡았다.

"나가자."

정우는 영지의 손에 끌려 나왔다. 그 안에서는 모든 것과 연결되어 있고 모든 것을 볼 수 있었지만, 그만큼 모든 것으로부터 멀어졌다. 고립되었던 정우가 구출되었다.

정우는 영지의 방에 누워있었다. 문밖에서는 영지와 상우가 대화하고 있었다.

"그러니까, 상우 씨는 정우한테 아무것도 시킨 것 없다고요?"

"추적당하고 있는 사람한테 제가 뭘 시키겠습니까. 그리고 센터에서 플라스틱 알을 빼내 주겠다고 하고 있는데, 굳이 정우를 통해 일을 시킬 이유가 없죠."

"그러면 수많은 기계로 은신처를 채우고 배양연구소 내부를 보고 있던 거는 정우 혼자 한 일이라는 건가요? 정우는 저한테 상우 대표가 시킨 일이라 했어요."

"아무래도 간츠펠트 효과*이거나 선천적인 정신질환인 것 같습니다. 다 정우의 망상이에요. 일단 푹 쉬게 하는 게 좋겠습니다. 요즘 서회장의 정신도 다른 곳에 쏠려있으니 안전할 겁니다."

* 장기간 외부의 자극이 차단된 상태에서 뇌에서 자체적으로 환상이나 환청을 만들어 내는 현상

정우는 눈을 감은 채 방 밖의 대화를 듣고 있었다. 둘 다 연기하고 있는 거다. 너무 몰두해 있던 혁명에서 나를 떨어뜨리기 위해서 둘이 나를 정신병자로 만들려 거짓말을 하는 것일 테다. 그런 두 사람의 모습이 밉지는 않았다. 이미 정우도 많이 지쳐 있었다.

정우는 영지의 집에서 지냈다. 새로 이사한 영지의 집은 깔끔했다. 모든 것이 어울리게 배치되어 있었다. 액자는 꼭 거기에 있을 운명인 것처럼 LED 벽난로 위에 있었고, 플래시가 달린 카메라는 꼭 거기서 태어난 것처럼 진열대에 있었다. 정우는 그런 것을 건드릴 수가 없었다. 잘못 건드려 원자만큼의 간격만 이동되더라도 운명을 부숴버릴 것만 같았다. 정우는 되도록 아무것도 건드리지 않은 채 생활했다. 필요한 게 있으면 마인드오더 시스템에 명령하여, 이 집이 내어주는 것만 만졌다.

"물 좀 줘."

하얀 유리잔에 정수기 물이 담겼다. 정우는 투명한 잔을 들여다봤다. 잔에 빨간 것이 비쳤다. 뒤를 돌아봤다. 밖이 보이는 거실의 통유리만 보였다. 마인드오더의 기술대로라면 시선을 준 자가 원하는 영상이나 정보가 나와야 했다. 하지만 스너프 필름이 나왔다. 변종 바이러스 실험으로 피를 뿜어대는 코리아이의 모습이었다. 이마에는 13자리 바코드가 찍혀있었다. 코와 입으로 도저히 인간이 감당해 내지 못할 양의 피가 뿜어져 나왔다. 피를 내보내느라 숨조차 쉬지 못했다. 정우는 그것을 어쩔 수 없이 시청해야만 했다.

지옥이 시작됐다. 영지가 자리를 비우면 그런 것들이 틀어졌다. 밥을 먹을 때면, 변이 둥둥 뜬 하수도에 코리아이가 처박혀 있는 장면이 보였다. 조용히 책을 읽으려고 하면 비명과 전기톱 소리가 들렸고, 컴퓨터를 켜면 행방불명된 코리아이에 대한 정보를 보여주고는 그 주인공이 지하실에서 고문당하는 영상이 나타났다. SNS에는 자해 사진이 가득했다. 정우의 개인정보를 훔쳐 누군가 정우가 쓰는 아이디로 자해계정을 만들었다. 자해러와 자살 직전인 위험한 이들에게 메시지가 날아왔다. 같이 죽어줄 수 있냐고. 영화를 틀어도 영화 속의 주인공이 정우에게 신호를 보냈다. 코리아이들은 모두 죽을 것이다. 주인을 거스르는 노예는 가치가 없다. 코리아이는 가축이다. 언제라도 도살될 운명이다. 배우들은 그렇게 말했다.

정우는 도저히 눈을 뜨고 있을 수가 없었다. 귀를 열고 있을 수가 없었다. 이것은 마인드오더의 보복이다. 데이터를 빼내오는 벙커가 들킨 것이다. 마인드오더가 정우에게 복수하는 것이 분명했다. 정우는 영지에게 말했다.

"벙커를 불태워야 해. 모든 게 들켜버렸어."

영지는 무슨 소리냐며 나쁜 생각하지 말라고 했다. 그러고는 피곤하니 잠이나 자자고 했다. 왜 막는 거지? 발각된 비밀기지를 불태우는 것은 당연한 순서 아닌가? 어째서 막는 거지? 배신자였던 것인가. 그런 생각을 하고 있을 때 벽에서 뉴스 화면이 송출됐다. 아나운서가 말했다.

"비코리아이는 너희 같은 불량품 모두를 죽일 것이다. 그 임무는 너의 가장 가까운 사람에게도 부여되어 있다. 스파이가 있다."

"영지를 말하는 건가요?" 정우가 아나운서에게 물었다.

"그래. 옛정 때문에 망설이지만, 언젠가는 목적을 완수할 것이고, 너는 영지로부터 살해당할 것이다."

인터넷 신문에는 영지에게 보내는 명령이 숨어있었다. 어서 정우를 죽이라는 명령이 기사 속에 숨어있었다. 청산가리를 물에 타고, 염산을 샤워기 필터에 넣고, 자는 동안 손목을 그으라는 지시들. 거대한 비코리아이 비밀조직으로부터 온 지령이었다. 영지에게 그 증거를 보여주려고 하면 기사 속 글자는 정상적인 내용으로 바뀌어 있었다. 이것은 명백한 데이터를 이용한 메시지였다. 해킹을 이용한 메시지 숨김.

"솔직하게 말해줘."

영지가 퇴근하고 돌아온 저녁 정우는 울면서 말했다. 영지가 놀라 물었다.

"뭐를?"

무릎을 꿇고 있는 정우 앞에는 식칼이 놓여있었다. 영지는 신발장에 얼어붙은 채 서서 들어오지도 나가지도 못한 채 떨었다. 정우가 울부짖었다.

"나를 꼭 죽여야만 하는 거야?"

"뭐? 누가?"

"영지, 너." 정우는 서럽게 울었다. "비코리아이는 꼭 코리아이를 죽여야만 하는 거냐고."

"무슨 소리야, 정우야. 무섭게……."

"마음의 결정은 했어. 정말 무섭지만, 영지야. 필요하면 날 죽여. 반역자를 효수해서 너의 불명예를 씻어. 넌 코리아이로 태어났지만 비코리아이야."

정우는 소리 내어 크게 울었다. 영지는 칼을 치우고 전화를 걸었다. 곧 있어 상우가 도착해 정우와 영지를 차에 태우고 병원으로 갔다. 병원이 무서웠다. 그곳은 장기를 취하려 코리아이를 의료사고로 죽이는 곳이니까. 해체당할까 두려웠던 정우는 병원 앞에서 큰 소란을 피웠다. 힘센 간호사 셋을 쓰러뜨리고 거의 탈출할 수 있었지만, 결국 진정제를 맞고 쓰러졌다.

한동안 입원 치료를 받던 정우는 상태가 호전되어 병원에서 나왔다. 영지는 정우를 자기 집으로 다시 데리고 왔다. 정우에게 약 먹을 시간마다 전화를 해주었다. 약만 먹으면 잠이 쏟아져 정우는 꿈쩍도 할 수 없었다.

"이제 일도 다시 다녀보는 게 어때?"

약 복용 횟수를 조금씩 줄여갈 때 영지가 물었다. 멍하니 TV만 보던 정우는 그러겠다고 했다. 약을 줄였기에 마냥 졸리진 않았다. 다만 뇌에 안개가 낀 것처럼 멍할 뿐 별다른 지장은 없었다. 정우는 공장으로 출근했다. 정우는 제때 약을 챙겨 먹었고, 아무런 문제도 일으키지 않았다. 중간관리자는 항상 정우에게 머리가 좋다고 칭찬했고, 더 많은 일과 책임과 권리를 주었다. 정우는 인정받는 것이 좋았다. 어디에라도 쓸모 있는 사람이 되는 것이 기뻤다.

"이제 일하고 돈 벌고 건강 챙기는 것만 신경 써. 널 아프게 하는 생각은 그만해. 배양연구소나 벙커 그딴 거는 잊어."

정우는 영지에게 그러겠다고 했다. 고마웠다. 영지에게 보답하기 위해서라도 열심히 살아가기로 마음먹었다. 정우는 진급했다. '부실장 보조'라는 새로 만들어진 직급이었다. 임금은 일반 코리아이 사원과 이제야 똑같아졌지만 진급은 진급이었다. 정우는 코리아이 노동자를 관리하는 업무에 배정받았다. 정우를 위해 사무실을 만들어주겠다고 했다. 공장 구석에 놓여있던 자재를 치우고 가벽을 세웠다. 바닥은 공장 전체를 뒤덮은 녹색 방수페인트로 칠해져 있었고, 가벽에는 창문이 달려있었다. 정우는 창문을 통해 생산라인을 조망할 수 있었다.

정우의 조그만 사무실 벽에는 문이 두 개 달려있었다. 공장 내부와 연결된 문 하나, 외부 복도와 연결된 문 하나였다. 상급자인 부실장은 다른 문이 없는 것도 아닌데, 제조실로 들어올 때면 꼭 정우의 사무실을 통해 들어왔다. 그는 등 뒤에서 문을 열고 나타나 별일 없냐고 물으며 앞문으로 나갔다. 정우는 문이 열릴 때마다 놀랐다. 부실장은 괴롭히려는 게 아니라 정우의 사무실에 달린 문으로 오는 게 더 편해서 그런 거니 이해해 달라고 했다. 정우도 멍해지는 약에 취해 웃으며 이해한다고 했다.

정우는 문이 언제 열릴까 긴장한 채로 일을 했다. 신경성 수준이 높아졌다. 한 시간에 네 번은 흠칫 놀라며 닫힌 문을 돌아봤다. 일이 없을 때도 노는 것처럼 보일까 겁나, 이미 계산 끝난 엑셀을 다 지우고 처음부터 수식을 새로 짜 넣기도 했다. 불시

검문의 압박 속에서 일하다 퇴근하면 완전히 혼이 빠져 식은땀을 흘리며 잠들었다.

정우는 허리를 구부정하게 숙인 채 일만 했다. 공장의 요구에 맞추되 비코리아이 노동자와 격차가 나지 않게 산출량을 비코리아이 라인에 넘겨주는 문서작업을 하고, 코리아이 센터와 연결해 코리아이를 영입하고 근무 우수도를 평가해 코리아이를 해고하고, 원자재 비용을 절감하기 위해 이곳저곳에 전화를 걸어 표를 작성했다. 벙커에서 그러했던 것처럼 일만 했다.

"이 나라나 저 나라나 이제 인공자궁에서 노동자 찍어낸다니까. 인건비가 경쟁력이었는데 이제 영 틀렸어. 앞으로 회사가 저가 경쟁에서 살아남으려면 물건을 더 싸게 더 많이 만들어야 해. 상품 변경도 잦아질 거고. 정우 네가 우리 공장을 위해서 힘을 좀 많이 써줘야 해."

중간관리자는 정우의 손에 약을 쥐여줬다. 늘 먹던 조현병 치료제가 아니었다. 교육기관에서, 서버실에서, 벙커에서 먹던 익숙한 모양의 약이었다. 정우는 약을 입에 털어 넣었다. 정신이 맑아졌다. 그 약은 육감을 깨웠다. 정우는 벽과 바닥에 숨겨진 CCTV를 느낄 수 있었다. 그것은 동작은 물론 생각까지 감시했다. 수만 개의 눈이 매몰된 벽을 더듬으며 사무실 복도를 벗어났다. 그동안 숨겨져 보이지 않았던 것도 보였다. 교수형 당한 코리아이가 공장 천장에 빽빽이 매달려 있는 것을 발견했다. 약은 진실을 보여줬다.

닷새째 밤을 새우고 있는 정우는 손바닥 위에 눈알처럼 박힌 두 알의 약을 가만히 들여다봤다. 웃고 있는 손바닥. 손금이 칼에 베인 것처럼 벌어졌다. 붉은 상처 안에서는 개의 이빨이 자라났다.

내선전화가 울렸다. 정우는 손바닥을 접어 쥔 채 다른 손으로 전화를 받았다. 센터의 남자가 공장이랑 인원 전환 얘기를 끝냈다며 생산성 낮은 코리아이 서른 명을 추려달라고 했다. 당장 내일 새로운 서른 명을 투입해 주겠다면서.

"이 시간에 퇴사시키는 거예요? 지금 새벽 3시예요. 다들 퇴근도 못 했는데. 그리고 아직 월급도 석 달째 못 받았어요."

"정우 씨, 갑자기 왜 이래? 오늘 약 안 먹었어?"

계속 거슬리던 주먹 속 알약 두 개. 주먹이 꿈틀거렸기에 알약은 소행성이 빗겨 충돌하듯 서로를 갉아냈다.

"먹었어요."

"그러면 빠르게 처리해 줘요. 다 지금 어려운 공장을 살리기 위해서 우수한 인력으로 전환하는 거니까."

"네." 전화를 끊고 일어섰다.

창가로 갔다. 새벽이 다 가도록 일하고 있는 코리아이들. 정우는 그들 위를 봤다. 목에 삭은 줄을 묶고 매달려 있는 수백의 코리아이들. 빙빙 도는 맨발. 서로 부딪치는 축 늘어진 팔들. 수백의 발과 수백의 팔. 정우는 웃었다.

다시 시선을 내렸다. 노동하는 코리아이들. 정우는 창문에 이마를 대고 활짝 웃었다. 배가 아플 정도로 웃겼다. 하지만 소리를 크게 내진 않았다. 저렇게 일하고 있는 모습을 방해하기 싫었다. 저 모습이 웃긴 것이었으니까.

"위를 보라고 바보들아." 정우는 그렇게 소곤거리고는 소리를 죽이고 꺽꺽대며 웃었다. 온몸을 비틀어가면서.

이제 서른 명의 코리아이를 골라야 했다. 서른 명의 나를 골라야 했다. 내 손으로 코리아이를 분류하고 등급을 매겨 폐기해야 했다. 집도하는 사람은 연대와 협동을 외치던 코리아이. 자, 이제 우리 계급을 해체할 때다.

정우는 아직 손에 있던 약을 엄지와 검지로 하나씩 잡고 창문에 댔다. 내 눈보다 정확할 너의 눈을 믿어. 정우는 눈을 크게 뜨고 창문에 다시 이마와 콧등을 댔다. 그리고 두 개의 눈동자를 두 개의 알약과 일직선상에 놓았다. 천천히 각막에 갖다 대자 눈이 짓눌렸다. 알약은 동공을 채우려 했다.

고치 속의 나비

"이제 쉬어."

응급실에서 영지가 정우에게 말했다. 정우의 눈에는 거즈가 붙어있었다. 번진 빛 속에서 침상을 더듬었다. 차가운 손이 정우의 손등 위에 포개어졌다. 손등에 떨어지는 뜨거운 눈물이 느껴졌다. 이내 약 기운에 다시 잠들었다.

퇴원했을 때 영지는 정우와 같이 살고 싶지 않다고 했다. 미래가 보이지 않고, 네가 무섭다고. 그 말은 아주 정중하고 조심스러웠다. 솔직하고 다정하게 말해주는 것이 고마웠다. 전혀 그렇게 느끼지 말라고 하는데도 영지는 자신을 죄인이라 느꼈다. 괴로워하며 울기에 도리어 정우가 영지를 달랬다.

"찬 사람이 울면 어떻게 하냐. 난 괜찮아 영지야. 나 앞으로 씩씩하게 살 거야. 약도 잘 챙겨 먹고, 이상한 약 안 먹고. 멀쩡하게 살 거야."

정우는 고시방만 한 공장 기숙사로 짐을 옮겼다. 영혼 없이 일만 했다. 공장에서 시키는 일을 처리하되 생각하지 않았다. 명령의 숨겨진 의미를 해석하지 않고, 상급자의 결정을 의심하지 않고 그대로 물이 관을 통과하듯 일을 수행했다. 병원에서는 정신건강을 생각한다면 아무런 의미도 생각하지 말아야 한다고 했다. 각성제는 받아만 두고 먹지 않고 병원에서 준 약만 먹었다. 안개 낀 머리로 일만 했다.

'일만 생각하자. 나는 중간관리자다. 다른 노동자는 생각하지 말자. 오직 숫자와 수치만 보자.'

정우는 스스로에게 주문을 걸었다. 그러니 삶이 편해졌다. 직접 고용 노동자 중 관리자급을 제외하고 절반을 해고시킬 때도 정우는 문서만 깔끔하게 작성하면 됐다. 하청 인력까지 합심해 파업할 때, 직장폐쇄 조치를 신고하고 가가호호 돌아다니며 파업에 적극적이지 않은 노동자들로부터 노조 탈퇴서와 노조 가입 불가 서약서를 받아냈다. 슬금슬금 쟁의하려고 하면 하청을 통째로 부도 처리해 버렸다. 부당 해고에 반대하는 농성장 천막 바닥을 적시려 매일 세 번씩 공장 앞을 물청소했다. 중간관리자는 슬슬 공장 노동자를 전부 코리아이로 채울 준비를 하라고 했다.

주차장 가로등에 연결한 빨랫줄에 빨래를 널었다. 빨랫줄은 해고자들이 현수막 걸 때 썼던 줄이었다. 밤이었으나 공장과 그 주변 불빛은 환했다. 다들 각성제를 먹어가며 공장 불을 꺼뜨리지 않았다. 화물트럭이 오가는 동안 낯선 차가 정우 앞에 멈췄다. 헤드라이트 불빛에 정우는 눈을 가늘게 떴다.

상우가 내렸다. 세상에 몇 개 없는 자동차였다. 차에서 내린 상우는 아무런 표정이 없었다. 무미건조한 인사가 흘러나왔다.

"오랜만이네."

"차 바꿨어? 나 타봐도 돼?"

정우는 애써 웃으며 속없는 척 물었다. 상우가 문을 열어줬다. 내부는 새하얗고 반들반들한 고급 패브릭 소재로 되어있었다. 정우는 물기 묻은 손으로 시트를 문질러봤다.

"죽이네 형. 난 이런 거 언제 가져보냐."

정우는 손을 땀내 나는 작업복 주머니에 꽂았다.

"정우야, 너한테 맡길 일이 있어."

"나한테?" 정우는 웃었다. "뭘 인제 와서? 못 하게 할 때는 언제고."

"네가 만든 벙커에 가봤어."

상우는 정우가 벙커에 들여놓은 기기를 모두 보았다고 했다. 그리고 그 추적을 회피한 시스템이 어디까지 볼 수 있는지, 배양연구소 깊은 곳의 어디까지 연결되어 있는지 보았다고 했다.

"너만 할 수 있는 일이야. 너밖에 못 해. 능력 있는 사람도 없고, 믿을 수 있는 사람도 없어. 네가 필요해."

상우는 잠깐 자기와 어딜 가자고 했다. 정우는 아직 반도 널지 못한 빨래 바구니를 돌아보았다. 빨래 바구니를 그대로 두고 상우를 따라갔다. 상우가 정말 미웠다. 하지만 그런 그가 자신이 필요하다는 말을 하자마자 콧등이 시렸다.

"연구소 정보를 빼주는 사람이 있어. 그 사람을 네가 만나봤으면 해."

상우의 차는 공장에서 그리 멀리 떨어지지 않은 곳에 멈췄다. 한 남자가 논에 오줌을 싸고 있었다. 달빛 아래 그의 물줄기가 전부 보였다. 일하러 논에 발 담그는 사람도 있을 텐데. 정우는 인상을 찌푸렸다. 가늘어진 눈으로 보니 그 사람의 얼굴이 보였다. 커다란 덩치에 큰 입과 짙은 눈썹. 정우의 공장으로 전화를 걸어 코리아이를 해고하라고 지시를 내리던 사람이었다.

"나 저 사람 아는데. 저 사람 코리아이 센터 사람이야."

정우가 경고하듯 말했지만, 상우는 다 아는 듯했다. 대꾸 없이 내린 상우는 그를 불렀다. 남자는 머리만 살짝 돌리고는 오셨냐며 쾌활하게 웃고는 성기를 털었다. 지퍼를 올리며 차를 향해 걸어왔고, 상우는 조수석 문을 열어 정우를 내리게 했다.

"아, 정우 씨. 말씀 많이 들었습니다. 전화로는 이야기 많이 했죠. 공장일로. 그렇죠? 사실 구면이지만 또 이런 작당을 위해서는 처음 만나니까. 정식으로 인사하시죠."

센터의 남자는 신난 것 같았지만, 정우는 신나지 않았다. 그와 악수할 때 손가락에 오줌 몇 방울이 옮겨 묻은 거 같았기 때문이다.

"한잔하면서 얘기하면 좋은데, 어쩔 수 없네요. 보안상 듣는 귀 없고, 찍는 카메라 없는 곳에서 만날 수밖에 없어서. 자리는 다음에 갖고, 여기서는 본론만 얘기합시다."

센터의 남자는 갓길에 세워둔 자기 차에서 서류 가방을 꺼냈다. 그러고는 손을 바지에 대충 닦고 가방 안에 손을 넣었다. 명품관 직원이 수천만 원짜리 가방을 꺼내주듯 조심스럽고 우아한 동작으로 동그란 것을 꺼냈다. 주먹 크기의 플라스틱 알이다. 그걸 상우에게 넘겼다. 상우는 정우에게 알을 던졌다.

"아니, 그거 그렇게 던지고 이러면 안 되는 건데."

센터의 남자는 졸인 가슴을 쓸어내리며 말했다. 정우의 손에 다시 알이 돌아왔다.

"아시죠? 정우 씨가 열심히 만들었는데, 배양연구소가 엉망으로 만들고 회장이 또 가로채고. 돌아오기까지 꽤 걸렸죠?"

"어떻게 가져오게 된 겁니까?"

정우가 놀란 눈으로 물었다. 센터의 남자가 설명했다. 회장은 코리아이 센터에 이 알을 해독할 수 있게 도와달라고 요청했다. 배양연구소는 교육기관 부설로 있고, 코리아이 센터는 교육기관과는 사이가 그리 좋지 않았으니 이 일을 도와줄 것으로 본 모양이었다. 플라스틱 알은 여러 사람의 손을 돌고 돌아 결국 센터의 남자에게로 왔다.

"이분은 코리아이 센터 내에서도 우리의 뜻에 동조하는 분이야. 그래서 이걸 빼돌려서 우리한테 준 거고."

상우가 설명했다. 센터의 남자는 꽤 고생했다며 너스레를 떨었다. 상우는 정우의 어깨에 손을 올렸다.

"암호화된 유전자정보를 네가 다시 풀어줬으면 해. 네가 만든 벙커를 이용해서."

"이걸 풀면 다음 세대의 사람들은 이 끔찍한 세상에서 벗어날 수 있는 거지?"

"네가 알다시피."

어깨 위에 있던 상우의 손에 힘이 들어갔다. 어깨가 무거워졌다.

"정우야, 미래가 너한테 달렸어."

정우는 알을 꼭 쥐었다. 혹여 놓칠까 번갈아 가며 손에 묻은 땀을 바지에 닦았다.

"나 정신병 있어요. 이거 환각 아니죠?"

센터의 남자는 웃으며 아니라고 했다. 센터의 남자는 정우의 뺨을 꼬집어주었다. 꿈이 아니었다. 몸을 둘러싸고 있던 공장 중간관리자라는 껍데기가 굳은 페인트 껍질처럼 떨어져 나가는 것만 같았다. 살기 위해 지웠다고 생각했던 열망이 심장 안쪽에 남아있었다. 미래를 향한 갈망이다. 새로운 세상을 그릴 붓을 쥘 수만 있다면 정우에게 삶은 아무것도 아니었다. 정우는 용암처럼 솟구치는 감정에 몸을 맡겼다. 생각할 것도 없었다. 정우는 침을 삼키며 알을 품에 안았다.

정우의 상사는 정우의 컴퓨터 앞에 앉아 정우가 전산 프로그램에 입력한 내용을 살펴봤다. 그는 문서와 모니터를 비교하다가 가방을 메고 있는 정우에게 말했다.

"요즘 일이 빨라졌어. 응? 일 더 시켜도 되냐?"

정우는 안 된다고 말하며 문을 열었다.

"요즘 연애해? 맨날 칼퇴야. 아주 의심스러워. 일 다 끝내서 보내주긴 하는데. 부럽네, 정우야. 나도 칼퇴 좀 시켜줘. 형 진짜 죽을 것 같다."

상사는 능청스럽게 너스레를 부렸다. 정우는 곧 좋은 일이 생길 것 같다고 말하고는 떠났다. 정우는 벙커로 들어갔다. 새로 가지고 들어갔던 조현병 약통 뚜껑에는 먼지가 쌓였다. 반면 각성제는 벌써 다 떨어져 갔다. 알에서 선을 뽑아 보안기기에 단자를 꽂았다. 그리고 다시 보안기기를 컴퓨터에 꽂아 알을 분석했다.

추적이 불가능한 전화기가 울렸다. 스티커형 이어폰을 귀에 붙이자 센터의 남자 목소리가 들렸다.

"어떻게 우리는 밤낮이 없냐? 우리가 제일 열심히 사는 것 같아. 뭐 어쩌겠어. 어깨 위에 미래가 걸려있는데. 자, 바로 일 시작할까?"

"그러시죠." 정우는 미소를 지었다.

낮에는 센터의 남자와 공장 노동자를 해고하고, 밤에는 그와 인류혁명을 모색했다. 센터의 남자는 정우의 일을 도왔다. 맡겨만 두고 손 놓다가 실망한 티나 내는 상우와는 달랐다. 남자와 정우는 연구실의 결과물들을 빼돌려 알의 정보와 대조했다.

"교육기관이랑 배양연구소 새끼들 하는 짓거리 보면 도저히 우리랑 같은 사람 새끼들이라고 볼 수가 없어. 도대체 몇 명을 죽이는 건지."

센터의 남자는 해독된 데이터를 함께 보며 말했다. 교육기관

의 인공자궁에서 태어나는 코리아이 수와 교육기관을 졸업해
코리아이 센터로 인계되는 코리아이의 수가 열 배나 차이가 난
다고 했다. 코리아이 열 명 중 한 명만 사회로 나온 어른이 되는
것이다.

"여기서 질문. 태어났지만 사라진 아이들은 어떻게 됐을까."

너무나도 쉬운 퀴즈였다. 정우는 바로 대답했다.

"실험에 쓰이거나 팔리겠죠."

"뭐야, 다 알고 있었어?"

그 때문에 한국에서는 장기 이식받기가 무척이나 쉬워졌다.
정부 예산이 늘어나지도 않았는데 교육기관과 배양연구소는
시설을 확장하고 고가의 장비를 매입했다. 저들은 코리아이의
장기로 장사를 하고 있다.

"기관 새끼들은 코리아이를 사람으로 안 보는 거야. 그냥 장
기로 보는 거지. 이 새끼들 이름부터가 영어로 오르가니제이션
(Organization)이잖아. 오르간(Organ)을 위한 거지. 이해했어? 영
어로 장기랑 기관이랑 똑같은 영문이 들어가니까."

"설명 안 해도 돼요."

정우가 목소리를 어둡게 깔자, 센터의 남자는 징그러운 농담
을 멈추고 멋쩍게 귓바퀴를 긁었다.

"아무튼 절대 용서할 수 없어. 그들은 인간이 아니야. 악마에
가깝지."

교육기관과 배양연구소만 코리아이를 인간 이하의 것으로
생각할까. 배양연구소에서 살아남고, 교육기관을 무사히 졸업

한 생존자는 과연 인간으로 취급되고 있을까. 식민지의 피지배민과 노비와 농노와 노예는 인간으로 취급되었던가. 인류는 몇천 년 동안 악마와 짐승의 시대를 이어왔고, 지금도 마찬가지였다.

"센터도 코리아이를 노예로 생각하잖아요."

"노예라니. 코리아이 센터는 코리아이가 살길을 찾아주는 거야."

그는 연설하듯 떠들었다. 이 나라는 사회에 막 나온 코리아이한테 막대한 빚을 떠안겼다. 코리아이는 사회출발보조대출금을 평생 갚아야만 했다. 빚을 갚기 위해 또 다른 빚이 생겼다. 결국에는 스스로 장기를 떼어 팔거나 음지의 일에 투입됐다. 물론 장기 팔러 갔다가 하나만 잘 팔고 무사히 살아 돌아온 사람은 없었고, 음지에서 일하면 곱게 죽지도 못했다.

"그러니까 일자리를 주는 거야."

"줬다가 갑자기 빼앗잖아요. 필요한 생산량에 따라 일주일 단위로 해고하잖아요."

공장은 그래도 나은 편이었다. 청소부나 운전자가 필요하면 하루 단위로 고용하고 해고하기도 했다. 일손이 필요하면 한 시간짜리 일에도 코리아이를 보내고는 차비도 챙겨주지 않았다. 남는 게 없어도 코리아이는 거부할 수 없었다. 거부하면 센터의 코리아이 취업 지원 명단에서 빠졌다. 명단에서 빠지면 멀쩡한 일을 할 수 없었다.

"센터가 없었다고 뭐 달라졌겠어? 해고는 사장 마음인데."

센터에서도 코리아이 해고를 막을 수는 없었다. 노동법에 포함된 코리아이 예외 조항 때문이었다. 노동시장은 코리아이에게는 특히 유연하여 모든 보호장치를 피해갔다. 법이 그런 것을 어쩌겠는가.

센터의 주 역할은 코리아이 실업자를 일할 수 있는 자리에 넣어주는 거라고 했다. 손이 필요한 곳에 손을, 눈이 필요한 곳에 눈을 보냈다. 필요와 필요가 만나는 지점을 찾아주는 게 센터다. 그리하여 코리아이는 끝없이 일할 수 있다. 급여가 적더라도 어떻게든 벌 수 있다. 명부에 이름만 올려두면 결코 굶어 죽을 일은 없다.

"내가 코리아이 센터를 변호하긴 했지만, 나도 센터에 불만이 많아. 어차피 거기도 사용자 입장에서 움직이는 조직이니까. 일자리 주면 뭐 해. 안전 관리 개판이고, 학대하고, 급여 미루고, 하청으로 묶었다가 부도내서 급여 떼먹고. 솔직히 자격 없는 인간들이 코리아이 부리고 있어. 센터는 그냥 돈 냄새만 맡느라 그거 눈 감고 있는 거고. 씨발, 이해가 안 가. 난 센터에 있는 인간들이랑 생각 자체가 안 맞아."

"본인 생각은 어떤데요?" 정우가 물었다.

"코리아이를 이따위로 쓰는 시스템 자체가 존나 부당하지. 코리아이는 유전자편집을 받은 인간이야. 또 교육 덕에 아주 뛰어난 노동자로 길러졌다고. 코리아이는 무슨 일이든 할 수 있어. 상우나 정우 씨 봐봐. 기업의 두뇌로 일할 수도 있고, 음지의 해킹 왕으로 일할 수도 있어. 코리아이는 한계가 없는 인간이야. 굳이 우리가 말하는 슈퍼코리아이가 아니더라도 말이야. 이미 슈퍼인간들이라는 거지."

"그래서요?" 코리아이 종에 대한 칭찬에 정우는 입술이 절로 씰룩거렸다.

"유전자편집 안 된 무능력한 일반인. 아니, 무능력한 비코리아이보다 대접을 더 받으면 받아야지, 왜 부속품처럼 쓰이고만 있냐는 거야. 이게 답답한 거야. 훌륭한 노동자를 왜 형편없이 취급하지? 이게 경쟁 사회야? 뛰어난 새끼들 개새끼 취급하는 게? 밥값 못 하는 비코리아이 다 꺼지라 해. 코리아이들 앞길 막지 말고."

센터의 남자는 자기가 그동안 뱉었던 말을 종합했다.

"코리아이는 미래야. 나 같은 구식 인간이 몰락하고 곧 코리아이의 시대가 올 거야."

센터의 남자가 말을 마치자. 정우는 그에게 반해버린 것만 같았다. 가슴 깊이 뭉클한 동지애가 솟았다.

"예전엔 몰랐는데 진짜 좋은 사람이네요."

"좋긴 개뿔. 낮에는 센터의 개야, 난."

"진짜 좋아요."

"징그럽게 왜 이래. 소름 돋으니까 전화 끊으련다."

정우는 센터의 남자와 통화하는 것이 즐거웠다. 특히 일 이야기가 아니라 이 세상에 대한 서로의 생각을 말하고 들을 때면 희열을 느꼈다. 만난 지 얼마 되지도 않았는데도 친한 친구가 된 것 같았다.

정우는 원래 상우에게 하고 싶었던 말까지 남자에게 쏟아냈다. 남자는 듣는 데 재주가 있었다. 그의 추임새가 정우의 연설을 끊임없이 끌어냈다. 정우는 말을 멈출 수 없었다.

"어떻게 바뀌는지가 중요해요. 모든 산업이 자동화되고, 과도하게 욕심내지 않으면 전 인류가 충분히 쓸 만큼 풍부한 양의 자원, 물품, 식량을 생산할 수 있어요. 이미 그럴 기술은 완성되었고, 생산량도 지금 다 낭비되고 있다니까요. 그런데 인간의 노동이 왜 필요하냐는 거죠."

센터의 남자는 노동이 없으면 돈은 어떻게 버냐고 물었다. 굳이 화폐가 있을 필요가 없다.

"필요한 게 있다면, 자동화 생산시스템에 요청하거나 직접 만들면 돼요."

다른 이들의 필요를 침해하지 않는 범위 내에서 필요한 만큼 가져간다. 필요한 만큼만 챙길 수 있는 창고는 언제나 열려있다. 과도하게 가져갈 이유도 없다. 화폐 개념이 없으니 어디에 팔아먹을 수도 없다. 물건에 쓸데없는 욕심을 부릴 이유도 없어진다. 필요할 때 창고에서 가져오면 되는데 굳이 집 안에 쑤셔넣어 자리를 차지할 필요도 없다.

"좋아. 근데 만약에 한 물건을 한 사람이 가져가서 독점해 버리면 어떻게 해. 필요하다고 어떻게든 입증한다면 말이야."

"문제가 생기면 회의에 회부해요. 처음에는 이웃 회의나 관계자 회의부터."

소수에게 재화가 쏠린다면 창고관리 시스템이 해당 사안을 이웃 회의의 안건으로 자동 상정한다. 회의에서는 충분한 시간 토의하여 필요성을 검토할 것이며 이웃 회의에서 결정된 내용이 다른 동네의 필요를 침해한다면 더 큰 시, 도, 국가, 대륙 단위의 회의까지로 이어질 것이다. 그리하여 재화의 분배가 필요하다면 창고 간의 분배를 조정할 것이며, 절대적 부족분에 대해서는 생산을 늘리고, 원재료의 분배까지 이뤄질 것이다.

"이 회의 시스템은 단순히 재화의 분배 문제만이 아니라 여러 중차대한 사안을 풀어내는 데 쓰일 거예요."

"정치 얘기는 잘 몰라. 아까 직접 만든다고 한 건 뭐야? 자동 시스템에서 만들지 못하는 것은 가내수공업 해야 하는 거야? 그러면 결국 수요가 생기고 공급을 책임질 회사가 생기고 거래할 때 필요한 화폐가 생길 텐데."

"누구나 사용할 수 있는 가변형 공장을 만들면 돼요."

아주 유연한 구조의 가변형 공장을 곳곳에 설치한다. 필요한 재료를 신청하면, 원자재가 허용하는 범위 내에서 원하는 도면을 응용해 자신만의 물건을 만들 수 있다. 새로운 도면을 원하는데 할 능력이 안 된다면, 웹에 도움을 요청하면 된다. 초기 인터넷 시절부터 존재해 왔던 도움 주는 것을 즐거워하는 지식, 기술, 감각의 수호자들은 언제라도 답을 알려줄 것이다.

"그래. 그런데 사용하는 자원이 문제가 되겠네. 내가 만약 다이아몬드 왕관을 만들고 싶어. 그러면 만들 수 있나?" 남자가 물었다.

"금과 보석은 필요한 것에 쓰여야죠. 특히 산업적인 분야에 우선해서요. 정 쓸모를 찾으려 해도 미적인 분야 외에 다른 가치가 없는 보석들은 예술가 전용 창고에 보관되겠죠. 예술가 전용 창고의 재료들은 창조 욕구 가득한 손끝 위에서 다듬어져, 누구나 방문할 수 있는 미술관에 진열되거나 사진, 공연, 영화의 소품으로 사용될 거예요."

"개인 소장은 불가야? 내 집에 그림 하나 걸고 싶은데, 못 걸면 불만이 좀 있을 것 같은데."

"개인이 소장할 수 있죠. 대신 독점해서는 안 돼요. 다른 사람도 그걸 원한다면 빌려줘야 해요. 그 작품을 구경하고픈 사람이 많다면 언제라도 관람객을 위해 현관문을 열어줘야 할 거예요. 만약 인기가 많은 작품을 개인이 관리하고 보존하기 힘들 것이라 사람들이 판단한다면, 그런 예술품은 미술관이나 박물관처럼 전문적 관리가 가능한 곳에 보관되는 거죠."

정우는 교통시스템에 대해서도 말했다.

"교통은 무인 공공교통이 늘어날 거예요. 정해진 선로를 이용하는 기차와 전철, 노면전차를 곳곳으로 연결하는 거죠. 도로 위의 자율주행버스도 여러 노선을 두어 늘어날 거예요. 공공교통이 미처 닿지 않는 복잡한 단거리 구간은 자율주행 택시가 끊어진 연결선을 이어주는 거죠."

"난 드라이브 안 하면 안 되는데. 나 취미도 없어서 그게 유일한 낙이야."

"개인이 차를 소유할 수는 없지만, 거리 곳곳에는 공유자동차가 세워져 있을 거예요. 얼마든지 타고 몰 수 있어요. 원하는 곳까지 충분히 몰고 간 차를 포장도로 근처에 주차만 해두면, 공유차량은 자율주행차선으로 스스로 이동해서 무인차량용 지하터널을 타고 공유자동차 대수가 부족한 지역으로 운반되는 거죠. 언제나 필요한 곳에 필요한 만큼의 차가 기다리고 있을 거예요."

"그런데 스포츠카 같은 거는 공유차 주차장에서 경쟁이 치열하지 않을까?"

"그런 거는 서킷에서 타야죠. 어차피 개인 소유가 아닌데 과시용으로 필요할 것 같지도 않고요."

"좋아, 정우야. 그러면 집은 어떻게 되는 거냐. 셰어하우스로 살 수는 없어. 나랑 동거할 수 있는 거는 로봇청소기랑 정리정돈로봇까지가 내 한계선이야. 사람이랑 맞춰 사는 건 엄청 피곤한 일이잖아."

"공유하지 않아요. 사람이 성인이 되면 제일 먼저 할 일은 집을 고르거나 짓는 일이 될 거예요. 인구로 국토의 주거면적을 나누고 그만큼의 면적 안에서 집을 지을 수 있는 거죠. 대신 추가적인 계산이 들어가요. 여러 사람이 면적을 합쳐서 층을 높이면 더 많이 쓸 수 있고, 단독층으로 지으면 더 작은 면적을 갖게되고, 수요가 몰리는 지역은 더 면적이 줄어들고요. 지금 서울 인구와 서울 외 인구가 거의 동일한데, 굳이 서울에 지은 좁은 집에 몸을 욱여넣을까요. 넓은 땅을 찾아서 다들 여러 지역으로 흩어질 거예요."

"집은 언제라도 교환할 수 있는 거지?"

센터의 남자가 물었다. 정우는 고개를 끄덕이며 서로 교환할 수도 있으며, 죽음과 이동을 막을 수 없는 만큼 언제나 빈 집은 여유롭게 있을 것이라고 했다.

선량해진 교육기관은 어떤 모습일까. 담임교사 한 명당 네 명의 아이들을 가르친다. 반에 네 명씩 있는 것은 아니다. 사회성을 기르기 위해 반에는 스무 명의 아이들이 모여 수업을 듣되, 담임교사는 네 사람을 부모처럼 전담해 가르친다. 교육기관은 선량함을 싹 틔우고 천재성을 발달시키는 것에 초점을 맞출 것이다.

기관을 벗어난 사람들은 고대 아테네와 중세 살롱에서처럼 온갖 지식을 뽐내고 공유할 것이다. 모두가 천재인 슈퍼코리아이다. 모두가 동등하게 고도로 발달한 지능을 가진 인류는 현재보다 몇백 배는 더 빠른 속도로 발전하고 세상의 문제를 해결해나갈 것이다.

세밀하게 나눠진 정치권력과 거대한 하나의 체계로 통합된 경제시스템. '필요한 곳으로'라는 슬로건과 함께 과잉 없이 분류되고 운반되는 물류시스템. 국경이나 민족 같은 원시적인 모든 것은 문화적 유산 정도로 남기는 새로운 시대. 그따위 것들로 전쟁이 일어났었다는 것을 미래 인간들은 한심하게 여길 것이다.

어릴 적 모험가가 되길 원했던 꿈을 더는 포기하지 않아도 된다. 국경 없는 땅 위, 아직 미지로 남은 세계를 탐험하는 것이다. 사고 발생률 높은 원시 우주선을 뒤로하고 안전하고 자유롭게 우주를 왕래할 수 있다. 인류의 기원을 찾고 생물 진화의 비밀을 풀 수도 있다. 시황제도 못 찾았던 불로장생의 비법을 찾아내고, 새로운 에너지원을 발견하며, 재난을 다스리고 지구 생태계를 회복할 것이다.

"부모도 없고, 돈도 없고, 선천적인 우열도 없어요. 자유롭게 자기 생각을 펼칠 곳에 천재들이 태어난다고 생각해 보세요. 그 애들의 열정과 생각이 만들어낼 세상은 어떨까요?"

정우는 아랫입술을 깨문다. 상상만으로 전율이 돈다. 온몸의 세포에서 폭죽이 터지는 것만 같다.

"야, 정우야. 재밌다. 이런 이야기 상우한테 해봤어?"

"상우 형은 내 이야기 안 들어줘요. 아직 시기가 아니라고."

"에이 무슨 소리야. 지금이 적기인데. 자기는 진화 선언문이니 뭐니 그런 거 쓰고, 같은 돌림자 쓰는 동생은 입 막고 말이야. 좀 너무하다. 상우가 사람 무시하는 것 같은 느낌 좀 받았었는데 너한테도 그러는 거 보니까 천성이 그런 인간이네. 쓰레기네, 쓰레기야."

정우가 맞고 상우가 틀렸다는 사람이 처음으로 나타났다. 시큰해진 코끝을 손가락으로 꼬집었다. 숨죽여 웃고 눈물을 닦았다.

"너 이거 잘 끝나면 내가 너 실컷 목소리 내게 해줄게. 상우는 자기 혼자 똑똑하지 용병술이 없어. 훌륭한 인재를 쓸 줄을 몰라."

센터의 남자가 정우를 응원했다. 정우는 그에게 영혼이라도 바치고 싶었다.

센터의 남자가 내밀하게 준 정보를 바탕으로 정우는 배양연구소의 서버를 뒤졌고, 배양연구소가 유전자정보 암호화 외주를 맡겼던 업체의 서버를 뒤졌다. 헝클어진 보물창고에서 찾아낸 정보들로 정우는 플라스틱 알에 담긴 유전자정보의 암호화 방식을 풀어냈다. 정우는 이제 이것을 완전히 손에 넣을 수 있는 직전의 단계까지 갔다.

"거의 다 끝났어요. 거의 다 끝났는데 이해되지 않는 게 있어요"

"뭔데?"

이어폰 속 센터의 남자가 물었다.

"배양연구소에서 플라스틱 알에 세팅해 둔 유전자조합이요. 이건 완벽하지 않아요. 그러니까 특정 유전질환을 제거하지 않고 일부러 남겨뒀어요. 능력적인 부분에서도 어깨 관절의 질환을 유발할 수 있는 뼈의 길이 이런 부분들을 제거하질 않았어요."

"실수했겠지."

센터의 남자는 대수롭지 않게 말했다. 실수일 수가 없었다. 센터의 남자가 넘겨준 정보에는 이 질환들에 대한 분석이 이미 완료되어 있었다. 심지어 어깨 관절과 관련된 질환은 코리아이를 노동자로 사용함에 있어 부수적인 문제를 일으킬 수 있다는 세밀한 보고서까지 작성되어 있었다.

"배양연구소가 센터에 넘겨주지 않은 정보가 있는 것 아니에요? 분명히 의도적이에요. 그런데 그 의도를 모르겠어요."

"정우야, 그런 것까지는 신경 쓰지 마. 우리는 슈퍼코리아이를 만들 수 있는 능력만 있으면 되잖아. 사소한 거는 넘어가. 어차피 코리아이가 직접 노동할 일은 없다며. 상우나 너나 그렇게 이야기했잖아. 그냥 다 됐다 싶으면 얼른 가져와."

정우는 시간이 더 걸릴 거 같다고 대답했다. 아무리 생각해도 이상했다. 배양연구소에서 이런 중대한 일을 실수로 남겨둘 리가 없었다. 배양연구소가 코리아이 센터에도 주지 않은 정보를 빼낼 수 있을까. 정우는 불현듯 전화번호 하나가 기억났다. 그게 아직 남아있을까. 전화를 걸었다. 어렸을 적 교육기관에서 가지고 있던 핸드폰으로. 통화음은 끊어지지 않았다.

"여보세요."

두려움과 호기심 섞인 변성기의 작은 목소리가 들려왔다. 교육기관의 코리아이가 혜리가 버렸던 핸드폰을 가지고 있었다. 낯선 이가 아직도 요금을 내주고 있었나. 몇 분간 대화 끝에 아이는 돕겠다고 속삭였다.

며칠 동안 정우는 그 아이와 몰래 통화했다. 아이는 교육기관 아래에 있는 배양시설로 침투했다. 아이는 직접 그린 배양시설의 도면을 핸드폰으로 찍어 정우에게 보내주었다. 도면에는 감시카메라의 위치와 보안장치의 규격과 제원까지 모두 적혀있었다. 정우는 아이에게 코드를 불러주었고, 아이는 그 코드를 이용해 교육용 전자패드를 해킹 장비로 개조하였다.

"아저씨가 말한 문서들은 확인했는데요. 거기서 정확히 뭘 찾아야 하는지를 모르겠어요. 문서만 수천 개라서요."

정우는 그동안 센터의 남자에게서 넘겨받은 문서의 목록을 넘겨주었다.

"이것과 겹치지 않는 모든 것을 나한테 보내줘."

아이는 그렇게 했다. 정우의 세대에서 이미 몇 차례 더 개조된 그 코리아이는 일 처리 속도가 빨랐다. 정우는 하루 만에 아이가 보내준 자료를 살펴볼 수 있었다. 그리고 그동안 찾아 헤매던 비밀을 발견해 냈다.

"아저씨, 그런데 제가 혹시나 해서 배양연구소 내부 메신저를 뒤져봤는데요. 배양연구소가 아저씨한테 없는 정보 전부 코리아이 센터에는 보내됐어요. 그냥 아저씨한테만 안 준 것 같아요. 그냥 알아보는 김에 확인해 봤어요."

센터의 남자가 정우에게 정보를 숨기고 있었다. 이 유전자정보에 숨겨진 또 다른 진실을 숨기고 있었다. 왜일까. 뜻을 함께하는 사람이 아니었던 것일까.

그때 벙커의 계단을 타고 센터의 남자가 뛰어 내려왔다. 그리고 정우의 귀에서 스티커형 이어폰을 떼어냈다. 센터의 남자는 도깨비 같은 얼굴을 하고서 정우의 멱살을 잡았다.

"너 돌았어? 배양연구소에 침투를 시도해? 그러다 다 좆되면 어떻게 하려고 그래!"

"안 들켰어요. 안 들켰잖아요."

"센터가 알고 있어. 배양연구소에 미승인된 핸드폰 신호가 왔다 갔다 한다고 보고가 들어왔다고."

정우는 남자의 손을 뿌리쳤다. 그리고 옷깃을 털며 말했다.

"알았어요. 걔한테는 핸드폰 버리라고 할게요."

"그럴만한 사안이 아니야. 그 애는 끝났어. 걔는 포기해. 희생양이 필요해."

바닥에 떨어진 스티커형 이어폰에서는 "아저씨, 아저씨!" 하고 부르는 소리가 조그맣게 흘러나왔다. 센터의 남자는 어딘가로 전화를 걸었다.

"내통자가 연구소 안에 있으니 서둘러 잡으세요. 센터에서 먼저 발견한 겁니다. 뭐 기자 이런 사람한테 연구 자료를 빼돌리려고 한 것 같은데. 제대로 단속하세요."

"무슨 짓이에요! 그러면 저 애 죽어요!"

정우가 손을 뻗어 남자의 입을 막으려 했다. 남자는 정우의 팔을 쳐내고 부리부리한 눈으로 정우를 쏘아보며 다가왔다.

"너 이 새끼야. 다 죽고 싶어서 이래?"

센터의 남자는 정우의 눈 옆에 붙어있는 AR기기를 떼어내 바닥에 던졌다.

"풀리지 않는 비밀은 풀어야 할 것 아니에요."

"이해를 못 하네, 이 새끼가."

그동안 친절하게 굴던 센터의 남자가 돌변했다. 그는 정우의 가슴팍을 주먹으로 밀쳤다.

"풀지 말라고 새끼야. 풀지 마. 중요한 것도 아니잖아."

"중요한 게 왜 아니에요. 이것만큼 중요한 게 어디 있는데요. 센터는 알고 있었죠? 진짜 중요한 게 뭔지 센터는 알고 있었잖아. 후대 인간의 모든 능력을 다 강화해도 당신이 알려주지 않은 이 비밀이 결국은 통제 수단이 될 거라는 것을 알고 있었잖아."

"중요하지 않다고. 검증되지도 않은 이론이라고. 내가 네 통신 내역 먼저 입수 안 했으면 어떻게 하려고 했냐. 내가 너 뒤치다꺼리나 할 사람으로 보이냐? 선 넘지 마. 암호만 해독하면 되는 새끼가 왜 선을 넘고 지랄이야. 그냥 내가 주는 정보만 가지고도 해독되잖아. 씨발 새끼가 아주 그냥."

정우는 덜덜 떨리는 주먹을 뒤로 숨겼다. 남자는 정우의 뺨을 툭툭 때렸다. 남자의 손에는 힘이 실려있었다. 고개를 똑바로 하려 해도 정우의 얼굴은 자꾸만 옆으로 돌아갔다. 정우는 조용히 눈을 내리깔았다. 센터의 남자는 넥타이를 풀고 두 손으로 마른세수를 했다.

"암호만 풀어. 다 풀면 최대한 빨리 가져와. 쓸데없는 짓거리 하지 말고. 진짜 죽고 싶지 않으면."

정우가 대답하지 않자 센터의 남자는 정우를 밀쳐 넘어뜨리고는 그의 목을 졸랐다. 정우는 숨을 쉬려 버둥거렸다. 정우의 눈이 새빨개지자 센터의 남자는 정우의 목을 놓고 두 뺨을 한 손으로 그러쥐었다. 경멸의 시선이 정우에게 닿았다. 남자는 한숨을 쉬고는 달래듯이 말했다.

"시키는 일만 하자. 제발 정우야. 다 했잖아, 거의 다 끝난 거잖아. 진짜 왜 그러니, 너."

정우는 숨을 토해내고는 마지못해 고개를 끄덕였다. 센터의 남자는 주먹을 들어 올렸다. 정우는 눈을 감았다. 정우가 겁을 먹은 것을 확인하고서는 만족했는지 주먹은 내려갔다. 남자는 무릎을 짚고 몸을 일으켰다.

"좀 무섭게 군 거는 미안하다. 다 된 일에 네가 재를 뿌릴까 봐 스트레스가 갑자기 확 올라와서. 우리 작당이 들키면 그대로 다 죽는 거야. 그냥 하는 말이 아니라 진짜 죽어."

정우는 바닥을 발로 밀어 벙커의 구석에 등을 기댔다. 수고하라는 말을 남기고 센터의 남자가 떠나자 정우는 잠시 멍하니 앉아 있었다. 교육기관에서 내통하던 그 아이는 어떻게 되었을까. 결국 죽게 될까. 그 아이를 잘라내는 일에 센터의 남자는 조금의 망설임도 없었다. 정우가 알던 남자의 모습과는 달랐다. 그동안 본성을 숨기고 있던 것일까? 정우가 유전자의 더 큰 비밀을 찾아내는 것이 두려워 그 본성을 비로소 드러내 보인 것인가.

정우는 컴퓨터 앞에 앉았다. 암호해독을 위해 띄워두었던 창을 모두 내렸다. 그러고는 마인드오더의 통신 내역이 담긴 서버를 뒤졌다. 센터 남자의 AR기기 내역을 찾아 녹음된 정보를 뒤졌다.

녹음에서는 센터의 남자가 정우와 통화하고 있었다. 그는 정우가 꿈꾸는 세상에 대한 이야기를 모두 들어주고 맞장구쳐 주었다. 그리고 정우와 통화가 종료되었을 때, 몇 초 뒤 남자의 목소리가 이어졌다. 사무실 내 동료들에게 하는 말 같았다.

"야, 봤지? 내가 이 정신병자 코리아이 새끼한테 비위를 다 맞추고 있다."

동료들이 웃으며 떠드는 소리가 들렸다. 센터의 남자도 웃으면서 말을 이었다.

"아니 그러니까. 무슨 혁명이네 뭐네, 이러면서 무슨 애새끼도 안 꾸는 꿈을 꾸고 있는 거야. 응, 그렇지. 망상이지. 과대망상, 자아도취 약간 그런 부류인 것 같긴 해. 나 심리 상담 자격증 따도 되지 않겠냐? 이 새끼 일 좀만 제대로 못 하잖아? 가만 안 둘 거야. 내 정신건강을 해친 피해 보상 제대로 받아내야지."

"끝나면 어떻게 할 건데?" 직장동료의 목소리가 흐릿하게 들렸다.

"뭘 어떻게 해. 이 새끼는 또라이야. 그냥 세상에서 없애버리는 게 나아. 야야, 뭐가 불쌍해. 이 새끼 가만 놔두면 무슨 짓 저지를지 모르는 애라니까? 내가 더 불쌍해 새끼야. 이런 반사회적 부적응자 어르고 달래면서 일하는 내 정신건강은 누가 책임지냐."

정우는 귀에 끼고 있던 헤드셋을 키보드 위에 집어 던졌다. 정우는 몸을 떨었다. 잘게 분쇄된 차가운 숨이 간신히 폐까지 들어왔다.

정우는 공장에도 출근하지 않았다. 빨리 알을 해독하려 했다. 자지 않아도 되는 약을 한 주먹씩 넣고 씹어 삼켰다. 자꾸만 정우의 눈에 지하벙커로 시체가 쏟아져 들어왔다. 무서워 벌벌 떨면서도 무시해야 했다. 일에 집중해야만 했다. 저들 중 하나가 되고 싶지 않다면.

벙커 안을 돌아다니는 것도 곤욕이었다. 온통 발에는 피투성이 시신이 밟혔다. 제대로 디딜 곳이 없었다. 물컹물컹한 몸뚱이들을 차마 밟고 돌아다닐 수가 없었다. 어쩔 수 없이 의자에 그대로 앉아 일만 했다.

밤이 되면 시체들이 모두 일어나 정우의 뒤에 섰다. 그러고는 정우의 어깨 너머로 모니터를 봤다. 정우를 감시했다. 정우가 혹여나 일어나기라도 하면 잡아먹을 심산으로. 정우는 잠시 고개를 돌려 그 광경을 바라봤다.

"귀신 새끼들……." 정우는 얼굴을 가린 채 울었다.

정우는 잠을 잘 수도 없었다. 간이침대에 누우면 목에 밧줄 멘 인간들의 발과 꺾인 얼굴이 천장 가득 보였다. 그들은 뜬 눈으로 정우를 내려다보고 있었다.

"그냥 지금 죽이든가. 그냥 지금 죽여주지. 날 이용하다 죽이려고. 나를 미치게 만들려고."

정우는 결국 온몸을 덜덜 떨며 침대에서 내려왔다. 피투성이 바닥을 기어 컴퓨터를 붙잡았다. 뜨거운 코피가 입술을 적셨다. 코를 막을 시간도 없었다. 턱밑으로 피를 주룩주룩 흘려가며 자판을 두들겼다.

며칠 뒤 알의 유전자정보 해독이 끝났다. 갑자기 숨이 막혔다. 커진 눈동자로 주변을 둘러보았다. 벙커에는 정우 혼자뿐이었다. 누군가 칼을 들고 오더라도 막아줄 사람이 없었다. 근처에 호수가 있다는 것이 생각났다. 가라앉고 싶지 않았다. 사라지고 싶지 않았다. 정우는 어쩔 줄 모른 채 벙커 안에서 덜덜 떨며 먹지도, 자지도 못한 채 이틀을 보냈다.

이틀 뒤 정우는 문을 열었다. 불이라도 지른 사람처럼 헐레벌떡 뛰쳐나와 도로로 뛰어들어 가드레일에 무릎을 대고 섰다. 그리고 거대한 호수를 바라보며 말했다.

"역시 그래야겠지?"

눈물은 흐르지만, 해맑게 웃었다. 두 팔을 옆으로 활짝 벌리고 온 세상이 정우를 안아주는 것을 느꼈다. 포근하고, 반짝이고, 상쾌한 세상이었다.

"고마워, 응원해 줘서."

정우는 세상을 한껏 끌어안았다. 팔을 교차해 스스로 옥죄었다. 한껏 작아진 소중한 어깨 위에 뺨을 댔다.

* * *

공장으로 가니 공장 부실장이 정우를 따라왔다.

"이 새끼야 그동안 어디 갔었어? 퇴사하는 거 아니지? 돌아온 거지?"

정우는 빙긋 웃기만 하고는 자기 자리에 앉았다. 부실장은 손을 주머니에 찔러 넣은 채 탐탁지 않은 표정으로 고개를 흔들었다.

"추노하러 애들 보냈는데 아무도 못 찾게 잘 숨었더라. 한 번만 더 도망가 봐. 진짜 다리 다 분질러서 사무실에 묶어놓을 테니까."

그는 어금니를 꽉 깨물며 이야기했다. 정우는 빙그레 웃기만 했다. 마냥 웃는 얼굴이 그다지 인간적으로 느껴지지 않았다. 불안한 이질감을 경계하며 부실장은 슬금슬금 자리를 떴다.

"아무튼, 너 일 다시 하는 거다. 너 없어서 내가 얼마나 고생한지 알아? 내가 아는 게 있어야지. 다들 나한테 지랄하는데 뭐라는 건지 하나도 모르겠어. 내가 그동안 급한 대로 하긴 했는데 다 엉망진창일 테니까 싹 고쳐놔. 쉴 때는 쉬더라도 공장 제대로 굴러가게 해야 할 거 아니야. 몇 주를 쉰 거야 이 새끼가."

정우는 창문을 보았다. 황홀경이 펼쳐지고 있었다. 공장 천장에 매달린 것은 교수형 당한 시체가 아니었다. 전부 고치였다. 두 짝의 날개 뼈가 점점 양쪽으로 벌어지고, 척추를 덮은 피부가 갈라졌다. 갈라진 틈으로 더듬이와 주둥이가 달린 머리가 뒤로 젖혀졌다. 앞다리로 허물의 어깨를 잡고 천천히 말린 날개를 밀어냈다. 피에 젖은 날개는 아직 말려있지만, 이내 천천히 마르며 모든 주름을 펴냈다. 수백, 수천의 고치에서 나비들이 변태했다.

몇 시간 뒤 나비 떼는 일제히 날아올랐다. 공장의 천장과 벽을 뚫고 아득한 하늘과 구름 속으로 점점 작아지며 마침내 사라졌다. 정우는 어깨를 더듬었다. 날개 뼈가 가려웠다. 곧 찢어질 듯 팽창하는 피부를 느꼈다. 때가 되었다. 날아오를 때가 되었다.

모니터엔 아직 한 글자도 적지 않은 한글 문서가 띄워져 있었다. 정우가 하얀 모니터를 들여다봤다. 백스페이스 버튼 하나로 너무도 쉽게 글자를 녹여버릴 컴퓨터는 믿지 않았다. 서랍을 뒤져 찾은 매직으로 모니터 위에 휘갈겨 썼다.

허물을 벗고 날아오르는 나비를 보았다. 우린 이제 코리아이가 아니다. 우리는 나비다.

등 뒤에서 문이 벌컥 열렸다. 부실장이 미간을 모은 채 모니터를 쳐다봤다.

"이, 이게 뭐 하는 거야?"

부실장은 모니터 위의 매직을 닦아보려 문질렀지만 아무 소용없었다.

"개새끼가 뭐 하러 온 거야? 갑자기 돌아오더니 나 엿 먹이려고 온 거냐?"

그는 정우의 이마를 밀었다. 정우는 그대로 밀려나 쓰러졌다. 쓰레기통이 함께 나뒹굴었다. 웃으면서 다시 일어나는 정우는 주먹을 쥐었다. 그 주먹을 보고 부실장은 뒷걸음질 쳤다. 정우는 그에게 성큼성큼 다가갔다. 정우는 이제 나비였다.

플라스틱 알

귀뚜라미가 차에 밟혀 짜그라져 죽는 소리마저 들릴 만큼 아주 고요한 새벽이었다. 정우는 전선을 끊은 니퍼를 아무렇게나 던져두고 배양시설을 관리하는 곳으로 들어갔다. 정우의 손에는 플라스틱 알이 있었다. 이 열쇠로 여기서 태어날 아이들의 정신적, 신체적 능력을 좌지우지할 수 있단 말인가. 최고의 인류를 만들어낼 설계도가 이 안에 들어있었다. 이대로 가동만 한다면 뛰어나면서도 다양한 아이들이 당장이라도 배양시설에서 만들어질 것이다.

이 아이들은 코리아이 교육기관으로 들어갈 것이다. 교육기관의 인간들은 이들이 최고의 유전자로 조작된 아이들이라는 것을 모를 것이다. 그저 코리아이로 키워내려고 뻐꾸기알을 굴려대겠지만, 그 알에서 태어난 아이들은 가만히 당하고 살지 않을 것이다. 당장 항거하든, 힘을 길러 세상을 뒤집든 무슨 일이든 해낼 아이들이다. 이 아이들은 무한한 가능성을 품은 코리아이이며, 어떠한 부모도 어떠한 가족도 없는 완전한 독자(獨自)이다. 그들의 성공에 누구도 기여하지 않았고, 그렇기에 빚진 것 하나 없다. 이들은 결코 불의를 용납하지 않을 것이다. 그들은 가진 것도, 빚진 것도 없기에 두려울 것도 없다.

타락한 세상의 추악한 이기심에 진절머리 난 위대한 선각자들이 교육기관의 벽을 허물고 깨어날 것이다. 깨고 나온 알껍데기는 산산이 조각나 그들의 발아래 놓일 것이며, 정화된 세상에는 오직 빛만 있으리라. 악한 것에는 엄하고 선한 것에는 관대한 새로운 인류가 깨어날 것이다. 인간종의 진화이며 인간 사회의 진화가 될 것이다.

상우는 틀렸다. 힘 있는 자들을 이용해 교육기관과 센터를 장악한 뒤에 우수한 유전자를 태어나게 하자고? 힘 있는 자들은 결코 힘을 포기하지 않을 것이다. 오직 은밀하게 깨어나는 수많은 자유의지의 거센 항거야말로 세상을 바꿀 원동력이며 성공했던 수많은 혁명의 기원이었다.

이 자유로운 이들을 깨어나게 할 수 있다면 정우는 무슨 일이든 할 준비가 돼있었다. 스스로 악인으로 몰리고, 손에 피를 묻히고, 아무도 모르게 먼지 같은 인간이 될 준비가 되어있었다. 정우는 그 어떤 영광도 바라지 않았다. 그가 이 길을 걷는 이유는 오직 그것이 소명이었기 때문이다. 코리아이로 태어났으면서도 우연히 주운 핸드폰 하나로 정우는 벽 밖을 보았고, 세상의 악함을 미리 깨달았다. 선각자의 운명이란 현재의 삶에 머리를 조아리는 것이 아니라 미래를 향해 투신하는 것이다. 우연히 주어진 일이었지만 정우는 그 우연의 순간을 단 한 번도 원망하지 않았다. 바로 지금을 위해.

정우는 플라스틱 알을 가동했다. 배양시설에 불이 들어오고 정자와 난자 냉동 보관소의 기판에도 불이 들어왔다. 인공자궁 위로 천장에 매달린 기다랗고 얇은 기계 팔이 레일을 따라 움직이기 시작했다. 기기에 오류가 있는 인공자궁에는 바퀴 달린 드론이 쏜살같이 달려가 자그마한 로봇 팔로 드라이버를 돌리고 회로를 점검했다. 정우는 이 아름다운 합주 앞에서 가슴이 벅차 터져버릴 것만 같았다.

"잠깐만. 이건 뭐지."

정우는 인공자궁의 상태를 보여주는 계기판을 들여다보았다. 유전자조합 정보에 신체와 두뇌의 능력 외에 또 다른 것이 표기되는 것을 발견했다. '코리아이성'. 정우는 이마를 짓눌렀다. 코리아이성이라는 것이 무엇인지 도무지 이해할 수가 없었으나, 정우가 넣은 조합은 코리아이성 수치가 지극히 낮았다. 반면 기존에 입력되어 있던 유전자조합은 코리아이성이 80퍼센트 이상의 수치가 나왔다. 이것이 배양연구소에서 일부러 결함 있는 유전자조합을 이용한 이유인가. 하지만 정우는 그것이 무엇을 의미하는지 알지 못했다.

"뭘 숨겨놓은 거냐."

그때 모든 것이 셧다운 됐다. 그저 어둠뿐이었다. 방검복에 손전등을 붙인 거대한 3세대 코리아이 경비원들이 복도를 뛰어오고 있는 것이 보였다. 들켰구나. 정우는 이를 악물고 플라스틱 알을 찾으려 기판을 더듬었다. 플라스틱 알을 이어두었던 선의 가벼운 끄트머리만 잡힐 뿐이었다. 어디에 굴러떨어진 모양이었다. 앞이 보이질 않아 아무리 기판 아래로 들어가 바닥을 기어도 잡히는 것이 없었다.

문이 열리더니 경비원이 정우의 발목을 잡아끌었다. 정우는 버티려고 손으로 아무거나 잡아보려 했지만, 그저 매끈한 바닥에 손이 마찰을 일으키며 날카롭고도 허망한 소리를 낼 뿐이었다. 문밖으로 끌려나가다가 아무렇게나 던져두었던 니퍼가 손에 잡혔다. 정우는 니퍼를 붙잡고 몸을 뒤집어 일으키고는 발목을 잡은 두 손을 찔렀다. 수많은 손전등이 정우를 비추었고 그를 향해 진압봉이 휘둘러졌지만, 정우는 재빨리 기어 복도 끝을 향해 달렸다. 미련이 남아 뒤를 돌아보았다. 거인들이 무서운 속도로 정우를 따라잡고 있었다. 정우는 어쩔 수 없이 네 발로 계단을 기어올라 탈출해야 했다.

* * *

여기까지 말한 정우는 손으로 얼굴을 쓸어내렸다. 혜리는 정우의 시선이 아련하게 느껴졌다.

"난 나를 막은 게 코리아이 센터인 줄 알았어. 연구소의 유전자를 빼내는 것이 거의 완료됐다는 걸 아는 것은 센터뿐이라고 생각했으니까."

"하지만 알은 상우 선배한테 있었지."

"그래. 근데 상우 형이 날 저지한 게 아니야. 날 막은 것은 서 회장이었어."

서회장은 센터의 남자가 정우에게 알을 준 것도 이미 알고 있었다. 요즘은 뒷조사를 하기 위한 기술도 좋았다. 특정 전자 파를 발산하는 미생물 액체를 분무기처럼 뿌리는 분사형 위치 추적기도 있었고, 투명한 스티커형 도청장치쯤은 구하려면 그 리 어렵지 않게 구할 수도 있었다.

"하지만 결국은 상우 선배한테 있었어."

"영지가 준 거야. 영지는 상우가 꿈꾸는 세상을 원했으니까."

영지가 아버지인 회장에게서 알을 훔쳐 오기까지 무슨 일이 있었을지는 알 길이 없었지만, 결코 쉬운 일은 아니었을 것이 다. 영지로부터 알을 갖게 된 상우는 알이 잠겨있는 것을 알아 챘다. 회장이 그사이 자신과 자신의 자손들만 알을 설정할 수 있도록 유전자 인식 기능을 넣어둔 것이다.

"정우 너도 유전자 인식 기능을 풀지 못하는 거야?"

"불가능하다고 봐야지."

정우는 유전자 인식을 우회할 방법을 찾아보았지만, 양자암 호를 이용한 우회방지 기능이 몇 중으로 겹쳐져 있다고 했다. 어떻게 유전정보를 우회하여 열쇠를 가동하더라도 문제가 있 었다. 이 플라스틱 알에는 바이오컴퓨팅 기술이 일부 적용되어 있었다. 기업도시와 그 안에 속한 코리아이 시설을 가동할 소프트웨어적 명령체계가 이 알 안에 있는 DNA 분자체계에 저장되어 있었다. 플라스틱 알은 모든 명령을 받을 때마다 DNA 염기서열을 확인했다. 그래서 이미 지정해 둔 유전자가 아니면 천문학적 시간이 걸리는 우회 작업을 매번 반복해야만 했다. 그렇다면 정우가 풀지 못하는 암호를 상우가 풀 수 있을 것 같진 않았다.

"잠깐. 그게 문제가 되진 않잖아. 상우한테 알을 준 것은 영지잖아. 영지는 회장의 유전자를 가지고 있으니 알을 사용할 수 있는 거 아니야?"

혜리가 지적했다. 상우는 영지가 직접 설정해 주면 알을 자기 마음대로 사용할 수 있었다. 혜리는 왜 상우와 영지가 곧바로 활용하지 않았는지 궁금했다. 회장의 승인 없이 조력자들만으로는 아무것도 할 수 없기 때문이었을까.

"영지가 상우에게 알을 준 다음 날이었을 거야. 영지가 나를 보자고 했어."

* * *

영지는 정우의 보호자이기도 했다. 코리아이는 따로 보호자라 할만한 부모가 없었다. 보호자가 없는 코리아이는 언제 어디서든 의료사고의 위험이 도사렸기에, 보호자 없이 병원에 등록하는 것은 아주 위험한 일이었다. 그랬기에 정우가 다니던 병원에서는 두 사람이 이별한 후에도 영지가 여전히 보호자로 등록 돼 있었다. 정우가 약을 받으러 오지 않았다는 연락이 영지에게 왔고, 동시에 공장에서도 정우가 모니터 위에 이상한 낙서를 해 놓고는 상사를 폭행했다고 연락이 왔다.

'정우야 잠깐 보자. 우리 집으로 와.'

탈출해 숨어 다니던 정우에게 문자가 왔다. 연락을 받은 정우 는 조심스레 영지의 아파트로 갔다. 집에 영지는 없었다. 전화 해 보니 영지는 일이 아직 안 끝났다고 곧 마무리하고 갈 테니 함께 저녁을 먹자고 했다. 도어록 비밀번호를 받은 정우는 입가 의 버짐을 긁으며 익숙한 냄새가 나는 영지의 집으로 들어갔다. 정우에게서는 부랑자의 냄새가 났다. 오랜만에 따뜻한 물로 샤 워한 정우는 영지의 방 안으로 들어갔다. 방 안에는 여전히 정 우의 사진이 놓여있었다.

침대 위에 누웠다. 산뜻한 꽃향기를 모방한 섬유유연제 냄새 가 베개에 배어있었다. 그런 냄새가 그리웠을까. 정우는 얼굴을 파묻었다. 무척이나 포근하여 정우는 잠들었다. 기업도시에 숨 어 들개처럼 지내던 정우에게 그 순간의 잠은 세상 어느 때보다 도 달콤했다.

그때 갑자기 도어록 열리는 소리가 났다. 정우는 천천히 몸을 일으키려다가 우뚝 멈춰 섰다. 문 근처에서 들리는 것은 남자 목소리였다.

"야, 도어록 소리 내지 말고 열라니까."

"죄송합니다."

그렇게 속삭이며 센터 사람들이 들어왔다. 그들은 거실을 확인하고 있었다. 방 안에 있던 정우는 문과 벽 틈새에 숨었다. 그들은 곧 침실도 확인하러 들어올 것이었다. 탈출하지 못하면 싸우는 수밖에 없었다. 하지만 두 사람 이상을 상대했을 때 이긴다는 보장이 없었다. 남은 인생을 그 한 번의 도박에 걸 수는 없었다.

정우는 이 집의 마인드오더가 정우의 정보에도 연동되어 있다는 것이 기억났다. 조금 전 샤워를 할 때도 물이 차다고 느끼니 물의 온도가 높아지고, 뜨겁다고 느끼니 물의 온도가 자동으로 낮아졌다. 정우는 영지가 왜 아직 연동을 해제하지 않았는지는 알 수 없었다. 정우의 사진까지 버리지 않을 정도로 이 집에 관심이 없거나 아니면 정우가 다시 치료를 잘 받아 돌아오길 바라기 때문일 수도 있었다.

정우는 마인드오더로 이 방의 모든 벽면 내장형 스피커와 벽면 영상을 틀었다. 영상은 배양연구소 수술실에서 코리아이의 배를 가르고 잔혹한 실험을 진행 중인 장면이었다. 다만, 스피커에서는 모차르트 〈아이네 클라이네 나흐트무지크〉의 1악장이 크고 경쾌하게 흘러나오고 있었다. 스피커 볼륨을 최대로 올렸기에 센터 사람들은 귀를 막고 허리를 숙였다. 정우는 잽싸게 방에서 튀어나와 밖으로 뛰쳐나갔다. 마침 엘리베이터가 서 있었다. 정우가 가까이 다가오자 내려가는 것을 인지한 엘리베이터가 문을 열었고 그 안에 들어가 닫히길 기다리는 때, 손이 문을 비집고 들어왔다.

"야, 정우야 어디 가냐."

센터의 남자였다. 그는 쥐를 몰아넣은 살쾡이처럼 두 눈으로 정우를 노려보며 입가에는 미소를 그리고 있었다. 그의 뒤로 모차르트의 음악이 계속 흘러나오고 있었다. 정우는 몸을 던져 그를 밀었다. 센터의 남자가 뒤로 자빠졌다. 넘어진 그를 뛰어넘다가 다른 센터 직원 둘이 정우를 붙잡았다. 세 사람은 그대로 계단 아래로 엉겨 붙어 굴렀다. 누워서도 정우는 멱살을 잡은 직원의 코를 주먹으로 쳐서 코뼈를 부러뜨리고, 다리를 안고 있는 다른 직원의 귀 고막까지 손가락을 쑤셔 넣었다.

정우는 마침내 계단 아래로 뛰어 내려갔다. 지하주차장에 세워져 있는 영지의 차들 중 정우와 연동해 두었던 차가 보였다. 차는 정우가 다가가자 문을 열었고, 정우는 차를 몰고 아파트를 빠져나갔다.

정우는 영지의 직장으로 가서, 퇴근하는 영지와 만났다. 정우는 갈 곳이 있다며 영지를 차에 태웠다. 영지는 이게 무슨 피냐고 물었다. 왜 묻는지 모르겠다. 그래서 대답하지 않았다. 영지는 정우가 한동안 공장에도 출근 안 한 것을 걱정했다고 말했다. 왜 공장 출근 안 한 것을 걱정하는지 이해가 가질 않았다. 정우는 공장이 사실은 겉만 공장이고, 자신을 가두려던 정신병동이 아닐까 의심했다.

"너야? 다 너였어?"

정우는 헛웃음이 나왔다. 눈에서는 이상하게 눈물이 흘렀다. 영지는 도대체 무슨 소리냐고 물었다. 정우는 묻고 싶었지만 묻지 않았다. 센터의 남자가 어떻게 영지의 집에 간 것을 알고 찾아왔겠는가. 알을 가동하려는 것을 어떻게 알고 3세대 코리아이가 찾아와 정우를 잡으려 했겠는가. 정우가 그토록 믿고 있던 영지가 센터 쪽 사람이었던 것일까.

정우는 운전하면서 영지의 AR기기를 창문 밖으로 버렸다. 영지는 무슨 짓이냐고 고함을 질렀다. 정우는 그 사람한테 전화하지 말라고 했다. 그 사람은 정우를 죽일 거라고 했다. 영지는 이해하지 못하는 척했다. 누가 누구를 죽이냐고. 무슨 말도 안 되는 소리냐고.

영지는 약을 먹었냐고 반복해서 물었다. 정우는 대답하지 않았다. 확실히 배신한 것이다. 그렇지 않고서야 어떻게 정우를 정신병자로 몰아갈 수가 있단 말인가. 정신병 같은 것은 걸린 적도 없는데. 눈물이 흘렀다. 어둠 속 가로등 빛이 정우의 얼굴을 수십 번 훑었다. 그 빛에 눈물은 말라붙었다.

영지가 한숨 쉬며 차가운 창문에 뜨거운 이마를 댔다. 밤을 담은 창문에는 영지를 노려보는 정우의 얼굴이 비쳤다. 정우는 배신자를 향한 경멸을 어둠 위에 새기고 있었다.

* * *

"하지만 알은 센터가 아니라 상우한테 있었잖아. 영지는 아무 잘못 없었어."

혜리가 말했다.

"알아. 하지만 그때는 몰랐지. 영지를 믿었어야 했어. 영지는 자기 집에 분명 센터의 도청기가 있을 거라고 했어. 나한테도 뭐가 있었겠지. 센터 그 인간들은 원래 그런 사람들이니까."

"그래서 영지는 어떻게 죽은 거야?"

"말했잖아. 자살했다고."

"그게 지금 이상하잖아. 상우한테 알도 넘긴 상태였어. 그게 유전자 인식 기능이 있다는 것을 알지는 못했지만, 상우랑 영지 두 사람은 다 계획대로 가고 있었어. 그런 사람이 갑자기 죽는 다고?"

"나도 몰라. 그만 좀 해!"

정우는 머리를 감싸 쥐었다. 혜리는 겁이 났다. 어쩌면 센터의 남자 말대로 정우가 영지를 죽였을 수도 있을 것 같았다.

"똑바로 말해. 난 분명히 영지가 어떻게 죽었는지 물었어. 네가 말하기 전까지는 난 아무것도 협조하지 않을 거야."

정우는 신경질적으로 주먹으로 책상을 내려쳤다. 모니터와 노트북이 들썩였다. 숨을 몰아쉬던 정우는 손으로 얼굴을 덮었다. 우는지 웃는지 모르겠는 흐느낌과 함께 정우가 입을 열었다.

"유서가 있었어."

* * *

정우와 영지는 도주 중이었다. 알이 없어진 것을 알게 된 서 회장과 코리아이 센터에서 사람을 풀었다. 플라스틱 알을 가동하려면 영지가 필요하다는 것을 알게 된 상우도 영지를 찾으려 사람을 썼다. 정우와 영지는 모든 전자기기를 버리고 숲길을 걸었다. 감시카메라가 없는 곳은 오직 숲과 논밭뿐이었다. 정우와 영지는 농가의 코리아이들이 머무는 비닐하우스촌에서 숙식을 해결했다. 영지는 돌아가고 싶다고 했지만 정우는 조금만 더 이야기하자며 영지를 붙들었다.

둘은 끝없이 논쟁했다. 영지는 현실과 타협할 수밖에 없는 논리적인 당위성을 주장했고, 정우는 타협 없이도 더 나은 세상으로 갈 수 있다는 가능성을 주장했다. 침착한 토론만 이어졌던 것은 아니었다. 갑작스레 언성이 높아질 때도 있었고 서로를 비난할 때도 있었다. 영지는 정우를 소아병적인 망상꾼이라 주장했고, 정우는 영지를 반동적 개혁가라고 소리쳤다. 두 사람은 늦은 밤까지 싸우다 씩씩대며 잠자리에 들었다. 그리고 동도 채 트지 않은 새벽이 되면 다시 일어나 싸웠다. 두 사람이 싸울 때면, 하우스 안의 코리아이들은 고성에 대한 트라우마 때문에 잔뜩 몸을 움츠리고 구석으로 숨었다.

"그래서 넌 나한테 끝까지 힘을 안 보태겠다는 거지?"

"너는 모든 걸 망칠 거야."

영지는 쉰 목소리로 말했다. 정우는 끓어오르는 감정을 간신히 참아냈다.

"이 싸움에서 나를 교수대로 보내려던 것도 너 맞지? 넌 함정을 파뒀어. 내가 방해된다고 생각하니 나를 없애버리려고."

"너 약은 먹고 있어?"

영지가 짜증스레 대꾸했다. 정우는 자신을 미친 사람 취급하지 말라며 고함을 질렀다. 영지는 정우가 지긋지긋하다면서 비명을 질렀다. 너 같은 인간이랑 왜 엮여서 이런 고생을 해야 하는지 모르겠다고. 그냥 집안 좋고 능력 있는 변호사로만 살 수도 있었다고. 정우가 나타나 평생 모르고 살던 혜리의 존재를 알게 됐으며, 예정에도 없는 코리아이와 가족 없는 세상을 위해 왜 싸우게 됐는지 모르겠다고 했다.

영지는 미친 듯이 웃다가 서럽게 울었다. 다 짜증 나고 싫다면서 머리를 쥐어뜯기까지 했다. 정우는 영지의 그런 모습이 무서워 무릎을 꿇고 비닐하우스 흙바닥에 머리를 대고 웅크린 채 사과했다. 제발 그만하라고. 내가 잘못했다고.

소동이 끝나고 지친 듯한 영지는 비닐하우스 안 2층 침상 위에 올라 가만히 누워만 있었다. 정우는 그 앞을 서성였으나 차마 영지를 깨우진 못했다. 다음 날 새벽 먹을 것을 내어주던 코리아이 한 명이 정우에게 다가왔다. 영지가 전화를 빌려 택시를 타고 떠났다고 했다.

정우는 어디로 갔는지 아느냐고 물었다. 그 코리아이는 영지가 빌렸던 핸드폰을 보여줬다. 택시 앱에서는 최근 설정한 도착지를 확인할 수 있었다. 목적지는 근처 읍내 시외버스터미널이었다. 정우는 새참을 가지러 가는 코리아이에게 부탁해 오토바이를 얻어 탔다. 읍내로 가는 길에 앰뷸런스 한 대가 사이렌을 켜고 오토바이를 지나쳐 갔다.

시외버스터미널에는 영지가 없었다. 이미 출발한 것일까. 정우는 서울로 가는 버스의 시간대를 살폈다. 아직 첫차도 출발하지 않은 시간이었다. 다른 지역으로 간 것이 아니라면 영지는 터미널 안에 있어야 했다. 밥을 먹으러 갔다가 시간 맞춰 올 수 있겠다 싶어 물걸레 냄새나는 터미널 의자에 가만히 앉아서 기다렸다. 정우의 앞에 할머니 두 분이 조심조심 걸으며 다가왔다. 가운데 앉아있던 정우는 한 칸 옆으로 움직여 두 분이 나란히 앉을 수 있도록 배려했다. 두 사람은 터미널에 들어올 때부터 이야기를 나누고 있었다.

두 사람은 젊은 여자가 무슨 사연이 있길래 여기까지 와서 떨어져 죽었는지에 대해 이야기하고 있었다. 한 사람이 외지 사람인 줄은 어떻게 알았냐고 물었고, 다른 한 사람이 이 촌동네에 농촌 총각이랑 결혼해서 온 코리아이나 김매고 밭 가는 코리아이 말고는 젊은 여자가 남아있기나 하냐고 했다. 경찰이 그 사람 지갑을 찾았는데 변호사 명함이 들어있었다고 했다.

"변호사가 뭔 사연이 있어 죽고 그래. 에구, 관세음보살."

"요즘에는 사연 없어도 그냥 죽어요. 코리아이 아닌 일반인 자살률이 다른 나라 전부를 합친 것보다 높다던데. 차 왔어요. 얼른 가요."

두 사람은 종종걸음으로 사라졌다. 정우도 벌떡 일어나 앰뷸런스가 향했던 방향으로 뛰어갔다. 앰뷸런스는 떠나고 없었다. 근처 여관 앞에 경찰차 한 대가 서있었다. 경찰 한 명이 바닥을 살펴보고 있었고, 여관 5층 창문에서 경찰이 창틀을 살펴보고 있었다.

"무슨 일입니까?"

정우의 목소리는 떨렸다. 경찰은 다가오는 정우를 막으며 손을 휘저었다.

"가세요. 별일 없습니다."

"아는 사람이 사라졌습니다. 혹시 누가 자살했습니까?"

정우의 말에 경찰은 눈을 가늘게 찢으며 정우를 살펴보았다. 정우의 차림새는 농촌에서 흔히 보이는 농사일하는 코리아이의 꼴이었다.

"아니 뭐 유서는 안 나오고, 여기 지역 연고도 없는 사람인데. 근데 그쪽이 찾는 사라진 사람 이름이 뭔데요? 혹시 그 사람 직업이 변호사예요?"

"아뇨. 아닙니다. 변호사 아니에요. 코리아이예요."

정우는 고개를 저으며 뒷걸음질 쳤다. 그 말에 경찰은 금세 의심을 거두고 표정을 풀었다.

"너도 코리아이이지? 코리아이 사라지는 거 한두 번인가. 코리아이면 뭐 차에 치였다가 병원 옮겨져서 죽었거나 그랬겠지. 그냥 신경 쓰지 마. 아니면 근처 병원들 한번 가보던가. 혹시 살아 있나."

정우는 알겠다고 말하고는 서둘러 자리를 떴다.

영지가 죽었다. 정우는 지저분한 골목에 주저앉아 가슴을 부여잡았다. 심장이 끊어질 듯이 아파 숨을 쉴 수가 없었다. 바닥에 엎어진 정우는 꺽꺽대며 이마를 담배꽁초 가득한 바닥에 문질렀다.

얼마 뒤 회사에 있던 상우 앞으로 영지의 유서 사본이 도착했다. 필체를 감정해 보니 영락없는 영지의 유서였다. 상우에게는 두 번의 전화가 시간차를 두고 같은 날 걸려 왔다. 하나는 센터의 남자였다. 정우가 영지를 납치해 죽인 것 같다고. 다른 하나는 정우였다. 영지가 죽었다고. 하지만 유서도 없었다고. 상우는 자신에게 유서 사본이 도착한 사실을 알려주었다. 정우는 그럴 리가 없다고 했다. 상우는 유서의 내용을 읽었다.

* * *

"유서에는 영지가 이 모든 일에 지쳐버렸다고 적혀있었어. 내가 자신을 이용하려고 납치한 것도 싫고, 내가 변해버린 것도 싫었다고."

정우는 혜리에게 그 말을 뱉으며 괴로워했다. 혜리는 정우가 말해준 이야기가 매끄럽지 않다고 생각했다. 이미 잠을 자고 나온 영지가 왜 여관방에 들어갔으며, 현장에 있던 경찰이 못 찾은 유서가 왜 갑자기 나타난 것인지 알 수가 없었다. 하지만 정우에게 거짓말을 하는 거냐고는 도저히 물을 수가 없었다. 정우는 숨을 헐떡이며 책상 위로 손을 뻗었다.

"일단 약부터…… 머리를 써야 해."

정우는 책상에 놓여있는 마트료시카 인형을 집어 들고서 껍질이자 본질이기도 한 복제 인형을 하나씩 들어 올렸다. 세 번쯤 열자 더는 인형이 없고 약만 가득했다. 잠에 들지 않으려 교육기관 때부터 먹었던 약이었다.

"이거 암페타민이야. 2차 대전 때 군인들한테 주던 약."

혜리는 그걸 치워버리려 했다. 정우는 혜리의 손목을 붙잡았다. 입은 억지로 미소를 짓고 있지만, 동그란 눈이 잡아 삼킬 듯 혜리를 노려봤다.

"뭐 하는 거야?"

"이거 그만 먹어."

혜리는 약을 품은 마트료시카의 잘린 몸뚱이를 바닥으로 끌어 내리려 했다. 혜리의 손목을 으스러뜨리기라도 할 듯 정우는 힘을 줬다.

"이거 없었으면 나 여기까지 못 왔어."

"이게 널 망치고 있어."

"너도 세뇌된 거야?"

놀란 눈이 혜리를 봤다. 그 눈은 진심으로 의심하고 있었다. 혜리는 공포를 느끼고 황급히 손을 놓았다. 정우는 알약 하나를 입에 넣고 삼켰다. 이미 약을 먹었음에도 정우의 거친 손은 다시 마트료시카의 내장을 파냈다. 알약은 달그락 소리를 내며 휘저어졌다. 알약 사이에서 주먹만 한 플라스틱 알이 솟아올랐다. 파묻혀 있다 들어 올린 잔해 위 먼지처럼 알약들은 플라스틱 알 아래로 우수수 떨어졌다.

"이제 모든 게 제자리로 돌아왔어." 정우는 선언하듯 말했다.

"어쩔 생각이야?" 혜리는 어깨를 감싸고 정우와 알을 노려보았다.

"우리 계획대로 하는 거야."

정우는 혜리가 자신과 같은 생각을 하고 있다고 생각했다. 혜리뿐만이 아니었겠지. 좋아하고 가까웠던 모든 이들이 같은 생각을 한다고 믿었겠지. 그랬기에 배신자를 제거하는 잔혹한 숙청의 결단을 해왔던 거겠지. 혜리가 노려보는 것도 모른 채 정우는 떠들었다.

"그래, 애초에 우리가 하게 될 일이었던 거야."

정우는 알약 하나를 더 입에 넣고는 자리에서 일어섰다. 그는 목을 젖혀 메마른 식도를 긁는 알약을 걸쭉한 침으로 밀어내렸다.

"인류는 시대의 기로에 섰다."

정우는 선언하듯 천장에 대고 말했다. 지상의 이들에게 경고하는 지하인처럼. 작은 지하 공간은 그의 목소리를 담기에는 너무도 부족했다. 벙커 가득 쩌렁쩌렁한 목소리가 메아리쳤다.

"기술은 어느 순간 저 멀리 가있어. 우리의 선택을 기다려주진 않아. 방향을 정하지 못하더라도 기술은 아주 미세하게 기울어진 물꼬를 따라 강을 만들어. 통제하지 않으면 늦어."

혜리는 정우가 들고 있는 플라스틱 알 아래 손바닥을 올렸다. 손 위에 미래가 놓였다. 정우는 혜리를 경계하지 않고 있었다. 혜리가 알을 가져와 들고 있음에도 정우는 인지하지 못했다.

"민주주의 사회에서는 물려주는 자와 분배하려는 자의 싸움이 이어져 왔어. 둘 다 어느 정도 균형을 맞추며 싸웠던 거야. 한쪽에서는 분배를 위한 세금을 높였고, 한쪽에서는 돈을 그대로 물려주기 힘드니까 자손이 먹이를 직접 잡을 수 있도록 머리를 썼지. 교육과 청탁으로 자식들을 높은 곳에서 일하게 만든 거야. 공정한 이어달리기 트랙 위에서 누구는 자전거로 달리고 누구는 자동차로 달려 승리를 대물림했던 거야."

정우는 이리저리 서성였다. 정우의 광증이 심해지고 있었다. 혜리는 정우를 막고 싶어 자리에서 일어섰다.

"하지만 이제 분배와 상속의 경쟁은 무의미해질 거야. 청탁도 교육도 필요 없어졌어. 유전의 시대가 왔어. 상위 계급은 유전적으로 우수한 아이들을 가져. 가만히 두어도 천재로 자라날 아이들. 어떤 분야에서든 뛰어난 능력을 발휘할 수 있는 아이들. 정치인과 판검사, 의사, 기업인, 운동선수, 연예인, 예술가 모두 그 아이들 차지일 거야. 선천적인 재능을 평범한 인간들은 따라잡을 수 없어."

"정우야." 하고 혜리가 불렀지만 정우는 말을 멈추지 않았다.

"재능을 가진 사람들은 다른 평범한 사람들에게는 그 영광을 절대 나눠주지 않을 거야. 가진 사람들도 나누는 것을 좋아할 수 있지만, 어디까지나 현 지위의 영속한 보전이 담보되었을 때뿐이거든. 거금을 들여 우수한 자손을 낳는 이유는 남들보다 더 나은 삶을 물려주기 위해서야. 국가가 모든 국민을 우수하게 만들려고 한다면 반드시 막아낼걸. 자손이 자리를 빼앗기는 꼴을 보고만 있지는 않을 테니까. 아랫사람들은 어떻게될 것 같아? 편집되지 않은 원시의 유전자를 가진 인간들은 질병덩어리 쥐처럼 쓰레기 가득한 골목을 배회하겠지. 지도자는 그런 위험한 이들을 격리하고, 더러운 일을 맡기고, 폭동을 일으키게 만들어 감옥에 붙잡아 넣고, 그들이 원하는 지저분한 범죄의 피해자와 가해자가 되게 만들 거야. 만에 하나 모든 원시인간이 단결하여 진화한 인간을 향해 반란을 일으킨다면, 윗사람들은 기뻐하며 반역자 모두를 진압하고 처형할 거야. 상위 계급은 절대 후회하지 않아. 원시인간 모두를 없애고도 대체할 사람들이 있으니까."

"정우야. 그만 좀 해."

"코리아이. 마찬가지로 조작되었으나 노예의 습성을 부여받은 코리아이들이 원시인간을 대체하겠지. 세상은 새롭게 재편되는 거야. 상류 가문과 그 밑을 채울 가족, 그리고 불만도 없는 노예들. 완벽히 이분화된 계급사회의 실현이지."

지하실에 메아리쳐 울린 정우의 장황한 연설에 혜리는 귀가 먹먹했다. 정우는 혜리가 잡고 있는 플라스틱 알을 가리켰다.

"그 끔찍한 미래를 막을 운명이 너의 손에 있어. 그 알이 미래를 바꿀 수 있어."

혜리는 플라스틱 알을 쓰다듬어보았다. 회장의 유전자를 받았으니 이 알을 혜리도 설정할 수 있다. 하지만 그게 옳을까. 지금 누구를 믿을 수 있겠는가. 영지를 죽였을 수도 있는 정우인가. 아니면 정우를 잡으려는 코리아이 센터인가.

"우리 둘이서 할 수 있는 것은 없어."

"둘이 아니야."

정우는 벽면에 띄워진 화면을 보라고 했다. 정우가 조작해 보낸 코리아이 센터 앱의 알림을 수많은 코리아이들이 수락했다. 코리아이 센터와 교육기관, 배양연구소를 점거하는 일을 아무런 의심도 없이 받아들였다. 정우는 CCTV 화면을 띄웠다. 전국의 코리아이 센터, 교육기관, 배양연구소로 코리아이들이 도착하고 있다. 그중에는 앞으로 모든 코리아이를 탄생시킬 옥천 기업도시의 통합 배양시설도 포함되어 있었다.

그들을 진압해야 할 경찰은 빠르게 움직이지 못하고 있었다. 코리아이 반대를 외치던 반코리아이 시위대를 진압하느라 모든 동력을 소진한 탓이다. 그 틈을 비집고 코리아이들이 센터와 교육기관과 배양연구소를 점령해 모든 기물을 파손하고 있었다. 정우는 이미 코리아이들이 배양연구소의 데이터를 모두 날려버렸다고 했다. 오직 기업도시만이 새로운 혁명가를 잉태할 것이다. 다른 곳은 정보를 복구하려 노력하겠지만 정우는 그 노력도 불가능하게 저 모든 시설을 점거할 계획이라고 했다.

정우는 동지들이 있다고 했다. 코리아이의 해방을 꿈꾸는 자들이 있다고, 완전히 생각이 같진 않지만 정우와 비슷한 이상을 가진 사람들이 저 잿더미 위에 새로운 싹을 틔우려 움직이고 있다고 했다. 비코리아이들은 다시금 코리아이를 이용하려 하겠지만 빚이 사라져 이미 자유가 된 코리아이들이 불타버린 노예 문서에 귀속될 리 없다고 했다.

혜리는 화면을 통해 코리아이에게 점령된 센터에서 상우가 도망쳐 나오는 것을 발견했다. 그는 불타고 있는 컴퓨터와 서버를 통과해 비자발적 코리아이 폭도들 사이로 사라졌다.

"저걸 봐. 코리아이 혁명이야. 이 시대는 반코리아이 투쟁의 시대가 아니라 코리아이 혁명의 시대야! 저걸 보라고 혜리야! 우리가 담을 무너뜨리고 있잖아!"

정우는 혜리의 손목을 잡고 일으켰다. 마치 감독이 승리한 권투선수의 손을 들어주는 것처럼 혜리의 팔을 들어 올렸다. 높이 솟은 손 위에는 플라스틱 알이 위태롭게 흔들리고 있었다.

정우는 CCTV 화면을 보다가 가장 구석에 있는 화면으로 눈을 돌렸다. 그 감시카메라는 혜리와 정우가 있는 벙커 바로 위의 식당 주차장을 찍는 카메라였다. 세 대의 차가 흙과 자갈을 긁으며 들어왔다. 후드를 뒤집어쓰고, 새카만 마스크를 코까지 올린 검은 무리가 차에서 내렸다. 그중 한 놈이 정우의 차 문을 철판용 타카로 못 박아버렸다.

"누구를 데리고 온 거야?"

정우가 중얼거렸다. 혜리에게 묻는 말인가 싶어 쳐다보았지만 이상하게도 정우는 벽을 보고 있었다. 아까 약을 먹은 후 망상 속의 존재라도 보이는 것일까. 그래서 대꾸하지 않았다. 정우는 부동한 채 대답을 기다렸다. 그에게 들려야 할 환청이 답하지 않는 모양이었다. 그에게만 보일 정신의 적은 누구의 얼굴을 하고 있을까.

혜리는 다시 슬그머니 허리를 꺾어 정우의 옆모습을 살폈다. 혜리의 시야에 시커먼 눈동자가 걸렸다. 눈이 마주친 혜리는 깜짝 놀라 눈을 돌렸다. 정우의 눈동자는 처음 물었을 때부터 혜리를 노려보고 있었다.

전조등 불빛 앞에 센터의 직원 한 명이 서있었다. 센터의 남자가 데리고 다니던 부하직원이었다. 그는 검은색 정장 외투에 삐져나온 하얀 셔츠의 소매 단추를 정리했다. 그러는 동안 그가 데리고 온 얼굴을 가린 3세대 코리아이들이 폐점한 식당 안으로 진입했다. 3세대 한 명이 벌목용 도끼를 휘두르자 렌즈가 깨지며 CCTV 화면은 검게 변했다.

"따라와."

정우가 혜리의 팔을 잡아끌었다. 정우는 벽에 부착된 환풍기를 쳐다보았다. 마인드오더 시스템을 적용해 두었는지 뇌파를 읽은 환풍구는 여닫이문처럼 열렸다. 간신히 몸을 비집고 들어갈 만한 통로였다. 입구는 머리보다 조금 높이 있고, 정우는 턱을 밟고 먼저 올라갔다. 뒤에서 무수한 발소리가 압박했다. 혜리도 좁은 통로로 기어 올라갔다. 땅을 기는 손가락에 솜처럼 뭉친 먼지가 걸려 따라왔다.

혜리 뒤로 환풍구가 닫히고 세 개의 날개가 돌아갔다. 픽하고 전선이 합선돼 터지는 소리가 났다. 빛은 그대로였다. 오히려 더 환해졌다.

"뭐야?" 벙커 안으로 진입한 무리 중 한 놈이 물었고, "불나는데요."라고 다른 놈이 말했으며, "컴퓨터 터지는 것 같아."라고 다른 놈이 말하고는, "작은 불이잖아. 신경 쓰지 마."라고 처음 말했던 놈이 맺었다.

그때 스프링클러가 터졌다. 분사된 액체는 벙커 사방으로 뿜어져 하강했다. 하지만 물이 아니었다. 액체는 불과 만나 순식간에 지하를 가득 채우는 화염으로 변했다. 그 아래의 기계와 사람이 녹았다. 3세대 코리아이들이 고함을 질렀다. 기름과 신나 냄새 섞인 검은 연기가 환풍구를 타고 혜리를 뒤쫓았다.

정우는 이미 어둠 속으로 사라지고 없었다. 혜리는 공포에 질려 숨을 참고 속도를 높였다. 부드러운 먼지와 거친 녹의 감촉을 손바닥으로 밀어내다가 손이 미끄러졌다. 무게 실린 손바닥에 날카로운 쇠가 긁혔다. 낙엽이 끼어있는 쇠창살 아래엔 물 흐르는 소리가 들렸다. 눈을 들어보니 어렴풋한 빛을 머금은 노란 사다리가 보였다. 사다리 발판에 벗겨진 페인트가 손에 바스러졌다. 정우가 혜리의 팔을 끌어 연기의 통로에서 꺼냈다. 혜리는 전조등 불빛 아래서 간신히 숨을 토하며 말했다.

"정우야, 너는 정말 미쳤어."

밖에서 대기하고 있던 센터의 직원 한 명이 가죽장갑을 끼며 걸어왔다. 지문이 걱정되어 그러는 것일까. 그는 팔뚝만 한 칼을 뽑아 들었다.

"우리도 더는 신사답게만 일하지 말라고 위에서 명령이 내려와서 말이야. 나도 뭐 이런 일까지 하려고 여기 취직한 건 아닌데. 워낙 경기가 안 좋잖아. 이직할 곳도 없고. 양해 바란다."

그는 정우를 향해 달려들었다. 정우는 주먹에 작은 자갈을 한 움큼 쥐며 일어섰다. 직원이 휘두르는 칼을 정우는 몸을 젖혀가며 피했다. 정우가 자갈을 그의 눈에 던지자 직원은 얼굴을 손으로 막으며 뒷걸음질 쳤다. 정우는 그에게 달려들었고, 정신을 차린 직원도 칼을 내질렀다.

그러는 동안 혜리는 자동차로 조심스레 기어갔다. 시동이 걸려있었다. 벙커 안을 금방 처리하고 나올 것으로 예상한 모양이었다. 혜리는 핸드 브레이크를 풀었다. 핸들을 잡고 앞을 보니, 자갈밭 위에 누운 직원과 그 위에 올라탄 정우가 보였다. 무릎으로 가슴을 누른 채 정우는 옆에서 주운 벽돌을 휘둘렀다. 센터의 직원은 부러진 손가락과 팔을 겨우 얼굴 위에 얹어 막을 뿐 저항하지 못했다. 정우는 다 부러진 상대의 손을 움켜쥐고 무릎 밑에 넣었다. 빠지면 다시 두들겨 힘을 뺀 뒤 비틀어 당겨 다시 무릎 아래 눌러 고정했다. 벽돌로 코를 박살 내고 그 위를 여러 번 더 내리찍었다. 자갈 위로 피가 흩뿌려졌다.

혜리는 정우가 알아채기 전에 후진하려 했다. 정우는 직원의 목덜미를 잡고 연기가 솟아오르는 구덩이 안에 던져 넣었다. 벽에 몸이 부딪치는 소리가 몇 번 울리더니 이윽고 쇠창살 부수는 소리가 들렸다. 그리고 더 깊은 곳에서 추락음이 연기에 섞여 올라왔다.

혜리가 차를 제대로 돌리기 전에 옆자리 문이 열렸다. 정우가 들어와 앉아 목을 뒤로 젖혔다. 핸들 쥔 혜리의 손이 얼어붙었다. 정우가 손등을 두드렸다. 혜리는 손을 황급히 거두어 가슴 위에 붙였다.

"핸들 꺾어야지."

마른 숨으로 만든 목소리. 응시하는 눈빛이 두려워 다시 핸들을 잡았다. 친절히 인사하는 내비게이션을 정우는 주먹으로 때려 부수고 직접 길을 안내했다. 속도를 좀처럼 못 내자 정우가 고함을 질렀다.

"안 갈 거야? 밟아 좀 진짜!"

헤리는 눈물만큼 흐르는 콧물을 최대한 조용히 훌쩍였다. 예상보다 소리가 컸다. 숨을 참았다. 정우에게 겁먹었다는 것을 들키면 안 될 것만 같았다. 눈물과 콧물이 벌려진 입을 뒤덮었다. 축축하고 묽은 액체는 짰다. 그래도 어쩔 수 없었다. 어둠 속 정우가 헤리에게서 눈을 떼지 않았기에.

소방차가 스쳐 지나갔다. 정우는 차를 뒤졌다. 영수증 뭉치와 렌털 계약서 말고는 아무것도 없었다. 물과 휴지를 사야겠다며 편의점이 보이면 세우라고 했다. 아파트 단지 근처 편의점에 세웠다. 정우는 차에 숨어 주변을 살폈다. 새벽 네 시였고, 지나다니는 사람은 없었다.

"같이 가자."

정우는 다정하게 말하며 자동차 열쇠를 제 주머니에 넣었다. 헤리는 어쩔 수 없이 후들거리는 다리로 땅을 디뎌야 했다. 편의점에 들어간 정우가 휴지를 한 움큼 뽑아 헤리 손에 쥐어줬다.

"계산 전에 쓰시면 안 되는데요."

3세대 코리아이인 편의점 직원이 말했다. 야간 편의점은 3세대 코리아이를 많이 썼다. 시비를 걸거나 물건을 엎으려는 취객을 막아야 했다. 최근 들어서는 야간에 3세대를 안 세우면 강도에 당하거나 코리아이 증오범죄의 표적이 되어 당하기 쉬웠다.

"바로 계산할 거야."

정우는 계산대 위에다 이미 뜯은 여행용 티슈 뭉치를 던졌다.

아르바이트생은 그런 일에 익숙한지 묵묵히 바코드를 찍었다.

"살 거 있으면 골라. 과자 먹을래?"

정우가 프링글스 통을 흔들었다. 혜리는 말이 없었다. 정우는 팔을 휘둘렀다. 계산대에 부딪힌 통이 텅 하는 소리를 내며 솟아올랐다. 혜리는 몸을 움츠린 채 흐느꼈다.

"분위기 뭐 같네! 진짜."

혜리의 뒷모습을 노려보던 정우는 물을 꺼내러 벽면 냉장고로 갔다. 혜리는 휴지로 얼굴을 문댔다. 3세대 코리아이와 눈이 마주쳤다. 코리아이 알바는 눈을 피했다. 그에게는 가끔 새벽마다 나타나는 사연 많은 커플 중 하나였다.

"뭐 살 거 있나 다시 봐. 멀리 갈 거니까."

혜리의 뒤통수 너머로 소리가 들렸다. 혜리는 계산대 앞에 진열된 립밤을 쥐었다. 손이 떨리는 탓에 그 옆에 있던 껌통을 쳐서 껌을 잔뜩 쏟아버리고 말았다. 혜리는 서둘러 뚜껑을 열고 계산대 위에 그었다. 립밤을 이용해 글을 썼다.

신고

반짝이는 유분기가 만든 글씨를 코리아이 알바가 봤을까. 그는 계산대를 보면서 눈만 깜빡이고 있었다.

"뭐 골랐어. 립밤?"

뒤에서 나타난 정우는 혜리의 손에 든 립밤을 발견했다. 계산대 위에 적힌 간절한 요청을 가릴 것이 없었다. 혜리가 허우적거리기도 전에 정우는 물 하나를 계산대 위에 놓았다.

"원 플러스 원인데요."

코리아이 알바가 말했다. 원 플러스 원이라는 말에 정우는 필요하지도 않으면서 관성적으로 몸을 돌려 물을 꺼내러 갔다. 혜리는 눈물을 닦은 휴지로 립밤 흔적을 지웠다.

"원플원 안 쓰여있는데." 정우가 물을 하나 가져오며 말했다. 알바는 가격표를 안 바꿔놔서 그렇다고 말했다. 바코드를 찍을 때 할인행사 상품이라는 말도 뜨지 않았지만, 코리아이는 물 하나를 내역에서 지웠다. 정우는 혜리에게 계산하라고 했다.

혜리는 다시 차를 몰았다. 정우는 혜리를 설득하려 했다.

"적도 많지만 나를 도와주는 사람도 많아. 난 연결망을 구축해 놨어. 내가 드러나 영웅이 될 생각은 없어. 난 사람들이 터져 나올 수 있게 불씨를 댕긴 것뿐이야. 그게 내 쓰임의 전부야. 알아, 나 아픈 거. 근데 이건 나 혼자만의 광증이나 잘못된 이상이 아니야. 같은 꿈을 꾸는 사람들이 있어. 나는 부족해서 널 설득하지 못할 수 있지만, 같은 이야기도 나랑 함께하는 사람들의 훌륭한 언변으로 들으면 너도 이해하고 받아들일 거야. 나랑 같은 편에 선 사람들을 보여줄게. 그래서 나랑 같이 가야 해."

맞은편에서 경찰차가 사이렌을 울리며 나타났다. 둘 다 입을 다물고 경찰차를 봤다. 경찰차는 그대로 지나쳐갔다. 숨죽이고 있던 정우가 애원하듯 이름을 불렀다.

"혜리야."

"그런 사람들 없잖아."

"뭐?"

정우가 미간을 좁히며 되물었다. 혜리는 콧물을 들이마시고는 말했다.

"난 그냥 남들처럼 멀쩡하게 살고 싶었을 뿐이야."

"세상이 찌그러져 있는데 그 위에서 어떻게 멀쩡하게 산다는 거야."

"난 안 하고 싶어."

"네가 자발적으로 안 하면, 나는 강제할 수밖에 없어. 어차피 하게 될 거야. 자꾸 날 화나게 하지 마."

"지금 협박하는 거야? 영지한테도 그랬어?"

"영지 얘기는 또 왜 꺼내. 그러니까 그냥 좋은 말로 할 때 하라고. 협박까지 안 가게."

"날 좀 그만 끌어내려!"

혜리가 고함을 지르며 속도를 높였다. 핸들을 꺾고 경적을 울렸다. 경찰차가 멈춰 섰다. 정우가 핸들로 손을 뻗었지만, 혜리는 손으로 정우의 턱을 밀고, 붙잡은 핸들을 놓지 않으려 힘줬다. 차는 크게 선회하여 전봇대를 들이박았다.

에어백이 터져 혜리의 얼굴을 쳤다. 코피가 에어백 위로 주룩 흘러내렸다. 옆을 돌아보니 정우는 에어백을 성난 침팬지처럼 팔로 두드려 꺼뜨리고 있었다. 정우가 혜리의 어깨를 붙잡으려 했다. 그때 정우 쪽 창문에서 팔이 뻗어져 들어와 정우의 팔과 목을 붙잡았다. 다른 경찰이 서둘러 혜리를 끌어내리려 했지만, 벨트가 풀리지 않았다. 정우의 손이 혜리의 팔과 다리를 마구 할퀴었다. 피가 흐르고 혜리는 비명을 질렀다. 간신히 벨트가 풀리고 아스팔트 위로 떨어진 혜리가 겁에 질려 기었다.

정우가 배신자라고 소리를 질렀다. 눈을 똑바로 뜨고 눈물을 흘리며, 주황색 가로등 불빛을 눈에 담은 채. 그렇게 허우적거리며 그는 바닥으로 끌려 내려갔다.

혜리의 입술은 뜨거웠다. 혜리는 손으로 코를 막았다. 손가락과 손등 위로 피가 흘러내렸다. 고개를 드니 현기증이 났다. 아스팔트 바닥 위에서 제압당하고 있는 정우가 보였다. 바닥으로 추락한 이카로스의 처절한 몸부림이었다. 전기 충격기가 정우의 어깨를 물었다. 혜리는 고개를 돌렸다.

추락

"뭐든지 적당히 해야지. 도를 넘으면 안 돼."

센터의 남자는 병상에 누운 채로 말했다. 몸 곳곳에 붙인 거즈가 진물을 받아내고 있었다. 남자는 용케 아픈 티도 없이 말을 술술 내뱉었다.

"기술을 가졌다고 끝까지 가면 되나. 사회에 문제가 있으면 그 균열을 보수해 나가야지. 무작정 싹 다 뒤집어엎으려고 하면 누가 공감해 주냐는 거야. 모두가 납득할 수준에서 차근차근 바꿔나가야지. 그게 사회적 합의고 민주주의잖아."

"그렇죠." 병상 옆에 앉은 혜리가 말했다.

"답답해 진짜. 하긴 정우가 뭘 알겠냐. 미친놈이었는데."

혜리는 말없이 창문을 봤다. 빌딩 숲 아래로 개미처럼 줄지어

서행하는 차들. 세상은 끔찍한 일상을 회복해 가고 있었다.

"약속대로 정규직 일자리는 만들어줄게. 정년까지 보장되는 곳으로."

남자가 그렇게 말한 지 일주일 뒤 혜리는 기업도시 코리아이 배양시설 부설연구소로 출근했다. 정자와 난자 보관소를 관리하는 부서에 배정받았다. 연구실과 배아관리팀에서 요구하는 일련번호를 찾아 공급했다. 수량을 점검하고 냉동보관함과 해동기를 점검했다. 일은 쉽게 적응했다. 비코리아이 연구원이 잘 가르쳐주었다.

"앞으로는 이 팀이 더 커질 거예요. 산모한테서 배아 추출하는 것보다 기증받는 난소 수가 훨씬 늘어나고 있으니까요."

난소를 기증하고 호르몬 조절기를 넣는 생리 해방 운동 때문에 성인이 되자마자 난소를 기증하는 비율이 늘었다. 법적으로 난소 기증은 성인만 가능했다. 하지만 연구소에는 10대의 난소가 다른 연령대 난소보다 압도적으로 많았다. 혜리는 굳이 그 의미를 해석해 보려 하지 않았다.

일이 끝나면 따뜻한 샤워를 하고 차가운 맥주를 마시며 숙소 소파에 몸을 가라앉혔다. 숙소는 연구원들이 사는 관사였다. 혼자 살기에 나쁘지 않았다. 혜리는 차가운 캔을 이마에 댔다.

그렇게 살고 있었다. 연구소와 관사를 시곗바늘처럼 빙빙 돌았다. 그냥 돌기만 하다가 스스로 수명을 다해 멈추기만을 바라는 시계처럼.

보고 싶은 것이 없기에 TV 리모컨 채널 버튼만 반복적으로 눌렀다. 벌써 다섯 바퀴나 돌아 처음 채널로 돌아왔다. 눈은 화면을 보고 있지만, 초점을 잡지 못했다. 하나에서 파생된 비틀어진 여러 세상이 어지럽게 겹쳐져 흐릿했다.

복도에서 사람들이 웃으며 지나갔다. 혜리는 흠칫 놀라 문을 노려봤다. 떠드는 소리는 점차 멀어져 갔다. 소리가 사라지자 TV에서 흘러나오던 아나운서 목소리가 이제야 들렸다.

"코리아이 관련 시설에 코리아이를 침투시킨 일당이 체포되었습니다. 코리아이 해방 기사단이라는 조직을 만든 용의자들은 처음에는 온라인 커뮤니티를 통해 코리아이 처우 개선을 위해 활동했으나 이후 과격행위를 통해 내란에 준하는 범죄를 공모한 혐의를 시인했습니다. 경찰 조사 결과 이들은 코리아이 센터 앱을 해킹해 코리아이의 테러행위를 사주하고, 각 시설을 점거할 계획을 세웠습니다. 자세한 상황은 취재로봇 통해 알아보겠습니다."

여자 아나운서의 말이 끝나자, 그와 비슷한 목소리가 당시의 현장 상황을 설명했다. 사람을 흉내 내는 목소리에는 기계음이 전혀 느껴지지 않았다. 슬픈 감정을 흉내 내고는 있었지만 혜리는 인공적인 목소리가 왠지 경쾌하다고 느껴졌다. 혜리는 이질감이 들어 음소거를 눌렀다. 고개를 숙이고 옷을 머리에 덮어쓰고 있는 저 사람들이 혹시 정우가 말한 같은 꿈을 꾸다던 사람들이려나. 저 사람들도 정우처럼 사라져 갔다.

한 달 전부터 무서운 기세로 전국의 공장을 점거했던 대규모

파업은 이제 몇몇 공장만 겨우 사수하는 규모로 줄었다. 지도부는 전부 체포되었다. 남은 공장도 가스를 분사하는 드론과 SNS에서의 조롱으로 무너지는 중이었다. 창원공단 폭파 테러의 용의자로 노조원이 체포된 뒤 시민들은 완전히 등을 돌렸다. 등으로 만든 넓은 벽 앞에 노조는 고립되었다.

기세가 등등해진 것은 오직 반코리아이 극우단체뿐이었다. 그들은 과격행위는 노조와 코리아이들이 저질렀으며 자신들은 평화시위만 했다고 주장했다. 유튜버들이 올리는 코리아이 린치 영상 조회수는 날로 올라갔다. 하지만 그들은 그저 낙인찍힌 코리아이를 공격할 뿐 진짜 적을 보지 못했다. 이미 시장을 장악한 이들은 코리아이 활용 비율을 높여만 갔다. 코리아이를 폐기하고 추방하라고 소리치느라 에너지를 쏟는 사이 이미 그들도 벼랑 끝으로 밀려나고 있던 것이다.

하지만 세상은 이전처럼 멀쩡히 돌아간 듯 보였다. 코리아이 급여와 처우는 더 바닥을 기었고, 비코리아이 노동자는 무더기로 해고되어 발악하거나 망가져 범죄자가 되었다. 편의점에서 홀로 일하던 코리아이가 연고 없는 이에게 보복당해 피 흘리는 목을 부여잡고 투명한 문에 기대어 숨을 거둬가는 동안 도와주는 이 하나 없는 거리에는 네온사인만 반짝거렸다. 3세대 코리아이 경찰과 민간경비용역의 장정들은 법의 완장을 차고 진압봉과 군화로 비코리아이를 무참히 짓밟았다. 바닥에 흐른 뇌수를 보고도 그들은 아무런 죄책감도 들지 않았다. 노예와 범죄자가 피를 흘리는 동안, 세계 100대 기업에 대한민국 기업 여덟 곳이 더 포함되었다. 있는 집 자식들에게 성폭행당해 인터넷에 꽃뱀으로 몰린 코리아이가 옥상 난간을 넘었고, 실업으로 파혼당한 젊은 비코리아이가 소주 세 병과 밧줄을 사서 집으로 돌아갔다. 차라리 고통 없이 죽을 수 있도록 병원에서 명예 자살을 허용하라는 청원이 올라왔다.

세상은 너무나도 이전처럼 멀쩡하여 헤리는 정우의 파괴적 광염이 간절해지기까지 하였다. 하지만 다시 기회가 오더라도 잘못된 이상으로 세상을 잿더미로 만들 정우의 손을 잡을 생각은 없었다. 조금 느리더라도 옳은 목적과 수단으로 세상을 바꿀 수 있는 상우를 믿었다.

상우에게서 전화가 몇 번 왔지만, 헤리는 받지 않고 차단했다. 이 일에 더는 관여하고 싶지가 않았다. 그 전화가 간절히 도움을 요청하는 전화였다는 것은 한참 나중에 알게 되었다.

헤리를 찾아오는 사람은 단 한 사람뿐이었다. 센터의 남자는 열린 문 사이로 치킨과 샴페인을 들어 보이며 싱긋 웃었다. 화상 자국을 덮으려 성형을 받았는데 꽤 잘됐다.

헤리는 그와 잤다. 얼굴과는 달리 그의 몸은 구겨진 비닐처럼 화상 자국이 아직 남아있었다. 헤리는 손으로 그 보드라운 피부를 쓸어봤다. 남자는 모든 것을 위로받은 것처럼 행복한 표정을 지으며 무표정한 헤리의 얼굴 위에서 절정을 느꼈다.

"바쁜 일 좀 끝나고, 여유 생기면 바로 몸도 성형받을 거야. 아기 피부가 될 거니까 지금은 흉해도 기다려줘."

헤리는 정숙한 아내를 흉내 내듯 그러겠노라 대답했다. 남자는 셔츠에 한쪽 팔만 집어넣은 우스꽝스러운 모습 그대로 혜리를 껴안았다. 혜리는 그의 땀 냄새가 역해 코를 틀어막았다. 한참을 안고 있기에 혜리는 숨이 막힌다고 말했다. 남자는 호들갑을 떨며 혜리를 놓아준 뒤 샴페인을 더 마시겠냐고 권했다.

"난 아직 이해가 안 가. 정우가 알을 왜 안 챙겼을까. 요즘 그 알의 행방을 찾느라 애먹고 있거든. 그것만 어떻게 해결되면 나도 여유로워져. 그러면 피부 이식도 받고, 너랑도 더 자주 오래 만날 수 있을 텐데."

남자는 샴페인을 따른 잔을 건네며 물었다.

"근데 진짜 정우가 알을 안 가지고 온 거지? 벙커에 그냥 뒀다고 한 거 확실하지?"

혜리는 그렇다고 말했다. 남자가 혜리의 눈을 관찰했다. 그의 눈은 미세하게 좌우로 움직이며 진실과 거짓을 탐색하려 했다. 혜리는 인상을 찌푸렸다.

"이제 정우 얘기 그만 듣고 싶다고 했잖아요. 나한테는 그 순간, 장소, 대화, 사람 모든 게 트라우마인데, 왜 자꾸 꺼내요."

"미안. 진짜 미안해, 혜리. 퍼즐이 잘 안 맞춰져서 그래. 힘들게 하려던 생각은 아니었어."

당신의 눈도 당신의 입도 그것을 마주치며 견뎌야하는 이 순간도 고통이라는 것은 차마 입 밖으로는 꺼내지 않았다. 견뎌야 살 수 있었다. 그리고 사는 것을 견뎌야 했다. 샴페인 잔을 받아든 혜리가 물었다.

"세상을 고치는 일은 잘되고 있어요?"

"아니, 전부 멈췄지. 우리 친구 상우 주가만 쭉 오르고 있어."

컨벤션 센터 앞에서 상우의 연설이 송출된 뒤로 상우는 현재 가장 유명한 사람이 되었다. 상우의 주장은 흥미로웠기에 언론과 학회, 인터넷에서 끝없는 토론이 이어졌다. 유전자편집과 집단배양, 동일교육, 자동화 공장, 그로 인한 경제구조와 사회구조 전반의 변화. 여러 논쟁이 이어질수록 상우의 적과 지지자가 동시에 늘었다. 몇 배는 많은 적보다는 약간의 지지자가 생겼다는 사실을 더 낙관적으로 본 상우는 가족제도 폐지와 상속 중단까지 화두로 던졌다.

물론 그런 이야기만 오가진 않았다. 얼마 뒤 발생한 센터 앞 폭발과 공단의 대규모 화재에 관해 온갖 음모론이 생겼다. 언제나 상우의 이름이 거론되었고, 상우를 당장 구속시키라는 시위가 연일 이어졌다.

자꾸만 유전기술에 대해 언급이 되고 배양연구소가 계속해서 지목되자, 배양연구소는 최대한 사실을 은폐하려고 했다. 이미 그들이 손 쓰지 않아도 센터와 전국 교육기관의 문서 대부분은 파기되어 있었고, 보안서버는 전소되었다. 정우가 센터 앱을 해킹해 알림 하나로 일으킨 코리아이들의 비자발적인 폭거의 결과였다. 검찰에서 잿더미를 긁어 찾아낸 것들로는 파란색 압수수색 상자 하나도 제대로 채우지 못했다. 하지만 여론은 무서웠다. 여론을 의식한 행정부는 코리아이 배양연구소장을 갈아치우고 내부인사도 모조리 물갈이하겠다고 선언했고, 검찰은 코리아이 배양연구소에서 불법적인 연구를 한 자들을 수사하겠다고 선포했다. 입법부는 국정조사 자리에 연구소 관련자들을 불러냈다. 지역별로 위치했던 대부분의 코리아이 배양연구소가 사라졌다. 결국 센터가 부지를 마련해 둔 기업도시 내의 인공배양시설만 연구소 소관으로 남았을 뿐이었다.

"다들 뭐가 두려운 건지 모르겠어. 이제 세상을 바꾸면 그만인데 뭘 자꾸 거지 같은 인간들 말을 들어주려고 하는 건지."

"좀 자요."

혜리는 술에 취한 센터의 남자를 눕혔다. 남자는 이를 갈며 씩씩댔다.

"상우 그 새끼도 말이야. 센터를 바로 형사고소했어. 잡아갈 때 공무원 사칭했다고, 불법적으로 납치감금했다고. 건방진 새끼가 센터를 뭐로 보고."

혜리는 그가 조용히 잘 수 있도록 그의 가슴을 토닥였다. 남자는 분이 삭지 않았는지 끝까지 말을 이었다.

"우리가 망한 것 같지? 아니야. 알만 찾으면 모든 것은 계획대로 가."

센터의 남자는 그렇게 말하며 침대 위에 누웠다. 혜리의 손 위에 손을 덮고는 반쯤 감긴 눈으로 중얼거렸다.

"알만 찾으면 돼."

***

몇 달이 지난 뒤 혜리는 상우네 아파트로 향했다. 상우가 세

상을 바꾸기도 전에 추락하고 있다는 소식을 뉴스를 통해 듣게
됐다. 상우의 집은 손님이 왔음에도 불이 꺼져있었다. 거대한
창문은 열려있었고, 하얗고 밝은 가로등과 도심의 불빛만이 집
안을 비추었다. 빛을 머금은 소복 같은 커튼이 나풀나풀 밤바람
에 춤을 추었다.

"어서 와 혜리야." 상우가 소파에 앉으라 권했다. "너한테 연
락 많이 했었는데."

"알은 어쨌어요?" 앉자마자 혜리가 물었다.

"기업도시에 있지."

"가동됐나요?"

"가동됐지."

"그런데 왜 변한 게 없죠? 이러라고 알을 준 게 아닌데."

상우는 입을 열지 않았다. 혜리는 악에 받쳐 상우를 향해 소
리쳤다.

"난 선배가 해야 할 일을 하라고 알을 준 거야! 내가 그걸 위
해 지금 뭐를 희생하고 있는데. 제발 내 옆에서 사라졌으면 좋
겠는 그 괴물 같은 사람 눈을 속이려고 난 그 남자한테 내 삶까
지 넘겼단 말이야 난!"

상우는 대답 없이 열려있는 창문만 바라봤다. 열기를 식히려
는지 맥박을 늦추려는지 모르겠지만 두 손으로 목을 감쌌다. 잠
시간의 침묵 끝에 혜리는 상우가 제 목을 터뜨릴 듯이 짓누르고
있다는 것을 알아챘다. 혜리가 상우의 팔을 잡아당겼다.

상우는 괴로워하고 있었다. 혜리는 상우의 머리를 살며시 받

쳐 제 어깨로 끌어당겼다. 상우가 혜리에게 안겨 몸을 떨었다. 혜리는 눈을 감았다.

정우가 잡혀간 날, 알은 혜리에게 있었다. 혜리는 상우에게 알을 줬다. 센터의 남자는 그 사실을 알지 못했다. 혜리는 상우에게 해야 할 일을 하라고 했다. 대신 그 과정에서 누구도 고통받지 않았으면 한다고 조건을 붙였다. 혜리는 그 후로 상우와 연락을 끊었다.

센터가 점령당하던 날 탈출했던 상우와 서회장은 다시 만났다. 상우는 서회장에게 알을 주었다. 서회장의 유전자로 플라스틱 알은 깨어났다. 기업도시와 그 안에 남은 유일한 코리아이 배양시설이 가동됐다. 두 사람은 약속대로 조력자들의 자손에게 최초의 슈퍼코리아이로 태어날 우선권을 주었다. 그들은 새로운 슈퍼코리아이들의 선구자가 되어 사회지도계층으로 성장해 상우의 점진적인 혁명을 이끌게 될 예정이었다. 상우는 낡은 사회를 타파할 영웅의 잉태를 축복했다.

하지만 모든 게 끝났다. 조력자의 자손들이 기업도시 배양시설에 잉태된 다음 날, 상우와 서회장은 알을 빼앗겼다. 알을 관리하던 이들은 경질됐다. 상우도 쫓겨났다. 회사에서 아무것도 아닌 직무로 전환 배치되었다. 자신의 편이라 굳게 믿었던 사람들은 연락이 끊겼다. 실종되거나, 예전의 문제로 구속되거나, 또는 모르는 사람인 척했다.

상우는 창원공단 화재 사건의 배후로 지목돼 검찰 조사를 받으러 갔다. 72시간의 조사가 끝나고 지쳐 택시에 올랐을 때,

라디오 시사 프로그램에서는 상우의 이야기가 흘러나오고 있었다.

"창원공단 테러 용의자 최모씨의 진술 내용이 일부 공개되었죠. 전문가들이 정신분석을 해봤는데, 의견에 따르면 최모씨에게 경계성 성격장애의 증상이 보인다고 했습니다. 사회로부터 버림받는다는 두려움과 분노가 방화로 이어졌다는 결과였습니다. 코리아이 노동자와 자동화 기술로 인해 비코리아이 실업률이 몇 년째 고공행진입니다. 이런 장기적이고 전국적인 실업 상황이 지속되면서 그만큼 큰 사회문제로 확장되고 있다는 우려가 심해지고 있는데. 최모씨의 범행도 이런 맥락에서 나온 것이 아닐까 싶어요."

"그렇죠. 여기서 더욱 안타까운 사실은 사회 바깥으로 내몰린 사람들을 이용하는 사람들이 있다는 것입니다. 범행이 있기 몇 달 전부터 최모씨에게 웹상으로 선지자라 자칭한 인물이 접촉했다고 합니다."

"선지자요? 정말 오만한 명칭인데요."

"그렇습니다. 이 사람은 최모씨가 감정적 동질감을 느낄 수 있도록 자신도 사회에서 배제되었다, 이걸 해결하려면 극단적인 행동을 통한 선전이 필요하다, 이런 식으로 공단 폭파 계획과 실행 방법을 구체적으로 알려줬다고 합니다."

"검찰에서는 이 선지자라는 인물을 특정했다고 하죠?"

"맞습니다. 오늘 새벽 검찰 브리핑에서는 이 선지자라 자칭한 유력 용의자로 상우 대표를 지목했습니다. 얼마 전 코리아이 센터 앱이 해킹당한 사건 기억하십니까? 일거리로 위장한 센터 앱 알림에 속아 코리아이들이 코리아이 센터와 교육기관을 점거하려 한 소동이 있었죠? 검찰은 해킹을 사주한 용의자도 상우 대표일 가능성이 높다고 발표했습니다."

"정말 어이가 없네요. 세상을 가족 없는 사회로 만들겠다면서 자기 사람들한테 특권을 먼저 부여하려던 끔찍한 사람이잖아요. 방화범에게 자기가 사회로부터 배제된 사람이라고 속였다는 걸 보면 가증스럽기까지 합니다. 상우 대표는 상류층 중에서도 상류층인데요."

그 선지자는 정우일 것이다. 그러나 정우는 이제 세상에서 지워졌다. 선지자. 그런 오만한 별명이 상우에게 붙을 때 얼마나 많은 이들이 조소를 보냈을까.

"용의자는 방금 검찰에서 72시간에 걸친 조사를 끝내고 집으로 귀가했다고 하는데요. 구속 수사 여부에 대해서 검찰은 코리아이는 도주의 우려가 적다며 불구속 수사를 유지하겠다고 했습니다. 이를 두고 일각에서는 행방이 묘연해진 서회장 쪽 사람들이 뒤를 봐주는 게 아니냐는 의혹이 제기되고 있습니다."

서회장은 사라졌다. 사람들은 서회장이 해외로 도주했을 것이라는 의혹을 기정사실화했다. 하지만 그럴 리가 없었다. 아직 국내에는 그의 딸인 혜리가 있었고, 아직 병원에서 깨어나지 못한 그의 아내가 있었다. 법적으로 코리아이는 입양대상이 아니었다. 딸로 등록되어 있지도 않았기에 혜리가 실종신고를 해도 그의 행방을 물을 수 없었다.

상우는 돈을 전부 써서라도 승률 높은 변호사진을 꾸리려고 했다. 하지만 이름난 이들은 처음부터 거절했고, 좋은 변호사를 겨우 선임해도 며칠 안 되어 사임했다. 상우는 일주일 동안 자동차 사고가 다섯 번이나 났다. 모두 다른 사람이었고, 다들 미안하다고 굽신거렸다. 하지만 그중 한 사람이 뒤를 돌았을 때, 자동차 유리에 비친 아쉬워하는 표정을 보았다. 상우는 깨달았다. 피할 수 없겠구나.

지금 생각해 보면 정말 순진했다. 조력자가 배신하지 않을 거라는 순수한 믿음을 가지고 있었다. 모든 사람이 대의를 위해 사는 줄 알았다. 하지만 유전자편집이 되지 않은 인간들은 자기 가족, 자기 자신의 영달 따위에 매몰되었다. 인류? 그런 큰 단어는 떠올리지도 못했다. 그런 이들과 대단한 일을 해보려고 한 자신이 바보 같았다.

배신을 계획한 이들은 분수를 모르고 까부는 코리아이가 얼마나 우스웠을까. 큰 뜻에 눈이 멀어 주변도 못 돌아보는 코리아이가 얼마나 손쉬운 상대로 느껴졌을까. 상우는 독한 담배 연기를 빨아들이고 뱉지 않은 것처럼 가슴이 답답했다. 상우는 울음이 곧 튀어나올 듯 목소리가 떨렸고 결국에는 눈물을 흘렸다.

혜리가 왔다. 모든 것을 다 잃어버린 상우는 혜리 품에서 소리 내어 울었다. 조금 뒤 혜리는 그를 밀어냈다.

"바보 같네요. 선배가 이렇게 멍청한 줄 알았으면 정우한테서 알을 빼앗지도 않았어요."

천재라 불리는 사람한테 바보라는 말을 하게 될 줄은 몰랐다.

차라리 미친놈한테 알이 있는 게 나을 뻔했다. 배신당해 아무것도 못 하느니 광기 어린 발악이라도 하는 게 낫지 않았을까. 이 상황이 어처구니가 없었다. 혜리가 물었다.

"그럼 이제 끝난 거예요? 선배랑 내 손으로 그냥 다 끝내버린 거냐고. 그냥 우리가 피라미드 꼭대기에다 모든 사람의 목줄을 갖다 바친 거지?"

혜리의 차가운 말에 상우는 손으로 눈을 덮었다. 다 큰 사람이 혼나는 아이처럼 눈물을 뚝뚝 흘렸다.

"야, 아예 끝난 거냐고 묻잖아. 너랑 내가 다 망친 거냐고!"

혜리가 고함을 질렀다. 상우는 소파에서 내려와 무릎을 꿇었다. 그리고 도리질했다.

"아냐. 마지막 방법이 있어. 우리는 되돌릴 수 있는 비밀코드를 그 알에 심어뒀어."

"무슨 비밀코드."

"인류가 저지를 실수를 되돌릴 초기화 코드."

알은 인공자궁을 조정하는 리모컨이기도 했다. 배양, 편집, 파기를 세부적으로 조절했다. 관리자가 입력한 대로 인류를 찍어냈다. 자동화된 인간공장이다. 상우와 정우는 후대의 인간들이 기술을 남용하는 것을 우려했다. 정우가 상우보다 센터의 남자와 더 친하게 지내고 있을 때였음에도, 정우는 상우와 비밀리에 이 코드를 만들어 넣었다.

그들은 모든 후기 인류에게 최대한의 능력을 발휘할 수 있는 육신을 주고자 했다. 한 사람이 인생에서 선천적인 능력 부족으로 인한 한계가 생기지 않도록 말이다. 하지만 무한한 능력을 부여해서는 안 된다는 것을 알았다.

정우와 상우는 유전적 제한의 표준을 만들었다. 정신적 개성과 외모의 개성은 세포의 우연적 분열과 우연적 경험 체득의 영역으로 둘 것이다. 힘은 함부로 팔을 휘둘러 사람을 죽이지 않을 정도여야 하며, 도둑질하고도 영원히 잡을 수 없을 정도로 빠르거나 오래 뛰진 못해야 하며, 남들을 속여 이미 많은 종교를 더 만들지 못하게 언어적 천재성이나 범접할 수 없는 매혹적인 외모를 부여하지도 않아야 했고, 또 스스로 숭배하지 못하게 천 년 가까이 살 수도 없게 해야 했다. 이런 한계를 건드리는 것을 막아야 했다. 그래서 비밀코드를 만들었다. 미래의 정의로운 자들을 위해 언젠가 들킬 수 있도록 적당히 코드를 숨겨두려 했다.

"연구소에서 알에 접근해 초기화 코드를 사용하면 다 우리가 세팅한 대로 되돌릴 수 있어. 모든 배아의 부모는 사라지고 평등하고 우수한 능력을 부여받을 거야."

상우는 혜리의 손을 잡았다. 애원했다. 네가 미래라고. 연구소에서 일하고 있는 네가 마지막 남은 희망이라고.

"접근 못 해. 정자 난자 나르는 시다가 그런 걸 볼 수나 있을 것 같아?"

"방법이 있을 거야."

"무슨 방법이 있는데. 알이 어디 있는지 내가 어떻게 알고 접근하는데. 무슨 수로 내가 코드를 말하는데. 왜! 왜! 너희가 망친 일을 왜 내가 수습하는데!"

혜리가 고함을 질렀다. 가슴이 터져버릴 것만 같았다. 상우는
절하듯 엎드려 있었다. 나라를 되찾아달라 절하는 패전국의 병
사처럼. 혜리는 그 꼴을 10분 동안 보고만 있었다. 뭘 어쩌자는
건지. 이젠 다 끝나버렸는데.

"비밀코드가 뭔데요……."

혜리가 물었다. 그걸 쓸 기대 따위는 없었다. 그저 하고 싶은
말이나 뱉게 하고 그냥 떠나려 했다. 떠나면 다시는 안 볼 생각
이었다. 지겨운 인연이었다.

상우가 코드를 말했다.

"데미우르고스."

플라톤이 명명한 창조주. 우주 최초의 장인이다. 별과 인간의
영혼을 만들고, 별로 하여금 인간의 육신을 조립할 권능을 내
린 제작자들의 왕. 어린 신인 별들은 데미우르고스의 방식을 본
받아 우주의 선한 법칙대로 인간을 만든다. 불멸할 것을 사멸
할 것으로 감싸 만든 인간들. 만약 작은 신들이 선한 법칙을 어
기게 되면 어떻게 될까. 데미우르고스는 그의 준엄한 명으로 권
능을 회수하겠지. 상우와 정우는 우주 질서를 받들 명을 내리는
자가 되려 했다.

"네가 코드를 입력하면 모든 게 돌아와. 부모는 없어지고 모
든 인류가 부모가 돼. 배신자들은 모두 자식을 잃게 되겠지. 아
이들은 누구나 동일한 힘을 부여받을 거야. 선천적 힘의 차등으
로 계급을 공고히 하려던 계획은 무너질 거고."

"오만한 비밀코드네. 정우랑 너랑 똑같아. 둘 다 자기가 뭐라도 되는 사람이라고 생각했지? 세상을 바꿔? 한 치 앞도 못 보면서 무슨 세상을 바꿔."

상우는 부정하지 않았다. 자조적인 미소를 그리며 취한 사람처럼 고개를 끄덕일 뿐. 혜리는 두 손으로 얼굴을 가리고 소파 뒤로 머리를 젖혔다.

"이제 네 손에 있어, 혜리야."

기회가 있겠는가. 기회가 있다면 하겠는가. 남은 인생 전체를 걸게 될 것이며, 평생을 바라왔던 평범한 삶이 무너지게 될 것이다. 그들이 제멋대로 지어낸 우주의 선을 쫓겠는가. 어찌 되었건 이제 모두 운에 달렸다. 기회든 혜리의 생각이든 세상의 운명이 그냥 운에 달려버렸다.

"빌어먹을 세상이야."

혜리가 중얼거렸다. 상우는 무릎을 꿇은 채 혜리를 똑바로 봤다.

"같이 기도하겠니?"

혜리는 고개를 갸웃하며 되물었다.

"신을 믿어?"

혜리는 비웃듯 입으로 허 하고 숨을 뱉었다. 상우는 아랑곳하지 않고 두 손을 모았다. 자기 말을 듣게 해달라고 비는 거겠지. 그렇게 짐작한 혜리는 그 꼴사나운 모습을 노려만 봤다.

혜리는 작별 인사를 하고는 문을 나섰다. 상우가 문 앞까지 배웅했다. 상우는 인사하는 것처럼 지친 눈으로 혜리를 빤히 쳐다봤다. 혜리가 엘리베이터에 탈 때, 상우는 이미 집으로 들어갔는지 복도에 보이질 않았다. 하지만 문은 끝까지 닫히지 않았다. 그런 것 따위는 신경 쓸 정신이 없는 모양이었다.

1층에 내린 엘리베이터 문이 열렸다. 문 앞에는 아이를 안아 올린 여자가 겁에 질린 얼굴로 덜덜 떨었다. 아이는 울고 있었고, 여자는 파들파들 떨며 엘리베이터 안에 들어가 주저앉았다. 이상한 모녀를 지나쳐 혜리는 밖으로 나갔다. 사람들은 웅성거리고, 고개를 돌리고, 사색이 된 얼굴로 바삐 걸어갔다. 웅성거리는 사람들 틈에 선 혜리는 추락한 젊은이를 내려다보았다. 차마 제대로 볼 수 없어 고개를 들었다. 건물 밖으로 흘러나온 하얀 커튼이 밤바람에 나풀거렸다.

* * *

육신을 염할 방법은 없었다. 마지막 머무른 병원에서 상우를 해체하여 가져갔다. 모든 코리아이들이 그러하듯 말이다. 상우도 결국 코리아이였구나. 아무리 위로 올라가도 코리아이라는 사실은 벗어날 수 없었다. 태생이다. 부모라는 게 연을 끊어도 존재하듯, 코리아이라는 것도 끊어낼 수 없다. 영혼 같은 게 있다고 믿진 않기에 죽은 몸에 집착하진 않았다. 혜리는 아무것도 앞에 두지 않고 장례를 치렀다.

원래는 장례 같은 것을 치를 생각도 없었다. 하지만 부모 없는 코리아이라고 아무도 장례를 안 치러주는 게 억울했다. 미래를 위해 누구보다도 힘쓴 사람이 아닌가. 실패하긴 했지만 역사에 점이라도 찍은 사람이었다. 그저 다른 코리아이처럼 없던 사람 취급하며 떠나보낼 수는 없었다.

시신도 없는 장례식에 사람은 많지 않았다. 혈연으로 이어진 사람이 없으니 오는 사람이 참 적었다. 상우의 대학교 시절 친구들만 조금 방문했다. 상주인 혜리는 어색하게 절을 하고 상을 봐주며 손님 앞에 잠시 앉아 애매하게 자신을 소개하고는 향내 나는 자리로 돌아가곤 했다. 코리아이는 상주 같은 것을 맡을 일이 없기에 모든 게 다 낯설었다. 상우의 주치의였던 이가 방문해 이거라도 관에 넣으라며 상우의 머리카락을 주었다. 머리카락은 왜 잘랐을까. 죽은 뒤 뇌수술이라도 했을까. 천재 코리아이의 뇌는 비싸게 팔렸겠지. 혜리는 그런 것을 상상하기 싫었다.

상우의 머리카락을 담아 납골당에 안치하고 나니 센터의 남자가 차를 몰고 왔다. 장례식장에 한 번도 오지 않은 그는 바빴다고 해명했다. 정말인지 혜리가 조수석에 타고 나서도 계속 전화가 왔다. 지겹게도 진동이 울려댔다. 혜리는 남자의 눈 옆에 부착된 기기를 아예 꺼버렸다.

"지난달에 평생 모은 돈에 대출 보태서 집 샀잖아. 근데 갑자기 가격 폭락한다는 거야. 보니까 코리아이 공유아파트가 바로 앞에 들어선다더라. 주민들 지금 난리야. 현수막 걸고 홀로그램 띄우고. 나도 집값 생각하면 시위하고 싶은 마음 굴뚝같은데, 또 코리아이 센터 다니는 사람이 그럴 수도 없는 거잖아."

남자는 노숙인이 기대있는 가로등을 끼고 차를 돌렸다. 코너를 돌자 바퀴와 대가 휜 자전거를 끌고 피 흘리는 다리를 질질 끌며 걷는 코리아이가 보였다. 일련의 사건 이후 코리아이 증오 범죄는 더욱 늘어났다.

"사실 정책 설계가 잘못된 거지. 상상력이 부족한 거야. 차라리 코리아이는 지하에서 살게 하는 게 낫겠어. 지금 문제가 코리아이는 곳곳에서 필요한데 거주지 마련해 주면 주변 집값 떨어지는 게 문제잖아. 그러니까 아예 전국적으로 지하 거주지를 만들고 지하철 입구처럼 곳곳에서 출입 통로를 만들어주는 거지. 그러면 코리아이가 필요한 모든 지역에 코리아이가 있지만, 실질적으로 부동산에 영향 안 줄 거 아냐. 그러면 코리아이 주거문제 다 해결되지."

헤리는 그를 경멸하는 눈빛으로 쳐다보았다. 뒤늦게 눈치를 살핀 남자는 농담한 것이라고 했다. 코리아이가 그만큼 곳곳에 필요하다는 이야기였고, 비코리아이의 님비현상을 꼬집으려던 블랙조크였다고. 헤리는 굳이 대꾸하지 않았다.

차에서 내렸을 때 헤리는 피곤하다고 혼자 쉬고 싶다고 했다. 돌아가라는 뜻이었지만, 남자는 눈치 없이 위로해 주겠다며 집 안까지 들어왔다. 우울하고 힘들 때는 혼자 있으면 안 된다고 지껄이면서.

옷을 갈아입겠다며 헤리는 남자를 거실에 뒀다. 막상 방으로 들어 왔지만, 상복 벗을 힘도 없었다. 멍하니 몇 분 서있다가 겨우 저고리를 풀었다.

"이렇게 다 죽어가다가는 나이 든 코리아이가 있을지 모르겠어."

센터의 남자가 거실에서 떠들었다. 문이 닫혀있기에 웅얼대는 소리로 들렸다.

"산재로 죽지, 자살하지. 이게 뭔 삶이냐. 열심히 일하고 소소한 행복에 만족하며 살아도 모자랄 판에. 안 그래?"

센터의 남자는 코리아이 인권운동가라도 되는 듯 말했다. 남자는 혜리를 달래려 코리아이편을 들었다. 제도적 보완책이 필요하다고. 안전관리를 철저히 하고 코리아이 고용 책임 관계를 바로잡고, 사회출발보조대출금 이자를 줄이고, 삶을 포기하지 않게 코리아이는 철의 의지를 가져야한다고. 하지만 혜리는 그의 말이 전부 마음에 들지 않았다. 그런 조악한 짓거리들은 필요 없다. 답은 단순했다. 그냥 코리아이와 비코리아이의 경계를 없애면 된다. 선천적인 이 차등 자체를 없애면 된다. 사회출발보조대출금 취득 규모를 선택할 수 있게 하고, 해외로 나갈 자유를 주고, 노동법에서 코리아이 특례 조항을 없애면 된다. 그냥 코리아이라는 단어를 없애면 된다.

남자는 그건 어렵다고 했다. 제도 보완과 기업의 각성과 교육과 코리아이 모두 삶에 대한 막강한 의지를 갖는 것보다 그게 더 어렵다고 했다. 성별을 폐지하자는 주장과 똑같은 정도의 어려움이라고. 그 개념은 너무나 깊이 뿌리내렸고, 그걸 뽑아내려면 멀쩡한 밭 전체가 뒤집힐 거라고 했다.

"다 갈아입었어?" 남자는 문을 벌컥 열었다.

혜리는 위에 면티는 걸쳤지만, 밑은 아직 스타킹만 신은 채 아무것도 입지 못했다. 남자는 혜리의 발 옆에 뒹구는 상복을 내려다봤다.

"이거 산 거지? 대여하지 그랬어. 어차피 찝찝해서 버려야 될 거 아냐."

"찝찝하지 않아요." 혜리는 서둘러 바지를 찾아 꺼냈다.

"그러겠지. 이상해. 문화가 달라서 그런가. 코리아이는 귀신을 안 믿잖아. 장례식이나 차례를 안 지내서 그런 건지 아니면 시체를 다 기증해 버려서 그런 건지. 죽음이나 영혼의 개념이 없어. 교육기관이 너무 물질주의적으로 키운 거지."

센터의 남자는 바닥에 뒹구는 상복 치마를 들어 올렸다. 혜리는 뒤를 돌아 바지를 집었다. 손이 뻗어 나와 혜리의 허벅지 안쪽을 쓸어 만졌다. 몸을 돌려 남자의 손을 피했다. 혜리는 급하게 바지에 다리를 쑤셔 넣었다.

"죽음은 정확히 알죠. 그냥 끝장나는 거."

"근데 그 이후를 생각하지 않잖아. 죽음 이후."

"죽는 것 다음에도 뭔가 있다고 생각하면 전부 상우 선배처럼 뛰어내릴걸요. 뭐든 지금보다는 낫다고 생각할 테니까."

"그런가. 그럴 수도. 그러면 살아있을 때 즐겨야겠네."

남자가 혜리의 바지를 잡아 내렸다. 그러고는 다른 손으로 엉덩이를 움켜쥐어 올렸다.

"오늘 상 치르고 왔어요."

혜리는 그를 밀어내려고 팔을 뒤로 뻗었다. 남자는 그 팔마저 잡아버렸다.

"그래, 내가 그래서 위로해 주려는 거 아니야."

그는 혜리의 엉덩이에 바짝 붙었다. 혜리는 괴물 같은 남자를 힘껏 뿌리쳤다. 남자는 뒤로 자빠져 화장대에 머리를 박았다. 남자는 당황한 눈으로 올려다보다가 이내 눈에 화가 담겼다.

혜리는 겁이 났다. 그에게는 힘이 있다. 코리아이 하나쯤은 세상에서 지울 수도 있다. 그가 화내기 전에 뭐라도 먼저 말해야 했다.

"아니, 왜 시도 때도 없이 성관계를 요구하세요. 성욕 너무 많은 것 아니에요?"

씩씩대던 남자는 잠시 생각하더니 이윽고 웃음을 터뜨렸다. 그는 좋은 걸 모른다면서 뿌듯해했다. 그게 자랑일 시대는 지났다. 한 명만 낳아 전 재산을 쏟거나, 생기는 족족 코리아이로 만드는 세상인데. 성욕이 많아 무엇에 쓰겠는가.

"난 평범해. 코리아이랑만 사귀어봤지? 그러니까 그러지. 남자 코리아이는 유전적으로 거세당해. 아주 극도로 낮은 성욕만 갖고 태어나. 좆 가지고 사고나 칠까 봐 그렇게 조절한 거지. 네가 만난 코리아이들이 비정상적인 거야. 난 보통이야."

"여자 코리아이도요?"

"여자는 평균보다 높아. 여자는 사고를 치진 않잖아."

사고를 일으키지 않는다고 해서 굳이 평균보다 높일 필요는 없다. 그저 여자 코리아이의 성욕은 비코리아이들의 입맛에 맞게 조정된 것이다. 코리아이 재생산 공장으로써의 몸. 가랑이로 돈을 버는 상품으로써의 몸. 사회는 그런 코리아이 여자를 필요로 했을 것이다.

그렇다면 코리아이 남자는 다를까. 성욕 푸는 데 에너지 쏟지 않고 일이나 근면히 하는 노동자가 필요했을 것이다. 또 비코리아이의 딸에게 코리아이 남자가 바지를 벗으며 접근하는 것을 기겁하여 그렇게 만들었는지도 모른다.

거세당한 남자와 밝히는 여자가 저들이 원하는 노예의 성이다. 코리아이 남자와 비코리아이의 자식이 성관계하는 것을 용납하지 못하며, 코리아이 여자가 비코리아이의 자식에게 노리개처럼 사용되는 것을 원했다.

혜리는 치욕스러웠다. 우리는 성욕마저 개조되었는가. 센터의 남자가 혜리의 다리를 붙잡을 때 했을 생각들이 역겨웠다. 넌 이걸 좋아할 거야. 유전적으로 각인되었으니까. 남자는 그렇게 단정 지었을 테지. 하지만 혜리는 단 한순간도 그를 원한 적이 없었다.

"그러니까 네가 지금 원하는 거 알아. 굳이 내숭 안 떨어도 돼."

센터의 남자가 웃으며 혜리의 가슴을 움켜쥐었다. 혜리는 그의 고환을 무릎으로 올려 차버렸다. 남자가 고통에 차 주저앉았다. 한동안 소리도 못 내던 남자가 고함을 질렀다.

"뭐 하는 짓이야!"

"죄송해요. 다리를 들다가. 병원에 가봐야 하는 거 아니에요?"

"너 일부러 그랬지?"

"아니에요."

"이게 잘해주니까 가지가지 하네. 야, 네가 날 거부하면 제구실하면서 살 것 같아? 내가 만들어준 일자리로 먹고사는 년이. 단물만 빼먹겠다 이거지? 이기적인 년아."

그는 한참을 끙끙거리고 욕설과 저주를 쏟아부으며 혼자 바닥에 웅크리고 있었다. 혜리는 방 바깥까진 도망쳤지만, 현관문을 열고 도망칠 정도까진 용기가 나지 않았다. 벌벌 떨면서 현관문 옆에 무릎을 꿇었다.

통증이 어느 정도 사라졌는지 남자는 방에서 나왔다. 손찌검이라도 할 듯 손을 들어 올렸다. 혜리는 반사적으로 피하려고 팔다리를 휘두르며 퍼드덕 일어났다. 그 바람에 오히려 남자가 더 놀라 고환을 가리며 뒤로 자빠졌다. 숨을 몰아쉬던 남자는 놀라 자빠진 것이 부끄러웠는지 얼굴이 뻘게져 혜리에게 욕설을 퍼붓고, 코리아이 같은 건 차라리 돈 주고 먹겠다며 밖으로 나갔다.

그날 혜리는 당장 도어록 비밀번호를 바꿨다. 그날부터 일주일 동안 밤마다 예전 비밀번호 누르다가 도어록 경보음이 울리는 일이 다섯 번이나 있었다. 일주일 뒤에는 잠잠해졌다. 그래도 언제 도어록이 눌릴지 몰라 혜리는 잠에서 수시로 깼다.

불도 끄고 지내야 했다. 남자의 차가 가끔 주차장에 보였다. 혜리는 집에 없는 척 생활했다. 집 밖에서 차를 발견한 날에는 집에 가지 못하고 그대로 걸음을 돌려 혼자 모텔로 가야 했다.

불씨

커다란 전기밥솥처럼 생긴 스테인리스 통은 액화 질소를 이용한 냉각기였다. 방마다 정자와 난자가 냉동되어 있다. 그 사이로 연구원들이 카트를 밀고 왔다. 카트에는 세심하고 날카로운 손가락이 스무 개씩 달린 자그마한 기계팔이 실려있었다. 공학자들이 로봇팔을 냉각기 옆에 부착했다.

"우리가 굳이 일련번호 확인할 필요 없어졌어. 기계가 알아서 골라줄 거야. 우리는 검수만 제대로 하고 나르면 끝."

연구원은 혜리에게 일이 더 편해질 거라고 말했다. 기계는 인간보다 정확하게 배양실에서 요구한 일련번호대로 정자와 난자를 찾아냈다. 혜리의 일이 하나 줄었다. 혜리는 얼마 지나지 않아 정자와 난자를 나르는 일도, 일련번호를 적어 냉각기에 넣는 일도 모두 기계가 하게 될 것을 직감했다. 그때도 혜리가 필요할까? 혜리는 부정적인 생각을 하진 않기로 했다.

기계 덕분에 혜리에게 여유시간이 늘었다. 반면 연구원은 더 바빠졌다. 화면의 유전자 배열을 들여다보며 기록하는 일이 많아졌다. 할 일이 없어 배회하던 혜리가 물었다.

"요즘 더 바쁘세요?"

"응, 죽을 것 같다."

연구원은 GTAC*로 나열된 글자를 비교하고, 논문을 뒤적거리며 한숨을 쉬었다.

"인간의 비밀은 거의 해독된 것 아니었나요?"

"신체와 지능은 정복했지. 그런데 아직 여기는 잔뜩 남았어." 남자는 이마를 툭툭 쳤다.

"정신, 성격, 사상."

"그런 것도 유전자에서 정해지나요?"

"연구 중인 분야야. 곧 완벽히 알아낼 거야. 잡아 온 교보재가 있으니까."

"교보재?"

혜리가 묻자 연구원은 다른 곳을 쳐다보며 턱을 긁었다.

"데이터 말이야. 다 자란 코리아이 데이터가 들어오잖아. 연구할 게 많아지지." 그렇게 둘러댔다.

"제 데이터도 있을까요?"

---

* 구아닌(G) 티민(T) 아데닌(A) 사이토신(C). DNA에서 발견되는 4개의 핵염기로 결합을 통해 염기서열을 이룬다.

연구원은 대답하지 않았다. 혜리에게 할 일 없으면 커피라도 내려달라고 했다.

자동 분류 기계는 두 대로 늘었다.

"제 할 일이 더 줄겠네요." 하고 혜리가 말했지만, 연구원은 대꾸하지 않았다. 기계를 설정하기 바빴다. 혜리 자리에 그대로 기계가 들어와도 그는 눈치도 못 챌 것 같았다.

연구원은 시간이 흐르면서 가끔 혜리를 없는 사람 취급했다. 말을 걸어도 대꾸하지 않았고, 말 한 번 걸지 않는 날도 있었다. 일이 익숙해진 혜리가 할 일은 알아서 다 해두었기에 연구원이 굳이 지시할 일도 없었다. 연구원은 가끔 혜리를 못마땅하다는 듯 째려봤다. 혜리가 퇴근할 때면 한숨을 쉬며 시계를 보고는 인사도 받아주지 않았다. 혜리가 출근하면 쓸데없는 일거리를 포스트잇에 적어 자리에 붙여놓았다. 점점 연구원은 혜리에게 일을 시켰다는 사실도 잊어버렸다. 혜리는 점점 지워졌다.

혜리는 멍하니 눈에 안 띄는 곳에 앉아있었다. 갈 곳도 없었다. 그냥 죽을까 싶었지만, 아직까진 살아있으니 조금 더 살아보기로 했다. 그뿐이다. 어떤 의욕도 없었다.

그때 복도에서 익숙하고 무서운 인간의 목소리가 들렸다. 혜리는 숨을 들이마시고 몸을 숙였다. 센터의 남자와 연구원이 대화하고 있었다.

"너무 그렇게 생각하지는 마세요. 기계가 들어와서 일이 없어진 건데, 그게 혜리 잘못도 아니고."

센터의 남자가 말하자, 연구원은 격앙된 목소리로 하소연했다.

"아니, 얄밉잖아요. 내 일은 엄청 많아졌어요. 쟤가 잡아 온 놈 때문에. 그런데 쟤는 점점 하는 일이 줄다 못해, 일 자체가 없어요. 죽어라 바쁘게 연구하는데 옆에서 놀고 있으면 기분이 어떤지 아세요?"

센터의 남자는 다 이해한다며 연구원을 달랬다. 조금만 더 봐달라고 말하며. 연구원은 쓸모도 없는 혜리를 얼른 다시 데려가라고 했다. 센터의 남자는 허허 웃을 뿐, 답은 하지 않았다. 연구원이 말했다.

"이럴 바엔 연구대상으로 써요. 쟤도 실험체랑 다를 것 없잖아요. 저번에 잡아 온 정우랑도 친구라면서. 같이 실험시키든가."

"너무 그러지 마세요. 그래도 제가 사랑하는 사람입니다. 그런 취급하시면 저도 못 참습니다."

묵직하게 내리깐 남자의 목소리에 연구원은 조금 힘이 빠진 목소리로 말했다.

"나쁜 의미로 말한 건 아니에요. 뭐 심한 짓 하자는 게 아니라 그냥 설문이나 상황부여 실험 이런 거 있잖아요. 안전한 실험들."

"여기 오래 두진 않을 겁니다. 이른 시일 안에 데리고 살 거예요. 저도 나이가 있고 결혼은 해야죠. 그러니 조금만 데리고 계세요. 특별히 해 끼치는 것도 없잖아요."

남자의 말을 엿들은 혜리는 입술이 파르르 떨렸다. 책상 아래로 들어가 덜덜 떨리는 손을 뒤통수에 대고, 머리를 무릎에 파묻었다. 무서웠다. 남자는 혜리를 손에 쥔 작은 인형처럼 여기고 있었다. 언제라도 그의 집으로 억지로 데려갈 수도, 부숴버릴 수도 있는 인형처럼.

"얜 또 어디 갔어?"

연구원이 못마땅한 소리를 방안에 뿌려놓고는 발소리와 함께 멀어졌다. 센터의 남자도 연구원을 따라갔을까. 혜리는 책상 밖으로 머리만 살짝 내밀어 문을 올려다보았다. 세로로 뚫린 창문에는 얼굴이 있었다. 센터의 남자와 혜리가 눈이 마주쳤다. 남자는 못 본 척 고개를 돌리고는 복도에 발소리를 찍어 울리며 멀어졌다. 심장이 몸속 깊은 나락으로 떨어졌다. 책상 밑으로 다시 들어가 얼어붙었다.

퇴근 시간이 지났지만, 혜리는 집에 가지 못했다. 그와 눈이 마주쳤다. 그게 계기가 되어 오늘만큼은 남자가 작정하고 혜리에게 무슨 짓을 하려고 할 수도 있다. 사과하며 다시 만나달라 애원할 수도 있고, 애원하다가 어떻게 그럴 수 있냐며 욕을 할 수도 있다. 욕을 하다 눈물을 흘리며 빌 수도 있고, 빌다가 혜리의 머리채를 잡을 수도 있다. 뺨을 때렸다가 다시 끌어안고 사랑한다 말할 수 있으며, 또 위로해 준답시고 치마를 벗길 수 있고, 저항하는 혜리를 주먹으로 때리고 목을 조를 수도 있다. 그리고 숨이 끊어질 때까지 손을 놓지 않을 수도 있다. 그렇게 되면 남자는 눈물을 흘리며 죽은 혜리의 목에 옷걸이를 걸고 자살로 위장하겠지.

혜리는 하얗고 좁은 복도에 가만히 섰다. 연구소 밖으로 나가 바람이라도 쐬고 싶지만 무서워서 그럴 수가 없었다.

"담배라도 배울걸……." 혜리는 벽에 머리를 기대며 중얼거렸다.

멀리서 바닥을 닦으며 다가오는 코리아이가 보였다. 그 애는 아무런 표정도 없이 전동걸레 자루를 쥐고 제초작업하는 사람처럼 자루를 천천히 좌우로 휘둘렀다. 혜리는 그 앞을 막아섰다. 장난치려는 것은 아니었다. 땅만 보는 그가 자신을 발견했으면 했다. 그래야 살 수 있을 것 같았다. 지금은 걸레 밑에서 닦여버려도 이상하지 않을 만큼 옅은 존재기에. 봐주지 않으면 투명 인간이 되어 사라져 버릴 것만 같았다.

이어폰을 낀 코리아이는 자연스레 혜리를 비켜 지나갔다. 혜리가 밟은 곳은 닦지 않을 셈인가. 눈도 마주치지 않고 그저 바닥을 보며 지나갔다. 청소하는 코리아이는 문 앞에서 홍채를 인식하고는 연구실 안으로 들어갔다. 그리고 한참 뒤에 다시 나와, 또 다른 연구실 문을 열고 들어갔다. 그는 복도에 붙어있는 모든 문을 열고 그 안을 청소하고 나오는 모양이었다. 혜리는 다른 연구실로 갈 수 있는 권한이 없었다. 무슨 연구를 하는지 물어도 대답을 들을 수 없었다.

"넌 다 들어갈 수 있구나. 볼 수 있고."

이어폰을 끼고 있는 코리아이는 대답하지 않았다. 혜리는 길을 막으며 물었다.

"정우라는 애를 봤어? 내 또래인데."

코리아이는 혜리를 피해 가려고만 했다. 혜리는 위치를 옮겨

가며 앞을 막았다. 코리아이는 우뚝 선 채 기다렸다. 비켜 달라
말하지도 않았다. 억울하지도 않나. 빨리 끝내고 돌아가고 싶
지도 않나. 혜리는 그 아이의 인내심이 놀랍지는 않았다. 코리
아이는 세상의 인내를 전부 감내하도록 자라왔으니까. 그 아이
에게선 아무 대답도 듣지 못할 것이다. 비밀서약을 했겠지. 코
리아이에게 글자는 절대적인 것이었기에, 그는 고문을 당하더
라도 비밀을 지키려 할 것이다. 교육기관이 우리를 그렇게 만
들었다.

혜리는 핸드폰을 꺼냈다. 센터 남자의 집착에 AR기기를 버
리고 다시 산 구식 핸드폰이었다. 청소하는 코리아이의 상의 주
머니에 핸드폰을 넣었다. 동영상 촬영 기능을 켠 채로. 혜리가
제 몸에 손을 댔지만, 그 애는 저항하지 않았다. 겁에 질린 듯 가
볍게 떨 뿐이었다.

"네가 내 눈이 되어주는 거야." 혜리는 그에게 하나의 임무를
부여했다. 그리고 빠져나갈 명분을 만들어줬다. "하지만 넌 내
가 핸드폰을 넣었다는 사실을 모르는 거지."

들었는지는 모르겠다. 이어폰으로 대체 뭘 듣고 있는 것인지.
혜리는 길을 터주었다. 코리아이는 그제야 천천히 걸었다. 혜리
는 생동감 없이 청소만 하는 그의 모습에서 로봇청소기가 떠올
랐지만 이내 고개를 흔들어 끔찍한 연관을 머리에서 지웠다.

복도의 방을 모두 훑은 영상에는 유의미한 장면이 없었다. 혜
리가 영상을 확인하는 동안 코리아이는 다른 방의 문을 열었다.
그리고 복도에 실망한 표정으로 서있는 혜리를 쳐다봤다. 그와

눈이 마주친 혜리는 뒤를 돌아보았다. 아무도 없었다. 혜리는 자신을 가리켰다.

"나? 따라오라고?"

코리아이는 대답 없이 고개를 돌려 방을 봤다. 땅에 드릴이라도 박는 것처럼 그의 몸이 심하게 떨렸다. 혜리는 코리아이를 따라 방으로 갔다. 코리아이의 떨림은 더욱 심해졌다. 방은 집기 몇 개와 노트북 몇 개만 놓여있는 조그마한 공간이 전부였다. 혜리는 볼 것 없는 이 좁은 방에 사람들이 꽤 왕래하던 것이 의심스러웠다. 그리고 곧 의심의 답을 찾을 수 있었다.

코리아이는 연구용 냉장고의 비밀번호를 눌렀다. 냉장고가 열리고 그곳에는 계단이 나왔다. 정우의 벙커 입구도 냉장고로 꾸며뒀었다. 냉장고 안쪽 계단은 정우의 벙커보다 더 가파르고 깊었다. 온몸을 벌벌 떠는 코리아이가 계단에 발을 가까이 댈 때마다 타닥타닥하고 밑창이 바닥을 때리는 소리가 났다. 하얀 LED 조명이 하얀 계단에 반사되어 눈부셨다.

계단 끝에는 소독실이 있었다. 소독약이 신발을 적시고, 공기 형태의 소독가스가 몸을 때렸다. 소독이 끝나자 문이 열렸고, 그 너머에는 하얀 복도가 길게 펼쳐졌다. 복도는 수많은 교차로를 만들며 미로처럼 뻗어있었다. 호실이나 방을 구분할 어떤 표시도 달지 않은 문 수십 개가 벽마다 세워져 있었다.

복도에서 한 남자의 웃음소리가 들렸다. 청소하는 코리아이가 멈추기에 혜리도 멈췄다. 복도에서 구속복을 입은 남자가 팔이 봉인된 채로 뛰쳐나왔다. 빠르게 뛰는 다리에는 잠기지 않은 벨트가 덜렁거렸다.

그는 입구에 선 두 사람을 쳐다보며 참아보려 입을 우물거리다가 이내 턱이 찢어질 듯 크게 입을 벌리며 박장대소했다. 혜리는 그를 똑바로 보기 부끄러웠다. 그의 구속복 사타구니는 동그랗게 잘려져 있었다. 그는 눈물까지 흘리며 웃었다.

이내 그가 지나온 복도에서 더 많은 발소리가 들렸다. 구속복을 입은 남자는 몸을 휙 돌리고 원래 목적한 방향으로 뛰어갔다. 뒤이어 흰 가운을 입은 사람들 한 무리가 그를 추격했다.

청소부와 혜리는 복도를 돌았다. 혜리는 핸드폰 동영상 촬영을 켰다. 다른 코너를 돌려고 할 때, 코리아이가 멈춰서 혜리를 쳐다봤다. 혜리가 잠시 기다리자 연구원들의 말소리가 들렸다.

"흡연장을 하나 만들어달라고 하자. 맨날 담배 피우러 갈 때마다 계단 오르고, 건물 가로지르고, 소독하고, 피고 와서 또 소독하고, 건물 가로지르고, 계단 내려오고. 지랄이야 지랄."

말소리가 남에도 코리아이 청소부는 코너를 돌았다. 혜리는 몸을 숨긴 채 기다렸다.

"청소기 왔다. 운 좋았네."

"그래, 멈춰 세워. 자, 봐봐. 너 이제 못 지나가."

두 연구원이 다리를 벌린 채 길을 막았다. 코리아이는 지나가지 못하고 그들 너머의 허공만 봤다. 연구원 한 명은 전자담배를 물고 다른 한 명은 연초에 불을 붙였다. 두 사람은 웃으면서 이야기했다.

"필요할 때 나타나고 청소기 측이 좋네. 주인 알아보고 등장한 거야? 이 새끼 근데 왜 사람 눈을 안 보냐."

"교육을 너무 세게 받았어. 고장 나기 직전에는 진짜 순종적이었는데. 그때 기억나? 비둘기 생으로 먹으라 했을 때."

"그래, 그때 입에 반은 넣고 씹어서 여자 연구원들 다 토하고 난리 났었잖아."

"그니까. 비위 약한 년들."

고장 난 코리아이는 말이 없었다.

"근데 얘가 뭐 했었지?"

"전자파, 수면 암시, 약물, 호르몬 조절 뭐 별의별 것 다 했어. 나한테까지 오기 전에만 해도 연구실 열 개는 돌았을걸. 나는 뇌 절제하고 뇌에 유전자편집 크리스퍼 주사 좀 한 게 다야. 명령은 잘 들어. 결국 저 모양이 됐지만."

"아니, 실험 뭐 했는지는 알지. 그거 말고, 얘 뭐 하다 잡혀서 실험 대상이 됐냐고."

"그 왜, 교육기관에서 핸드폰 가지고 있던 애가 얘잖아. 정우가 쓰던 핸드폰. 얘가 정우랑 연락하고 있었잖아."

"얘도 현실전향 프로젝트 대상인가? 정우나 상우 같은."

"얜 아냐. 세대가 다른데. 그 왜, 생식세포 보관실에 있는 시다 있지? 걔가 같은 프로젝트지."

"아 지상 연구소에? 이름 뭐였지? 혜리였나. 근데 걔 센터 쪽 사이코 새끼랑 붙어먹는다며. 둘이 합심해서 정우랑 상우 잡았다는데. 같이 살면서 말이야."

"어, 혜리 그거 사이코 새끼 끄나풀이야. 지금 힘 다 잃은 연구소 뺏어 먹으려고 끄나풀 심은 거야. 우리가 성과 내니까 센터에서 연구소 자기 휘하에 두려고 진짜 안간힘 쓰던 거 기억나? 나 같으면 연구소 눈독 들일 시간에 센터 관리나 잘하겠다. 센터에서 관리를 안 해서 이 사달이 난 거잖아. 해킹만 안 당했어 봐. 연구진 구속되고 이딴 일이 일어났겠냐고. 센터가 자기 일도 못 하는데 무슨 연구소까지 조종하겠다고 지랄인지. 보니까 오늘도 연구원장한테 꼬리 흔들러 왔더만."

두 연구원은 다 핀 담배꽁초를 손으로 튕겨 코리아이 가슴과 머리에 맞추고는 연구실로 들어갔다. 코리아이는 허리춤에 차고 있는 청소기 주입구로 담배를 빨아들이고는 다시 걸레를 잡았다. 코리아이는 뒤를 돌아 혜리를 봤다. 슬픈 얼굴을 한 혜리는 그의 곁으로 다가갔다.

연구원들이 제대로 닫지 않아 열려있는 문 앞에서 혜리는 안을 슬쩍 들여다봤다. 암실에는 인큐베이터 여러 개가 줄지어 있다. 그중 제일 가까이에 있는 인큐베이터에서 아기가 뒤척였다. 팔이 네 개 달린 형광색 아기가 혜리를 바라봤다. 아기는 입을 오물거리고 눈을 느리게 깜빡이며 네 개의 팔을 툭툭 내질렀다. 팔에는 길고 딱딱한 털이 달려있다. 그 옆의 아기는 머리와 목이 투명했다. 투명한 피부 아래로 핏줄과 근육이 드러났다. 심해어처럼 커다란 눈은 너무 강한 빛에 멀어버린 듯했다. 아주 긴 팔이 발보다 더 아래까지 내려오는 아이도 있었고, 비늘이 온몸을 덮은 아이도 있었다.

이곳에서 인간의 한계를 뛰어넘으려는 시도가 벌어졌다. 이들은 우리와 같은 종일까. 같은 인류로 대우해 줄 것인가. 그저 폐기되는 것일까. 아니면 집 안에는 절대 들이지 않을 인간 아종 가축일까. 이 아기들이 인간과 같은 종이 아니라면. 조작된 인간, 코리아이도 인간이 아닌 걸까? 저 아이들을 사람들은 뭐라 부르지?

코리아이. 혜리는 자기가 서있는 곳의 이름이 코리아이 연구소라는 것을 다시 깨달았다. 죽어버리고 싶었다. 인간성이라는 세계가 깊은 어둠 아래로 가라앉는 것만 같았다. 그 위에 서있는 한 명의 인간은 아무것도 할 수 없었다. 그러기에 스스로 죽고 싶었다.

청소부가 조용히 문을 닫았다. 하얀 문에 시야가 막힌 혜리는 다시 앞을 봤다. 청소부와 혜리는 차분히 걸었다. 자율주행 선반이 혜리의 옆을 스쳐 지나갔다. 사람만큼이나 긴 선반에는 노란색 시신 가방이 하나씩 두 개의 층에 담겨있었다. 시신 가방에는 수술대 조명을 닮은 생물재해 경고 표시가 붙어있었다. 그중 아래에 놓인 가방 하나가 퍼덕거렸다. 혜리는 가방 안의 사람을 구하려 몸을 돌렸지만, 이내 청소부에게 팔을 붙잡혔다. 코리아이의 손은 아직도 떨리고 있었다.

청소부는 문을 가리켰다. 혜리가 문 앞으로 다가서자 청소부는 몸을 숙여 홍채를 인식했다. 하얀 문이 열리자 시커먼 방이 나타났다. 연구원들이 앉는 공간마저 검고, 검은 책상 위에 놓여있는 노트북과 펜과 정육면체의 전자시계마저 검었다.

"넌 안 들어가?"

혜리가 청소부에게 물었지만, 청소부는 말없이 고개를 돌렸다. 망이라도 보려는 것일까. 그가 들어오는 것은 좋은 생각이 아닌 것처럼 보였다. 그는 발작이라도 하듯 온몸을 격렬히 떨고 있었다. 혜리는 홀로 방으로 들어갔다.

방은 검은색 내벽으로 분리되어 있었다. 한쪽은 관찰자의 공간이고 한쪽은 관찰대상의 공간이었다. 관찰대상의 공간을 열었다. 여덟 개의 모니터가 벽에 부착되어 있었고, 그 앞에는 러닝머신이 있었다. 러닝머신을 걷고 있는 구속복을 입은 남자의 허리는 쇠사슬로 러닝머신에 고정되어 있었다. 그가 러닝머신에서 내려올 방법은 없어 보였다. 러닝머신 주변에는 물이 얕게 깔린 사각형 판이 놓여있었다. 물을 가둔 높지 않은 기둥에서는 스파크가 튀었다. 물이나 기둥에 닿으면 감전될 것이다. 남자는 입에 산소호흡기 같은 것을 달고 있었다. 이마부터 뒤통수까지 머리에는 전선이 연결되어 있었는데 단순히 부착된 것이 아니라 피부를 뚫고 꽂혀있었다.

"정우야…… 너 왜…… 이러고 있어."

혜리는 눈물을 쏟으며 전류가 흐르는 판 너머로 손을 뻗었다. 정우는 혜리를 힐끗 보고는 고개를 휘휘 젓고 여덟 개의 모니터를 응시했다. 여덟 개의 화면은 각각 다른 영상을 동시에 송출했다.

1번 화면에는 열린 창문으로 들어오는 바람에 펄럭이는 얇고 하얀 커튼, 그리고 그 안에 숨어있는 누군가의 실루엣이 보였다.

2번 화면에는 '정우'라고 쓰인 팻말을 목에 건 검은 두건의 사내가 있었다. 그는 두건을 벗었다. 벗은 두건 아래에는 하얀 가면이 있다. 두건을 쓰고 벗기를 반복했다.

3번 화면에는 혁명적 글이 빼곡히 벽에 적힌 감옥이 보였다. 창살은 사람이 지나갈 수 있도록 절단되어 있었다. 화면은 360도 돌며 벽과 잘린 창살을 보여줬다.

4번 화면에는 검은 가방에서 실리콘 장갑을 꺼내 끼는 손을 보여주었다. 전자식 손목시계는 새벽 3시를 가리키고 있었다.

5번 화면에는 자전거를 타는 사람들을 보여줬고, 모두 검은 색 가방을 메고 뒤따라오는 카메라를 슬쩍슬쩍 쳐다봤다.

6번 화면에 나오는 폴리스 라인이 쳐진 상우의 현관. 1301호라고 적혀있었다.

7번 화면을 통해 나오는 하수구에서 건져 올린 장갑에서 지문을 뜨고 있는 흰옷과 흰 마스크를 쓴 사람들.

8번 화면에는 핏기가 없어진 상우의 시신과 영지의 시신이 나오고 있었다. 그들의 얼굴이 번갈아 보인다.

여덟 개의 화면 주변에 흰색과 빨간색 빛 조명을 번갈아 가며 쏘아대 눈이 부셨다. 현기증이 났다. 음성이 나왔다. 굵고 낮은 목소리가 몰래 녹취되는 것처럼 누군가에게 증언하고 있었다.

"상우 대표와 점점 사상적 갈등이 고조된 정우는 결국 상우에게서 비밀조직을 빼앗을 계획을 세웠다가 체포된 거죠. 공단화재와 센터 앞 폭파 사건의 용의자여서 경찰이 이미 쫓고 있었지만 그동안은 행방을 몰라 구속할 수 없었습니다."

잠시 침묵. 그리고 목소리는 다시 말을 이었다.

"정우가 탈출한 때는 11월 11일 오전 10시 30분이에요. 수용소에서 탈출했습니다. 탈출 열 시간 만에 정우는 상우의 저택으로 침입해 상우를 밀어 추락시켰습니다. 증거는 있습니다. 장갑과 자전거에서 지문이 발견됐거든요."

목소리가 멎자 교육기관에서 들어왔던 시험시간 종소리가 울렸다. 러닝머신이 더 빨리 돌았다. 정우는 숨을 헐떡이며 뛰었다. 시커먼 붕대가 감긴 발은 멈출 수가 없었다. 마인드오더 특유의 기계음이 문제를 냈다.

"다음 사물의 이름을 듣고 기억나는 상황을 서술해 주시기 바랍니다. 말씀하신 대답은 법적인 자료로 활용될 수 있습니다."

문제가 나온다.

"자전거."

"한강 둔치에서부터 끌고 온 자전거였습니다. 시간은 새벽 3시. 메고 온 검은 가방에 하얀색 실리콘 장갑이 있었습니다. 그것을 끼고 범행을 저질렀어요. 이후 하수구에 버렸고요."

정우는 숨을 헐떡이며 말을 쏟아냈다. 흰빛과 빨간빛이 점멸하며 그의 얼굴을 때렸다.

"커튼."

"커튼?"

정우가 망설이다 되물었다. 정우의 허리가 활처럼 휘었다. 머리에 연결된 전선에 옅은 연기가 솟았다. 다리가 풀려 끌리던 발은 다시 러닝머신 속도에 맞게 달렸다.

"커튼."

"내가 숨어있던 곳입니다. 1301호. 창문은 열려있었고 커튼 뒤에 숨어있었습니다. 상우가 다가오자 커튼을 젖히고 나타나 밀었습니다. 상우는 베란다 아래로 추락했습니다."

"사상."

"상우와는 사상이 달랐습니다. 상우는 내 이야기를 다 무시했습니다. 어중간한 혁명을 꿈꿨습니다. 난 완벽한 혁명을 할 수 있는 사람입니다. 하지만 상우는 나를 무시했어요. 죽어 마땅한 인간이었습니다. 죽인 것은 미안합니다. 하지만 죽어야만 했던 사람입니다. 혁명을 위해서. 그렇기에 후회하지 않습니다."

정우의 말이 끝나자 시험 종료를 알리는 벨소리가 들렸다. 러닝머신 속도가 줄어들었다. 광과민성 발작을 일으킬 것 같은 하얗고 빨간 조명의 점멸 간격도 느려졌다. 정우는 숨을 토하며 천천히 걸었다. 호흡을 가다듬고 긴장한 근육을 풀었다. 산소마스크 안에 연결된 빨대를 혀로 끌어 입에 물고는 이온음료를 마셨다. 몇 모금 마시니 아무리 빨아도 더는 나오지 않았다. 정답을 맞히면 소량 제공되는 구조였다. 러닝머신이 다시 속도를 올렸다.

이제는 다른 화면이다. 무기는 장갑을 낀 손에서 쇠줄로 바뀌었고, 사상의 대립이 아니라 신의 명령으로 바뀌었다. 범인은 광인처럼 묘사됐다. 단편적인 상징과 가짜 증거가 화면에 나타났다. 이것은 세뇌실험이었다. 거짓을 진짜 있었던 일처럼 자백할 정도로 복종시키려는 것이다.

혜리는 벽에 걸린 절연 장갑을 찾아 끼고 스파크 튀는 판을 끌어냈다. 빠져나올 수 있는 길이 만들어졌다. 구속복을 더듬어 가려진 정우의 손을 잡았다.

"내려와, 이제."

"나와. 저거 봐야 해."

"그만해도 돼."

혜리가 울면서 말했다. 그의 앙상한 몰골을 보기 힘들었다. 하반신에서부터 풍기는 악취는 더욱 끔찍하고 슬펐다. 혜리가 정우의 뺨을 감쌌다. 정우는 머리를 흔들어 혜리를 쫓아냈다.

"뭘 그만해도 돼, 씨발년이. 밀고나 하지 말지. 비켜."

그러자 정우의 몸이 꺾였다. 그의 머리에 부착된 전선에서 타는 냄새가 났다. 전자음이 방송됐다.

"부정적인 단어가 사용되었습니다. 화면에 집중해 주세요."

"내가 구해줄게."

혜리는 훌쩍이면서 구속복 벨트를 풀었다. 그러는 동안 정우는 새로운 화면에 집중했다. 망령 들린 이와 싸우는 목사, 소요 사태로 가게가 불타는 장면, 예수가 매달린 십자가 조각 아래 바닥에 기이한 도형을 그리는 손, 거꾸로 매달린 십자가 아래 상우가 앉아있는 합성 사진, 고시원 벽에 붙은 11월 11일에 빨간색 동그라미가 수백 개나 쳐진 달력, 철물점에서 구입한 쇠줄, 상우의 침실, 죽은 상우와 영지의 시신.

혜리는 정우를 내렸다. 정우는 다리가 풀려 주저앉았다. 허리와 러닝머신에 연결된 쇠사슬이 기계를 끌어와 무너뜨렸다. 혜리는 정우의 머리에서 전선을 뽑아냈다. 엉킨 전선 끝이 서로 부딪쳐 스파크가 튀었다. 머리에 난 구멍에서 눈물처럼 피가 흘렀다.

"혜리야, 나…… 상우 형을 죽인 것 같아."

정우는 장면이 떠오른다고 했다. 단편적인 장면들. 파도치는 암초 위에서 리볼버 총알을 채워 넣는 모습. 유리 조각으로 가득 찬 장화에 맨발을 밀어 넣고, 사제 시한폭탄을 삼킨 채 상우의 아파트 앞에 서던 모습. 지푸라기 가득 깔린, 까마귀 가득한 엘리베이터. 피가 흐르는 문 앞에서 철조망 감긴 문고리를 쥐는 창백한 손. 창문 열린 베란다와 휘날리는 커튼.

"그럴 리가 없잖아."

혜리가 고개를 흔들자 눈물이 이리저리 튀었다. 상우가 투신한 날 혜리는 그 아파트 아래에 있었다. 상우가 어떻게 죽었는지 보았던 것은 혜리였다. 정우는 그 현장에 있을 수가 없었다. 이미 이곳에 붙잡혀 있었을 테니까. 혜리는 정우의 팔을 잡았다.

"이제 나가자. 다 끝났어."

"끝나긴. 이제 시작인걸."

정우는 숨을 들이마시고는 혜리를 돌아봤다.

"안 그래, 씨발년아?"

"부정적인 단어가 포함되었습니다."

허공에 흔들리는 전선 다발에 스파크가 튀었다. 정우는 혜리의 머리채를 잡았다. 다른 손으로는 전선을 잡아 혜리의 머리에 짓눌렀다. 혜리는 발버둥 치지만 벗어날 수 없었다.

"야, 내가 널 용서할 거라고 생각해? 넌 코리아이 전부를 배신하고 예수를 못 박았어. 성기 달린 악마의 하수인에게 속아서. 커터칼로 내 귀를 자를 때부터 알아봤어야 했어. 망상인 줄알고 꾹 참았더니 나를 식인하려 들어."

파괴된 언어가 메아리쳤다. 머리카락 타는 냄새는 매캐하고 비릿해 역했다. 혜리는 아득해지는 후회와 포기 속으로 정신을 놓아버렸다.

눈을 떠보니 혜리는 안겨있었다. 청소부 코리아이의 턱과 코가 보였다. 턱과 코에는 붉은 피가 흘러 굳어있었다. 복도는 불이 꺼져있었고 붉은 경고등이 벽과 천장과 바닥을 모두 훑었다.

청소부가 허리를 굽혀 홍채를 인식했다. 문 안에는 병실처럼 침상이 나란히 배치되어 있었다. 코리아이는 혜리를 빈 침상 위에 올려놓았다. 혜리가 눈을 뜬 것을 발견한 청소부는 조금 놀란 듯 몸을 뒤로 뺐다. 뒤로 물러나자 비로소 혜리는 청소부의 턱까지 흘러내려 온 피가 어디서부터 시작되었는지 알 수 있었다. 청소부의 눈 하나가 없었다. 안구가 빠져버린 텅 빈 구멍에는 거즈 뭉치가 들어차 있었다. 피를 한 바닥은 흘렸는지 거즈는 적갈색으로 젖었으며, 움직일 때마다 흡수하지 못한 피가 눈물처럼 흘러내렸다.

"정우가 그런 거지?"

그는 고개를 끄덕이다가 피식 웃었다. 그럴만했다는 듯 이해하는 것만 같았다. 미미르에게 눈을 뽑아준 오딘도 이처럼 평온

414

하진 않았을 것이다. 왜 저리 속이 시원하다는 듯 웃음 지을까. 그에게서 이유를 듣지는 못할 것 같았다.

"여긴 되게 넓네."

혜리는 주변을 둘러보았다. 비상벨이 복도에서 요란하게 울렸다. 방 안에서도 붉은 비상등이 점멸했다. 어지러웠다. 방에는 비어있는 침상이 여러 개 있었다. 몇몇 침상에는 누군가 누워있었다. 방은 문이 달린 유리 벽을 기준으로 두 공간으로 나뉘어 있었다. 유리 벽 너머로 이어진 방에는 사람들이 수술대 위에 누워있었다. 그곳에 누운 사람들은 머리에 여러 관이 연결된 헬멧을 뒤집어쓰고 있었다. 헬멧에는 투명한 면이라고는 아무것도 없었다. 저들은 아무것도 보지 못했다.

가슴과 복부에 사람 몸뚱이만큼 크고 높은 기계를 연결해 두었다. 가슴과 복부의 피부는 절개된 듯 보이며, 기계 내벽에 고정된 것으로 보였다. 피부는 기계에 끝이 빨려 들어가 하얘질 정도로 팽팽했다. 팽팽하게 잡아당겨진 피부 아래로 갈비뼈 윤곽이 드러났다. 갈비뼈는 절단된 것으로 보였다. 절개된 뼈 끄트머리가 겨드랑이 아래에 그대로 드러나 있다. 침대 위에 가지런히 놓인 앙상한 팔과 다리는 단 한 번도 움직여 본 적 없는 것처럼 근육이 하나도 붙어있지 않았다.

기계에는 내장기관 재생률이 퍼센트로 표시되고 있었다. 적출되어도 재생되는 장기 유전자를 갖고 태어난 코리아이들이 몸이 찢긴 채 기계에게 내장을 착취당하고 있다. 이곳은 장기 재생을 위한 연구소인가 아니면 이미 안정적으로 재생산되는 장기를 적출해 판매하는 장기 농장인가.

"1028번 환자의 실험이 종료되었습니다. 1028번 환자는 실험에 적합한 대상이 아닙니다. 1028번 환자는 외부로 이송될 예정입니다. 연구원께서는 모니터의 보고서를 확인해 주시기 바랍니다."

헬멧이 공중으로 올라가며 벗겨지자, 비쩍 마르고 털 하나 없는 머리가 수술대 위에 떨어졌다. 움직임 없는 입과 코에서는 영양액이 흘러내렸다. 햇빛 한번 본 적 없는 피부는 새하얬고, 영양액에 불었는지 쪼글쪼글 주름이 잡혔다. 부착되어 있던 기계가 압축된 공기 빠지는 소리를 내며 붙잡았던 몸을 놓았다. 절단되어 벌어진 여인의 몸. 미치광이 살인마들이 만들어낸 참혹한 시신이었다.

손바닥 크기의 동그란 드론 네 대가 바퀴를 굴리며 시신 가방을 수술대 끄트머리에 대령했다. 수술대는 기울어져 시신을 미끄러뜨렸다. 잘 미끄러지지 않자 수술대 위에 비눗물 섞인 액체가 분사됐다. 우당탕 소리를 내며 가방 위로 시신이 떨어졌다. 시신 가방이 놓인 바닥은 딱딱했다. 드론에서 나온 길고 가느다란 로봇팔이 어떤 존엄성도 없이 가방의 지퍼를 올렸다. 드론이 시신 가방을 끌어 머리를 복도 쪽으로 향하게 틀자, 경사대가 달린 자율주행 선반이 쏜살같이 달려와 시신을 가방째 쓸어 싣고는 문을 향해 달려갔다.

혜리는 달려오는 선반을 피했다. 선반이 지나가느라 보안장치가 달린 문이 자동으로 열렸다. 문이 닫히기 전에 혜리는 빈 침상을 끌어다 문 사이에 끼웠다. 자동문은 침상을 씹었다. 문 개폐 기능에 이상이 발생했다며, 시설팀에 연락하라는 안내가 기계적으로 흘러나왔다.

혜리는 문틈으로 들어가며 핸드폰으로 영상을 촬영했다. 화면에 담기는 것은 인간이 만든 지옥이었다. 악마는 악인을 고문하지만, 인간은 무고한 이를 착취했다. 그게 지옥과 유일하게 다른 점이었다.

생명력을 모두 소진하여 죽을 때까지 또는 기계의 결함으로 사망할 때까지 내장이 적출됐다. 이들의 인생은 침상 위에서 시작해 침상 위에서 끝났다. 태양과 구름의 존재를 모른 채, 사랑과 증오는커녕 타인의 존재조차 모른 채 영겁의 코마 상태로 생을 보냈다.

적출된 장기를 쌓아 그 위에 세워진 연구소와 교육기관. 예산이 삭감되어도 교육기관과 연구소의 시설은 날이 갈수록 좋아졌다. 이 거대한 지하세계는 어떤 돈으로 이 시설을 만들었겠는가. 가축화한 인간이 돈의 원천이다.

혜리가 구식 핸드폰을 들고 침상 사이를 걸었다. 누워있는 자들의 머리를 감싼 헬멧에서는 미약한 숨소리와 활력 넘치는 기계음이 교차되어 들렸다. 조용한 소음 속에서 전화가 울렸다. 센터의 남자였다. 더는 남자의 이름이 겁나지 않았다. 지옥에 서있는 사람이 강도를 두려워하겠는가. 혜리는 전화를 받았다.

"너 어디야." 남자의 목소리는 거칠고 빨랐다.

"아무도 모르는 곳이요."

"까불지 마. 거기서 정우가 탈출해서 다 부수고 터뜨리고 있어. 남아있는 연구원들 방에 몰아넣고 사린가스까지 풀었어. 너 지금 테러 현장 한복판에 있는 거야."

"그런가요?"

"내가 너 구하러 갈 테니까 안전한 곳에 있어. 괜히 알지도 못하는 길 헤매다가 정우라도 마주치면 넌 끝장이야. 알겠지? 숨고 나서 어디 숨었는지 말만 해."

"정우가 절 죽이진 않을 거예요. 정우 내가 풀어줬거든요."

헤리의 말에 남자는 조용해졌다. 차를 모는 중인지 경적이 요란하게 울렸다. 잠시 뒤 남자는 헤리의 고백을 부정했다.

"아니야."

"제가 풀어줬다니까요."

"너도 어디가 아픈가 보다. 쓸데없는 말 말고 내가 지금 숨을 만한 곳 알려줄 테니까 그쪽으로 가. 전화 끊지 말고."

"정우가 왔어요."

헤리가 남자의 말을 끊었다. 눈앞에 정우가 있었다. 피투성이 손에 눈알을 하나 쥔 채 걸어왔다. 발가벗은 몸뚱이에 찢어진 가운을 허리춤에 둘러 싸맸다. 문에 걸린 침상을 치워 넘어뜨렸다. 그의 등 뒤로 문이 닫혔다. 청소부가 눈에서 피를 흘리며 그에게 고개를 숙였다. 정우는 오직 헤리만 쳐다보고 있었다. 청소부도 미소를 지으며 헤리를 돌아봤다.

"도망쳐…… 헤리야."

센터의 남자가 떨리는 목소리로 말했다. 헤리는 전화를 끊

418

었다.

"정우야……."

"나는 문제가 있어. 알지?"

정우의 고백에 혜리는 고개를 끄덕였다. 정우는 빙긋 웃으면서 고개를 돌렸다. 수술대 위에 기계가 부착된 채 숨만 붙어있는 코리아이를 봤다.

"세상이 더 문제가 있긴 해. 알지?"

혜리는 이번에도 고개를 끄덕였다. 정우는 누워있는 코리아이 앞으로 갔다. 가녀리고 긴 발가락을 쓰다듬었다. 신발을 신어본 적이 없어서인지 발가락은 뭉개지지 않고 온전하게 뻗어있다.

"이제 어떻게 할 거야?" 혜리가 물었다.

정우는 허리춤에 대충 묶은 가운 주머니에 손을 넣었다. 그는 메스를 꺼내 기계에 부착된 코리아이의 목에 댔다. 동맥이 잘리며 뿜어진 피가 정우의 팔과 얼굴을 적셨다.

"끝내는 게 낫지 않을까?"

그의 손은 이미 한 코리아이를 죽였다. 그럼에도 머리는 아직 확신하지 못하는지 질문했다. 메스를 쥔 주먹을 딱딱한 침상위에 올려두고는 혜리를 봤다. 그의 눈은 지쳐있었다. 혜리에게 어떤 답이라도 있기를 바라며.

"다 죽자고?" 혜리도 물었다.

"살아있는 건 뭔데?"

정우는 다른 침상으로 걸음을 옮겼다. 바닥에 끈적한 발자국을 남기는 그의 걸음이 살아있음을 증명함에도 그는 묻고 있었다. 눈알과 메스를 쥔 두 주먹에서는 피가 흘렀다. 상처와 고마움과 행복과 공포와 증오와 억울함이 두 주먹 안에 모두 있음에도 그는 물었다.

"그러지 마. 죽이지 마."

기계가 부착된 코리아이의 목에 메스를 대는 정우에게 혜리가 부탁했다.

"이 애는 자기가 태어난 줄도 몰라. 태어날 때부터 기계를 달았고, 뇌를 끊어놔서 생각도 못 하고 감정도 못 느껴. 어떤 따뜻함이나 가려움이나 그런 촉감도 느껴본 적 없어."

"그래도 살아있잖아."

정우는 기계에 부착된 스티커의 날짜를 확인했다. 엄지로 문질렀다. 검은 잉크 위에 피가 옅게 덮였다.

"살아있는 걸까. 20년을 이렇게 살았어. 무의 상태로. 아직 태어나지 않은 거나 마찬가지야. 깨어나면 감당할 수 있을까. 세상도 자신도 처음 느끼는 것일 텐데. 이 아이에게 적대적인 세상을 이해시킬 수 있어? 태어나면 지옥을 보고 평생을 고통받게 될 거야. 태어나기 전에 끝을 내주는 게 맞아."

코리아이의 목 앞에 선 정우가 옆으로 팔을 뻗었다. 피가 튀며 짧은 경련과 함께 앙상한 코리아이의 몸은 축 늘어졌다.

"그걸 정할 권리는 너한테 없어." 혜리가 고개를 저었다.

"그럼 어쩌자고. 사람이 사람을 사람이 아니게 만들어놨어. 얘는 아무것도 느끼지 못한단 말이야. 그냥 장기만 재생되는 세포 덩어리야. 아무것도 모를 때 죽는 게 나아."

"구하자, 정우야. 찢겨나간 이 신체를 수술로 복구하고, 신경이 절단되었다면 이식하고, 촉감이 뭔지 모르면 알려주고 숟가락 쓰는 법과 말하는 법을 가르쳐야지. 그래야 하는 거야."

"그래? 어떻게 할 건데. 네가 얘네 깨울 수 있어? 찢고 뜯어버린 몸과 신경을 누가 치료해 줄 건데. 누가 이 애들을 처음부터 교육하고, 누가 이 애들한테 멀쩡한 일자리를 줄 건데. 이 애들 보살펴 줄 사람이 누가 있어? 악마들 눈에는 그저 축사를 탈출한 가축일 뿐이야. 이 애를 위한 세상은 없어. 그 세상 만드는 것을 우리 모두 실패했으니까. 내가 마지막으로 할 수 있는 건 이 불쌍한 애들을 지옥에서 소멸시키는 거야. 그게 다야."

"도와줄 사람이 어딘가에 있을 거야. 적어도 한 명이라도……."

"아니, 아무도 없어. 벌써 20년이 지났어."

정우는 다음 침상으로 넘어가 또 다른 코리아이의 목을 그었다. 그리고 그대로 배에 붙은 기계를 디딤대 삼아 뛰어 다른 침상 위에 붙은 기계의 호스를 잡았다. 그러고는 다시 메스를 휘둘렀다. 정우는 아직 태어나지 않은 아이들 위를 숲속의 요정처럼 뛰어다녔다. 메스에 서린 거침없는 광기를 막을 수가 없었다. 칼 쥔 자 앞에서 혜리는 아무것도 할 수 없었다. 그저 무력하게 서 있을 뿐이었다.

연구실 문이 열렸다. 홍채 인식을 마친 연구원이 열린 문 앞에 있었다. 그는 정우와 혜리와 한쪽 눈이 없는 코리아이 청소부를 봤다. 청소부의 말을 앗아갔던 연구원이었다. 연구원은 손으로 정우를 가리켰다.

연구원을 밀치고 한 무리의 남녀가 들어왔다. 흰 셔츠 위에 검은 전술 조끼를 입은 자들. 조끼 위에는 사설경비업체의 이름이 적혀있었다. 2미터의 키에 발달한 근육. 선천적으로 조작되고, 후천적으로 훈련된 3세대 코리아이 경비대. 나란히 선 3세대가 텅 빈 침상을 밀쳐가며 유리문 앞으로 다가왔다. 군홧발 소리가 지축을 울렸다.

한쪽 눈 없는 청소부가 혜리를 구석으로 끌었다. 아무도 두 사람을 신경 쓰지 않았다. 3세대의 시선은 오직 한곳에 향해있다. 사람의 생명을 빨아들이는 기계 위에 올라 등을 굽히고 적을 노려보는 피투성이 야수. 야수는 경비대를 마주 보았다.

"너희는 코리아이를 위해 싸울 수 있었어. 너희한테는 동족을 지킬 힘이 있거든. 너희의 힘이면 우린 세상을 뒤집을 수도 있었어. 그런데 너흰 그러지 않았지. 우리를 철저하게 분쇄했어."

정우는 경비업체 직원들을 3세대 코리아이 기동대로 오인한 듯했다. 어쩌면 눈앞의 직원들도 과거에는 동족을 배신하는 데 한몫했는지도 몰랐다.

"너흰 잔인하게 우릴 진압했지. 팔다리 꺾여 제대로 된 일 못 구하고 수렁으로 떨어진 애들이 있어. 너희한테 맞아 입원했다가 고의적인 의료사고로 그 병원에서 사라져 버리는 애들도 있었어. 그러든 말든 너희는 관심 없잖아. 너희들은 생각하는 법을 지워버린 사냥개니까."

그들은 팔을 아래로 뻗었다. 삼단봉이 펴졌다. 삼단봉 양쪽에 길게 그어진 파란 선 위로 스파크가 튀었다. 정우가 으르렁거리며 피가 흐르는 메스로 방을 훑었다.

"기계에 갇힌 네 가족을 봐. 너흰 누구를 위해 짖는 거야!"

"진압해."

전술 조끼에 부착된 무전기에서 사무적인 명령이 내려왔다. 거인들이 정우에게 달려들었다. 정우는 눈을 뒤집어 까고 괴물처럼 고함을 질렀다.

청소부는 혜리를 데리고 밖으로 나왔다. 복도에는 연구원이 벽에 등을 기댄 채 주저앉아 있었다. 3세대가 진입하도록 문을 열어준 뒤 계속 이곳에 있었던 듯하다. 풀린 다리로 차마 이곳에서 벗어나지 못했을 것이다. 무력하게 다리를 바닥에 아무렇게나 널브러뜨리고는 맞은편에서 소실되는 연구실을 보고 있었다. 악몽 같은 현실을 받아들이지 못하는 눈으로.

두 사람이 나와 연구원 앞을 지나서야, 그는 화들짝 놀라며 두 사람을 올려봤다. 그는 낯익은 청소부의 얼굴을 발견하고는 벌떡 일어났다. 코리아이의 말을 빼앗아 버린 개조자. 과거에 코리아이를 대상으로 행했던 공포와 권력의 기억을 되찾기라도 한 것일까. 조금 전까지만 해도 무기력하던 사람의 눈에 활기가 돌았다.

"네가 정우한테 문을 열어줬냐?"

그는 청소부의 눈을 살펴봤다. 청소부의 눈 대신 피로 젖은 틀어박힌 거즈 뭉치를 보며 이를 악물었다.

"너구나. 눈깔 어디 있어? 어디 있냐고, 이 새끼야."

연구원은 엄지로 거즈를 쑤셨다. 청소부는 고통에 괴로워하며 뒷걸음질 쳤다. 연구원의 손가락을 밀어내려 팔을 휘저어 보지만, 연구원은 다른 손으로 청소부의 뒷머리를 받친 채 머리를 짓이겨 버리려는 듯 엄지에 힘을 줬다.

"그만하세요!"

혜리가 연구원의 팔꿈치를 움켜쥐고 잡아당겼다. 연구원은 혜리가 누군지 모르는 모양새였다. 땀에 젖은 머리가 얼굴에 헝클어져 붙어있었고, 그을음과 굳은 피가 얼굴을 가리고 있었으니까. 하지만 이내 알아냈다.

"너 혜리냐? 위에 있던 년이 왜 여기까지 내려왔어?"

직장동료를 대하는 말투는 아니었다. 코리아이에게 말하듯, 어리숙한 사람을 대하듯, 폭력적인 상하관계가 명확한 말투였다.

"너 여기 오면 안 돼. 뭐 이미 늦었다. 또 입 막아야지, 뭐."

연구원은 귀찮다는 표정을 지었다. 입을 막는다는 것이 무엇일까. 청소부처럼 만들겠다는 뜻일까? 그때 청소부가 연구원의 어깨를 잡았다. 연구원은 이건 또 뭐냐며 청소부를 돌아봤다. 청소부는 연구원 주머니에 들어있던 볼펜을 집어 올렸다. 연구원이 그의 손을 따라 고개를 들었다. 눈동자가 고개를 따라오기도 전에 귀에 펜이 꽂혔다.

연구원이 고통스럽게 비명을 지르고 귀를 더듬었다. 청소부는 바들바들 떨고 있는 연구원의 머리채를 잡았다. 그대로 연기가 솟아오르는 맞은편 연구실 안으로 끌고 들어갔다. 불을 등지고 그림자 두 개가 잔인하게 엉겨 붙었다.

조금 뒤 새빨간 가운을 입은 연구원이 새빨간 얼굴을 소매로 닦으며 문밖으로 나왔다. 기침을 토하며 비척거리던 그는 문에 어깨를 기대고 깊은숨을 내쉬었다.

"멍하니 있지 말고 나 부축 좀 해. 너도 여기 계속 갇혀있을 거는 아니잖아. 어차피 너 혼자서 나가지도 못하잖아."

연구원은 자기 눈을 가리켰다. 그의 눈이 있어야 문을 열 수 있다. 혜리는 혼자 탈출할 수 없었다.

"여기에 아직 코리아이 남아있죠?"

"뭐? 안 들려."

그는 피범벅인 귀를 혜리에게 들이밀었다.

"코리아이요. 다 데리고 가야죠."

"누가 누굴 챙기는 거야. 너 하나 데려가 주는 것도 감지덕지 해야지. 가자, 위로."

연구원은 부축을 받으려 팔을 뻗었다. 혜리는 그의 팔 너머 미로처럼 이어진 복도 끝을 봤다.

"위에는 뭐가 있는데요?"

"뭐? 무슨 소리야. 정신 나갔나."

위로 가면 뭐가 있지? 혜리 혼자 가든 이곳에 갇혀있든 코리아이 모두를 데리고 가든 위에 도달했을 때 달라질 것이 있는가. 이곳에서 살아남은들, 이런 시설이 있는 한 다 소용없지 않나? 기계로 살지 않는다면 코리아이는 이 지옥으로 언젠가는 다시 끌어내려질 것이다.

"알아서 해라. 난 간다."

연구원은 벽을 더듬으며 걸었다. 하지만 의지대로 되진 않았다. 그때 온몸에 뒤덮인 상처에서 연기를 뿜어내며 청소부가 기어 와 연구원의 발목을 잡았다. 일어설 수 없는지 기어 온 흔적이 복도에 핏자국으로 남아있었다. 연구원이 뿌리치려고 다리를 들었다. 혜리는 연구원의 어깨를 잡아 그대로 밀었다. 연구원은 균형을 잃고 뒤로 자빠졌다.

자빠진 몸 위로 청소부가 기어올랐다. 목을 조르고 연구원 머리를 온몸으로 감싸 안았다. 연구원은 애써 청소부의 허벅지를 밀어냈지만, 청소부는 떨어지지 않았다. 엉겨 붙은 두 사람은 침묵 속에서 싸웠다. 마침내 연구원의 팔이 축 늘어졌다.

청소부는 연구원의 눈에 입을 갖다대더니 조금 뒤에 턱의 피를 닦으며 몸을 돌렸다. 입에서 뱉어낸 것을 두 주먹에 담아 혜리에게 내밀었다. 혜리가 손을 펴자, 청소부는 그 위에 연구원의 눈알을 올려놓았다. 그는 몸을 질질 끌며 벽에 기댔다. 피투성이 덩어리가 간신히 숨을 헐떡였다. 청소부는 출구 반대편을 보고 있었다.

"그래. 위가 더 지옥일지도 모르지만. 그래도 올라가자. 모두 다 같이."

혜리는 출구 반대편으로 향했다. 뒤를 돌아보니 청소부는 혜리가 가는 곳을 바라보고 있었다. 눈은 비어있었다. 더는 움직이지 않았다.

복도 모퉁이를 돈 혜리는 몸을 숨겼다. 3세대 코리아이들이

426

뛰어다녔다. 이곳저곳에서 폭발음이 들리고, 천장 환풍구 주변에는 시커먼 연기가 빨려 올라갔다. 고장으로 열린 문을 비집고 화염이 혀를 날름거렸다. 불길과 연기 속에서 국가와 자본을 위해 탄생한 코리아이들이 기어 나왔다.

효율적으로 개조된, 처참하게 난도질당한 코리아이가 기침으로 연기를 토해내며 기어 나왔다. 원숭이보다 싼 실험체로 배양된 한두 살 먹은 코리아이들이 문어처럼 몸 색깔을 변화시켜가며, 더듬이를 더듬거리며, 가슴과 배가 개복된 채로 여섯 개의 심장을 주렁주렁 끌어안고, 머리에 스무 개의 철관을 꽂고 영문도 모른 채 살겠다고 기어 나왔다.

뛰어다니던 3세대 코리아이 경비업체 직원들이 일제히 귀에 꽂힌 이어폰에 손을 올리고는 멈췄다. 그들은 문 앞에서 꼬무락대며 기어 나온 제 동생들을 돌아봤다. 그들 중 몇몇은 당혹스러운 표정을 지으며 서로를 보았으나, 이내 굳건한 자들의 표정에 전염되어 다시 아기들을 차갑게 내려다봤다.

3세대는 동생들의 팔과 다리를 집어 들었다. 바둥거리는 아기들을 다시 연기 솟는 방안에 던져 넣었다. 문밖으로 불꽃이 튀고 비명이 울려 퍼졌다. 생기 없는 눈으로 자기 동생들을 살처분하는 3세대 노동자. 문틀에서 어긋난 문을 다시 끼어 맞췄다. 네 발로 다시 기어 나오는 코리아이를 밀고는 문을 닫았다.

모든 증인과 증거를 이 안에서 소각시킬 생각인가. 그들이 저질렀던 실험의 희생자들을 이 지하의 불길에 밀어 넣은 채 애초에 없었던 것처럼 만들 생각이었다. 3세대 코리아이들이 다른 목적지를 향해 달려갔다.

혜리는 그들이 사라진 자리에 섰다. 들고 있던 눈을 급하게 홍채 인식기에 댔다. 문이 열렸지만, 밖으로 나오는 아이들은 없었다. 남의 뜻대로 살고 남에 의해 죽어간 것들. 혜리는 저절로 닫히는 문을 다시 열고는 문을 붙잡고 힘주어 올려 문틀과 어긋나게 했다. 열어두면 누군가 나올 수도 있지 않을까. 희망을 품은 것은 아니었지만, 혹시나 싶어 그저 문만 열어두었다.

멀리서 3세대 코리아이가 쓰러진 제 동료의 전술 조끼를 붙잡아 끌고 갔다. 폭발음이 들리고 복도 먼 모퉁이에서 3세대 코리아이 두 명이 콘크리트 먼지와 함께 날아가 벽에 부딪혀 떨어졌다. 날아온 화염병이 천장에서 깨지고 불붙은 휘발유가 쏟아져 내렸다.

"어디서 나타나는 건지 확인이 안 됩니다!"

3세대가 고함을 지르며 뒷걸음질 쳤다. 혜리는 그와 마주치지 않으려 어느 연구실 문을 열고 몸을 숨겼다. 문이 닫히기 직전 3세대 코리아이의 단말마가 따라 들어왔다. 문은 밖과 안의 소리를 차단했다.

혜리가 들어온 방에는 코가 오뚝하며 턱선이 날렵한 남자 스무 명이 VR기기를 끼고 소파에 앉아있었다. 그들은 벌거벗은 채 단단하게 부풀어 오른 근육을 드러냈다. 건강한 신체임에도 배꼽 아래 관을 꽂아 약물을 주입받았다. 사타구니에는 둥글고 길쭉한 기계가 꽂혀있었다. 기계는 조그만 모터가 돌아가는 소리를 내며 코리아이의 육신을 자극했다. 기계 끝에는 관이 연결되어 있었다. 열 개씩 꽂힌 관에는 불투명한 액체가 담겼다. 이곳은 정액 채취실이었다.

인공수정을 위해 종모돈을 길러 정액을 채취하는 돼지 축산업을 모방했다. 신체적, 지능적으로 우수하고 균형 잡힌 인간을 길러 기계를 씌우고 정액을 뽑아냈다. 그 정액을 재료로 배아를 만들고, 그 배아를 편집했다. 그렇게 태어난 아이들은 각종 노동자로 쓰이거나 내장을 채취당하는 데 쓰이고, 온갖 실험에 쓰일 것이다.

이제 앞으로 코리아이는 인간으로 분류되지 않는 것인가. 이제 인간의 생산에 교미조차 허용되지 않는 걸까. 인간은 동물을 대상으로 교감을 배제한 효율적 공장식 축사를 운영한 경험이 있다. 인간은 그 경험을 기꺼이 인간에게도 적용하였다. 수익성을 위해 인간성을 죽였다. 대상에게도 스스로에게도. 그렇게 공장식 인간 축사가 만들어졌다.

코리아이들은 묶여있었다. 손과 다리가 묶인 채 배를 움찔움찔 들썩였다. 혜리는 포르노가 반복되는 기계 안대를 걷어냈다. 헤드셋에서는 신음이 시끄럽게 울려댔다. 남성 코리아이의 피로한 눈에는 생기가 없었다.

혜리는 코리아이의 팔과 다리의 구속을 풀었다. 쇳소리와 함께 자유를 찾은 두 손은 성기에 붙어있는 흉측한 기계를 떼어냈다. 그리고 비척거리며 다른 이들의 VR기기를 떼어냈다. 매번 그래왔던 것인지 그들은 자연스레 일어나 기계를 떼어내고 다른 이들을 깨웠다. 그러고는 혜리 앞에 두 줄로 줄을 섰다. 약물

로 인해 힘이 빠지지 않는 성기를 그대로 둔 채 혜리의 지시를
기다렸다.

"너흰 자유야."

혜리가 말했다. 코리아이들은 묵묵부답으로 명확한 지시를
기다렸다. 혜리는 손가락으로 문을 가리키며 말했다.

"너희는 자유라고. 지상으로 올라가자."

가자는 말만 듣고 건장한 코리아이들이 혜리가 연 문으로 나
갔다. 그들은 출구로 가지 않았다. 그들의 행진은 가축우리로의
귀소였다.

뒷모습을 보고 있으니 가슴에 연기가 들어차는 것 같았다. 문
을 열어도 왜 도망가지 않는가. 벽을 모조리 부숴버리고 이 시
설을 다 무너뜨려 잔해로 계단을 만들어야지만 나갈 것인가. 그
리해야만 저 코리아이들에게 자유를 줄 수 있단 말인가.

그들이 사라진 모퉁이에서 폭발음이 터졌다. 자욱하게 번져
가는 먼지 속에서 나신의 청년들이 먼지를 입은 채 뒹굴었다. 꺾
인 목과 파편 박힌 몸. 회색 먼지 아래 겹겹이 쌓인 육신에서 피
가 흘러내렸다. 혜리는 손으로 제 입을 막은 채 비명을 질렀다.

괴로워하고만 있을 수는 없었다. 아직 이곳에 잡혀있는 이들
이 많았다. 눈을 감고 몸을 일으켰다. 모퉁이를 돌려는데 말소
리가 들렸다.

"손에 물 좀 부어줘. 손이 너무 뜨거워. 화상인가?"

"손이 다 으깨졌는데. 화상 정도가 아니야."

"그래? 난 지금 앞이 안 보여."

"어디서 터진 거야?"

"다 벗은 여자들이 침대에 묶여있는 방에서 갑자기 터졌어."

"테러범이 대체 몇 명이야? 분명 한 명이라고 보고받았는데."

"후송해 달라고 무전 좀 해줘."

"아직 본사 구급팀 안 왔어. 원청 병력이랑 같이 오려나."

"한참 걸리겠네. 혹시 미안한데 나 바깥으로 데려다줄래?"

"그래. 아 잠시만, 무전 왔다." 코리아이는 무전 내용을 듣더니 눈이 보이지 않는 이에게 말했다. "안 되겠다. 분대에 합류하라고 무전 와서."

"괜찮아. 그러면 내가 알아서 가볼게."

"그래, 벽 짚고 가면 갈 수 있을 거야."

그들의 말소리가 멎었다. 시간이 지나도 사람의 소리가 들리지 않았다. 불이 노래하는 소리와 가열된 유리가 깨지는 소리뿐. 혜리는 고개를 살짝 내밀었다. 방금까지 얘기하던 3세대는 사라졌고, 대신 정우가 서있었다. 더욱 피로 물든 채로, 여전히 눈알과 메스를 들고 서있었다. 뺏어 입은 전술 조끼 위에는 무전기가 채널 별로 여덟 개나 부착되어 있다.

정우가 돌아보려 했기에 혜리는 숨었다. 종소리가 울렸다. 일반 학교 종소리로도 쓰이는 〈소녀의 기도〉였다. 작곡가는 딸에게 선물하기 위해 이 노래를 썼다고 했다. 전체를 들어본 적이 없어서일지는 몰라도 코리아이에게 그 노래는 결코 선물이 아니었다. 오직 안내와 경고일 뿐이었다.

"마이크 되는 거지? 지금 내 목소리 저기에 들려?"

센터의 남자 목소리였다. 혜리는 숨이 막혔다. 그는 다른 공간에서 누군가에게 사용법을 들으며 마이크를 조정했다. 스피커에서 듣기 싫은 목소리가 울렸다.

"아아. 정우야, 들리냐? 이제 그만하자. 연구원들 이미 다 탈출했어. 네가 죽이는 건 네 동생들이야. 코리아이 동생들."

"난 이미 형을 죽였어. 내 손은 이미 더럽혀졌어."

남자는 웃음을 터뜨렸다.

"형을 죽여? 상우 말하는 거야? 야, 프로젝트가 이제야 성공하네. 어떻게, 기억이 좀 선명하고 그러냐? 어때? 죽이는 그 장면이 생생해?"

"머리 아파." 정우는 이마를 벽에 댔다.

"정우야, 이렇게 하자. 너 아프잖아. 그냥 병원 보내줄게. 지하에서 일어난 일은 없던 일로 하는 거야. 너도 지금 선 넘었어. 선 넘고 지금 어쩔 줄 몰라서 관성을 못 이기고 칼만 휘두르는 거잖아. 그래서 네 행동의 결론이 뭐야. 다 죽자 이거야? 무고한 사람들도 다 죽이려는 거야? 그렇게 끝나면 안 되잖아. 내가 돌아갈 곳 만들어줄게. 치료받으면서 평화롭게 살자. 어떠니?"

정우는 혼란스러운 듯 고함을 질렀다. 메스를 바닥에 집어 던졌다. 맑은 소리를 내며 작은 쇳덩이가 튀어 올랐다.

혜리가 숨은 복도 끝에서 인기척이 들렸다. 군인들이었다. 그들은 혜리에게 멀리서 총부리를 겨누었다. 혜리는 쥐고 있는 연구원의 눈알은 뒤로 숨기고, 목에 걸린 직원 명찰을 들어 보였다. 군인은 조용히 하라는 듯 손가락을 입에 대고 다가왔다. 십여 개의 군화가 혜리가 있는 골목 벽에 붙었다. 장교는 신식 무전기로 문자를 보냈다. 혜리는 문자 내용을 몰래 읽었다. 혜리를 안전하게 확보했다는 내용이었다. 문자는 센터의 남자에게까지 전해질 것이 분명했다. 혜리는 숨이 막혔다.

정우는 서성이며 천장에 대고 외쳤다.

"벌써 시작됐다며! 태생적인 계급화. 소수의 가문은 초인으로 태어나고 나머지는 노예로 태어나는 일."

"노예가 아니야. 필요한 일을 할 수 있게 수를 나누는 거지. 사회를 유지하기 위해서는 아래를 받칠 사람들도 필요한 거야."

"너는 어때? 네 자식은 초인으로 태어나게 해준대?"

정우의 말에 센터의 남자는 크게 웃었다.

"야, 인마. 이 새끼 대단한 게 이 상황에서 사람을 웃기고 있네. 야, 이 새끼야. 나 월급쟁이야. 초인은 뭔 초인이야. 아, 존나 웃기네. 그냥 월급 받고 퇴직금 잘 받으려고 열심히 하는 거야. 내가 대단한 혜택이라도 받는 줄 알았어? 그냥 일하는 거야, 새끼야. 글쎄 뭐 또 모르지. 이 일 잘 마무리해서 승진 빨리하면 나랑 혜리 씨의 자식한테도 기회가 올지도."

혜리는 양팔을 붙잡았다. 몸을 으스러뜨리기라도 할 것처럼 손에 힘을 줬다. 짓이겨져서 그냥 터져버리고 싶었다. 남자가 손을 휘저어도 잡히지 않도록 흔적도 남기고 싶지 않았다.

장교가 손짓했다. 병사가 모퉁이에 붙었다. 한 병사가 수류탄 안전고리를 엄지로 밀어 해제했다. 병사는 모퉁이에 얼굴을 대고 정우의 발밑을 노려봤다. 안전핀에 손가락을 걸어 뽑고 던지기 위해 팔을 뒤로 당겼다. 혜리는 그자의 손목을 잡아 흔들었다.

병사가 놓친 수류탄이 발아래 떨어졌다. 재빨리 코리아이 병사가 몸으로 덮었다. 혜리는 다른 병사 손에 이끌려 뒤로 끌렸다. 폭음이 울리고 몸을 덮은 병사는 공중으로 솟았다. 혜리는 폭풍에 휘말리지 않았다. 병사들이 막아주었다. 병사들은 정강이나 발목에 파편이 박힌 채 바닥을 뒹굴었다. 혜리를 보호하라는 센터 남자의 명령에 혜리 홀로 먹먹한 귀를 붙잡은 채 멀쩡히 서있을 수 있었다.

혜리는 골목을 돌아 정우를 찾았지만, 정우는 없었다. 천장에 달린 스피커에서 전자음이 들렸다.

"혜리 씨, 거기 있지? 무사한 거지?"

혜리는 답하지 않았다. 남자는 다급하게 말을 이었다.

"테러리스트 새끼들이 몇 명인지 모르겠어. 작전 수행이 전혀 되질 않아. 혜리 씨, 많이 무섭지?"

"안 무서워요."

"아, 그래? 용감하네."

전혀 무섭지 않았다. 인간성의 끝을 보아서인지 두려운 것도 없었다.

"그러면 혹시 부탁 하나 들어줄 수 있을까? 정우 잡아야 하는데 군인들은 죄다 테러범이랑 싸우느라 진입이 쉽지 않아. 혜리 씨는 군복을 입은 것도 아니니 오히려 안전하게 다닐 수 있을 거야. 혜리 씨가 정우를 잡아줘."

"어디 있는데요?"

"인공자궁 배양실로 갔을 거야. 내가 위치를 알려줄게."

센터의 남자는 무전기를 하나 구할 수 있냐고 했다. 혜리는 죽어가는 군인의 몸을 뒤졌다. 닳고 닳은 무전기 가죽 덮개는 피가 묻어 미끄러웠다. 혜리는 무전기를 손에 꼭 쥐었다.

"정우는 모든 것을 죽이러 가고 있어. 수십만 생명을 품은 공간을 꺼버릴 거야. 그건 학살이야. 미래를 학살하는 거라고. 정우는 미치더니 악마가 돼버렸어."

센터의 남자는 길만 알려주는 게 아니라 혜리에게 정우를 물리쳐야 할 동기를 세뇌하려 했다. 혜리는 듣고 싶지 않았다. 소리를 줄인 채 걸었다. 문 열린 연구실에는 연구원의 팔이 축 늘어져 있었다. 팔 때문에 완전히 닫히지 않은 문 사이로 이제 막 걷기 시작한 근육질의 아기들이 뛰어나왔다. 아이들은 천진한 얼굴로 혜리의 다리를 붙잡거나 혜리를 따라왔다.

"이곳의 아이들도 구출되고 있나요?"

"어떤 거?"

혜리의 물음에 남자는 그 안에 뭐가 있냐는 듯이 물었다. 실험 대상으로 쓰이던 아이들이 있다고 말하고서야, 남자는 알고 있었다는 듯 다 구조하고 있으니 걱정하지 말라고 했다.

철문이 찌그러져 진로가 막혀있었다. 자동문이었을 테지만 이제 작동하지 않았다. 문 앞에 대롱대롱 매달린 끊어진 전선에서는 스파크가 튀었다. 전력이 공급되지 않았기에 힘으로 열어야만 했다. 혜리는 문틈으로 손을 넣어 당겼지만, 꿈쩍도 안 했다. 따라다니던 아기들은 혜리가 힘쓰는 것을 무슨 놀이라도 되는 것처럼 여긴 모양인지 신이 나 고함을 지르며 문을 손바닥으로 쳤다. 다른 아기들도 침을 흘리며 다가와 문을 두드렸다. 문틀을 붙잡던 벽이 부서지며 문이 떨어져 나갔다.

"바로 앞에 인공자궁이 있어. 정우는 이미 도착했어. 무고한 사람들을 죽이며 갔겠지. 조심해."

혜리는 아이들을 벽 한쪽에 앉혔다. 다행히 혜리의 손길을 거부하지 않았다. 떼를 썼다면 이길 자신은 없었다. 이미 팔과 다리에 아기들의 손자국을 따라 멍이 들었다. 준비되지 않은 이들에게 힘이 주어지면 이런 일이 생겼다.

"나중에 데리러 올게. 조금만 기다리고 있어. 같이 나가자."

혜리의 말을 아기들은 알아듣지 못했을 테지만, 아기들은 혜리를 보며 헤벌쭉 웃었다.

혜리는 '생명의 샘'이란 표지판 앞에 섰다. 나치의 친위대장인 힘러가 보면 좋아할 표지판이라고 생각했다. 골목을 돌자 열린 문이 보였다. 원래는 자동으로 닫혀야 했는지 고장 난 문은 닫히려고 나름대로 노력하고 있었다. 덜그럭거리는 문 안으로 들어간 혜리는 제독 장치에서 분사되는 소독액을 온몸으로 맞았다. 상처 난 부위가 타는 듯이 쓰라렸다. 제독 장치를 지나칠 때 물이 들어간 무전기는 잡음을 가득 담은 채 마지막 전언을 전했다.

"이제 혜리 씨 차례야."

언제나 혜리의 차례였던 것 같지만 신경 쓰지 않았다. 소독실 문이 열렸다. 컨테이너 한 동 길이의 경비실이 나왔다. 소독 장치와 출입문을 관리하는 컴퓨터가 놓여있었다. 그리고 전면에는 거대한 유리가 있었다. 유리를 통해 배양실 아래를 내려다봤다.

수를 헤아릴 수 없는 인공자궁이 열병식 하는 병사들처럼 줄지어 있었다. 살균을 위해 UV 자외선이 빈틈없이 내리쬐었으며, 인공자궁 위 레일에 달린 기계 팔이 인공자궁의 상태를 점검하고 조작하고 수정된 배아를 주입했다. 바퀴 달린 드론이 인공양수를 걸러 아이를 받아 이동했다. 그 모든 것이 인간 하나 없이 이뤄지고 있었다.

아래를 보는 것은 혜리만이 아니었다. 조끼마저 벗어 던진 반라의 정우가 유리 앞에 있었다. 그는 천천히 숨을 들이쉬고 내뱉었다. 호흡과 함께 움직이는 그의 등은 용암이 흐르는 것처럼 느리고 뜨거웠다.

"그토록 손에 쥐고 싶었던 미래가 예상치 못한 모습으로 갑작스레 나타났어."

정우는 알들을 봤다. 저 안에서 깨어날 것은 무한한 창의성을 가진 미래였다. 공중에 흩뿌려진 물감처럼 예측 불가의 결과를 불러올 이들. 환희에 찬 세상을 창조할 운명을 타고날 난생(卵生)의 영웅들. 정우는 형형색색의 자유가 담긴 물감 통을 던지는 사람이 되고자 했다.

정우는 눈물을 흘렸다. 소독약에 섞인 눈물은 썼다. 저 무수한 알에 독이 들었다. 태어날 이들의 체력과 지능은 우수할 것이지만, 그들은 노예에서 벗어나지 못할 것이다.

"유전정보 중 오랫동안 쓸모를 몰랐던 정크 DNA가 있었어. 연구자들은 우리를 통해 그것의 일부 기능을 밝혀냈어. 센터는 나한테 끝까지 그 기능을 숨기려 했지. 근데 내가 알아버렸어."

"무슨 기능인데?"

"천성."

부모, 친구 따위의 주변 인물과 크고 작은 사건으로 습성은 바뀔 수도 있다. 하지만 인간은 태초부터 가지고 있는 성격이 있다. 만약 천성이란 게 없다면 모든 아기들은 같은 성격을 가지고 태어났을 것이나, 그런 일은 일어나지 않았다. 어떤 아이는 모든 것을 어여삐 여기고, 어떤 아이는 화를 잘 내며, 어떤 아이는 나서기를 좋아하기도 하고, 조용히 사색하는 것을 좋아하는 아이도 있으며, 지저분한 아이도 있고, 결벽증을 가지고 있는 아이도 있다. 같은 환경에서도 너무나도 다른 성격을 가지고 있는 아이들이 대부분인데, 그 차이의 이유를 환경의 미세한 분기점으로 인한 나비효과로 설명하기에는 어려움이 있었다.

기존에도 11번 염색체의 D4DR의 대립유전자 길이에 따라 선천적으로 도파민 결합반응이 결정된다는 연구 결과가 있었다. 도파민 결합반응이 낮은 인간은 새로운 것을 찾고, 도전을 추구하며, 자극적인 것을 탐닉한다. 반면 결합반응이 높은 인간은 위험보다는 안정적인 것에 만족감을 얻고 규칙에 순응하는 경향이 높다. 또한 17번 염색체의 5-HTT 유전자 길이가 짧을수록 걱정이 많고, 위험을 두려워하며 우울증에 걸릴 확률이 높다고 한다. 이외에도 SLC6A4 유전자에 의한 폭력성, DRD2 유전자에 의한 중독성과 호기심 등 유전자와 선천적 성격에 관한 연구 결과는 일부 존재했다. 과학자들은 성격이 유전의 영향을 받는다는 점을 알고 있었으나, 그것은 성격을 구성하는 데 일부 영향을 줄 뿐 중요한 것은 환경이라고 믿어왔다. 그리고 그렇게 믿어야 했다. 사람을 살리고 사회를 유지하기 위해서는 그런 믿음이 필요했다

유전자 지도 중 정크라 불리던 DNA가 있었다. 다들 눈여겨 보지 않았다. 가시적인 효과가 나타나질 않았으니까. 하지만 코리아이의 유전자를 개량하던 연구자들은 존재 이유를 설명할 수 없는 정크 DNA 중 일부가 천성에 영향을 미친다는 것을 발견했다. DNA와 성격의 연결은 직렬적이지 않았다. 여러 DNA가 세포를 변화시켰다. 조합은 무수하게 늘어났다. 성격 유전자만 성격을 정하는 것이 아니었다. 심장의 크기를 관여하는 유전자가 성격 DNA와 합쳐져 두려움을 만들고, 폐와 합쳐져 끈기를 만들며, 위장과 합쳐져 분노하는 온도를 정했다. 복잡한 상호작용은 아주 세세한 성격의 차이까지 만들어내고 있었다. 단순히 화를 잘 내고, 소극적이고 이런 수준의 단순화된 성격이 아니라, 한마디로 표현할 수 없는 한 사람의 온전한 성격 자체가 태어나는 순간에 만들어지는 것이다.

배양연구소는 저주받은 운명론을 세상에 내보이길 두려워했다. 사회는 혼란에 빠질 것이다. 전면 개정된 생명윤리법 때문에 너도나도 제 아이를 유전자 검사하기 시작한다면 사회의 붕

괴는 걷잡을 수 없어진다. 배양연구소의 연구자들은 성격에 관한 논문은 모두 발표 전에 폐기했다. 누군가 물었다. 성격유전의 결과는 영원히 없던 일로 두어야하는 것이냐고. 그리고 연구자들은 답을 내었다. 사회 전체가 아닌 사회의 꼭 필요한 부분에서만 이 연구를 활용하자고.

배양연구소는 모든 것을 비밀에 부친 채 조용히 연구했다. 촘촘하게 겹쳐져 상호작용하는 그물의 모든 비밀을 다 밝혀낼 수는 없었겠지만, 연구자들은 필요한 조합 몇 개를 만들어냈다.

"연구소와 국가는 노예의 천성을 만들어냈어. 눈치 보고 겁 많고 맹목적으로 충성스럽고 선하지만 정의롭지는 않은 인간. 그게 바로 '코리아이성'이야. 코리아이스러운 선천적 성격. 연구소와 센터에서 나한테 숨기려 한, 노예로 살 수밖에 없는 선천적이고 벗어날 수 없는 굴레."

"하지만 넌 달랐잖아. 넌 싸웠어."

"나는 프로젝트용이었으니까."

정우 말로는 초기 0세대 코리아이 중에 현우라고 천재 코리아이가 있었다고 했다. 현우는 천재였지만 반항적이었다. 교육기관에서의 삶을 버티지 못하고 자살했다. 일부러 담장을 높여 바깥과 비교되지 않게 하려고 하였음에도 스스로의 삶을 비관했다. 죽음과 자살이라는 개념 자체를 교육기관에서는 은폐했음에도 천재였던 그는 방법을 찾아 죽었다. 천재성이 가져온 비극이었다.

이후 시행착오 끝에 상우를 만들어냈다. 반항적인 천성을 최대한 줄인 천재였다. 그마저도 결국에는 세상을 뒤엎을 꿍꿍이를 품고 있었지만 말이다. 교육기관이 상우를 만들었을 때, 센터에서는 교육기관 몰래 연구소에 하나의 비밀 프로젝트를 맡겼다. 상우에게서 제거된 반항적인 천성을 가진 인간을 만들어 달라고 했다. 연구소에서는 한 명의 반역적인 인간을 탄생시켰다. 그는 평생을 끊임없이 투쟁할 수밖에 없는 사명을 가진 채로 태어났다. 그가 양수와 함께 건져 나왔을 때 센터에서는 이 자를 교육기관이 교화시킬 수 있는지 보자고 했다. 교육기관은 정우가 애초에 그런 목적의 인간인 줄 몰랐다. 연구소와 센터에서도 프로젝트 관계자만 아는 사실이었으니 말이다.

정우는 핸드폰을 손에 넣고는 계속되는 투쟁 속에 자신을 몰아넣었다. 교육기관은 바로잡으려 애썼지만 억누를수록 정우는 분화구처럼 솟구쳤다. 그는 통제를 벗어났고 담장 바깥에서도 휘발유 냄새나는 일을 획책하고 화염 같은 작전을 거행했다. 마침내 성인이 된 정우가 붙잡혀 끌려왔을 때, 연구소는 그를 개조하려고 했다. MK울트라*에서 영감을 받은 연구진들은 세뇌, 정신 개조, 거짓 자백 등의 결과를 내기 위해 다양한 방법의 실험을 진행했다.

"지금도 나는 똑바로 생각할 수가 없어. 내 눈앞에는 환영이 가득하고, 너는 지금도 해괴한 소리를 내뱉고 있고, 내 기억은 꿈인지 현실인지 모를 말이 안 되는 조각들로 엉망진창이야."

* 세뇌, 기억 개조, 취조 기술 확보를 목적으로 냉전시기 CIA에서 진행한 실험이다. 약물, 전기충격, 수면학습 등 다양한 방식의 인체실험이 진행되었다.

정우는 아무 말도 하지 않는 혜리를 봤다. 그의 상상 속에서 혜리는 무슨 말을 하고 있을까. 정우는 아랫입술을 깨문 채 고개를 흔들었다. 젖은 머리에서 소독약이 흩뿌려졌다.

"내가 떠올리는 모든 게 꿈처럼 뒤죽박죽이지만 한 가지 명확한 생각이 있어. 태초부터 시작되어 온 생각이겠지."

"그게 뭔데?"

"지금 자유롭지 않다면 멈춰야 해."

상상 속에서 누가 그의 목을 조르기라도 하는 것일까. 정우는 숨을 거칠게 몰아쉬었다. 정우는 창문 아래의 알들을 노려보며 말했다.

"못 쓰게 만들어야 해. 그게 최대의 파업이야. 악마가 쓸 노예가 없게 만드는 것이야말로, 저들이 보복할 대상이 없는 파업이야말로 가장 성공한 전투야."

혜리가 나지막이 정우를 불렀다.

"정우야."

"마귀처럼 말하지 마! 고함지르지 말란 말이야, 제발! 너한테서 지금 여자랑 남자의 목소리가 동시에 들려! 알아? 죄책감 느끼지 마!"

정우는 두 손으로 귀를 막으며 맥락 없이 고함을 질러댔다. 혜리는 눈물을 닦으며 완전히 망가진 정우에게 다가갔다. 그리고 그의 등에 손을 올렸다. 엔진처럼 요동치는 박동이 느껴졌다. 몸의 뜨거운 열기가 그의 뇌를 태울 것만 같았다.

"핸드폰 준 사람을 원망해?"

그게 누구인지 두 사람의 남은 생에서 알 방법은 없었다. 핸드폰 명의는 어느 죽은 코리아이 이름으로 되어있었지만, 코리아이가 주지는 않았을 것 같았다. 교육기관과 센터와 연구소의 비밀까지 들여다본 정우도 핸드폰 주인을 알지 못했다.

혜리가 묻는 것은 그 사람을 원망하는지 묻는 게 아니었다. 그에게 바깥을 알려준 물건을 저주할까 궁금했다. 성장할 시간마저 투쟁의 시간으로 만들어버렸던 물건. 그게 정우 손에 없었더라면 어떻게 되었을까. 우리는 어떤 삶을 살고 있었을까.

"원망하진 않아. 잘 싸워왔잖아. 결국, 실패했지만."

정우는 혜리에게 무너져 내리며 말했다. 혜리는 그를 붙잡았다.

"잘 싸워왔다고 느낀다면 됐어. 실패하지 말자. 다 아무 쓸모 없던 게 되는 건 싫어."

"하지만 끝났어. 함께 이곳을 파괴하고 끝내자."

정우는 알이 가득한 창문 너머를 가리켰다. 혜리는 고개를 저었다.

"데미우르고스."

혜리는 상우가 플라스틱 알의 비밀번호를 알려줬던 것을 이야기했다. 알만 있으면 모든 것을 바꿀 수 있다고. 정우의 몸이 식기 시작했다. 정우는 천천히 고개를 들고 여느 때보다 정신이 또렷해지는 것을 느꼈다. 마귀와 십자가형에 처한 자들이 더는 보이지 않았다. 환영 없는 세상을 되찾았다. 정우는 유리 너머 반대편을 돌아보았다. 맞은편에는 철문이 있다.

"저 안에 플라스틱 알이 있어. 난 들어갈 방법을 알아."

"그러면 우린 되돌릴 수 있어. 나에게는 회장의 유전자가 있으니까."

혜리와 정우는 서로를 마주 봤다. 둘의 대화는 막힘이 없었다. 조립 라인에서 아주 잘 맞는 파트너와 마주 서서 번갈아 작업하듯 대화가 오고 갔다. 말을 주고받으면서 희열마저 느꼈다. 정우와 혜리는 웃었다.

"기억났다."

이야기가 끝나자 정우는 웃으면서 말했다.

"혜리 너한테는 결국은 목표를 이뤄내는 유전자가 있어. 그래서 내가 너를 찾았던 거야."

정우가 어렸을 때는 감으로 느꼈다. 유전자가 가진 천성의 비밀을 알게 되고 나서는 일부러 혜리를 찾아갔다. 함께하면 어떤 일을 겪든 혜리는 일을 성공시켰을 것이었기에. 혜리는 그런 것까지 천성 유전자로 있을 리는 없다며 웃었다.

"그럼 문을 열게."

이 비밀스러운 공간까지 마인드오더 시스템이 심겨있었다. 정우는 백도어를 실행했다. 정우는 마인드오더 관리자 권한으로 보안 시스템을 해제했다. 모든 문이 개방됐디. 정우는 혜리에게 서두르라 말했다. 마인드오더는 10분 이내에 비정상적인 시스템을 초기화하고 문을 닫을 것이다.

"가자, 얼른."

혜리가 따라오지 않는 정우에게 말했다. 정우는 전술 조끼를 다시 입으며 전투를 준비했다.

"문을 잠글 수 없으니 시간은 끌어야지. 빨리 가. 시간 없어."

그를 설득하고 있을 시간이 없었다. 열린 문으로 혜리가 내려 갔다. 철계단을 내려가고 있을 때, 소독실에서부터 함성이 들려 왔다. 무전기를 타고 온 함성이었다.

"혜리의 복수를!"

센터의 남자가 무전기를 통해 울며 소리를 질렀다. 센터의 남 자가 직접 오지는 않았다. 3세대 코리아이들 조끼에 부착된 무 전기에 매달려 울부짖을 뿐. 정우한테 간 지 한참이 지나도 혜 리가 나오지 않으니 죽었다고 생각하는 모양이었다.

3세대는 칼로 무장했다. 총을 받지는 못한 모양이었다. 총이 나 총알보다 코리아이가 더 값쌌기 때문일까. 값싼 3세대 코리 아이가 몰아닥쳤다. 정우는 그들을 몸으로 막았다.

혜리는 서둘렀다. 휘둘러지는 로봇 팔을 피해 머리를 숙이며, 오토바이처럼 빠르게 달려오는 선반형 드론을 피했다. 인공자 궁에서 아기들의 태동이 들렸다. 양수가 움직이는 소리. 자궁벽 에 머리를 박는 소리. 미래가 잠들어 있다.

열린 철문 안으로 들어가자 거대한 기계장치가 있었다. 수많 은 버튼과 밸브와 열쇠 구멍과 위아래로 올리는 스위치가 있었 다. 혜리는 그런 복잡한 것들에는 관심 없었다. 덩그러니 가운 데 놓인 컴퓨터 앞에 앉았다. 모니터 앞에는 플라스틱 알이 놓 여있었다. 알에는 선이 빠져나와 컴퓨터에 꽂혀있었다. 신인류 의 습성을 조정하는 장치는 너무도 무신경하게 놓여있었다. 혜리는 알에 손을 올렸다. 플라스틱 알의 미세한 돌기가 혜리의 손바닥의 표피를 긁는 것이 느껴졌다.

"데미우르고스."

혜리는 암호를 말했다. 권능으로 육신을 잘못 만들던 별의 힘을 회수했다. 창조주로서 혜리는 모니터를 보고 있었다. 복잡하게 나열된 수식과 수치와 코드와 학술용어. 관련 공부를 한 적이 없기에 어느 것도 이해할 수 없었다. 하지만 이 시스템을 해독했던 정우가 필요한 것만을 알려주었다.

확인해 보니 이미 극소수의 몇몇 집안에서 최고로 우수한 유전자 구성으로 신생아를 만들었다. 실종된 회장은 그 집안 어딘가에 감금되어 플라스틱 알의 설정을 바꾸도록 강요받았을 것이다. 아니, 어쩌면 모진 고문 끝에 실신한 그의 유전자만을 채취해 알을 가동시켰을 수도 있다.

역겨운 자들. 혜리는 정우가 알려준대로 아이들의 유전자를 섞었다. 이제 그 아이들은 누구의 아이라고 할 수도 없다. 이 아이들의 부모는 만인이다.

새로 태어날 인류에게 반역의 유전자를 주입했다. 코리아이성이 0퍼센트로 나왔지만, 데미우르고스는 최고권한이었기에 수치를 숨길 수 있었다. 정우에게 들어 외운 코드를 입력하자 코리아이성은 98퍼센트로 표기가 덮어 씌워졌다.

밖에서는 로봇팔이 분주히 움직였다. 잘라낸 유전자에는 스스로 미래를 자유롭게 할 힘이 들어있다. 그들이 어떤 세상을 만들지는 그들에게 달려있다. 혜리는 힘을 부여하는 이 작업을 노예를 만드는 작업으로 위장했다. 누군가 다 자라난 신인류의 천성을 의심하고 알을 다시 뜯어 조사하지 않는 한 이 시설에서는 계속해서 반역자들이 태어날 것이다.

혜리는 접속을 종료하고 밖으로 나왔다. 미래가 깨어나고 있었다. 인공자궁의 벽을 발로 차는 소리, 주먹으로 양수를 휘가르는 소리. 미래가 시작되는 소리가 요동쳤다. 혜리는 달렸다. 온몸이 저릿저릿할 만큼 전율이 돌았다. 가슴을 뚫고 꽃이 피어날 것만 같은 해방감에 공중을 나는 것처럼 계단을 뛰어올랐다.

소독약에 섞인 피가 바닥에 번지고 있었다. 정우는 쓰러져 있었다. 칼에 찔린 몸에서 피가 울컥울컥 분출됐다. 팔을 휘저은 모양대로 나비 날개처럼 피가 바닥에 그려져 있었다. 혜리는 상처를 막으려 손을 댔다. 그러나 수많은 상처에 비해 손이 부족했다. 정우는 고통스레 신음하며 혜리의 팔을 밀쳤다.

"나는 인간답게 죽을 준비가 되어있어."

그러고는 맞은편을 가리켰다. 제독 장치에서는 소독약이 계속 분출됐다. 소독실 전체에 쌓인 시체가 센서를 작동시켰기 때문이었다. 소독약 세례를 받는 코리아이 시신들을 보며 정우가 울음을 터뜨렸다.

"내가 저런 거지? 살아있는 사람이 있을까?"

광기가 사라진 눈은 이미 눈물로 막이 씌워져 흐린 세상밖에 볼 수 없었다. 너무 많은 이들이 죽었다. 너무 많은 동족이 죽었다. 더 나은 방법이 있었을 텐데. 정신을 차린 광인은 이미 아무것도 되돌릴 수가 없었다.

혜리는 어깨로 그의 눈을 가렸다.

"내가 살펴볼게."

"살아있는 사람이 있다면 제발 구해줘. 미안해."

혜리는 정우가 편히 누울 수 있도록 그의 목을 받쳤다. 정우의 몸이 뒤로 기울었다. 정우는 머리가 땅에 닿자 편안한 듯 숨을 깊이 내쉬었다. 손으로 나비 모양을 만들어 목에 댔다. 정우가 스스로 목을 짓눌렀다. 살겠다는 몸의 저항을 견뎌냈다. 오직 의지로. 굳은 손은 스스로의 숨을 거두었다. 모든 게 끝났음에도 손은 목을 쥐고 있었다. 혜리는 정우의 손을 내려 바닥에 두었다.

혜리는 빗줄기처럼 쏟아지는 소독약 속에서 살아있는 이가 있는지 확인했다. 살아있는 것은 없었다. 오직 3세대의 굳은 시신만 소독약을 맞으며 피가 씻겨 내려갈 뿐이었다. 혜리는 벽에 세워두었던 아이들이 있는 곳으로 갔다. 아이들은 없었다. 누군가 데려갔으려나? 자기들 힘으로 나갔으려나? 복잡한 연구실을 다 뒤지기엔 혜리는 길을 몰랐다. 한참을 헤매고 있을 때 방금 전까지 연구실에 갇혀있었을 한 코리아이가 복도 끝에서 혜리를 빤히 봤다. 정우의 조작으로 연구소 전체의 문이 한 번 열렸을 때 탈출한 듯했다. 쥐의 얼굴을 한 벌거벗은 아이가 길고 마른 팔을 뻗어 방향을 가리켰다. 그 아이가 가리킨 곳에는 바깥으로 가는 계단이 있었다. 같이 가자며 다가가자 아이는 수줍게 싱긋 웃더니 연기 속으로 사라졌다.

군인과 코리아이들이 분주히 움직였다. 계단을 뛰어 내려오고 들것에 실려 올라갔다. 폭음은 끊이질 않고 축축하게 젖은 몸에는 연기 냄새가 배어있었다. 혜리는 사람들 틈에 섞여 계단을 올랐다. 바깥으로 나올 때까지 아무도 붙잡지 않았다. 혜리를 연구원으로 착각한 모양이었다.

연구소 바깥도 아비규환이었다. 어두운 밤. 병사들은 유령과 싸우고 있었다. 총소리가 들리고 수류탄이 터지는 소리가 들렸다. 숲에서 거대한 불길이 하늘 위로 치솟고, 자동차 유리는 깨졌다. 혜리는 간헐적으로 번쩍이는 불빛과 소음을 뒤로했다. 혜리도 유령이 되어 어둠 속으로 사라졌다.

쥐의 시간

악독한 실험을 벌여왔던 배양연구소와 교육기관은 언론의
질타를 받았다. 대통령실 코리아이 수석비서관은 교체되었고,
배양연구소의 연구소장은 계속되는 청문회를 견디지 못하고
사임하였다. 교육기관장은 출장을 핑계로 해외도피를 시도하
였으나 출국금지 조치로 공항에서 돌아와 재판을 받았다. 여론
이 들끓었기에 언론, 시민단체, 경찰, 검찰까지 기관장의 목을
흔들었다. 미성년 코리아이를 대상으로 한 아동학대치사, 자살
교사 및 방조 지시의 혐의로 징역 20년이 구형되었다. 센터장은
잠적했다. 해외로 나간 흔적도 없었고, 국내에서 목격된 흔적도
없었다. 누군가는 죽었다고 했고, 누군가는 살아있다고 했다.

교육기관과 연구소는 해체에 가까운 수준으로 재편되어야

했다. 집도할 칼은 코리아이 센터가 잡았다. 특히 센터의 남자 주도로 진행되었다. 교육기관과 연구소는 코리아이 센터 산하로 들어갔다.

삼위일체 통합을 주도한 센터의 남자는 빠르게 승진했다. 배양연구소-교육기관-센터로 이어지는 코리아이 생애 전반에 대해 큰 그림을 그리는 역할을 맡았다. 교육기관도 연구소도 그의 구상대로 일을 진행해 나갔다. 심지어 새로 온 대통령실 코리아이 수석비서관은 아무것도 모르는 사람이었기에 전적으로 센터의 남자가 하는 말에 의존했다. 새로 부임한 센터장 또한 센터의 남자 대신 책임만 져줄 뿐 남자의 말을 따랐다. 센터장은 자신의 위치를 알았다. 자신은 그저 센터의 남자가 3대 코리아이 시설의 봉합수술을 마칠 때까지 임시로 그 자리에 머무는 것임을. 전권이 센터의 남자에게 있었다. 세상 모든 코리아이의 탄생과 죽음이 그의 손 위에서 이루어졌다. 거의 모든 것을 이루었노라. 남자는 그렇게 생각했다.

코리아이를 실험체로 쓰는 유전자 연구를 공식적으로는 중단했다. 태어나는 코리아이들은 실험의 산물보다는 규격화된 형태로 태어났다. 괜한 실험으로 정우나 상우 같은 인간들이 태어나지 않아야 했다. 하지만 알에 무슨 비밀이 심어졌는지 그들은 알지 못했다.

자동화 기술로 대부분의 일자리가 줄었다. 양질의 일자리에는 경쟁이 치열해졌지만, 몇몇 집안의 슈퍼코리아이는 큰 준비 없이 선천적 우수함으로 극복해 나갈 수 있을 것이다. 존중 못

받고, 임금도 적게 받는 직업에는 나머지 코리아이가 투입되어 소모됐다.

센터의 주요 과제는 이제 비코리아이 인구를 축소할 방안을 짜는 것에 있었다. 윗사람들은 피라미드 중간을 다 허물어버리길 요구했다. 까라면 까야지. 남자는 동족을 줄여나갈 방법을 구상하는 데 온 힘을 쏟았다.

남자에게 다들 서둘러 결혼해 아이를 가지라고 했다. 유전자 계급화를 총괄하는 자리에 있으면서도 왜 혜택을 못 누리고 있냐고. 비밀이란 것은 언젠가는 밝혀질 테고, 뒤늦게 막아야 하네 뭐 하네 하면 기회 놓치는 거라고. 아무도 모를 때 하루빨리 누구보다 먼저 슈퍼유전자로 개량한 자식을 가지라고들 충고했다. 그래서 선도 보고 이리저리 소개도 받아봤다. 다 마음에 들지 않았다. 비코리아이는 까탈스러워 맞춰주기 힘들었고, 코리아이는 마냥 순종적인 것이 생각 없는 인형 같아 재미가 없었다.

어느 날 남자는 안개 낀 새벽 빈민가에 들렀다. 차가 올라가기 힘든 곳이라 아래에 대충 세워두고 높다란 경사를 걸어 올랐다. AR기기로 홀로그램 지도를 띄워놓고 두리번거렸다. 안개가 껴서인지 벽에 붙은 번지수도 제대로 확인하기 힘들었다. 한참을 지나 결국 원하는 목적지에 도달했다. 숨을 고르며 시커먼 곰팡이 덮인 회색 벽돌담 옆에서 담배를 물었다. 공용화장실이 골목에 있고 집마다 LPG 가스통이나 연탄 넣는 철문이 있는 낡은 동네였다.

"아직도 이런 곳이 있네."

그는 불을 붙이고 피로에 젖은 숨을 빨았다. 초조한지 자꾸만 손톱 옆 얇고 가는 살을 손톱으로 팠다. 그는 목을 몇 번 가다듬고 옷을 털어 땀 냄새를 빼고는 머리까지 정돈했다. 그러고는 담배를 바닥에 던지고 발로 짓눌렀다.

"마음 아프게 왜 이런 데서 사는 거야 진짜. 진작 찾아볼걸."

남자는 고동색 철문을 두드렸다. 조금 뒤에 헛기침하고 다시 더 세게 두드렸다. 반응이 없자 문을 밀었다. 잠겨있지 않았다. 남자는 안으로 들어갔다.

"혜리 씨."

오랜만에 불러보는 이름이었다. 이번에는 조금 더 다정하게 불러보았다.

"혜리 씨, 안에 있어요?"

좁은 방. 현관 바로 옆에 붙은 싱크대. 싱크대 바로 앞에는 개지도 않은 이불이 헝클어져 있었다. 이불 위에 서있는 발이 보였다. 긴 하얀 양말과 어여쁜 얇은 다리였다. 남자는 침을 삼키며 다리의 윤곽을 찬찬히 살폈다. 남자는 허리띠를 만지작거리며 다가갔다. 고간이 점점 묵직해졌다. 남자는 다리를 훑으며 시선을 천천히 올렸다. 그의 눈앞에는 쥐의 얼굴을 한 인간이 남자를 빤히 쳐다보고 있었다.

"아, 잘못 찾아왔나 봅니다."

남자는 뒷걸음질 쳤다. 쥐의 얼굴을 한 인간은 쥐처럼 고개를 갸웃거리며 남자를 향해 다가왔다. 몸을 돌리려 했지만 늦었다. 누군가 뒤에서 입을 막았다. 형광색 손이 남자의 코와 입을 짓눌렀다. 벗어나려 손으로 벽을 긁어보았지만, 힘을 당해낼 수 없었다. 검은 비닐봉지가 머리에 씌워졌다. 그에게 찾아온 것은 완벽한 어둠이었다.

2018년에서 2019년 사이의 겨울. 여의도의 한 교회 앞에 걸린 현수막을 보았다. '낳아라, 우리가 기르겠다.'《코리아이》는 우연히 본 현수막의 문장에서 시작되었다.

2019년, 낙태죄 헌법불합치 판결을 전후로 낙태에 관한 이야기가 여의도 곳곳에서 들려왔다. 낙태를 반대하는 이들은 복중 태아를 살려야 한다는 소명으로 목소리를 냈다. 이들 맞은편에 선 사람들은 몸과 돈을 비롯한 감당할 수 없는 상황들을 홀로 떠안아야 하는 여성의 삶과 죽음을 봐달라 소리쳤다.

문득 현수막을 건 사람은 무슨 생각을 하며 문장을 썼을까 궁금해졌다. 낙태를 반대하는 입장에서 현수막을 걸었겠으나, 그 사람이 보기에도 이 싸움은 서로를 설득할 수 없는 영원한 평행선으로 보였을 것이다. 그래서 그 사람은 현수막으로 나름의 절충안을 제시한 것 아닐까?

하지만 태어난 아이들의 삶을 그가 책임질 수는 없다. 그렇다고 현수막 뒤에 우뚝 솟은 교회가 책임질 수 있을까? 아무리 우리나라에서 다섯 손가락 안에 드는 큰 교회라도 재정적으로나 행정적으로나 이 아이들 전부를 감당할 수는 없을 것이다.

그렇다면 '낳아라, 우리가 기르겠다.'라는 현수막에서 '우리'가 누구여야 이 아이들을 길러낼 수 있을까? 시민단체는 종교단체보다 더 돈이 없을 것이고, 막대한 돈을 비축했다고 가정한 사이비 종교라도 일부 지역이라면 모를까 전국적인 영향력을 행사할 수는 없을 것이다. 기업도 비용 대비 이익을 생각한다면 전국적인 규모로 태어나는 아이들을 책임질 이유가 없다. 만약 현수막의 '우리'가 국가라면 어떨까? 선거라는 제도를 통해 일부 사회적 합의를 마친 선출된 권력이 이 역할을 맡아준다면 어떤 모습이 될까? 그런 물음에서 이 소설은 출발하였다.

나는 시대에 관해 쓰고 싶었다. 점차 견고해지는 계급과 도태되는 사람들의 시대를 쓰려 했다. 이 시대는《코리아이》속에서 코리아이로 인해 직장을 잃기 시작한 사람들, 유전자조작으로 선천적인 우열이 생길 것을 깨닫게 된 사람들, 자신의 탄생 목적을 알게 되어버린 코리아이들이 현실의 벽을 마주한 찰나이다. 완성되어 가는 패배 속에서 사람들은 그럼에도 살아가기 위해 적응하거나, 체념하거나 때론 저항하기도 한다.《코리아이》

는 이런 사람들의 모습을 담았다.

사람들은 기술이 예상보다 빠르게 발전하고 있음에도 대수롭지 않게 생각하고 대비하지 않는다. 그렇게 시간은 자연스럽게 흐르고, 어느 순간 뒤를 돌아보면 이미 기술은 우리 삶 깊숙한 곳에 침투해 들어와 우리가 계획했던 미래를 파괴하기도 한다. 작중에 등장하는 '센터의 남자' 또한 그러하다. 이름 없는 그 사람이 은근히 다가와 서서히 침투하여 어느새 목을 옥죄는 것처럼, 눈치채지 못하면 기술과 그 기술을 악용하려는 자들은 어느새 우리 옆에 앉아 목을 노릴지도 모른다.

《코리아이》속 연구자들이 코리아이의 희생으로 얻어낸 연구의 결과물은 다음 시대로 가는 길목에서 인류를 갈림길로 내몬다. 누구를 위해, 어떻게 이 결과물을 사용할 것인가? 또 이로 인해 살아남을 사람은 누구인가? 수많은 갈림길 앞에《코리아이》속 인물들이 서있다. 각자 선택한 길에 서서 내일을 그려본다. 이윽고 갈림길에서 출발한 이들은 서로 너무 다른 그림을 들고 타인에게 호소한다.

《코리아이》를 쓸 당시에도 선택의 순간이 언젠가 찾아올 것이라고는 생각하고 있었다. 그때와 지금을 비교해 보면 어느새 내가 인지하지 못하는 순간, 기술은 빠르게 발전하고 세상에 들어와 있다. 우리 또한 벌써《코리아이》와 비슷한 선택의 기로에 서있지는 않을까 질문해 본다.

이 한 페이지를 빌어《코리아이》를 쓰는 동안 인내를 갖고 응원해 주고 독자가 되어주었던 가족들에게 고맙다는 말을 전하고 싶다. 특히 최초로 《코리아이》의 독자가 되어주었던 어머니에게 다시 한번 감사 인사를 전한다. 무슨 소설을 구상하냐는 질문에 내가 '인공자궁에 관한 것을 쓴다'고 하자 경악하며 나를 이상한 사람인 줄 알았다고 했던 아내, 용기를 내어 결혼까지 해주고 또 내 창작의 고통이 담긴 방언을 차분히 들어주었던 아내에게도 사랑과 감사의 마음을 남긴다.

또 출간되기만을 기다리던 친구들과 직장에서 만난 모든 이들과도 기쁨을 함께 나누고 싶다. 《코리아이》가 출간될 수 있도록 끝까지 고생해 주신 해피북스투유의 단행본팀에게 무한한 감사를 표한다. 또 내게 기회를 준 리노블 공모전을 개최하느라 고생했을 모든 분과 《코리아이》를 좋게 봐주신 심사위원님들 그리고 수상 소식을 함께 기뻐하며 알려주신 공모전 담당자분까지 모두에게 감사의 인사를 전한다.

마지막으로 이 소설을 읽어준 독자님들께 이 소설을 읽어주어 영광이었다는 말을 전한다. 안 될 일도 되게 하는 행운이 항상 찾아오길 바란다. 이렇게 마무리하면 행운의 편지처럼 되어버리기에, 이 책의 존재를 모르는 사람들도 행복이 가득하길 바란다. 결과적으로 우리 모두 충분히 행복한 삶을 누릴 수 있기를 소망한다.

김건규

코리아이

초판 1쇄 인쇄 2023년 8월 25일
초판 1쇄 발행 2023년 9월 15일

지은이 김건규
펴낸이 김문식 최민석
총괄 임승규
책임편집 조연수 명지은
기획편집 박소호 김재원 이혜미 김지은
정혜인 김민혜 신지은 박지원
디자인 배현정

펴낸곳 (주)해피북스투유
출판등록 2016년 12월 12일 제2016-000343호
주소 서울시 성북구 종암로 63, 5층 (종암동)
전화 02)336-1203
팩스 02)336-1209